ullstein

Das Buch

Der Frühling kündigt sich an in den Appalachen, und die Bewohner von Crozet atmen auf. Endlich kann wieder Golf gespielt werden. Auch Harry Haristeen ist als Caddy mit Mrs. Murphy an ihrer Seite dabei. Doch die Idylle auf dem historischen Golfplatz wird jäh erschüttert, als plötzlich mehrere Schüsse fallen. Geschichtsprofessor Greg »Ginger« McConnell liegt leblos am Boden, doch niemand kann sich vorstellen, wer ein Motiv für den Mord haben könnte. Zuletzt hatte der Professor an einem Buch über den amerikanischen Unabhängigkeitskrieg und seine Spuren in der Umgebung geschrieben.

Harry beginnt Nachforschungen anzustellen und stößt dabei auf ein jahrhundertealtes Geheimnis aus Virginias revolutionärer Vergangenheit. Die Spuren führen zu einem ehemaligen Kriegsgefangenenlager. Um diesen Fall zu lösen, müssen Harry und ihre tierischen Begleiter tief in die Geschichte eintauchen.

Die Autorin

Rita Mae Brown, geboren in Hanover, Pennsylvania, wuchs in Florida auf. Sie studierte in New York Filmwissenschaft und Anglistik und war in der Frauenbewegung aktiv. Berühmt wurde sie mit dem Titel *Rubinroter Dschungel* und durch ihre Romane mit der Tigerkatze Sneaky Pie Brown als Co-Autorin.
www.ritamaebrown.de

Von Rita Mae Brown sind in unserem Hause bereits erschienen:

In der Krimiserie »Ein Mrs.-Murphy-Krimi«:
Schade, dass du nicht tot bist, Bd. 1 · Ruhe in Fetzen, Bd. 2 Mord in Monticello, Bd. 3 · Virus im Netz, Bd. 4 · Herz Dame sticht, Bd. 5 · Tödliches Beileid, Bd. 6 · Die Katze riecht die Lunte, Bd. 7 · Rache auf leisen Pfoten, Bd. 8 · Mord auf Rezept, Bd. 9 · Die Katze lässt das Mausen nicht, Bd. 10 · Maus im Aus, Bd. 11 · Die Katze im Sack, Bd. 12 · Da beißt die Maus keinen Faden ab, Bd. 13 · Die kluge Katze baut vor, Bd. 14 · Eine Maus kommt selten allein, Bd. 15 · Mit Speck fängt man Mäuse, Bd. 16 · Die Weihnachtskatze, Bd. 17 · Die Geburtstagskatze, Bd. 18 · Mausetot, Bd. 19 · Vier Mäuse und ein Todesfall, Bd. 20 · Für eine Handvoll Mäuse, Bd. 21 · Morgen, Katze, wird's was geben, Bd. 22 · Ist die Katze aus dem Haus, Bd. 23 · Die Maus zum Gärtner machen, Bd. 24

Rita Mae Brown
& Sneaky Pie Brown

IST DIE KATZE AUS DEM HAUS

Ein Fall für Mrs. Murphy

Roman

Aus dem Amerikanischen
von Margarete Längsfeld

Ullstein

Besuchen Sie uns im Internet:
www.ullstein.de

Wir verpflichten uns zu Nachhaltigkeit
- Klimaneutrales Produkt
- Papiere aus nachhaltiger
  Waldwirtschaft und anderen
  kontrollierten Quellen
- ullstein.de/nachhaltigkeit

MIX
Papier
FSC FSC® C083411

Ungekürzte Ausgabe im Ullstein Taschenbuch
1. Auflage Mai 2019
2. Auflage 2021
© für die deutsche Ausgabe Ullstein Buchverlage GmbH,
Berlin 2018 / List Verlag
© 2015 by American Artists, Inc.
Illustrationen © 2015 by Michael Gellatly
Titel der amerikanischen Originalausgabe: *Tail Gait*
(2015, New York, Bantam Books)
Umschlaggestaltung: zero-media.net, München,
nach einer Vorlage von Büro Jorge Schmidt, München
Titelabbildung: © Jakob Werth, Teisendorf
Satz: LVD GmbH, Berlin
Gesetzt aus der Janson
Druck und Bindearbeiten: CPI Books GmbH, Leck
ISBN 978-3-548-06034-7

Carol Tanzola in Dankbarkeit gewidmet

Personen der Handlung

Mary Minor »Harry« Haristeen, gerade einundvierzig geworden, Absolventin des Smith College, war sechzehn Jahre lang Posthalterin in Crozet, Virginia. Jetzt versucht sie mit Farmarbeit Geld zu verdienen. Sie hat Brustkrebs überstanden und denkt lieber nicht darüber nach. Sie lebt mehr oder weniger an der Oberfläche des Daseins, bis ihre Neugierde sie tiefer hineinzieht … was unvermeidlich immer wieder geschieht.

Pharamond »Fair« Haristeen, Doktor der Veterinärmedizin, hat sich auf Pferdefortpflanzung spezialisiert. Nach seinem Examen an der Auburn University hat er seine Kindheitsliebe Harry geheiratet. Er ist ein Jahr älter als seine Frau und versteht sich besser auf die Gefühlslage anderer Menschen als sie.

Susan Tucker, kontaktfreudig und in geselligem Austausch aller Art bewandert, ist Harrys beste Freundin, seit sie beide in der Wiege lagen. Sie liebt Harry, macht sich jedoch Sorgen, weil Harry ständig in irgendetwas hineinstolpert.

Reverend Herbert Jones, Vietnam-Veteran der Armee, ist Pastor der lutherischen St.-Lukas-Kirche, die über zweihundert Jahre alt ist. Er ist ein Mann von tiefer Überzeugung und von Herzen kommenden Empfindungen. Harry kennt er seit ihrer Kindheit.

Deputy Cynthia Cooper. Die große, schlanke Frau ist Harrys direkte Nachbarin, weil sie die angrenzende Farm gepachtet hat. Cooper liebt den Polizeidienst. Hin und wieder mischt Harry sich in Coopers berufliche Angelegenheiten ein, aber zu ihrer Verteidigung sei gesagt, dass die Smith-Absolventin ein unheimliches Talent besitzt, auf wichtige Informationen zu stoßen.

Sheriff Rick Shaw. Der Sheriff von Albemarle County ist überlastet, unterfinanziert und überarbeitet. Trotzdem liebt er seine Arbeit, und er hat gelernt, Cooper zu vertrauen. (Anfangs war er nicht begeistert gewesen, eine Frau auf dem Revier zu haben.)

Dr. Nelson Yarbrough, Quarterback der 1959er Footballmannschaft der Universität von Virginia. Seine Profikarriere wurde durch eine Verletzung beendet. Er und seine Frau Sandra praktizieren in Charlottesville Zahnmedizin und sind darüber hinaus für ihre Wohltätigkeit bekannt.

Marshall Reese. Der Abwehrspieler der 1959er Footballmannschaft der Universität von Virginia ist ein erfolgreicher Bauunternehmer, der sich bei der Gestaltung seiner Häuser so gewissenhaft wie möglich an den historischen Vorbildern orientiert.

Paul Huber. In der 1959er Mannschaft der UVA war Huber rechter Läufer. Heute betreibt er ein von seinem Vater gegründetes Garten-und Landschaftsbauunternehmen und arbeitet eng mit Marshall zusammen. Er hat sich auf Anpflanzungen und Gärten des achtzehnten Jahrhunderts spezialisiert.

Willis Fugate, Abwehrspieler 1959, *Rudolph Putnam*, Abwehrspieler 1960, *Lionel Gardner*, Angriffsspieler 1961, *Tim Jardine*, Abwehrspieler 1970. Diese reizenden alten Knaben sind ehemalige UVA-Footballspieler.

Frank Cresey. Er war UVA-Läufer und wurde 1975 All-American, was seine alten Freunde zu ihm halten lässt. Der in höchstem Maße sportlich begabte Frank war eine Zeitlang bei den Damen beliebt und ein guter Student. Das war, bevor er sich mit Alkohol zerstörte.

Professor Greg »Ginger« McConnell, Geschichtsprofessor an der Universität von Virginia. Durch seine Schriften über das Leben der männlichen und weiblichen Bürger im Amerika während des Unabhängigkeitskrieges und der Zeit danach ist er zur weltweit anerkannten Koryphäe geworden. Ginger, der sich für seinen Stoff hellauf begeistern kann, bleibt erfreulich jung und ist allgemein beliebt – oder vielleicht auch nicht.

Trudy McConnell. Ehefrau von Ginger und Mutter von Olivia und Renata »Rennie«. Die zwei Töchter sind jetzt im mittleren Alter. Wie die Ehefrauen von vielen herausragenden Männern ist Trudy Gingers Fixpunkt.

Olivia Gaston. Nach einer unseligen Liebschaft mit Frank Cresey in ihren letzten Teenagerjahren hat sie sich mit einem wunderbaren Ehemann in New Orleans ein gutes Leben eingerichtet.

Snoop, möglicherweise im mittleren Alter – schwer zu sagen, ist ein Alkoholiker, der auf der Downtown Mall »lebt.« Der gesittete Afroamerikaner spricht nicht über seine Vergangenheit. Das tun die wenigsten von den sogenannten Mall-Ratten.

Personen der Handlung

1777–1782

Hauptmann John Schuyler ist zwanzig Jahre alt, kräftig gebaut und ein guter Mensch. Nach der Schlacht von Saratoga nimmt der amerikanische Soldat einen britischen Leutnant gefangen. Von diesem Moment an sind ihre Schicksale auf immer verknüpft.

Leutnant Charles West, mit neunzehn beim britischen Heer, ist der zweite Sohn eines verarmten Adeligen. Er ist künstlerisch begabt und von wachem Verstand und wird samt einigen seiner Männer von Hauptmann Schuyler gefangengenommen.

Ewing Garth. Der hochintelligente erfolgreiche Handelsmann mit Besitzungen in Virginia und North Carolina ist ein amerikanischer Patriot.

Catherine Garth ist tollkühn, stark an Leib und Geist und bewundert ihren Vater. Sie ist zudem überaus schön und im Alter von achtzehn Jahren in voller Blüte.

Rachel Garth ist zwei Jahre jünger als Catherine und ebenfalls eine Schönheit. Sie ist nicht so tollkühn wie Catherine, aber umsichtig und kein Dummchen.

Jeddie Rice. Ein junger Sklave mit der Begabung, Pferde auszubilden und zu reiten. Ihn und Catherine verbindet eine Wesensverwandtschaft.

Roger. Der Hausdiener und deshalb ein Sklave mit Macht.

Weymouth. Rogers Sohn, der eines Tages diesen äußerst
begehrten Posten erben wird.

Korporal Karl Ix. Ein gefangener hessischer Soldat, der
einen Marsch von achthundert Meilen an der Seite von
Leutnant West durchsteht. Mit der Zeit werden sie
Freunde. Ix ist Ende zwanzig und Bautechniker.

Thomas Parsons, Edward Thimble, Samuel MacLeish
wurden gemeinsam mit ihrem befehlshabenden
Offizier Leutnant West gefangengenommen. Ihre
Findigkeit und Ausdauer halten sie in The Barracks,
dem Kriegsgefangenenlager außerhalb von
Charlottesville, Virginia, am Leben.

Hauptmann Graves von der Königlich Irischen
Artillerie wird ebenfalls in Saratoga gefangengenommen. Er ist der Erste, der beizeiten begreift, was dieses
neue Land zu bieten hat.

Die wirklich bedeutenden Figuren

Mrs. Murphy, die Tigerkatze, ist meistens cool, ruhig und beherrscht. Sie liebt ihre Menschen, die Hündin Tucker und sogar Pewter, die andere Katze, die ein rechtes Ekel sein kann.

Pewter ist ichbezogen, rundlich und, wenn sie Lust hat, intelligent. So selbstsüchtig sie auch ist, oft kommt sie in allerletzter Minute, um zu helfen, und will dann die ganze Anerkennung einheimsen.

Tee Tucker. Die Corgihündin könnte für Sie die Aufnahmeprüfung am College bestehen. Sie hängt sehr an Harry, Fair und Mrs. Murphy. An Pewter eher weniger.

Simon ist ein Opossum und wohnt auf dem Heuboden vom Stall der Haristeens.

Matilda. Die große Kletternatter hat einen starken Sinn für Humor. Sie wohnt auch auf dem Heuboden

Plattgesicht. Die große Ohreule wohnt in der Stallkuppel. Sie triezt Pewter unentwegt, aber der Katze ist klar, dass der Vogel sie mühelos hochheben und wegtragen könnte.

Shortro, ein junges Reitpferd in Harrys Stall, wird für die Fuchsjagd ausgebildet. Er ist sehr klug und gutmütig.

Tomahawk ist Harrys älteres Vollblutpferd. Er und Shortro sind seit langem befreundet.

Piglet. Der Welsh Corgi geht mit Leutnant Charles West durch Krieg und Gefangenschaft. Was ihn anbelangt, ist ein amerikanischer Hund so gut wie ein Hund, der Untertan von George III. ist. Aber das behält er für sich.

Die lutherischen Katzen

Eloquenz ist die älteste der St.-Lukas-Katzen und sehr besorgt um den »Rev«, wie seine Freunde den Reverend Herbert Jones manchmal nennen.

Cazenovia. Diese Katze beobachtet alles und jeden.

Lucy Fur ist die jüngste der Miezen. Obwohl stets verspielt, hört sie auf die älteren.

1

Leutnant Charles West schlich mit einer Handvoll seiner Männer, allesamt ausgezeichnete Scharfschützen des 34. Regiments von Hauptmann Alexander Fraser, durch den dichten Wald. Unten konnte man weitere Soldaten dieses Regiments auf die Kontinentalstreitkräfte schießen hören.

Jegliche Hoffnung des tapferen britischen Leutnants, die Front der amerikanischen Rebellen zu durchbrechen, schwand dahin. Der Kugelhagel war heftig. Wests Krieger waren in ihren grünen Röcken gut getarnt, doch der Feind war mit dem Gelände vertraut und hatte von den Mohawk-Indianern viel über das Kämpfen in einem solchen Terrain gelernt. Die Kontinentalstreitkräfte waren zudem mit Gewehren bewaffnet, die in Kentucky oder Pennsylvania hergestellt und viel präziser waren als die britischen Brown-Bess-Musketen.

Die Sinne aufs Äußerste geschärft, hoffte der neunzehnjährige Leutnant vorzustoßen, die Flanke der Rebellenarmee auszukundschaften und Hauptmann Fraser Meldung zu erstatten. Mit nur zwanzig Mann und seinem Hund Piglet suchte er den Rücken der feindlichen Flanke zu finden. Denn könnte er ihn entdecken, würden einige von ihnen gewiss überleben und mit dieser lebenswichtigen Meldung ihren Befehlshaber aufsuchen.

Der unerschrockene Leutnant Charles West und seine Männer schlichen verstohlen weiter. Dem jungen Mann folgte sein wachsamer Hütehund auf den Fersen, ein zäher kleiner Kerl, wie ihn die Waliser liebten. West, der zwar kein Waliser war, aber aus dem an Schottland grenzenden Gebiet stammte, hatte als Kind auf dem Hadrianswall gespielt. Er hatte die Fähigkeiten von Corgis schätzen gelernt.

Die Sinne von Piglet – »Ferkel« – waren denen seines Herrchens weit überlegen, und er war an Gewehrschüsse und Kanonendonner gewöhnt. Er verhielt kurz, hob den Kopf und atmete ein. Leises Knurren und aufgestellte Nackenhaare warnten sein geliebtes Herrchen. Charles blieb stehen. Nach einem Blick auf die Drohgebärde seines Hundes hob er die Hand und signalisierte seinen zwanzig Mann stehenzubleiben. Sie leisteten ihm Folge, abgesehen von Angus MacKenzie, der sechzig Fuß voraus war.

Direkt vor Angus knallte ein Schuss, dann ein zweiter links von ihm. Der robuste Schotte brach zusammen.

»Gebt auf, wenn euch euer Leben lieb ist«, rief eine tiefe Stimme aus dem Wald, während Angus um Atem rang. »Musketen hinwerfen.«

West sah sich um. Über seinem Kopf wurde ein Schuss abgefeuert, dann noch einer und wieder einer. Er legte seine Muskete nieder und eilte zu Angus. Die Männer weit hinter West zogen sich vorsichtig zurück und waren alsbald außer Sicht. Vier britische Soldaten blieben bei dem Leutnant.

»MacKenzie, durchhalten, Mann.« Charles kniete sich hin und hob den Kopf des grauhaarigen älteren Mannes so behutsam an, dass der Verwundete lächelte.

Piglet kam hinzu und leckte Angus das Gesicht.

»Piglet, nein«, sagte Charles leise, während nahebei ein Gewehrschütze der Rebellen aus dem Gebüsch trat und auf ihn und seine Männer zukam.

»Ich trage dich, wo immer man uns hinbringt«, gelobte West dem bejammernswerten Angus.

Angus versuchte mit zusammengebissenen Zähnen zu lächeln, und es gelang ihm schließlich noch, »keine Zeit« zu murmeln.

Leutnant West legte Angus sachte nieder, und Piglet jaulte ein bisschen. Angus war tot. Dem Offizier, der die Rebellen befehligte, ein junger Mann ungefähr in Wests Alter, fiel auf, welche Fürsorge sein Gegenspieler einem einfachen Soldaten angedeihen ließ.

»Leutnant«, sagte der dunkle Mann, »Sie und Ihre Männer sind meine Gefangenen.«

»Charles West.« Er neigte leicht den Kopf.

Der ansehnliche junge Mann betete, keiner möge sich töricht aufführen. Die vier bei Leutnant West gebliebenen Männer legten ihre Waffen nieder. Die Gewehrschützen hatten alles getan, was von ihnen verlangt wurde.

Mit einem Fingerschnippen schickte Hauptmann John Schuyler einige Männer auf die Suche nach den flüchtenden Briten. Sechs blieben bei dem Hauptmann.

Hauptmann Schuyler ging zu Charles hin. Nach einem Blick auf die hübsche Steinschlosspistole, die in des Leutnants Beinkleid steckte, zog Schuyler sie heraus.

»Schönes Stück.« Schuyler, so groß wie Charles, sah ihm direkt in die Augen.

»Ein Abschiedsgeschenk von meinem Vater.«

Breit lächelnd schob Hauptmann Schuyler die beschlagnahmte Waffe in seinen Gürtel. »Kriegsglück.«

Seltsamerweise wirkten die zwei strammen Burschen wie Spiegelbilder voneinander, auch wenn sich Schuylers schwarze Haare und braune Augen von Wests blauen Augen und blonden Haaren abhoben.

Obwohl West wusste, dass er als Gefangener keine Waffe tragen konnte, schmerzte ihn der Verlust des geliebten väterlichen Geschenks sehr. Dennoch hatte er weitaus wichtigere Sorgen.

»Ich darf wohl annehmen«, sagte Charles, »dass keine Zeit bleibt, MacKenzie zu begraben?«

»Bedaure«, antwortete Hauptmann Schuyler. Er hörte unten laute Schüsse sowie ein Trompetensignal, das abrupt abbrach. »Aber Sie können dem Leichnam beliebige Andenken abnehmen und sie seinen Angehörigen senden.«

»Vielen Dank. Sehr freundlich.« Charles kniete wieder nieder. Er entnahm der Innenseite des grünen Rocks des Toten einen Brief und zog einen Ehering von Angus' linker Hand. Er tastete seine Taschen ab, entnahm ein paar Münzen und reichte sie Hauptmann Schuyler.

Der dunklere Offizier gab sie zurück. »Nein, nein, schicken Sie seiner Frau, was Sie können«, sagte er, als er den Ehering sah. »Sie können aus dem Gefangenenlager Briefe versenden und Geldmittel sowie Briefe empfangen.« Als West ihn fragend ansah, sagte Schuyler: »Wir sind keine Wilden, Mann.«

West stand auf, und Piglet betrachtete aufmerksam das Gesicht seines Herrchens. »Dafür sind Sie aber verdammt gute Soldaten, Herr Hauptmann.«

Grinsen erschien in den Gesichtern der Rebellen. Diese eingebildeten Briten dachten, sie würden sie glatt besiegen, oder schlimmer noch, sie dachten, die meisten Kolonisten würden zur Krone halten. Da sie unten die Schlacht toben hörten, freuten sich die Amerikaner über das Lob.

Hauptmann Schuyler und seine Männer umringten seine kleine Gefangenen-Ausbeute. »Jacob, jeder von euch nimmt eine Muskete.« Jacob und die anderen taten wie befohlen.

Der lange Marsch in eine ungewisse Zukunft begann.

Als Offizier ging Hauptmann Schuyler mit seinem britischen Gegenspieler. Er war darauf erpicht, diesen Leuten zu zeigen, dass die rebellischen Kolonisten zivilisiert waren und die Kriegsregeln kannten. Er sah zu dem Corgi hinunter und fragte: »Was ist sein Dienstgrad?«

West musste unwillkürlich lächeln. »Gefreiter Piglet, Herr Hauptmann, begierig, meinen Anordnungen Folge zu leisten.«

Leise erwiderte Hauptmann Schuyler in leicht verschwörerischem Ton: »Ah, das ist gewiss ein guter Soldat.«

Erfreut trottete Piglet voran. In der Ferne war Kanonenfeuer zu hören, vornehmlich von Rebellenseite. Die Briten mühten sich damit ab, ihre großen Kanonen über den unebenen Boden zu schleppen. Der kleine Kerl fürchtete sich nicht. Er hatte Angus gerngehabt, würde ihn auf seine Art in Erinnerung behalten, denn der ältere Mann hatte gelegentlich einen Keks mit ihm geteilt und mit seinem wohlklingenden Akzent zu ihm gesprochen.

Piglet kannte Krieg so gut wie irgendein Hund, und er wollte Charles beschützen bis in den Tod. Ob sengende Hitze, peitschender Regen, stürmischer Schneeregen, es machte Piglet nichts aus, solange er nur bei seinem jungen Herrn war, einem kampferprobten Jüngling mit einem Herzen aus Gold. Selbst dieser furchtbare Krieg konnte dem nichts anhaben, und Piglet wusste das. Aber Hunde wissen auch Sachen über Menschen, die Menschen unbedingt vor anderen Menschen zu verbergen trachten.

An jenem 7. Oktober 1777 führte das Schicksal drei Leben zusammen. Leutnant Charles West, Hauptmann John Schuyler und Piglet, drei Leben, die miteinander verschlungen sein würden bis zu ihrem Tod viele Jahre später. Der Amerikaner Hauptmann Schuyler wusste etwas, das weder Leutnant West noch Piglet sich vorstellen konnten, nämlich dass eine alte Ordnung in der Auflösung und ein neues Land im Entstehen begriffen war.

2

10. April 2015

Lange, tiefe, blassgoldene Strahlen brachten die Westseite der Friedhofsmauer von St. Lukas zum Leuchten. Viele der beigesetzten Seelen ruhten hier seit kurz nach dem Unabhängigkeitskrieg. Die Kirche selbst – aus handverlegten Steinen erbaut, viele davon stammten von den Feldern – passte altersmäßig zu den Verstorbenen. Der Schöpfer dieses friedvollen Ebenmaßes hatte sich in Mittelvirginia und eine junge virginische Schöne verliebt, als er wenige Meilen entfernt in einem Revolutionskriegslager lebte. Drei Bogengänge verbanden die Kirche an dem einen Ende mit dem Pfarramt am anderen. Der Innenhof von St. Lukas grenzte im Norden an den Hauptbogengang. An jeder Ecke bildeten die zwei kürzeren Gänge ein friedvolles Rechteck; ein längerer Gang war dem vorderen nachgebaut. Die Proportionen dieses alten Rechteckplans waren anmutig, schlicht und zeitlos. Die kürzeren Bogengänge mündeten in eingeschossige Steinbauten mit mundgeblasenen welligen Fensterscheiben. Ursprünglich als Klassenzimmer genutzt – einer Unter- und einer Oberschule –, dienten die Räume jetzt diversen Kirchengruppen. Das Gebäude der Männer befand sich auf der Nordseite, das der Frauen auf der Südseite, jedes ein Ebenbild des anderen, ganz wie bei den Bogengängen. Das Gebäude der Männer war so sauber, dass man von dem Kiefernkernholzboden hätte essen können, eine Sauberkeit, die jede Ehefrau dazu veranlasste, sich zu fragen, warum das bei ihr zu Hause nicht so war.

An diesen Innenhof grenzte ein geräumiger Außenhof, groß genug für Footballspiele und Veranstaltungen bei gutem Wetter. Als hintere Begrenzung diente der Friedhof, eingefasst von einer grauen Mauer aus denselben Steinen wie der Kirchenbau.

Von dem großen Hof aus lag das Pfarrhaus linker Hand des Friedhofs. Der Wohnsitz war im Lauf der Jahrhunderte größer geworden, sowohl durch Anbauten als auch durch eine Doppelgarage. Das Pfarrhaus, ursprünglich ein Stall mit darüberliegenden Wohnquartieren, war aus weiß gestrichenen Schindeln erbaut worden. Die Fensterläden waren mitternachtsblau, in jeden war oben ein Kreuz eingeritzt.

Als lutherische Kirche war St. Lukas hochkirchlich, doch obwohl der Innenraum von einer kurzen Liebelei mit Vergoldungen zeugte, war sie dezenter gehalten als die katholische Kirche am Ende der Straße, allerdings nicht annähernd so karg wie die Kirche zum Heiligen Licht.

In diesem angenehmen, behaglichen Heim führte eine Abendeinladung Freunde zusammen. Reverend Herbert Jones, letztendlich den Schatten entkommen, die der Tod seiner Frau geworfen hatte, bewirtete an diesem Abend Gäste. Obwohl seine Ehefrau, zu ihrer Zeit eine große Schönheit, schon vor sieben Jahren gestorben war, hatte der gute Mann lange gebraucht, um sich wieder zu fangen.

Drinnen saßen Harry und Fair Haristeen, Doktor der Veterinärmedizin, Susan und Ned Tucker, Nelson und Sandra Yarbrough, beide Zahnmediziner, Professor Greg »Ginger« McConnell und seine Frau Trudy, Marshall und Joyce Reese sowie Paul und Anita Huber bei Reverend Jones und seiner guten Freundin Miranda Hogendobber in dem schlichten, blassgelb gehaltenen Wohnraum. Nach dem Tod von Harrys Mutter war Miranda ihr eine Ersatzmutter und allen eine gute Freundin geworden. Miranda hatte auch eine engelhafte Singstimme, eine Stimme im Dienst der Kirche zum Heiligen Licht, einem evangelischen Gotteshaus.

Man konnte den Caterer in der alten Landhausküche bei der Arbeit hören.

»Ich weiß nicht, warum du mich das Abendessen für heute nicht hast kochen lassen«, sagte Miranda, die in einem pfirsichfarbenen Kleid sehr hübsch aussah.

»Weil du dich dann übernehmen würdest.« Herb lächelte, als Lucy Fur, eine lutherische Katze, auf die Rückenlehne seines Polstersessels sprang.

»Ich hatte ganz vergessen, wie hübsch dieses Haus ist«, bemerkte Trudy. »Wie ein Schritt zurück in der Zeit.«

»Na ja, jedenfalls ist kein Fernseher im Wohnzimmer«, erklärte Susan, Anfang vierzig. »Macht mich wahnsinnig.«

Harry, Susans Freundin seit Kindertagen, knuffte sie. »Ach Susan, dich macht alles wahnsinnig.«

»So, das hat sie gesagt, nicht ich.« Ned lachte. Ned war der Bezirksabgeordnete in der gesetzgebenden Versammlung, die er gewöhnlich als Haus der Bürger bezeichnete, so wie sie vor der Revolution geheißen hatte. Er nannte sie auch, was allerdings nicht für die Öffentlichkeit bestimmt war, ein »Irrenhaus«.

»Sie ist in allem eine Perfektionistin, aber ganz besonders in Fragen des Benimms«, lobte Fair Susan. Er benutzte das Wort, das seine Mutter immer verwendet hatte, wenn sie ihn ermahnte. Im Kopf konnte er die Stimme noch hören: »Pharamond, ein Gentleman geht immer außen neben einer Dame. Auf diese Weise wird er bespritzt, nicht sie, falls ein Karren durch eine Schlammpfütze fährt.«

Daher war Fair seit seinem fünften Lebensjahr immer an der äußeren Seite gegangen und hatte zudem sämtliche Pflichten erfüllt, deren Erfüllung von einem virginischen Gentleman erwartet wurde. Die Pflichten waren unanfechtbar, unabhängig von Geschlecht, Alter oder Gesellschaftsschicht. Sein Vater pflegte ihm dieselbe Regel auf seine Art murmelnd zu vermitteln: »Sei kein Tölpel, mein Sohn.«

Alle, die sich an diesem Abend bei Reverend Jones eingefunden hatten, waren mit strengen Benimmregeln aufgewachsen. Mögen solche Regeln in anderen Landesteilen als Beeinträchtigung der Selbstentfaltung verstanden werden, so weiß doch jeder Südstaatler, dass man mit einwandfreien Manieren jemanden bitter kränken kann. Eine leichte Veränderung im Tonfall, eine Handbewegung, klimpernde Münzen in einer Tasche können wie ein abgeschossener Pfeil wirken. Obwohl niemand von den Anwesenden bei dem Thema verweilte, so wusste doch jeder, dass Manieren wichtige Aufschlüsse über Sozial- und Gefühlsebenen lieferten. Sie nicht zu kennen war wie Lesen mit einem geschlossenen Auge.

Für die lutherischen Katzen galten derlei Gebote allerdings nicht. In diesem Augenblick krallte Cazenovia sich in der Küche ans Bein des Caterers, in der Hoffnung, er würde einen Brocken fallen lassen. »Gottverdammte Katze«, hörte man ihn schimpfen.

Reverend Jones stand auf und ging in die Küche, um die nichtswürdige Glückskatze zur Rede zu stellen. »Wo hast du deine Manieren gelassen?«

Eloquenz, die dritte lutherische Katze, schlenderte in die Küche, war aber klug genug, nicht zu maunzen.

»Tut mir leid, dass ich geflucht habe«, entschuldigte sich Warren Chiles, ein Gemeindemitglied und der Caterer.

Der Reverend lachte. »Tu ich andauernd. Ich hoffe nur, der Herrgott hat sich um Wichtigeres zu kümmern als um einen fluchenden Pastor.«

»Hat er sicher«, erwiderte Warren und nickte. »Essen ist fertig.«

»Gut. Ich bin ausgehungert. Sind alle anderen bestimmt auch.«

Reverend Jones ging wieder ins Wohnzimmer und bat seine Gäste zu Tisch. Sie begaben sich ins Esszimmer, das in einem angenehmen dunklen Elfenbeinton gestrichen war. Ein kleiner Kronleuchter von 1804 warf sanftes Licht auf die Tafel. Ein besticktes Tischtuch verdeckte manchen Kratzer – der selbstverständlich nicht von den Katzen stammte.

Als Schweinebraten aufgetragen und Wein eingeschenkt war, ging draußen allmählich die Sonne unter. Die letzten goldenen Strahlen färbten sich erst lachsrot, um dann in ein flammendes Rot überzugehen.

Harry machte die Leute darauf aufmerksam. »Guckt euch diesen herrlichen Sonnenuntergang an.«

Die anderen hielten inne und drehten sich um.

Trudy, die ursprünglich aus Michigan kam, starrte auf die Feuerpracht. »Ich kann von der Schönheit dieser Gegend nie genug kriegen.«

»Ich erinnere mich aus meiner Kindheit an herrliche Sonnenuntergänge über der Tampa Bay, aber die Berge bei Sonnenuntergang und im Zwielicht die Farbe wechseln zu sehen, das hat schon was«, bemerkte Nelson.

»Da stellt sich mir die Frage, wer sonst sieht sich das an und wo?«, wollte Susan wissen. »Ist es in Asheville, North Carolina, oder im Hudson River Valley jetzt gerade auch so schön?«

»Oder wer hat 1820 die prachtvollen Sonnenuntergänge dieses Tals betrachtet?«, grübelte Marshall. Wie Nelson und Paul hatte Marshall bei Professor McConnell Geschichte studiert, als sie 1959 Football für die UVA spielten, die Universität von Virginia.

Beim Tischgespräch ging es um Sonnenuntergänge und Sonnenaufgänge, Mondaufgänge und darum, ob es sich besser am Wasser oder in den Bergen lebte. Es waren gefällige Unterhaltungen unter Menschen, die einander seit Jahrzehnten kannten. Nach dem Essen begaben sie sich ins Wohnzimmer zurück, wo Reverend Jones im Kamin Feuer entfachte. Die drei – jetzt satten – Katzen ließen sich flugs davor hinplumpsen.

Den letzten Frost gab es normalerweise um Mitte April, aber voriges Jahr hatten sie bis Anfang Mai Frost gehabt. Man wusste ja nie. Mit oder ohne Frost, die Narzissen standen schon hoch, die Blütenknospen der Judasbäume würden sich bald öffnen. Der Frühlingsanfang in den Appalachen war eine magische Zeit.

»Wann ist euer nächstes Klassentreffen?«, erkundigte Ginger sich bei Nelson.

»Weiß ich nicht, aber die Mannschaft kommt Ende des Monats in Richmond zusammen. Früher haben wir uns in Wintergreen getroffen«, der Zahnarzt meinte einen Wintersportort westlich von Charlottesville, »nur kommen einige von uns inzwischen die steile Treppe nicht mehr hinauf.«

»Das geht so schnell«, murmelte Harry, die, obwohl sie viel

jünger war als die Männer von der Uni, nicht fassen konnte, wie die Zeit verflog.

Miranda, gute siebzig, lächelte. »Das sagen alle. Ist euch das schon mal aufgefallen?«

»Seit Perikles' Ära in Athen klagen die Menschen über die Zeit.« Ginger lachte. »Schon früher. Ich führe das auf das menschliche Befinden zurück.«

»Apropos menschliches Befinden. Wie kommst du mit den Recherchen für dein Buch voran?«, fragte Nelson.

Trudy warf gutgelaunt ein: »Wenn ihn das Buch nicht umbringt, dann vielleicht ich.«

Ginger legte seiner Frau einen Arm um die Schultern. »Schatz, ich war nun schon über Jahrzehnte ein Ärgernis. Kommt es da auf eins mehr noch an?«

»Jahrzehnt oder Ärgernis?«, schoss sie zurück.

Sie lachten, dann antwortete er: »Mit dem Schreiben geht es langsam voran, weil ich nicht vom Recherchieren lassen kann. War schon immer so. Ich denke, ich habe alle Kirchen besichtigt, die vor, während des Unabhängigkeitskrieges und unmittelbar danach gebaut wurden, einschließlich dieser. Ich habe die Verzeichnisse der Pfarrkinder gelesen, die Gräber besucht, diejenigen notiert, die während des Krieges Soldaten oder Seeleute waren, diejenigen, die in The Barracks, gleich hier die Straße runter, Kriegsgefangene waren. Sie kommen mir wie Bekannte vor. Ich weiß über ihren Grunderwerb Bescheid, über ihre Gerichtsverfahren, sofern es welche gab. Kurzum, den Schrott des Alltagslebens. Trudy hat das so oft zu hören gekriegt, aber manchmal habe ich das Gefühl, dass sie nach uns greifen.«

»Deshalb warst und bist du so ein guter Lehrer. Du hast ihnen Leben eingehaucht.« Nelson war es, der Ginger dieses überschwängliche Kompliment machte.

»Wahrhaftig«, sagte Reverend Jones. »Ich hatte nie das Glück, Gingers Vorlesungen zu besuchen, aber seine Bücher habe ich gelesen. Wie ihr wisst, bin auch ich von Geschichte fasziniert, betreibe es aber eher dilettantisch. Es hat mich immer interessiert, wie die diversen Religionen in diesem neuen Land Fuß gefasst haben, und im Hinblick auf die Entfernungen, die Menschen für seelischen Trost zurücklegen mussten, frage ich mich oft, wie etwa ein katholischer Priester einem sterbenden Quäker Trost spendete, nur weil er am nächsten bei dem Leidenden war.« Reverend Jones war ein kreativer Denker.

»Der Gedanke ist mir nie gekommen«, meinte Harry.

»Mir auch nicht.« Susan beugte sich vor. »So viele Menschen, so viele Arten des Anbetens, des Denkens.«

»Das Klügste, das wir je getan haben, war die Trennung von Kirche und Staat, und wir können Madison dankbar sein, weil er die Klauseln für Virginia verfasst hat, als wir eine Kolonie waren.« Gingers Ton duldete keine Unterbrechung, aber bei diesem Thema waren ohnehin alle mit ihm einig.

»Wer war Ihr bester Student?«, fragte Miranda ihn.

Nelson lachte kurz auf. »Ich nicht.«

»Du hattest gute Noten. Geschichte war nicht dein Favorit, nicht wie bei Marshall und Paul.«

»Deinetwegen habe ich auf eigene Faust studiert. Die Gärten des achtzehnten und frühen neunzehnten Jahrhunderts«, sagte Paul, der 1959 rechter Läufer der Mannschaft gewesen war. »Freiheitsgärten, wie manche genannt wurden. Aber ich habe ja immer gewusst, dass ich Dads Landschaftsbaubetrieb übernehmen würde. Das lag auf der Hand.«

Marshall lächelte. »Kommt mir gelegen.«

Joyce strahlte, stets gewillt, ihren ehrgeizigen Ehemann zu rühmen, der damals Abwehrspieler gewesen war. »Ihr müsst euch unbedingt ansehen, was Marshall und Paul in Continental Estates zuwege bringen.«

»Ach, Schatz, davon wollen sie nichts hören«, gab Marshall zu bedenken.

Reverend Jones ermunterte Marshall und Paul. »Aber sicher wollen wir es hören.«

»Wie ihr wisst, habe ich in den vergangenen fünfzig Jahren landerhaltende Projekte entwickelt, zuweilen sogar die originalen Unterkünfte rekonstruiert. Auf die Idee bin ich in Gingers Vorlesungen gekommen. Er hat mir gezeigt, wie sich Besitz aufspüren lässt, so dass ich präzise verfahren und Häuser gemäß der damaligen Zeit, aber mit unseren sämtlichen Annehmlichkeiten bauen konnte und kann.«

»Und wenn möglich, gestalte ich sie landschaftlich, wie man es, sagen wir mal, um 1790 gemacht hat«, warf Paul ein.

»Bekommt ihr keine Staats- und Bundessteuergutschriften?«, fragte Fair.

»Ich ja, Paul nicht. Aber ich als der Bauunternehmer schon. Die Formalitäten sind erdrückend, und natürlich müssen Paul und ich vor dem Planungskomitee des Albemarle County erscheinen.«

Paul warf ein: »Nicht bloß mit historischen Plänen, sondern auch mit Studien zur Umwelt und jetzt sogar zu den Lebensräumen wildlebender Tiere. Manchmal dauern die Formalitäten sowie die Vorauswahl über ein Jahr.«

Marshall nickte. »Öffentliche Anhörungen auch.«

»Ja nun, die Steuervergünstigungen sind es jedenfalls wert«, sagte Ned, und er musste es wissen.

Marshall stimmte ihm zu. »Seit 2000 hat die Baufirma Reese sechzehn Millionen Dollar an Staats- und Bundessteuergutschriften erhalten.« Er hob die Hände. »Und ich verspreche euch, die Hälfte davon fließt in die Studien, die künstlerische Darstellung, die Bodenuntersuchungen.«

Joyce ergänzte: »Und gäbe es nur einen einzigen Missgriff, würde Marshall mit Sicherheit in der Zeitung heruntergemacht, mit Klagen überhäuft. Es ist absurd.«

»Es ist bestimmt überspitzt, aber die meisten Bauunternehmer sind vermutlich nicht so gewissenhaft wie Marshall«, meinte Harry.

»Die meisten schon. In jedem Korb findet sich ein fauler

Apfel, aber ihr würdet staunen, welch großen Wert die meisten Leute in dieser Branche auf einen guten Namen legen«, entgegnete Marshall und lächelte Ginger an. »Doch wir sind abgeschweift. Du wolltest uns von deinem Buch erzählen.«

Ginger, der einen kleinen Cognacschwenker in der Hand hielt, kicherte. »Die Menschen, die während der Revolutionszeit nach Nova Scotia oder zurück nach England geflohen sind, wurden unter den Teppich gekehrt. Aber auch sie haben dazu beigetragen, dieses Land zu erschaffen. Viele haben an der Twenty South gelebt, dem Hauptweg nach Scottsville. Und einige lebten natürlich hier, im heutigen Crozet.« Er trank einen Schluck, fuhr dann fort: »Diese Männer und ihre Ehefrauen habe ich über Jahrzehnte hinweg durch Oxford und Cambridge aufgespürt. Eine junge Hilfskraft ruft mich morgen mit den neuesten Ergebnissen an. Wegen des fünfstündigen Zeitunterschieds ist es danach nicht mehr lange bis zur Abschlagzeit!«

»Apropos Golf, ich kann's nicht erwarten, wieder loszulegen.« Susan setzte sich aufrecht, ihre Miene drückte Begeisterung aus.

»Wenn ich so gut spielen würde wie du, wäre ich auch aufgeregt.« Paul lachte. »Bei mir ist eine große Portion Wunschdenken dabei, aber ich will mich bewähren.«

»Das sagen wir doch alle«, zog Nelson ihn auf, und alle lachten.

Der angenehme Duft von brennendem Holz verstärkte die vertraute Atmosphäre.

»Ich bin jetzt zweiundachtzig und wünsche mir, ich hätte noch mal zweiundachtzig Jahre«, meinte Ginger und lächelte. »Ich bin gerade an dem Punkt, wo ich sehe, wie sich im Puzzle der Jahrhunderte alles zusammenfügt. Ich werde die nächste Generation historischer Durchbrüche nicht mehr erleben. Ich hoffe aber, unsere UVA steht hierbei an vorderster Front.« Die anderen sahen ihn erschrocken an, ausgenommen Trudy, die wusste, was ihr Mann wirklich empfand.

Nelson meinte leichthin: »Ginger, du bleibst immer Geschichtsprofessor an der UVA, und die Fakultät wird deine Arbeit eines Tages ohne Rücksicht auf politische Einstellungen fortsetzen. Und du wirst immer ein passabler Golfspieler sein.«

Sie lachten wieder.

Reverend Jones fühlte mit Ginger. Jones war über siebzig, und ein langes Leben und Lernen hatten just begonnen, Früchte zu tragen. Erst jetzt begriff er, was Vietnam für ihn bedeutet hatte, als er ein junger Kämpfer in der Armee gewesen war. Trotz der Behandlung zu Hause, die er und das Land schließlich verkraftet hatten, war er dankbar, weil er führen gelernt hatte. Die Erfahrungen, für andere verantwortlich zu sein, blieben ihm erhalten, und er glaubte, dass Pflichtgefühl einen anständigen Pastor aus ihm gemacht hatte.

Die Anhänger von St. Lukas würden ergänzt haben, »einen wunderbaren Pastor, einen Menschen mit Gefühl, Überzeugung und Liebe«.

Als der Abend schließlich an sein Ende kam, erinnerte Susan Nelson an die morgigen Abschlagzeiten.

Ginger lächelte. »Ich bin um eins dran. Mein Ziel ist, an meinem Geburtstag mein Alter zu scoren.«

»Wenn jemand sein Alter einspielen kann, dann du«, meinte Susan bewundernd zu Ginger. »Genau das hat Nelson mit ›passabel‹ gemeint.«

* * *

Auf der Heimfahrt drehte Harry sich zu ihrem Mann hin, der ganze eins achtundneunzig maß. »Schatz, was ist so toll daran, wenn man sein Alter scort?«

Er zuckte die Achseln. »Weiß ich nicht genau, aber was Besonderes ist es schon. Bist du nicht Susans Caddy? Ich denke, dann dürftest du dich mit diesem Zeugs auskennen.«

»Ha! Gewöhnlich bin ich Susans Caddy nur, weil mich die,

die mit ihr spielen, darum bitten. Sie überlegt krampfhaft, welchen Schläger sie nehmen soll, vergeudet Zeit noch und noch. Ich zieh einfach einen Schläger raus und reiche ihn ihr.«

»Aber du spielst nicht. Woher kennst du dich aus?«

»Als wir vor Jahren auf der Highschool waren, hab ich den Schultrainer gebeten, es mir zu erklären. Dann hab ich einiges drüber gelesen und manchmal zugeschaut.«

»Gott, Terry Baumgartner! An den hab ich seit Jahren nicht gedacht.« Fair nahm wegen eines Bodennebelfelds den Fuß vom Gas.

»Golf ist ein schönes Spiel. Ich hatte bloß nie die Geduld dafür. Ich brauche Tempo, mein eigenes oder das von meinem Pferd. Es würde mich verrückt machen, vor einem kleinen weißen Ball zu stehen und danach zu schlagen.«

»Schatz, es macht Millionen von Amerikanern verrückt. Es ist ein herzergreifendes Spiel.«

»Wie wahr! Susan kann sich an Grüns, Wetter, alles Mögliche erinnern, seit sie zwölf war, und das ist immerhin dreißig Jahre her! Ich kann mich kaum an die letzte Woche erinnern.«

»Du erinnerst dich an vieles.« Er lächelte. »Aber von wegen das eigene Alter scoren. Das schafft kaum mal jemand.«

3

11. April 2015

Boom Boom Craycroft und Susan Tucker fuhren in einem grünen Golfwagen, Nelson Yarbrough und David Wheeler in einem anderen. Harry folgte ihnen wie abgesprochen in einem dritten Wagen, mitsamt ihren zwei Katzen Mrs. Murphy und Pewter, Susans Golftasche und einer kleinen Thermosflasche mit heißem Tee, die im Becherhalter steckte.

Strahlender Sonnenschein überflutete die Fairways, die Blattknospen der Weiden standen kurz davor, sich zu dem einzigartigen Hellgrün des Frühlings zu öffnen. Der lange, kühle Frühling verhieß mehr baldige Blütenpracht. Ein leichter Wind verhieß, dass der Tag kühl sein würde, auch wenn das Thermometer bis siebzehn Grad anstieg. An diesem Nachmittag um halb drei hielt sich die Temperatur bei etwa vierzehn Grad. Pulloverwetter.

Die Wagen stoppten am dritten Abschlag. Trotz des anhaltenden leichten Frostes waren die Menschen begierig, rauszukommen und in eine neue Golfsaison zu starten. Natürlich würden sie ihr Spiel dieses Jahr verbessern. Sie wussten es einfach.

Die Vierergruppe, die über Jahre zusammen gespielt hatte, hielt sich an eine bewährte Routine. Die Damen schlugen zuerst von den Damenabschlägen, dann folgten die Herren von den Herrenabschlägen.

BoomBoom, Handicap 11, die nie herumtrödelte, nahm das Dreierholz aus ihrer Tasche, teete auf und schlug einen prachtvollen Drive schnurgerade über das sehr lange Fairway. Dieser Platz war 1927 angelegt worden, Grundstücke waren damals erschwinglich gewesen, und Par-5-Löcher konnten platziert werden, ohne das Budget zu strapazieren. Par-4- und einige Par-5-Löcher waren üblich auf diesen herrlichen alten Plätzen. Farmington kam ohne viele Doglegs aus. Wer schön gerade schlagen konnte und das Gelände richtig las, konnte durchaus Spaß daran haben, den alten Platz auf die alte Weise zu spielen. Aber Sandbunker, knifflige Fairways und irreführende Seitenbegrenzungen verlangten hier und da vom Spieler etwas Nachdenken.

Nachdenken ist allerdings die leichtere Seite beim Golfen, die Ausführung ein Kapitel für sich. Susan, Handicap 4, beobachtete BoomBoom, auch eine Freundin seit Kindertagen. BoomBoom konnte abschlagen. Das kurze Spiel ließ sie oft im

Stich, aber am Tee musste man sich mächtig ins Zeug legen, um es der großen Blonden gleichzutun.

Susan zögerte. »Holz vier? Nein, nein, da oben ist der versteckte kleine Bunker.«

»Hier. Schlag einfach drauflos, verdammt.« Harry reichte ihr ein Dreierholz.

Genervt von Harrys direkter Art, starrte Susan den Schläger an. »Na gut.«

Sie packte das Dreierholz. Das Geplänkel mit Harry gab ihr Energie, die sie am Ball auslassen konnte.

Mrs. Murphy und Pewter wurden auf dem Platz geduldet, weil sie sich unauffällig verhielten. Außerdem waren sie im Auffinden von Golfbällen besser als die Menschen. Die zwei Katzen sahen zu, wie Susan den Ball auf das Tee legte.

Sie war ein Naturtalent. Mit ihrer fließenden Schwungbewegung ließ Susan Golf leicht aussehen. Als Kind hatte sie der unvergleichlichen Mary Pat Janss zugeschaut und davon geträumt, die Könnerschaft ihres Idols zu erreichen. Da Mary Pat international gespielt hatte, war das ein weiter Schlag sozusagen. Die ältere Frau wusste Talent zu erkennen und arbeitete gern mit Susan, die sich Mary Pats Prinzip, »keine Gnade kennen«, zu eigen machte.

Golfen hatte sich verändert, genau wie alles andere, schien es Susan. Heutzutage brauchten erfolgversprechende junge Golfspieler Sponsoren und Spezialtrainer. Mit denen wurden Kinder schon mit zwölf oder dreizehn Jahren zusammengebracht. Hätte sie bei den Profis bestehen können? Wer weiß? Sie befasste sich nicht weiter damit. Dagegen befasste sie sich damit, Club-Champion zu werden, auf dass ihr Name in die Liste eingetragen würde, in der Mary Pat häufig genannt war.

Susan schlug einen Ball ein kleines bisschen weiter als Boom-Boom den ihren. Beide Bälle lagen genau mitten auf dem Fairway.

David, der auch recht gut spielte, lächelte Nelson zu, als er zum Tee schritt. »Mein Drive ist länger als ihrer. Dann können wir zugucken, wie's sie zerreißt.«

»Dein Drive mag länger sein, aber mit dem zweiten Schlag hat sie dich.« Nelson lächelte. »Die Frau hat sich so unter Kontrolle, und ihre Wut auch.«

Pewter fand den ganzen Vorgang mysteriös. »*Warum schlagen die Menschen das Dings, steigen dann in einen Wagen und fahren hin?*«

»*Wir haben das gemacht, seit wir klein waren. Warum fragst du jetzt?*«, entgegnete Mrs. Murphy, die allzeit vernünftige Tigerkatze.

Die graue Katze runzelte die Stirn. »*Ich hab dauernd gefragt, seit wir klein waren. Du antwortest ja nie.*«

»*Weil ich nicht kann. Pewter, warum sich deswegen grämen? Wir kommen von der Farm weg, wir fahren in diesem dämlichen Wagen rum, und sie sind überglücklich.*«

Pewter blickte ihre Freundin an. »*Warum fluchen sie dann so viel?*«

Mrs. Murphy gab keine Antwort. Stattdessen beobachtete sie David.

Der Ball kam flach vom Schlägerkopf, stieg hoch und flog, beschleunigte wie ein ferngelenktes Geschoss. Davids Abschlag war knapp dreißig Meter länger als der der Damen. Es war ein fantastischer Schlag, aber der Ball stieß an die Kante des Fairways. In etwas höherem Gras hätte sein zweiter Schlag zum Grün gerade genug Kraft und eines kleinen Bogens bedurft, um sicher zu landen, da die Sandbunker, die dieses Grün verteidigten, berüchtigt waren.

Nelson schlug auch drauflos. Der großgewachsene Mann hatte nicht nur als Quarterback an der Universität von Virginia, sondern hatte auch Profi-Ball in der kanadischen Liga gespielt. Wenn Nelson eines besaß, dann Kraft. Ihm gelang ebenfalls ein schöner, sauberer Schlag, der anders als Davids weiter links landete. Sein Handicap 15 war irreführend, weil Nelson im Gegensatz zu anderen Tagen erheblich unter seinem Handicap blieb. Fünfzehn war guter Durchschnitt. Die Sprunghaftigkeit des Spiels katapultierte einen auf Wolke sieben oder in den Abgrund.

Jedermanns zweiter Schlag war ganz anständig bis auf Nelsons. Vor dem Ballkontakt verkantete er in letzter Sekunde den Schläger leicht, landete einen Fehlschlag im hohen Rough oder im angrenzenden Wald. Er konnte es nicht sagen, würde aber wohl suchen müssen.

Ein Marsch durchs höhere Gras, kein Ball. Nelson fügte sich in sein Schicksal, trottete in den Wald. Es war ihm unangenehm, das Spiel zu verzögern. Unter einem heruntergefallenen Ast lag sein strahlend weißer Ball.

Nelson war so klug, den Strafschlag hinzunehmen, doch ehe er aus dem Wald ins hohe Rough trat, hörte er in der Nähe Schüsse.

Er blickte sich um, sah nichts, hörte aber einen Aufschrei. Er eilte zurück zum Wagen und erkundigte sich bei David: »Hast du das gehört?«

»Ja. Klang wie eine Pistole.« David blickte in die Richtung der Schüsse. »Ich hätte mich nach einem miesen Schlag öfter gern mal erschießen mögen. Hoffentlich war das jetzt nicht so was.«

Auf dem Grün berieten die fünf Freunde über das befremdliche Geräusch, dann machten sie sich ans Putten. Alle schafften Par bis auf Nelson, dank seines Fehlschlags.

Gerade als die Spieler in ihre Wagen stiegen, kam eine Platzpatrouille angefahren. Der Teenager Bobby Thomas machte ein ungewöhnlich grimmiges Gesicht. »Leute, bleiben Sie bitte hier, bis ich wiederkomme und Ihnen sage, was als Nächstes zu tun ist.«

Während er sprach, heulte eine Sirene. Die vier sahen die Lichter blinken, als ein Rettungsfahrzeug auf einen Fahrweg zwischen ihrem und einem anderen Grün einbog. Mehr als das konnten sie nicht sehen, aber sie hörten den Rettungswagen weiterfahren. Danach kam ein Streifenwagen mit Sirenengeheul, der Sheriff steuerte denselben Fahrweg an. Wie aus dem Nichts schienen alle Wagen auf demselben Weg zusammenzuströmen.

»Bobby, was ist hier los?«, fragte Susan.

»Kann ich nicht sagen, aber ich komm wieder.«

Susan, als Erste aus dem Wagen, ging die paar Schritte bis zum Wagen der Männer, die auch ausgestiegen waren. Harry und BoomBoom traten zu den anderen. Die Katzen blieben auf dem Sitz.

BoomBoom runzelte die Stirn. »Ich erinnere mich nicht, dass ein Rettungswagen mal so weit auf den Platz gekommen wäre.«

Nelson meinte: »Eigentlich erinnere ich mich an überhaupt keinen Rettungswagen.«

»Wie war das denn damals mit Kirsten Menefees Herzinfarkt?«, fragte Harry.

David antwortete: »Auf dem Übungsplatz.«

Sie lauschten angespannt, als die Sirenen verstummten. So schön der Frühlingstag auch war, nach einer Dreiviertelstunde wurden die vier unruhig. Ihnen wurde nahegelegt – tatsächlich befohlen –, zu bleiben, wo sie waren. Nach etwa einer Stunde kam Bobby Thomas zurück.

»Was ist los?«, fragte David höflich.

»McConnell ist« – er hielt inne – »gestorben.«

»Woran?«, rief Susan.

»Weiß ich nicht.« Das Gesicht des Teenagers nahm einen bekümmerten Ausdruck an. »Sie sollen alle in den Club gehen und dort warten. Dort will jemand von der Polizei mit Ihnen sprechen.«

Harry stieß hervor: »Polizisten tauchen nicht wegen Herzanfällen auf.«

»Mrs. Haristeen, ich soll dafür sorgen, dass Sie alle in den Club gehen und bei Ihren Wagen bleiben.«

»Entschuldige, Bobby. Ich wollte dich nicht in Verlegenheit bringen.« Harry fühlte sich schuldig, weil sie dem jungen Mann so zugesetzt hatte.

Auf der Fahrt zur Wagenrückgabe sah Harry Wagen aus allen Richtungen herbeiströmen, die Insassen erschüttert und mit finsteren Gesichtern.

Als ihre Gruppe zum Parkplatz kam, hatte sich schon eine Schlange gebildet. Ein Beamter vom Sheriffbüro stand auf der Straße und regelte den Wagenverkehr. Autos waren keine unterwegs, nur lauter Golfwagen.

Weit vorne sah Harry Polizisten Spieler befragen. Sheriff Rick Shaw trat mit dem Berufsgolfer Rob McNamara aus dem Golfladen.

Zwanzig Minuten später kam Harrys Nachbarin, die Polizistin Cynthia Cooper, bei der Vierergruppe an. Alle vier waren so vernünftig, sie nicht gleich mit Fragen zu überfallen.

Cynthia grüßte ihre Nachbarn sowie Nelson und David. Sie schrieb etwas in ihr Notizbuch.

Nelson bemerkte Marshall Reese und Paul Huber in einem Wagen direkt hinter ihnen. Sie saßen bei Willis Fugate und Rudolph Putnam, zwei weiteren ehemaligen UVA-Football-spielern. So viele College-Sportler waren in Charlottesville geblieben, die meisten von ihnen waren finanziell erfolgreich.

»Hat jemand eine Person über den Golfplatz rennen gesehen?«, fragte Cooper.

Die Frage wurde von allen verneint.

»Hat jemand einen Motor gehört? Kein PKW, sondern so was wie einen Geländewagen?«

»Nein.«

»Irgendein merkwürdiges Geräusch?«

Wieder »nein«.

Daraufhin sagte sie: »Wenn ich noch jemanden von Ihnen brauche, werde ich anrufen.«

Kaum hatte sie »werde ich anrufen« geäußert, kam auch

schon der Ü-Wagen des Fernsehsenders den Hauptfahrweg entlanggekrochen. Cooper starrte dorthin und sagte: »Danny wird versuchen, die aufzuhalten, aber sie werden am Straßenrand parken und sich die Leute beim Weggehen schnappen. Verdammter Mist!«

Danny war der junge Beamte, der den Golfwagenverkehr regelte, und er war schon auf dem Weg zu dem weißen Auto mit dem großen Senderlogo auf der Seite.

»Deren Job ist es, über Neuigkeiten zu berichten. Unser Job ist, Verbrechen zu verhindern oder aufzuklären. Falschinformationen oder zu viel Öffentlichkeit sind selten hilfreich.« Cooper verzog das Gesicht.

»Kann ich helfen?«, erbot sich Harry. »Würden wir natürlich alle gern.«

Cooper hob die Hände. »Harry, das ist ein beängstigendes Angebot.«

»*Da hat sie recht.*« Genau wie die Menschen erkannte Pewter, wie gefährlich Harrys Wissbegierde war.

Cooper blickte die sehr, sehr lange Schlange entlang. Jetzt tauchten noch weitere Beamte auf. »Ich fang lieber hier an.« Sie schaute alle Mitglieder der Vierergruppe an. »Ginger McConnell ist erschossen worden. Wenn sich irgendwer von Ihnen einen Grund denken kann, weshalb er zur Zielscheibe wurde, geben Sie mir Bescheid. Sie haben ihn alle gekannt, und vielleicht fällt Ihnen was ein. Sie können Ihre Wagen jetzt abgeben, und danke.« Sie ging zu den Wagen hinter ihnen.

Mit aschfahlem Gesicht bat Nelson David: »Kannst du den hier zurückgeben?«

»Klar.«

Daraufhin trat der großgewachsene Mann zu seinen alten Teamkameraden.

Susan stand neben BoomBoom und bemerkte: »Wir haben erst kürzlich mit Ginger und Trudy zu Abend gegessen. Es ist kaum zu fassen.«

Harry war direkt hinter den zwei Wagen und gab ihren ab. Sie wünschte David und auch BoomBoom einen guten Tag und stieg mit den Katzen im Schlepptau in Susans Audi Kombi.

Die Katzen saßen still auf dem Rücksitz, während Susan auf ein Zeichen von Danny wartete, um den Parkplatz verlassen zu können.

»Ich halt nicht an«, grummelte Susan, als der Reporter sie heranwinken wollte.

»Gut gemacht«, sagte Harry. »Wir wissen eh nichts.«

»Harry, ein Mann mit einer Statur wie Ginger McConnell, ein anerkannter Wissenschaftler, wird nicht einfach auf dem Golfplatz umgebracht. Es ist entsetzlich«, erklärte Susan mit feuchten Augen.

Harry zog ein Kleenex aus dem Handschuhfach. »Hier. Soll ich fahren?«

Susan schlug das Angebot aus, nahm das Kleenex aber an. »Wie kannst du so ruhig bleiben?«

»Alles rein äußerlich«, lautete die angespannte Antwort.

»Vielleicht ist es ja ein Irrtum.«

»Susan, wie kann es ein Irrtum sein, wenn Coop uns sagt, dass er ermordet wurde?«

Susan winkte ab, dann fuhr sie an den Straßenrand. »Ist vielleicht doch besser, du fährst.«

Harry rutschte ans Steuer und sah in den Rückspiegel. Die zwei Katzen beobachteten mit großen Augen alles, was Harry und Susan taten.

Harry lag daran, das Thema zu wechseln. »Das war ein verdammt guter Drive vorhin.«

Susan weinte jetzt heftiger, weshalb Harry sie schweigend den restlichen Weg nach Hause fuhr. Sie versuchte sich an alles während der letzten drei Löcher zu erinnern. Man hatte ihnen gesagt, Ginger sei unweit von ihnen am elften Loch gewesen, als sie die Schüsse hörten. Das elfte Loch ist diagonal von wo? Eine Menge Ideen schossen ihr durch den Kopf, von denen sie jedoch Susan vorsichtshalber nichts verriet, als sie sie zur Haustür begleitete.

»Soll ich bei dir bleiben?«, fragte Harry.

Susan schniefte: »Nein, nein. Ned kommt sicher bald nach Hause. Ich denke, man hat ihn angerufen. Wenn Sheriff Shaw mal staatliche Unterstützung nötig hat, weiß er, Ned ist gleich hier und sorgt dafür, dass er kriegt, was er braucht.«

»Na gut.« Harry gab Susan die Autoschlüssel und ging zu ihrem Transporter, den sie bei Susan abgestellt hatte.

Sie hob die Katzen hinein, obwohl sie selbst reinhüpfen könnten, und stieg aufs Trittbrett, um sich hinaufzuschwingen. Harry weinte erst, als sie nach Hause kam.

4

13. April 2015

Der alte John Deere Traktor namens Knatterton rumpelte vorwärts, wobei sein Auspuff genau die Geräusche von sich gab, denen er seinen Namen verdankte. Harry konnte besser nachdenken, wenn sie im Freien arbeitete. Die Felsspalten an der Ostseite der Blue Ridge Mountains hatten den Winter noch nicht überwunden, aber an den Rändern blinkte schon der erste rote Schimmer der anschwellenden Blattknospen. Harry staunte oft über diese Farbe, wenn die Sonne auf die Knospen schien, kurz bevor sie aufgingen. Warum rot und nicht grün? Sie nahm sich vor, das nachzulesen, wenn sie ins Farmhaus zurückkam.

Rot, die Farbe von Blut, dunkel, wenn es aus einer Vene floss, glänzend rot, wenn es aus einer Arterie spritzte. Man kann nicht auf dem Land aufwachsen, ohne Schnitte, Wunden oder noch Schlimmeres zu sehen. Harry fragte sich, ob Ginger blutüberströmt gewesen war.

Sie wendete den Traktor und steuerte den etwa vierhundert Meter entfernten Stall an. Sie sah Cooper beim Stall aus einem Streifenwagen steigen.

Die Corgihündin Tucker saß zu Füßen der großen Beamtin. Der furchtlose Hund vertraute der Polizistin, weil Cooper immer vertrauenswürdig roch.

Die Katzen lümmelten im Sattelkammerbüro und achteten nicht auf das Knirschen von Reifen, das Schließen einer Tür oder das Knattern des draußen vorfahrenden Traktors. Harry stellte den Motor ab. Der John Deere gab noch einen letzten Knall von sich, fast wie ein Schuss.

Harry kletterte herunter, und Tucker kam zu ihr.

»Hey, was machst du hier um diese Tageszeit?«

Cooper lehnte sich an die Tür. »Tante Tally hat angerufen, sie vermisst ihren Damensattel, und sie hat mich ausführlich über seinen Wert aufgeklärt.«

»Dann hat Rick dich hier rausgeschickt?«, fragte Harry und meinte damit den Sheriff.

»Tante Tally ist wichtig«, antwortete Cooper schlicht. »Ein ganzes Team ist auf den Samstagsmord angesetzt. Deshalb konnten sie auf mich verzichten, auch weil ich mit Tante Tally auskomme. Können nur wenige. Außerdem kennt sie alle, Eltern, Großeltern, Urgroßeltern inbegriffen.«

»Das steht fest.« Harry nickte. Tante Tally war jetzt 102. Sie würde mit Sicherheit der erste Mensch sein, der das zweihundertste Lebensjahr erreichte.

»Wie sich zeigt, hat ihre Großnichte den Sattel mit nach Hause genommen, um ihn zu säubern. Ein Problem gelöst.«

Cooper rieb sich die Hände. »Und Tante Tally hat keine Ahnung, warum Professor Ginger McConnell erschossen worden sein könnte.«

»Komm rein und trink Tee mit mir«, lud Harry Cooper ein. »Ich könnte eine Stärkung vertragen.«

»Ich auch.«

Die zwei Frauen so verschiedener Herkunft gingen auf dem alten Ziegelweg über den Rasen zur Tür der umzäunten Veranda. Tucker kam schnell mit herein, um ihnen Gesellschaft zu leisten. Den Katzen würden besondere Leckereien und die Plauderei unter den Menschen entgehen. Tucker genoss es schon jetzt, dass sie Informationen weitergeben könnte, die nur sie hatte. Das würde Pewter maßlos ärgern.

In der Küche fragte Harry: »Constant Comment? Einen Grüntee? Ich hab sogar Weißtees, und als richtige Aufweckbombe hab ich meinen Yorkshire Gold da.«

»Yorkshire. Ich weiß nicht, warum ich heute müde bin.«

»Tiefdruck. Nachmittags wird's regnen, das wird so ein alles durchnässender Aprildauerregen.« Harry holte zwei kleine silberne Teezangen hervor, in die sie die richtige Menge Blätter gab. Wenn man Tee zubereitet, dann auch richtig. Anschließend öffnete sie eine quietschende Schranktür und nahm die von ihrer Mutter geliebte alte Brown-Betty-Teekanne heraus.

Wenige Minuten später hielt Cooper endlich eine Tasse in der Hand und schlürfte den belebenden Trank. »Hast du den Professor eigentlich von Kind an gekannt?«

Harry, die ihr gegenübersaß, bemerkte: »Und ich dachte, dies ist ein Freundschaftsbesuch.«

»Ist es auch. Du, Fair, Miranda, Tante Tally, alle in dieser Gegend geboren und aufgewachsen, ihr kennt jeden und habt manchmal Einblicke, die mir fehlen.«

»Ich verstehe das als Kompliment.«

»Das ist es so lange, bis du meinst, du kannst Amateurdetektivin spielen.«

»Ich? Das würde mir niemals einfallen!«

Beide ließen diese Flunkerei auf sich beruhen. Unter dem Tisch unterdrückte sogar Tucker ein kurzes Bellen.

»Du hast nicht bei ihm studiert«, sagte Cooper. »Du warst auf dem Smith College. Kannst du dir irgendwen denken, der Ginger McConnell umbringen wollte?«

Harry beugte sich vor. »Nein, aber über Ginger wurde der meiste Mist ausgeschüttet, anders kann ich es nicht beschreiben, als die Forderung nach Klarheit über Thomas Jeffersons Verhältnis mit der Sklavin Sally Hemings die Nachrichten beschäftigte. Die Debatte wurde immer erbitterter. Ich erinnere mich an den Beginn des Aufruhrs in den Achtzigern. Könnte ein, zwei Jahre früher gewesen sein, aber die Auseinandersetzung ging weiter, bis ein DNA-Test sie mehr oder weniger beendete.«

»Und?«

»Tja, Ginger sagte öffentlich und wurde in den Zeitungen – sogar in überregionalen – damit zitiert, was jeder aufrechte Historiker sagen würde: ›Keine Fragestellung sollte wegen irgendwelcher Hintergedanken unterbunden werden.‹ Das Wort *Hintergedanken* brachte das Fass zum Überlaufen.«

»Du meinst für diejenigen, die die Möglichkeit eines Verhältnisses zwischen den beiden bestritten?« Cooper hob die Augenbrauen.

»Nein, beide Seiten. Bei den Rassisten sind natürlich die Sicherungen durchgebrannt. *Rassisten* ist vielleicht das falsche Wort. Sie haben nicht so über sich gedacht, sie gedachten die Ehre eines großen Mannes zu verteidigen, während andere nicht daran denken mochten. Die Abkömmlinge von Jeffersons Verhältnis mit Hemings meinten, man wolle sie des Strebens nach finanzieller Bereicherung bezichtigen. Es war so ein Schlamassel, aber Ginger blieb Herr der Lage. Er gab dem Druck von keiner Seite nach. Er bestand darauf, dass wir alle Beweise sammeln und untersuchen müssen. Er persönlich glaubte, dass Hemings Jeffersons Geliebte war, hat es aber nie öffentlich geäußert. Er glaubte ehrlich, dass keine Fragestellung unterbunden werden sollte.« Und Harry setzte hinzu: »Heute ist übrigens Jeffersons Geburtstag, dreizehnter April 1743.«

Cooper hob ihre Tasse, um mit Harry anzustoßen, ein Teeprösterchen.

»Hat er dir je erklärt, was er mit *Hintergedanken* gemeint hat?«

»Ja. Für Ginger hatte alles außer der Wahrheitssuche mit Hintergedanken zu tun. Er war darin ganz streng. Vielleicht ein bisschen zu streng.« Sie leerte ihre Tasse, überlegte kurz. »Meinst du, jemand hat den Professor deswegen umgebracht? Jetzt?«

»Nein. Lass mich mal kurz zurückgehen. Könnte ein Spinner bei der Betrachtung dieses Themas durchdrehen? Aber klar. Ein Spinner findet einen Grund, jemanden zu töten, der Cargohosen trägt. Man kann nie wissen.«

»Wie wurde er getötet?«

»Großkalibrige Handfeuerwaffe. Zwei Schüsse. Brust.«

»Guter Gott!« Harry legte eine Hand auf ihr Herz. »Fair und ich wollten Trudy besuchen, aber Reverend Jones riet uns zu warten. Er will uns Bescheid geben, wenn sie bereit ist. Ich weiß, unterdessen kümmern sich Trudys Freundinnen und Töchter um alles, was getan werden kann. Das Haus muss offen sein, und die Leute müssen vorbeikommen, weißt du.«

Cooper seufzte. »Ich weiß. Noch mal zu seiner Arbeit. Wir haben Kollegen befragt. Wir haben ihre Schilderungen zu seinen Recherchen gehört. Manche sind zu fachwissenschaftlich, doch genau deswegen tun sie, was sie tun. Wie würdest du seine Arbeit einschätzen?«

»Lass mich kurz überlegen. Er hatte ein so breit gefächertes Wissen, er sprach über fast alles, aber sein Fachbereich waren der Unabhängigkeitskrieg und die Jahre unmittelbar danach. Keine politischen Themen wie das Scheitern der Konföderationsartikel und der folgende Verfassungskonvent, sondern Wirtschaftswachstum im Mittelatlantik, insbesondere virginischer Straßenbau, Warenverkehr, Bevölkerungswachstum, wozu auch eine anwachsende Sklavenbevölkerung gehörte. Damals war es bei uns noch nicht verboten, Menschen aus Afrika herzuholen.«

»Was meinst du?«

»1807 hat der Kongress endlich beschlossen, nach 1808 keine Sklavenimporte mehr zuzulassen. Keine weiteren Sklavenschiffe. Ich füge an, dass auch der Norden Sklaven hatte.«

»Das weiß ich, aber ich möchte hier zurückgreifen. Er hatte den Durchschnittsmenschen im Blick?«

Harry lächelte. »Also Coop, du weißt, Durchschnittsmenschen gibt es nicht, zumal in Virginia, und vor allem an Jeffersons Geburtstag.«

»Stimmt.«

»Klar, dass du denkst, der Mord an Professor McConnell hat nichts mit seiner Arbeit zu tun.«

Cooper seufzte wieder. »Wir müssen jeder Möglichkeit nachgehen, genau wie Ginger es gemacht hätte. Es war eine historische Angelegenheit. Keine ersichtlichen Familienstreitigkeiten. Die kann man nur bedingt verheimlichen. Keine hitzige Eifersucht unter seinen Kollegen, von denen viele auch im Ruhestand sind. Professor Brinsley Sims unterhielt ein enges Arbeitsverhältnis zu ihm. Sims war behilflich. Nichts, woran Professor McConnell gearbeitet hat, stand im Zusammenhang mit den Gewinnen eines Unternehmens. Es war nicht so, dass er an etwas forschte, das mit dem Klimawandel in Verbindung gebracht werden könnte.« Sie hob die Schultern. »Aber ohne starkes Motiv tötet man niemanden auf dem Golfplatz.«

»Könnte der Mord was mit Golf zu tun haben?«

Cooper schüttelte den Kopf. »Ich weiß, Menschen werden dermaßen wütend, dass sie morden, trotzdem …«

»Golf ist als Spiel gut fürs Geschäft«, bemerkte Harry scharfsichtig, »besonders für ältere Frauen. Frauen, die vor Inkrafttreten des Sportförderungsgesetzes zur Schule gegangen sind, können sich nicht zusammentun wie Nelson Yarbrough und seine Footballkameraden, aber wenn sie golfen, können sie raus und mit ihren Firmenchefs und Mitarbeitern spielen.

Sie lernen die Grundlagen der Teamarbeit. Vielleicht sollte ich sagen Teamarbeit, so wie Männer sie definieren.«

»Darauf war ich gar nicht gekommen.« Cooper stützte das Kinn in die Hand. »Harry, machst du mir noch einen Tee? Ich bin so schläfrig. Aber die eine Tasse hat schon ein bisschen gewirkt.«

»Klar. Ich könnte auch noch eine gebrauchen.«

Während Harry Wasser kochte, schob sich Mrs. Murphy durch die Tiertürchen, gefolgt von Pewter.

Pewter kam direkt zur Sache. »*Futtern die was? Ich rieche nichts.*«

»*Nein*«, antwortete der Hund.

»*Kannst du nicht betteln?*«, ermunterte Pewter den Hund.

»*Nein.*« Tucker hatte keine Lust, der Katze, die sie für einen hochnäsigen Plagegeist hielt, einen Gefallen zu tun.

Mrs. Murphy sprang auf die Küchenanrichte und schlug gegen einen Schrank. »*Das klappt bestimmt.*«

Als der Dampf aus der Teekannentülle kringelte, öffnete Harry den Schrank und warf ein paar Trockenfutterbröckchen herunter. »Magst du Plätzchen?«, fragte sie Cooper.

Die Polizistin überlegte. »Welche Sorte?«

»Ganz schön wählerisch. Butterplätzchen? Die echten.«

»Ich hätte sehr gern ein Plätzchen.«

Mit Plätzchen auf dem Teller und frischem Tee nahmen sie das Gespräch über Professor McConnell wieder auf.

»Hat er den Ruhestand genossen?«, wollte Cooper wissen.

»Er hat sich nie richtig zur Ruhe gesetzt«, antwortete Harry, ohne zu überlegen. »Die Universität hat ihm als Zeichen der Wertschätzung und Dankbarkeit sein Büro gelassen, und er hatte Sprechstunden. Er hat nicht mehr gelehrt, aber mit Studenten disputiert, ihnen bei Studien geholfen und auf Anfrage auch mal eine Sondervorlesung gehalten. Trudy sagte immer ›Gott sei Dank‹. Er hätte sie sonst zum Wahnsinn getrieben.«

»Ehefrauen sagen das dauernd, nicht wahr?«

»Scheint tatsächlich so zu sein.« Harry lächelte. »Gingers ehemalige Studenten wie Paul Huber, Nelson Yarbrough und Marshall Reese und auch etliche Professoren haben bei ihm reingeschaut. Er hatte ständig zu tun. Nein, Ginger hat sich nicht wirklich zur Ruhe gesetzt.«

»Ich vermute, mit der Arbeit aufhören ist das Schlimmste, das man tun kann, wenn man seine Arbeit liebt.« Cooper biss in ein leckeres dickes Butterplätzchen. »Ich mag diese Dinger. Okay, weißt du, woran er gearbeitet hat, als er starb?«

»Bei Reverend Jones' Abendessen erwähnte Ginger die Erneuerung seiner Studie über die Albemarle Barracks, die Durchsicht von alten Kirchenbüchern, Unterlagen über Landerwerb und Anbauflächenvergrößerungen. Er verstand das als Blick ins Alltagsleben. Er hat auch versucht, alte Familienbibeln aufzuspüren.«

»Warum Familienbibeln?«

»Wir hatten bis 1790 keine Volkszählung hier im Land. Für alles, worüber man aus der Zeit davor etwas wissen will, braucht man Familienbibeln oder auch Gerichtsprotokolle, sofern jemand angeklagt oder inhaftiert war. Das wär's eigentlich.« Sie überlegte kurz. »Kirchenbücher, Taufen, Beerdigungen und Eheschließungen. So mancher Priester und Pastor hat Aufzeichnungen gemacht und, das hätte ich fast vergessen, Einberufungsprotokolle für Milizionäre. Denk dran, wir hatten kein stehendes Heer.«

»Von dem Heer wusste ich, aber von der Volkszählung nicht. Ich verstehe, dass Ginger Leute und Ortschaften aufsuchen musste. Ist darüber nicht inzwischen viel im Internet zu finden?«

»Öffentlich verfügbare Daten, keine Familienbibeln oder Kirchenbücher. Und Virginia trägt noch an der Narbe von 1865. Abertausende Unterlagen, private oder öffentliche, wurden nach Appomattox überall im Staat verbrannt.«

»Warum?«

»Die Leute fürchteten, dass die Männer, die für die Konföderation gekämpft hatten, nach dem verlorenen Krieg als Verräter aufgehängt werden könnten. Ich glaube nicht, dass wir das damalige Chaos jemals richtig einschätzen können, und es war erst recht chaotisch, wenn man ein Sklave war. Heute ist man frei. Frei, um was zu tun? Weglaufen? Bleiben? Wo könnte ein Mann oder eine Frau erhoffen, sich ein Leben einzurichten, ein Leben frei von Bedrohung? Aber die meisten Unterlagen, die früher datiert waren, wurden gerettet. Zu weit zurückreichend, um 1865 oder 1866 Schaden anzurichten.«

»Hatten Soldaten im Unabhängigkeitskrieg nicht auch Angst, als Verräter der Krone gebrandmarkt zu werden?«

»Sicher, Coop. Wenn wir verloren hätten, wären die Bäume voll mit erhängten Männern gewesen. Ein Soldat der Kontinentalarmee, den man beim Überbringen einer Botschaft erwischte, wurde erhängt. Wir haben uns revanchiert. Weißt du, Coop, wir sind von Gewalt regelrecht betäubt worden. Zwei große Weltkriege, jede Menge Gewalt im Fernsehen und im Kino, und wir vergessen, dass der Unabhängigkeitskrieg gefährlich war und brutal sein konnte.«

»Krieg. Während wir hier reden, werden woanders Kriege geführt.«

»Ich denke allmählich, Töten gehört zum Menschsein«, sagte Harry. »Kein froher Gedanke«, sie hielt inne, »besonders wenn ich an Ginger denke.«

Cooper sah auf die große Wanduhr. »Schön, jetzt bin ich munter. Ich weiß nicht, ob ich irgendwas gehört habe, das mir helfen wird, herauszufinden, wer Ginger McConnell ermordet hat, aber ich hab eine Menge erfahren.« Die schlanke Frau lächelte ihrer Nachbarin und Freundin zu.

»Du fängst gerade erst damit an. Mord ist meistens einfach, hast du mir jedenfalls erklärt, weil er gewöhnlich drauf hinweist, dass jemand die Beherrschung verloren hat. Drogen und Alkohol mögen bei der Aufklärung helfen, oder wenn jemand mit einer Schusswaffe, einem Messer oder einem Ziegelstein über der Leiche steht.«

»Genau das macht mir hierbei Sorgen«, sagte Cooper. »Vorsätzliche Morde sind viel schwerer aufzuklären. Und der hier war vorsätzlich.«

Harry begleitete Cooper zur Tür der umzäunten Veranda.

»Mir ist noch was eingefallen«, sagte Harry. »Viel ist es nicht, aber Mutter hat mir mal erzählt, dass Ginger eine Liaison zwischen seiner Tochter und einem Footballspieler beenden musste. Da waren jede Menge Gefühle im Spiel.«

»Name?«

»Weiß ich nicht.«

»Danke noch mal für den Tee.« Cooper nahm sich vor, einige ehemalige Footballspieler zu fragen, ob sie sich erinnerten.

Als Cooper losfuhr, sagte Harry laut: »Vielleicht ist es besser, einen schnellen Tod zu sterben, als eine schreckliche Krankheit auszuhalten.« Dann fing sie sich. »Wie kann ich nur so über Ginger denken?«

»*Unnötiges Leiden ist grausam*«, erklärte Tucker. »*Stellt euch nur die Rehe und Bären vor, die verletzt werden, und dann brauchen sie Tage oder Wochen zum Sterben. Das ist grausam. Man muss sein Jagdwild erlegen.*«

»*Ich glaube kaum, dass ein emeritierter Geschichtsprofessor Freiwild ist*«, bemerkte Mrs. Murphy trocken.

5

12. November 1779

An jedem Tag Ende März, oder wenn den Gefangenen eine kurze Rast vom Marsch vergönnt war, kramte Leutnant

Charles West ein Notizheft hervor und zeichnete ein Gehöft, einen sich schlängelnden Bach, Felsvorsprünge, eine Hügelkuppe oder den Umriss eines Baumes. Diese Dinge interessierten ihn, aber er wollte sich auch immer an diesen Marsch erinnern können. Im Laufe des vergangenen Jahres hatten viele gefangene Soldaten diesen Weg zurückgelegt. Wests Gruppe mit Altgedienten aus der Schlacht von Saratoga war vor einer Woche als eine der letzten von Cambridge, Massachusetts, aufgebrochen. In seiner Gruppe war er rangniedriger als ein Hauptmann Graves von der Königlich Irischen Artillerie und auch als ein hessischer Dragonerhauptmann. West fand, Graves – Gräber – sei ein prophetischer Name für einen Dragoner.

Charles marschierte mit seinen vier überlebenden Scharfschützen, und als sie zu einem großen Lager kamen, einer westlich vom King's Highway hastig errichteten Palisade, war er froh über den Halt. Wie weit westlich? Er mutmaßte, ein Tagesmarsch. Charles, lediglich ein junger Leutnant und nicht bei einer Eliteeinheit, war ruhig und umgänglich. Die anderen gefangenen Offiziere waren ranghöher als er und stellten sofort ihre Befehlsstruktur wieder her.

Als zweitem Sohn eines verarmten Barons war Charles das Glück beschieden gewesen, dass sein Vater alte Freunde dazu bewogen hatte, seine Laufbahn zu fördern. Der Vater hatte sich Geld geborgt und 450 Pfund zusammengekratzt, um Charles' Leutnantrang zu kaufen. Eine gute Bildung und diese Stellung im Heer waren seine Erbschaft. Das andere väterliche Geschenk, die kostspielige Steinschlosspistole, blieb in Hauptmann Schuylers Gürtel stecken. Was immer Charles in diesem Leben brauchte, würde er sich künftig allein beschaffen müssen. Er wollte mittels Können und Tapferkeit aufsteigen, sofern er diese Tortur überlebte.

Die Begabungen des jungen Mannes waren Zeichnen, möglicherweise Baukunst, doch das Militär war seine wahre Berufung, und er tat, was ihm aufgetragen wurde. Charles war sich bewusst, dass er die Unteroffiziere mochte. Er fand auch einige Junioroffiziere sympathisch, junge Männer wie er selbst, oder ältere Männer, die sich während der jüngsten Franzosen- und Indianerkriege in den Kolonien einen Namen gemacht hatten. Männer, die sich im Kampf bewährt hatten, schätzte er höher als einen reichen Hauptmannssprössling. Bei den Scharfschützen in Frasers Regiment war er wegen seines guten künstlerischen Blicks gelandet. Charles konnte Terrain erkunden, und in dieser neuen Welt erwies sich das Terrain als anstrengend.

An guten Tagen marschierten die Gefangenen wohl fünfzehn Meilen weit. Gewöhnlich schafften sie zehn, aufgehalten durch Karren, Packtiere und diejenigen, die wegen Erschöpfung oder Verwundungen in jeder nur erdenklichen Obhut zurückgelassen werden mussten. Piglet, der unermüdliche Gefährte, zockelte neben Charles einher. Charles bemerkte, dass sie nach Südwesten zogen. Manches Mal direkt gen Süden, manches Mal nach Westen, doch letztlich nach Südwesten. Das war schlüssig, da die Briten seines Wissens nach den New Yorker Hafen noch besetzt hielten.

Die Kontinentalstreitkräfte folgten auf ihrem Weg von der Küste ins Landesinnere Wasserläufen und Wagenstraßen. Nach Westen hin war die Sicherheit größer. Landeinwärts wurden die Zustände besser. Einmal konnten die Männer sogar unter Bewachung in einem tiefen Bach baden. Das kalte klare Wasser belebte den stattlichen Leutnant. Andere Gefangene und sogar die Bewacher lachten, als Piglet mit einem großen Satz ins Wasser hinterhersprang, um bei Charles zu sein, der ihn dann gleich wusch.

Als die Gefangenen ihre Erlebnisse von Bemis Heights zusammentrugen, stellte sich einiges heraus. Die den Kolonialisten ergebene Bevölkerung kam ihnen nicht zu Hilfe, sabotierte aber nie die Kontinentalstreitkräfte. Und diese Männer kämpften blind. Egal aus welchem Grund, aber die britischen Invasions-

kräfte hatten ihre Späher eingebüßt, ihre indianischen Verbündeten. Keiner von den marschierenden Briten wusste, wie viele Landsleute tot waren, aber die Verluste waren schlimm genug. Die Infanteristen im Feld und auf den Erhebungen berichteten, dass bei ihrem Rückzug der Boden mit Toten bedeckt war, Fetzen von Rotröcken und Blut, überall Blut.

Jene, die am Tag nach Charles' Festnahme am 8. Oktober gefangengenommen wurden, bestätigten, dass General Burgoyne sich östlich von Saratoga zurückgezogen hatte, sie wussten aber nicht, wohin. Einige nahmen an, er sei weitergezogen, andere meinten, er sei ins Lager zurückgekehrt, wiederum andere versicherten, er erwarte Verstärkung, um abermals in den Kampf zu ziehen.

Hauptmann Graves grummelte, der General hätte sich nach Albany zurückziehen sollen, wo es bessere Verbindungen nach Kanada gebe. Aus jener Richtung könne noch Unterstützung eintreffen. Der Ire machte kein Geheimnis aus seiner Annahme, dass gute Männer schlecht geführt worden seien. Ranghöhere Männer beachteten Graves überhaupt nicht. Er war Ire, und auch das kreideten sie ihm an.

Wenn der kanadische Befehlshaber Truppen hätte schicken wollen, dann hätte er es schon vor Saratoga getan, dachte Charles bei sich, hielt aber den Mund. Diese Lektion hatte er früh gelernt. Lieber warten, bis man gefragt wurde. Und wer fragte schon einen neunzehnjährigen Leutnant?

Die Sonne ging unter. Das schwindende Licht sprenkelte die Weiden, und lange schräge Strahlen fielen durch die unendlichen Wälder, die den gefurchten Wagenweg säumten. Der Frost setzte offenbar in dem Moment ein, als die Sonne sank. Waren sie nicht in einem Lager, schliefen die Männer ohne Decken auf der Erde. Sie hatten sich keine Ausrüstung besorgen können, und die Kontinentalstreitkräfte hatten nicht genug für sich selbst. Viele Marschierer freuten sich auf den Aufenthalt in einem Gefangenenlager, denn dann hätten sie endlich ein Dach über dem Kopf oder zumindest einen gewissen Schutz und vermutlich eine bessere Verpflegung als auf dem Marsch. Gleichwohl wurden sie anständig behandelt.

Sie vernahmen Hufschläge. Von hinten kamen Rufe. Ein Bote kam angeritten und preschte dann zu Hauptmann Schuyler. Die Kolonne hielt an, Männer ließen sich am Wegesrand nieder, froh über die Verschnaufpause. Charles stellte fest, dass der Bote ein Major war und eine Uniform der Kontinentalarmee trug. Er war auf dem Weg, ein höherer Offizier zu werden, da kam es auf Haltung an. Nach wenigen Worten mit Schuyler trabte der Major von dannen. Charles fiel auf, dass das Pferd in guter Verfassung war. Nahrung war in diesem Land leicht zu finden und gut für die Rebellen.

Als sie wieder unterwegs waren, ging der silberne Abendstern groß und leuchtend auf. Erleichtert marschierten sie in eine Festung. Hütten, die behelfsmäßig wirkten, aber nicht schlecht gebaut waren, würden ihnen Schutz vor der Kälte bieten. Die Gefangenen wurden in die Quartiere gebracht, wo sich die erschöpften Männer auf Betten mit durchhängenden Strohmatratzen warfen.

Frisches Brot und Käse trafen ein. Die Bauern und Fuhrleute waren erpicht auf Geld. Die Gefangenen sowie die Männer, die normalerweise in diesem kleinen provisorischen Lager untergebracht wurden, schaufelten etwas Geld in die Taschen der Ortsansässigen.

Hauptmann John Schuyler ging in Charles' Hütte, und Charles sah, dass er immer noch die Steinschlosspistole bei sich trug, die er ihm abgenommen hatte. Für Schuyler mochte sie Kriegsglück bedeuten, doch Charles wünschte sie sich zurück. »Als ihr in Cambridge inhaftiert wart, habt ihr erfahren, dass General Burgoyne am 17. Oktober kurz nach der Schlacht von Saratoga mit seinem gesamten Heer vor General Gates kapituliert hat«, erklärte Schuyler den britischen Soldaten. »Die Bedingungen der Kapitulation waren, dass die Soldaten nach der Haftentlassung nach Europa zurückgeschickt werden, sofern alle Mann geloben, niemals wieder hier zu kämpfen.«

Schweigen folgte auf diese Ankündigung, bis ein hessischer Korporal namens Karl Ix fragte: »Wir auch, ja?«

»Diejenigen von euch, die aus Hessen stammen, werden gegen unsere Männer ausgetauscht. Ich meine, das sind günstige Bedingungen. Allerdings hat der Major mir soeben berichtet, dass euer König zaudert. Er möchte nicht mit denen verhandeln, die er für Verräter hält. Es zieht sich alles noch hin.«

Damit ging Schuyler hinaus. Die zwölf Mann in der Hütte warteten, bis sie seine Schritte nicht mehr hörten, dann redeten alle auf einmal. Obwohl die Schlacht von Saratoga nahezu zwei Jahre zurücklag, fügten die Gefangenen noch fortwährend Bruchstücke der Geschehnisse zusammen, da immer mehr Einzelheiten bekannt wurden.

Karl sprach gut Englisch, wenn auch mit starkem Akzent. Er brummte: »Das gesamte Heer? Der König kann den Verlust eines Heeres doch nicht unbeachtet lassen.«

»Burgoyne konnte es nicht stückweise übergeben«, erklärte Samuel MacLeish, einer von Charles' Männern. »Sechstausend Mann.«

»Nicht nach der Schlacht«, bemerkte Edward Thimble. »Die Rebellen haben Burgoyne günstige Bedingungen eingeräumt. Der König und seine Berater sitzen im Luxus in London. Die Leute sind zwar Rebellen, aber sie haben uns geschlagen. Muss man anerkennen.«

»Gewiss«, stimmten einige zu.

Ein weiterer pflichtete bei: »Die Rebellenkerle können kämpfen.«

»Wenn Clinton uns unterstützt hätte, dann hätten wir gesiegt«, sagte Thomas Parsons, Infanterist und mit fünfunddreißig der älteste Mann dieser Gruppe. Seine Stimme stockte vor Gewissheit und Bedauern.

»Ich vermute, da gibt es reichlich Schuld zuzuweisen«, sagte Charles trocken, worauf die Männer lachten.

Zu müde, um weiterzureden, schliefen sie bald ein. Piglet schmiegte sich an seinen Menschen, einer genoss des anderen Wärme. Beim Einschlafen wurde Charles klar, dass der Krieg weitergehen würde. Die Kolonialisten waren gut organisiert und kämpften für eine Überzeugung.

Er glaubte an König und Vaterland. Wie konnten diese Leute ohne einen König oder eine Königin von einem politischen Erfolg träumen? Andererseits, wie konnten sie mit bunt zusammengewürfelten Milizionären von einem endgültigen militärischen Sieg träumen? Doch ebendiese Milizionäre hatten ein Heer besiegt.

Solch aufrührerische Gedanken fuhren ihm durch den Kopf, als er die Augen schloss. Er gelobte sich, so viel festzuhalten, wie er nur konnte.

6

14. April 2015

Die Firma von Marshall Reese hatte ihren Sitz in Pantops Mountain. Momentan hielten sich sechs seiner ehemaligen Mannschaftskameraden dort auf. Die UVA-Absolventen waren kurzfristig zusammengekommen, um über eine geeignete Gedenkfeier für den beliebten Professor zu beraten.

Pantops Mountain am Ostrand von Charlottesville hatte einst nur ein einziges großes, schönes Wohnhaus, dann kam eine Privatschule hinzu, und heute gab es hier viele moderne Bauten. Die exklusive Lage seines Büros war für den Grundstücksentwickler Marshall ebenso wichtig wie für manche Ärzte, Rechtsanwälte oder Investmentunternehmer. Zum Erfolg gehört auch, erfolgreich auszusehen.

Marshalls Privatbüro bot genügend Platz für die versammelten Ehemaligen, die im Hinblick auf die Zeit ihrer Immatrikulation an der Universität von Virginia alle weiß und männlich waren. Hinter dem eigens aus England importierten Doppelschreibtisch hing eine Fry-Jefferson-Landkarte an der Wand. Die Reproduktion, die Straßen von 1755 zeigte, vermittelte dem Betrachter eine gute Vorstellung von noch genutzten Straßen. Kutschfahrten waren zur damaligen Zeit unbequem, mussten aber ertragen werden. Flüsse boten bessere Beförderungsmöglichkeiten, aber nur Richtung Atlantischer Ozean. Um die Küste hinauf und hinunter oder direkt nach Westen zu gelangen, musste man sich per Kutsche, zu Pferd oder zu Fuß fortbewegen.

»Möchte jemand einen Drink?«, bot Marshall an, der trotz der vergehenden Jahre noch in Bestform war.

»Ich weiß, wo das Zeug ist. Ich übernehme die Bar.« Lionel Gardner nahm ein paar Drinkbestellungen entgegen. Er war Abschlussjahrgang 1961 und war von Los Angeles herbeigeflogen, nachdem er die entsetzliche Nachricht von Professor McConnells Tod gehört hatte.

Eine große Ledercouch und Lederclubsessel zeugten von Marshalls Erfolg, nur für den Fall, dass man seinen Namen auf Schildern vor zahlreichen hochwertigen Projekten, alle mit einem historischen Thema, übersehen hatte. Als sie endlich saßen, eröffnete Nelson Yarbrough mit seiner unverkennbar rauen Stimme die Versammlung. Einmal Quarterback, immer Quarterback. »Marshall, danke, dass du uns dein Büro zur Verfügung stellst, und Lionel, danke, dass du von der Küste hergeflogen bist.« Die zwei nahmen die Anerkennung mit einem Nicken entgegen. »Ich will gleich zur Sache kommen: Was können wir tun, um einen guten Menschen und hervorragenden Professor zu würdigen?«

Hierauf blieb es kurz still, dann sagte Lionel: »Erst mal sollten wir von der Mannschaft einen Kranz schicken.«

»Will Trudy denn Blumen?«, fragte Rudolph Putnam, 1960 Abwehrspieler, heute ein reicher Bauunternehmer.

»Sie und die Kinder«, sagte Marshall, »meinen, dass es dem Spender wichtiger sei als ihnen, aber Olivia möchte, dass wir sie später an die Krankenhäuser verteilen.« Die McConnells hatten zwei Töchter, eine war jetzt Ende fünfzig, die andere Anfang fünfzig. Dann fügte er hinzu: »Sie befürchten, es ist nicht genügend Platz für die vielen Leute, die an der Trauerfeier teilnehmen wollen.«

»Das hatte ich gar nicht bedacht.« Stirnrunzelnd stellte Paul sich die kleine Kapelle vor.

»Können die Draußenstehenden die Feier per Mikroübertragung verfolgen?« Lionel hatte in L. A. ein paar Medienbegriffe aufgeschnappt.

»Ja«, sagte Marshall einfach.

Nelson ergänzte: »Wir haben nach der Feier auch den Rasen und Pavillon sieben zur Verfügung. Ist alles arrangiert.«

In letzter Zeit hatte es einen Aufruhr wegen der 2012 ihres Amtes enthobenen Universitätspräsidentin gegeben. Sie war dann dank eines Aufstands von Studenten und Fakultät wieder eingesetzt worden, was Willis zu der Frage veranlasste: »Wird die Präsidentin kommen?«

»Nicht nur Teresa Sullivan wird teilnehmen, auch die meisten Vorstandsmitglieder, einstige und jetzige, werden kommen, ehemalige Universitätspräsidenten, beide Senatoren von Virginia, der Gouverneur, vereinzelte Abgeordnete sowie Staatsbeamte. David Toscano führt erwartungsgemäß die Staatsgruppe an. Alle werden da sein. Larry Sabato, einfach alle.« Marshall strahlte. »Der *Richmond Times Dispatch* hat natürlich schon einen überschwänglichen Nachruf gedruckt, doch ein Reporter wird auch bei der Trauerfeier und im Pavillon anwesend sein.«

»Wenn wir im Pavillon verkünden könnten, dass wir dem Geschichtsinstitut in seinem Namen einen Lehrstuhl stiften, kann ich mir keine passendere Ehrung vorstellen.« Aus Nelsons Stimme sprachen Überzeugung und Rührung.

Paul Huber stöhnte. »Das kostet uns Millionen.«

»Tim Jardine, Abschlussjahrgang 72, hat an der Wall Street massenhaft Geld verdient. Er hat für den Anfang eine Million zugesagt«, teilte Nelson ihnen mit. »Und Tim verspricht auch, die Kampagne anzuführen.«

Plötzlich sprachen alle auf einmal.

»Ich spende die nächste Million.« Marshall hob die Stimme. »Ginger ist ein wesentlicher Grund für meinen Erfolg.« Er deutete auf die Fry-Jefferson-Landkarte an der Wand und sagte: »Ständig studiere ich diese Karte, ein Geschenk von Ginger. Bei meiner Arbeit habe ich immer über die früheren Landbesitzer nachgeforscht, mich bemüht, bei dem Bedarf an neuen Wohnungen und neuen Menschen ein wenig Historisches zu bewahren. Am Eingang zu jedem Bauprojekt ist ein Schild angebracht, das die Geschichte des jeweiligen Standortes erklärt. Das ist das Mindeste, das ich tun konnte.«

Das wussten sie alle, aber Marshall war stolz darauf und brachte es anderen ständig in Erinnerung.

Nelson lächelte. »Männer, ihr seht, wie wichtig die Sache ist, und nur wenige von uns können Millionen vergeben. Ich kann es nicht, aber Sandra und ich wollen so großzügig wie möglich sein. Ich werde mit Tim in der Spendenkampagne arbeiten, aber ich brauche eure Hilfe …«

Marshall unterbrach ihn: »Tim Jardine sagt, er wird sich auch um die Stiftung kümmern, sobald wir die Gelder haben.«

»Also, was brauchen wir? Ich meine, brauchen wir etwa zwölf Millionen Dollar auf einmal?« Willis, der Künstler, konnte seinen Lebensunterhalt zwar bestreiten, verdiente aber nicht so gut wie die anderen. Er führte jedoch ein aufregendes, erfülltes Leben. Dieser Mann war nicht für Geschäftliches oder Kompromisse geschaffen.

Marshall sprach wieder: »Eine Lehrstuhlstiftung bedeutet

im Wesentlichen, ein hohes Gehalt bereitzustellen, um einen hochrangigen Professor an das Institut zu locken. Eine Koryphäe in der Medizinforschung könnte eine Million Dollar plus Zusatzleistungen, Forschungsassistenten und so weiter verlangen. Für einen landesweit bedeutenden Geschichtsprofessor müssen wir unter anderem mit Yale, Harvard, Stanford und Princeton konkurrieren. Ich möchte, dass das Gehalt den Gehältern in der naturwissenschaftlichen oder medizinischen Forschung entspricht, um unseren unerschütterlichen Glauben an die Humanwissenschaften zu verkünden. Jefferson hat mit Sicherheit daran geglaubt.«

Wiewohl die meisten dieser Männer als Mediziner, Juristen oder Unternehmer Karriere gemacht hatten, waren ihnen die Humanwissenschaften als Grundlage sehr zugutegekommen. Dank Ginger McConnell konnten sie, was menschliche Angelegenheiten betraf, weise vorausblicken.

Lionel ließ sich nicht lumpen. »Nelson, ich denke, Jennifer und ich können fünfzigtausend Dollar zusammenkratzen. Das könnte die Telefonrechnungen finanzieren und die Fahrten, um die Leute persönlich zu sprechen.«

»Bravo, super!«, jubelten die anderen.

»Ich nehme an, das Historische Institut wird die betreffende Person einstellen. Wieso können wir nicht Geld sparen, indem wir eine junge Person, Mann oder Frau, engagieren«, sagte Lionel und fügte hastig hinzu, »jemand auf dem Weg nach oben mit steigenden Gehaltsaussichten?«

»Das muss mit der Universität besprochen werden«, bemerkte Rudolph. »Wir können nichts tun, ohne dass sie mit an Bord ist.«

»Ich kann mir nicht vorstellen, dass man ein so großzügiges Angebot ausschlagen würde«, erklärte Lionel trocken.

»Schön, wir wissen, dass die Universität keinen Lehrstuhl stiften kann. Lehrstühle werden immer von Einzelpersonen spendiert. Auch dabei wird der Etat von der Legislative bewilligt.« Willis setzte säuerlich hinzu: »Das ist der verflixte Ärger mit staatlichen Instituten.«

»Wohl wahr, aber staatlich oder nicht, dies ist eine der führenden Universitäten in Amerika«, erklärte Marshall stolz.

Rudolph winkte abwehrend mit der Hand. »Schon, aber für eine staatliche Uni ist es so schwer, mit einem privaten Institut wie Yale oder Stanford zu konkurrieren.«

»Das ist Gesprächsstoff für ein anderes Mal.« Nelson brachte die Unterhaltung auf das anstehende Thema zurück. »Sind wir uns alle einig? Das Ziel ist, zunächst zehn Millionen aufzubringen, und zwei haben wir schon.«

Willis nickte. »Ich bin dabei. Ich tu immer, was der Quarterback mir sagt.« Willis war 1959 ein guter Abwehrspieler gewesen, eine Position, die heutzutage wegen der diversen Angriffsformationen im Wandel begriffen ist.

Der letzte Teil des Treffens verging damit, dass ein jeder sich einverstanden erklärte, anhand einer ihm übergebenen Liste mit Namen, die ihm alle bekannt waren, Spenden zu sammeln. Als die Versammlung sich auflöste, sagte Paul zu Nelson: »Wie sieht's mit Gingers Verlag aus? Der Mann hat Preis um Preis gewonnen, da muss er denen doch Geld eingebracht haben.«

»Hat er, aber ein Geschichtsbestseller ist was anderes als *Fifty Shades of Grey*.«

Marshall, der die Frage mitgehört hatte, warf ein: »Nach den Rempeleien auf dem Footballplatz könnten wir vielleicht unser eigenes *Fifty Shades of Grün und Blau* rausbringen.«

Nelson lächelte verhalten.

Marshall lächelte zurück. »Mit Trudys Einwilligung habe ich mich mit seinem Verlag in Verbindung gesetzt. Der gibt uns hunderttausend Dollar dazu, was für den eine beachtliche Summe ist.«

Paul schüttelte den Kopf. »Merkwürdiges Geschäft. Ich kapier das nicht.«

»Ich denke nicht einmal, dass die Mitarbeiter das kapieren. Das macht es vermutlich spannend. Eine Luxusvilla zu bauen befriedigt, man braucht auch eine gewisse Kreativität, aber trotzdem ist sie größtenteils im Vorhinein fest konzipiert. Ich ziehe jedenfalls eine sichere Sache vor«, bemerkte Marshall.

»Du hast es erfasst«, gab Paul zurück.

Als die Männer hinausgingen, begann Nelson die wenigen Gläser abzuräumen.

»Nelson, das kann der Reinigungsdienst erledigen«, sagte Marshall und wechselte dann das Thema. »Ich finde, es ist sehr gut gelaufen, was meinst du?«

»Ja. Ich wollte nur sichergehen, dass jeder sich einbezogen fühlt, auch wenn er keinen Scheck ausstellen kann.«

»Denkst du dabei an Frank Cresey?« Marshall sprach von einem bemerkenswerten Versager aus den Siebzigern, heute ein obdachloser Streuner auf der Downtown Mall. »Weißt du, Frank würde uns kein Geld geben, selbst wenn er welches hätte. Er hat Ginger immer für seinen Untergang verantwortlich gemacht.«

Nelson stimmte leise zu. »Nein, er hätte uns keins gegeben.«

»Wenn Olivia meine Tochter gewesen wäre, hätte ich es genauso gemacht.«

»Ja, ich denke, die meisten von uns hätten so gehandelt. Frank hat zu viel getrunken, sogar beim Footballspielen.«

»Getrunken, verflucht! Er hatte ZUKÜNFTIGER ALKO-HOLIKER auf der Stirn tätowiert. Aber er war attraktiv. Amerikanischer Spitzensportler. Ein lustiger Partypartner. Für Olivia war er ein Ritter in schimmernder Rüstung.«

Marshall schloss die Bürotür und knipste die Lichter aus, von denen eins direkt auf die Fry-Jefferson-Landkarte von 1755 gerichtet war. »Am heutigen Tag wurde Lincoln ermordet.«

Nelson murmelte: »Du merkst dir immer historische Daten, aber dies eine sollten wir uns alle merken.«

»Gingers Ermordung hat nicht solche Auswirkungen wie ein

65

Präsidentenmord, ist aber entsetzlich. Das krieg ich nicht aus dem Kopf.«

Nelson und Marshall gingen zu ihren Autos, und Nelson gestand, er bekäme es auch nicht aus dem Kopf. Er erwähnte allerdings nicht, was er unter anderem bei Ginger gelernt hatte, nämlich dass Gewalt wie ein Feuerwerkskörper ist. Ein einziger Knall löst Explosionen aus. Er hoffte aufrichtig, dass dem jetzt nicht so war.

7

19. Dezember 1779

E dward Thimble, klein und drahtig, ungebildet, aber schlau, kleisterte eine Mischung aus Schlamm und Stroh in die Abstände zwischen den Tannenstämmen, die den Baracken als Seiten dienten. Seine Hände waren rau von dem nassen Schlamm.

Charles kleisterte neben ihm ebenfalls Schlamm in die Zwischenräume. »Minderwertiges Zeug. Aber wir müssen es mit irgendetwas versuchen.«

Die Scharfschützen hielten zusammen. Die Gefangenen von anderen Einheiten wurden von diesen Männern angezogen, und den Wächtern war es recht. Charles West war der geborene Anführer und ließ seine Männer arbeiten. Sie hatten ihn gern. Wenigen britischen Offizieren war daran gelegen, an der Seite ihrer Männer zu arbeiten oder an deren Entbehrungen teilzuhaben; West war eine Ausnahme. Gegenwärtig waren die meisten gefangengenommenen britischen Offiziere in Privathäusern in der Umgebung einquartiert, wohingegen andere in Cambridge geblieben waren. Wiewohl ihren Gastgebern bewusst war, dass diese Männer der Feind waren, wussten sie zugleich, dass sie wohlgeboren und kultiviert waren. Und wie alle Kolonialisten eiferten sie ihren »Meistern« nach, obwohl sie sich ihr eigenes Land schaffen wollten. Einen britischen oder hessischen Offizier zu beherbergen brachte gesellschaftliches Ansehen.

»*Sturm kommt auf.*« Piglet hob den hübschen Kopf und schnupperte gen Norden.

»Diese Leute brauchen ordentliche Handwerker«, brummte Sam MacLeish. »Kein einziges Haus auf achthundert Meilen war richtig gedeckt. Wenn wir das machen könnten, hätten wir es schön warm.«

»Denkst du, die haben das richtige Riedgras?«, fragte Edward.

»Nöh, aber wir können Stroh nehmen. Wenn wir Stroh finden oder die Wächter überreden können, uns welches zu geben, kann ich auf das nutzlose Dach steigen. Mit gespaltenen Tannen abgedeckte Baumstämme. Können diese Hinterwäldler denn nicht bauen?«

»Du hast die Backsteinhäuser gesehen.« Charles erinnerte sich an einige große ansehnliche Häuser zwischen Saratoga und Charlottesville, Virginia, das jetzt mehr oder weniger ihr Zuhause war.

Albemarle Barracks – westlich von Charlottesville und östlich von Scottsville, dem Versammlungszentrum am James River – bot einen erbaulichen Blick auf die Blue Ridge Mountains, aber wenig mehr.

Bauern, Schuhmacher und Schneider aus Charlottesville und Scottsville begaben sich neuerdings gern nach The Barracks, wie sie das Kriegsgefangenenlager nannten. Es war nicht sonderlich befestigt, das war im Winter nicht nötig, da die meisten Gefangenen so vernünftig waren einzusehen, dass sie in diesen Wintern sowieso nicht lange überleben würden. Unleidiger Wind und Schnee konnten es nicht mit dem schottischen Tiefland oder mit Nordengland aufnehmen, doch hier schien das Wetter irgendwie wilder zu sein. Was die gefangengenommenen Schotten aus dem Hochland betraf, sie konnten alles ertragen. Für das Frühjahr planten sie ihre Flucht.

The Barracks war hastig hochgezogen worden, weitere Lager waren im Entstehen begriffen.

Der amerikanische Hauptmann Schuyler kam vorbei. »Spachteln.«

»Wie bitte, der Herr?«, sagte Charles an der Nordseite der vierundzwanzig Fuß langen Mauer. Er zog die hellen Augenbrauen hoch.

»So nennen wir das Auffüllen der Leerräume zwischen Holzstämmen. Leider haben Sie nicht das beste Material, aber es ist ein Anfang.«

Sam MacLeish rief zu Charles hinunter: »Herr Leutnant, könnten Sie den Herrn Hauptmann nach Stroh oder Riedgras fragen?«

Charles sah John Schuyler direkt in die Augen, wie es seine Art war. »Könnten wir das bekommen, Herr Hauptmann? Um das Dach auszubessern? Ich bitte um Verzeihung, aber die Barracken sind …«

Edward beendete den Satz: »… zugig.«

Hauptmann Schuyler machte keine Zusage, sondern wechselte an Charles gewandt das Thema. »Ihr Zeichenheft, wo haben Sie zeichnen gelernt? Sie haben gezeichnet, als wir marschiert sind. Und Sie zeichnen jetzt auch.«

»Mein Vater hat mich einem Privatlehrer anvertraut, als ich klein war, bevor er mich auf die Harrowschule schickte.«

»Ihre Bilder sind lebensecht. Wenn Sie eins von mir malen würden, möchte ich es meiner Mutter schicken.«

»Ich habe nicht viel Material, aber wenn Sie mir gutes Papier, Bleistifte, vielleicht gar Farben brächten, ja, dann könnte ich es tun.«

»Schwer zu sagen, wann Post aus England, Schottland oder Hessen kommt. Gewiss wird Ihr Herr Vater Ihnen Geld senden, und den Mannschaften wenigstens ein bisschen«, antwortete Schuyler ausweichend.

Charles lächelte. »Ach, Herr Hauptmann, mein Vater ist Baron, aber kein reicher Mann. Er wird mir nichts schicken. Vielleicht geben Sie mir ein Darlehen auf meine Pistole, die Sie mir aushändigen könnten, natürlich erst nach meiner Entlassung.«

Schuyler lächelte zurück. »Ich werde Vorräte kaufen, und Ihre Pistole behalte ich. Für einen mittellosen Burschen ist das eine vorzügliche Waffe.«

»Ganz gewiss. Wir hatten schlechte Ernten, und obwohl mein Vater große Anbauflächen besitzt, überschreiten die Rechnungen die Mittel, um sie zu begleichen.«

»Wenn Sie ausgetauscht werden, werden Sie vielleicht nach Hause zurückkehren und die Lage verbessern.«

»Ich bin ein jüngerer Sohn.«

»Ach!«, erwiderte Schuyler nur. Er wusste, gemäß Englands Erstgeburtsrecht würde dieser tatkräftige junge Mann wenig erben, falls überhaupt.

Dennoch blieb West eifrig bei der Sache. »Aber wenn Sie mir Papier und Zeichenkohle oder Bleistifte besorgen, werde ich Sie gerne zeichnen. Wenn Ihre Mutter Ihr Porträt erhält, wird sie spüren, dass Sie bei ihr sind.«

Der junge Hauptmann blinzelte. Er liebte seine Mutter über alles. »Ich beschaffe das Stroh.«

8

15. April 2015

Westlich vom Farmington Country Club an der Route 250 machte die Gärtnerei Ivy, auf der Nordseite der Straße gelegen, ein Bombengeschäft. Der schöne Tag zog alle Leute dorthin, die neue Bepflanzungen ausprobieren wollten. An so einem Tag meint jeder, gärtnern zu können.

Über die Feiertage half Susan oft in der Gärtnerei aus. Früher hatte sie Vollzeit gearbeitet, doch als Neds Karriere beiden Ehepartnern mehr Zeit und Energie abverlangte, hatte Susan ihre Arbeitszeit verkürzt. Sie und Ned erkannten, dass der öffentliche Dienst zwar kein leichter, aber bestimmt ein aufregender und kostspieliger Beruf war.

Susan und Harry schlenderten durch Buchsbaumreihen. »Die haben hier englischen Buchsbaum«, sagte Susan. Zwei herrliche Reihen mit dichtem altem englischem Buchsbaum säumten die Zufahrt der McConnells in Ednam Forest. Das beliebte Luxusbauprojekt wurde als Wunschobjekt nur vom Farmington Country Club am westlichen Rand und dem aufstrebenden Keswick Club am Ostrand übertroffen.

Dreierlei war nötig, um an einem dieser Orte zu leben: Geld, Entgegenkommen und Geschmack. Natürlich war der Geschmack immer fraglich. Was ein Mensch schön findet, ist einem anderen zu altmodisch, will heißen, so ergeht es allen.

»Lass es uns mit zwei Zwerg-Kreppmyrten versuchen«, schlug Susan vor. »Wenn wir sie jetzt einpflanzen, blühen sie Mitte Juli und bringen Farbe in den Garten. Trudy mag es bunt.«

Harry ging mit Susan dahin, wo die Sträucher verkaufsfertig in Töpfen standen. »Mir hast du nie Zwerg-Kreppmyrten empfohlen.«

»Du hast dich um genug zu kümmern. Den Viertelmorgen Wein, die Sonnenblumen, den Mais. Du hast keine Zeit zum Gärtnern, und ich hab keine Zeit, es dir abzunehmen.«

»Deprimiert mich«, brummte Harry.

»Wieso?«

»Meiner Mutter hat ihr Garten so viel bedeutet.«

»Harry, deine Mutter hatte nicht so viel zu tun wie du.«

Während sie sich kabbelten, welche Farbe sie kaufen sollten, kam Olivia Gaston, die älteste Tochter von Ginger und Trudy McConnell, auf dem Parkplatz in Sicht, wo sie beim Herumschlendern mal hier, mal dort stehenblieb. Harry sah sie zuerst. »Fragen wir Olivia.«

Sie grüßten sie.

»Ich musste raus«, erklärte Olivia. »Ich konnte keinen weiteren Gast mehr ertragen. Rennie ist bei Mom. Ich weiß nicht, wie sie das schafft.«

Rennie war Renata, Olivias jüngere Schwester.

»Sie ist gesellig«, sagte Susan. »Die vielen Besucher ermüden sie nicht. Du bist dünnhäutiger.«

Olivia lächelte. »Schön diplomatisch.«

»Das mit deinem Vater tut mir so leid«, sagte Harry bekümmert.

»Danke.«

Susan fasste Olivia tröstend am Arm. »Du hast von so vielen Menschen gehört. Das muss überwältigend sein, und deswegen sind wir hier.«

»Hier?«

»Wir möchten zwei Zwerg-Kreppmyrten für deine Mutter pflanzen. Sie werden etwa Mitte Juli blühen und etwas Farbe außer der Zeit bringen, kurz bevor die Zinnien und Chrysanthemen aufbrechen.«

»Was für eine gute Idee!«, sagte Olivia. »Schön, ich kaufe zwei, eine von Rennie und eine von mir, die können wir dann quasi in einen Topf werfen, ja?« Wenn Olivia lächelte, war es das gutmütige Lächeln ihres Vaters.

»Welche Farbe sollen wir für deine Mutter nehmen?«, fragte Susan.

»Knallpink mag sie gern. Wenn sie könnte, würde sie sich sogar zur Beerdigung knallpink anziehen. Ich denke, ihretwegen hülle ich mich in Beige. Kennt ihr das, wenn du jung bist, schwörst du dir, als Erwachsene nie zu werden wie deine Mutter?«

»Das kennen wir«, sagten beide einmütig.

»Ich geh Nathan holen.« Susan sprach von dem Mann, der

für das Umsetzen von größeren Pflanzen und Bäumen zuständig war.

Harry und Olivia warteten, betrachteten dabei die Frühjahrspflanzungen, rochen an diesem und jenem und kauften ein wenig ein.

»Ist das etwa Elizabeth Taliaferro?«, fragte Olivia. »Ich hab sie seit Jahren nicht gesehen. So ist es nun mal, wenn man wegzieht. Sie hat sich ganz gut gehalten. Hat ihre Haare grau werden lassen. Steht ihr gut.« Sie senkte die Stimme. »Daddy hat meine rotblonden Haare so geliebt, dass ich sie extra für ihn gefärbt habe. Ich werde mir wohl immer die Haare färben, auch wenn ich lächerlich aussehe. Und mein Mann hat sich vermutlich dran gewöhnt.«

»Olivia, du könntest nie lächerlich aussehen«, schmeichelte Harry ihr.

Sie kauften die vier Kreppmyrten, und Nathan lud sie auf Harrys Transporter. Die drei Frauen lehnten sich für einen Augenblick an den Wagen.

»Olivia, wir kommen morgen vorbei und pflanzen sie ein. Sagen wir, gegen Mittag? Du suchst den Platz aus.«

»Ich wünschte, wir könnten es jetzt tun! Mutter wird sich freuen. Ich weiß aber nicht, wo sie die Gartengeräte aufbewahrt. Doch wenn wir es morgen machen, bleibt mir ein bisschen Zeit, um die Sachen zusammenzusuchen. Ehrlich gesagt, als Mom achtzig wurde, hat sie einen Gärtner eingestellt. Das war für mich der erste Hinweis darauf, dass Mom und Dad alt werden, ach nein, wurden.« Olivias Augen trübten sich. »Man denkt ja nie, dass so was wirklich passiert, und jetzt das.«

»Es ist ein furchtbarer Schlag«, meinte Susan tröstend.

Olivia sah Harry an. »Der Sheriff und deine Nachbarin waren hier. Sie haben eine Menge Fragen gestellt. Müssen sie vermutlich. Zu meinem Erstaunen haben sie nach Frank Cresey gefragt. Ich habe Jahrzehnte nicht an ihn gedacht. Oh, ich war ja so verliebt in ihn, als ich achtzehn war. Er hat es damals in die

All-American-Spitzenauswahl geschafft … 1975? Ja, es war '75, und Dad hat es beendet. Er wollte nicht, dass wir uns sehen. Dad hat dem Trainer der Footballmannschaft doch tatsächlich gesagt, er soll Frank ein Ultimatum stellen. Wenn er immer noch versucht, mich zu sehen, fliegt er aus der Mannschaft. Der Trainer hatte Bedenken, aber Dad bestand darauf und hat schließlich seinen Willen gekriegt, nehm ich an, denn Frank hat sich nie wieder bei mir gemeldet. Und ich habe begriffen, dass Frank Football wichtiger war als ich. Gott sei Dank, dass Dad es beendet hat. Ich wäre nie glücklich geworden.«

»Einmal UVA-Spieler, immer UVA-Spieler.« Susan lächelte.
»Das sagt Ned immer, aber bedenkt, Ned geht vorsichtig vor. Er ist Absolvent der William and Mary und hat gehört, dass die Mannschaftskameraden im Lauf der Jahre versucht haben, Frank zu helfen. Einmal Wahoo, immer Wahoo«, sagte sie. Das war der Spitzname der UVA-Sportler. »Immerhin gehörte Frank zur All-American-Spitzenauswahl. Die zu Zeiten von Franks Ruhm etablierten älteren Spieler haben sich besonders um ihn gekümmert. Haben ihm Arbeit gegeben, als das Glück ihn verließ. Solche Sachen halt.«

»Was ist aus ihm geworden?«, fragte Olivia. »Mom sagte, er ist im Beruf gescheitert. In allem. Er hat Dad Hassbriefe geschrieben. Ich hab von alldem erst in den Neunzigern erfahren. Mom sagte, Franks Ehe ist geplatzt. Er hat Dad die Schuld daran gegeben, immer war Dad schuld.«

»Olivia«, Susan hielt inne, »Frank lebt auf der Downtown Mall.«

»Was!«

»Jawohl. Ned lässt ihn im Winter vom Sheriffrevier abholen und zur Unterkunft der Heilsarmee bringen. Er ist Vollalkoholiker.«

»Mein Gott!« Olivia legte ihre Hand aufs Herz. »Er war ein schöner Mann. Er hätte Profispieler werden können. Ich hatte keine Ahnung.«

Das war klar ersichtlich.

»Ich glaube, deine Mutter weiß nicht, wie tief er gesunken ist«, sagte Harry.

»Ich möchte schwören, manche Menschen werden selbstzerstörerisch geboren«, sagte Susan. »Frank ist so einer. Ned tut, was er kann. Er befürchtet nur, dass eine von diesen verflixten Realityshows Frank irgendwann aufgabelt. Vom All-American-Spitzenmann zum Alkoholiker oder so ähnlich. Frank würde toben, und die Leute würden sich darauf stürzen. Wie tief die Mächtigen gefallen sind. So was in der Art.« Susan kräuselte eine Lippe.

»Auf der Mall?«, flüsterte Olivia, als sie entgeistert begriff.

Harry erinnerte sich stirnrunzelnd: »Zweimal war dein Vater dem Volkszorn ausgesetzt, bei der Wiederaufnahme der Jefferson-Hemings-Kontroverse und bei Franks bitter verlorener Liebe, wie man vermutlich sagen würde. Aber Fair sagt, Frank hat sogar damals schon gesoffen, als er in der Mannschaft war. Hat er von älteren Footballspielern gehört.«

»Ja, Officer Cooper hat die Hemings-Affäre angesprochen«, sagte Olivia. »Alles alte Kamellen. Sogar damals hat niemand damit gedroht, Dad umzubringen.«

»Denkst du, Frank könnte deinem Vater gedroht haben?«

Sie riss die blauen Augen weit auf. »Daddy hat mir nichts erzählt.« Sie hielt inne. »Aber eigentlich hat er mir nie was erzählt. Er meinte, dass er mich beschützt, hat er ja auch. Aber erst als ich drüber weg war, hab ich das eingesehen.«

Als Harry Susan nach Hause fuhr, ließ ihr eines keine Ruhe: »Du denkst doch nicht, dass Olivia eine Dummheit macht, oder?«

»Zum Beispiel?«

»Zum Beispiel Frank auf der Mall suchen zu gehen.«

Susan stöhnte. »Harry, denk bloß nicht so was!«

9

Eine Stunde später

Während sie erörterten, wie am besten vorzugehen sei, parkte Harry ihren alten Transporter in Susans Zufahrt. Sie luden die vier Zwerg-Kreppmyrten neben der Garage ab, dann öffnete Harry die Haustür und rief nach Tucker, die sie hier zurückgelassen hatten, damit sie mit ihrem Bruder spielen konnte.

»*Wo soll's hingehen?*«, fragte Tucker, froh, dass sie ins Freie konnte.

»Ab ins Auto, Kleine.« Harry hob die robuste Corgihündin auf Susans Schoß. »Ich geh Owen holen.«

Auf der Fahrt aus der kurvigen Zufahrt saß Tucker zwischen den zwei Frauen und ihr Bruder Owen auf Susans Schoß.

»Du machst mich irre«, sagte Susan.

»Gleichfalls.«

»Warum musstest du sagen, dass Olivia auf die Mall gehen würde?«

»Ist mir so durch den Kopf geschossen, Susan. Ich hab mich nun schon die ganze Route 250 entlang gerechtfertigt. Ich will mich nicht auch noch auf dem ganzen Rückweg rechtfertigen. Es ist mir einfach so durch den Kopf geschossen, und ich hatte ein komisches Gefühl dabei.«

»Hab ich jetzt auch. Sie war durcheinander, und, na ja …«

»Sie kann jetzt nicht klar denken. Tod, Scheidung, sogar Jobverlust lösen so ein Durcheinander aus. Das kann so lange anhalten wie das Verlustgefühl oder der Kummer. Zumindest hab ich das so beobachtet.«

»Ja«, erwiderte Susan knapp.

Keine sprach, bis sie in Charlottesville zur Downtown Mall kamen. Das einstige Wirtschaftszentrum, die Hauptstraße, war

1976 für den Durchgangsverkehr gesperrt und zur Fußgängerzone umgebaut worden. Harrys Mutter hatte Zustände gekriegt und erklärt, dass man dort, als es noch Autos und Gehsteige gab, auch zu Fuß hatte gehen können. Sobald der Initiator dieser Maßnahme, das große Warenhaus Miller & Rhoads, wegzog, ging es mit der Konjunktur bergab. Nach und nach übernahmen nette Restaurants alte Räumlichkeiten, das Paramountfilmtheater wurde umgestaltet, Fachgeschäfte wurden eröffnet. Vieles war besser geworden, doch wie bei allen Wiederbelebungsmaßnahmen berücksichtigten die Stadtplaner kaum die Einkaufsgewohnheiten der Menschen. Immerhin gab es auf der Westseite noch ein großes Hotel, das Omni.

Harry steuerte ihren Transporter in das Parkhaus auf der Ostseite und fuhr so lange aufwärts, bis sie eine Lücke fand, die für den 1978er Ford F-150 groß genug war. Sie und Susan sprangen raus, hoben ihre Corgis hinaus und leinten sie an. Die dicken Betonmauern des Treppenhauses ließen ihre Schritte hallen.

»Ich weiß nicht, warum ich überhaupt was mit dir unternehme«, sagte Susan. »Du brockst mir bloß Ärger ein.«

»Ach, verschon mich, du duldsames Lämmchen. Du brockst mir so viel Ärger ein wie ich dir. So, was meinst du, wo sind die Saufbolde an diesem schönen Frühlingstag?«

»Am Paramount, nehm ich an.«

Sie begaben sich zum Zentrum der Mall, vorbei an Ladenfronten mit Auslagen in den großen Schaufenstern. Als sie zum Paramount kamen, vernahmen sie einen Schrei.

»Fass mich nicht an!«, hörten sie Olivia kreischen und sahen sie an einem großen Pflanzgefäß voller Blüten vor einem Mann zurückweichen.

»*Nichts wie hin!*« Tucker zerrte ruckartig an der Leine, kam frei und raste über den gepflasterten Gehsteig.

»Tucker!«, schrie Harry.

Owen riss sich auch von Susan los. Die zwei Hunde und zwei Frauen rannten zu Olivia. Tucker kam zuerst bei ihr an und drehte sich zu dem Mann um, der Olivia belästigte. *»Wenn du sie anrührst, bist du tot!*«

Blutunterlaufene Augen blickten auf die Corgihündin hinunter, als Owen am Schauplatz eintraf und die Reißzähne fletschte. War Olivia zunächst verwundert über Frank Creseys erschreckte Reaktion bei ihrem Anblick, so war sie jetzt verwundert und erfreut über ihre zwei Beschützer. Eine kleine Menschenmenge hatte sich schon um Olivia geschart, als Harry und Susan endlich bei ihr waren.

»Was hast du hier zu suchen?«, brummte Frank. Er trug zerlumpte Sachen, hatte lange, ungekämmte Haare. Sein einst schöner Körper war verwüstet und abgemagert.

»Komm, Olivia, lass uns gehen.« Harry hakte Olivia unter.

Susan hielt die Luft an, denn Frank roch nach Schweiß, Alkohol und Urin. Sie schob sich zwischen Olivia und Frank, die zwei Hunde taten es ebenso. »Frank, sie hat ein Recht auf die Mall, genau wie alle anderen auch.«

Erster Fehler. Man versuche nie, mit einem Betrunkenen logisch zu reden.

Frank machte einen Schritt auf Susan zu, die nicht zurückwich, während Harry die wie gelähmt dastehende Olivia mit sich fortzog. Blitzschnell schnappten die beiden Hunde nach einem Bein. Frank war so mit Alkohol abgefüllt, dass er es kaum spürte.

»Owen, aus!«

Einen dünnen Unterschenkel fest im Maul, sah der Corgi, noch nicht bereit, von Frank abzulassen, zu seinem Menschen hoch.

»Ich bin froh, dass er tot ist!«, schrie Frank so laut, dass die zurückweichende Olivia ihn hören konnte. »Er hat mir mein Leben kaputtgemacht. Hoffentlich ist er in Angst und Schmerzen gestorben! Du bist hergekommen, um mich zu bemitlei-

den. Ich will dein Mitleid nicht. Ich will dich nie mehr sehen. Und du wirst deinen Vater nie mehr sehen!«

Susan zog sich zurück und befahl: »Owen, Tucker, hierher!« Die zwei Hunde ließen von Frank ab. Sie trabten zu Susan, blickten aber weiter mit gefletschten Zähnen zu ihm hin.

Ein Mann wollte dem jetzt stark blutenden Frank auf eine Bank helfen. Frank stieß den guten Samariter fort. Zwei Polizisten kamen angerannt, jeder aus einer anderen Richtung. Frank brüllte ohne Worte, brüllte nur drauflos.

Halb zog, halb schleifte Harry Olivia zur Fourth Street. An der Ecke zog sie Olivia ins Antiquariat Daedalus. Sandy Mc-Adams, der Inhaber, schaute hoch, als Susan, Tucker und Owen über die Schwelle traten.

»Meine Damen und Hunde, hat etwa Literatur so gerötete Wangen zur Folge?« Der bärtige Bücherfreund lächelte.

»Oh, Sandy«, Harry verschnaufte, »Sie ahnen nicht, wie schön es ist, Sie zu sehen!«

Ehe er etwas erwidern konnte, klärte Susan ihn über den Krawall auf der Mall auf.

»Frank Cresey«, sagte Sandy. »Na, das überrascht mich nicht. An manchen Tagen kommt er in den Laden, setzt sich hin und sucht sich ein Buch aus. Ich überlasse es ihm bloß, damit er rausgeht, weil die Kunden den Gestank nicht aushalten. Wenn er mal sauber ist, lasse ich ihn bleiben. Er sagt, er war Starläufer bei der 1975er UVA-Footballmannschaft. Kaum zu glauben.«

»Aber wahr«, bestätigte Olivia leise.

»Oh, Verzeihung, Sandy«, sagte Harry. »Das ist Olivia Gaston, Ginger McConnells Tochter. Sie wohnt mit ihrem sagenhaft tüchtigen Ehemann in New Orleans.«

»Ihr Vater war ein wunderbarer Mensch und ein guter Kunde«, sagte Sandy. »Mein herzliches Beileid.«

»Danke.« Verlegen sah Olivia von Sandy zu Harry zu Susan, dann zu den Corgis hinunter. »Dies alles ist meine Schuld.«

»Du kannst nichts für einen Säufer«, sagte Susan bestimmt.

»Er hat rumgeschrien, er würde mich überall erkennen, was ich nach vierzig Jahren erstaunlich finde.« Sie wandte sich an Sandy. »Ich war heftig in ihn verknallt, als ich achtzehn war, und Daddy hat es beendet. Seitdem habe ich Frank nicht mehr gesehen.«

»Ihr Vater war ein kluger Mann.« Sandy atmete tief durch. »Die armen Teufel haben so viele ihrer Gehirnzellen zerstört, dass sie vergessen haben, wie vernünftiges Denken geht. Aber – er hat Sie erkannt, höchst außergewöhnlich.«

Susan lächelte. »Olivia ist nicht sehr gealtert.«

»Susan, das ist geflunkert.« Olivia beruhigte sich allmählich. »Ich habe mich verändert, nur meine Haarfarbe ist gleich geblieben.« Sie lachte ein bisschen.

»*Gibt's auch gute Bücher über Hunde?*«, fragte Tucker.

Sandy kramte zwei appetitliche Leckerbissen unter dem Ladentisch hervor und warf sie den Hunden zu.

»*Besser als ein Buch.*« Owen vertilgte sein Leckerchen.

»Wir wollen nicht lange stören, Sandy«, sagte Susan entschuldigend. »Aber wir wussten, hier sind wir in Sicherheit.«

»Danke. Wenn Sie etwas brauchen, sagen Sie mir Bescheid. Jeden Tag kommen Bücher rein.« Er lächelte und wandte sich dann an Olivia. »Ihr Vater kam einmal in der Woche nachfragen, ob ich etwas über die Zeit zwischen 1775 und 1820 entdeckt habe. Gelegentlich stoße ich auf kostbare alte Bücher oder höre von einer Familienbibel, die sich angefunden hat. Er war emsig. Er wollte alte Landkarten, alles mögliche Alte. Dafür reiste er nach Richmond, nach Columbia, nach Atlanta. Ich erinnere mich, einmal ist er nach Guilford, North Carolina, gefahren, weil wunderbare alte Landkarten aus dem Unabhängigkeitskrieg aufgetaucht waren. War eine große Schlacht dort, wissen Sie.«

»Ich weiß. Die wir verloren haben.« Olivia lächelte. »Daddy hat über jene Zeiten gesprochen, als würde er sich an alte Freunde erinnern.«

»Vermutlich waren sie das für ihn«, sagte Sandy warmherzig. »Wer und was wir sind, verdanken wir denen, die vor uns da waren. Und jetzt bitte, gestatten Sie mir, Ihnen zu helfen, egal bei was.«

Die Gruppe verließ das Geschäft und ging zum Parkhaus, wo auch Olivia ihr Auto – vielmehr das Auto ihrer Mutter – abgestellt hatte. Es stand auf der zweiten Ebene, daher nahmen sie die Treppe. Das Treppenhaus war immer dunkel, ein Grund für Beschwerden, nur war es Olivia jetzt ganz recht, weil sie in Tränen ausbrach.

»Ich bin so blöd.«

Auf dem Treppenabsatz der zweiten Parkebene legte Susan ihre Arme um die schlanke Frau. »Du hast einen schweren Schlag erlitten und eine der Hauptstützen deines Lebens verloren. Dem Menschen ist nun mal nur ein Vater gegeben.«

»Ich weiß nicht, was in mich gefahren ist. Ich …« Die Gruppe betrat die zweite Parkebene.

Die stets logische Harry meinte: »Wir hätten dir nicht verraten sollen, wo Frank lebt. Die Neugierde würde jede von uns so weit treiben, einen Blick zu riskieren.«

»Vierzig Jahre. Warum wollte ich ihn sehen? Ich mochte wohl nicht glauben, dass er so tief gesunken ist.« Sie trocknete sich die Tränen mit einem Taschentuch von Susan, die jederzeit gerüstet war für Reifenpannen, Tränen, Kopfschmerzen, alles und jedes.

»Alles kommt durcheinander, wenn jemand stirbt, den man liebt.« Harry ging in die Knie, um Tucker und dann Owen zu streicheln. »Jedenfalls war es bei mir so, als Mom und Dad starben.«

Olivia streckte sich. »Ich hab mich aufgeführt, als wär ich der einzige Mensch, der je einen Vater verloren hat, dabei hatte ich meinen so viel länger, als du deinen hattest, Harry. Ich weiß nicht, was bei mir schiefgelaufen ist.«

Susan sagte: »Nichts ist schiefgelaufen. Im Moment ist es einfach so, wie es ist, und für die nächsten Monate ist es am besten, keine wichtigen Entscheidungen zu treffen.«

Auf Olivias verblüfften Blick hin sagte Harry lapidar: »Vermindertes Urteilsvermögen.«

»Ja.« Olivia ging zu ihrem Auto. Sie drückte die Entriegelungstaste am Autoschlüssel, öffnete die Tür aber nicht. »Ich kann nicht schlafen. Ich denke dauernd darüber nach, wer meinem Vater, dem allergütigsten Menschen auf Erden, etwas antun wollte. Ich hab sogar seinen Schreibtisch zu Hause durchsucht, die Aktenschränke, hab sein Scheckbuch durchgesehen. Ich war überzeugt, ich würde einen Hinweis finden, aber nein. Seine Recherchen lagen wie immer in ordentlichen Stapeln auf dem ganzen Schreibtisch, und manche auf dem Fußboden.«

»Hat er einen Computer benutzt?«, wollte Harry wissen.

»Daddy? Ja. Er war langsam. Natürlich hatte er die vielen Forschungsassistenten an der Uni. Er brauchte sie nur zu bitten, etwas für ihn nachzusehen oder einem Kollegen eine Nachricht zu mailen. Dad war universell. Selbst wenn eins von seinen ›Kindern‹, wie er sie nannte, ihm Rechercheunterlagen aushändigte, ist er, wenn er konnte, losgefahren, um die Originalquellen einzusehen. Darin war er fanatisch.«

Obwohl Susan sah, dass Olivia nun gefasster war, schlug sie sicherheitshalber vor: »Wie wär's, wenn ich dich nach Hause fahre? Harry kann nachkommen. Guter Plan, finde ich.«

Olivia zögerte einen Moment. »Ja. Ja, finde ich auch.« Sie sah beide prüfend an. »Bitte sagt Mutter oder Rennie nichts. Es gibt keinen Grund, dass sie sich über meinen Fehler aufregen. Die Neugierde ist mit mir durchgegangen.«

»Klar sagen wir nichts.« Susan nahm Olivia den Schlüssel aus der Hand und setzte sich ans Steuer. Olivia ging zur Beifahrertür.

Fünf Minuten später und zwei Ebenen höher öffnete Harry die Transportertür. Ein leises Quietschen erinnerte sie: Zeit zum Nachschmieren. Sie hob die Hunde auf die Sitzbank, schwang sich hinauf und folgte dann Susan und Olivia.

»Ich frag mich, ob Frank überhaupt kräftig genug ist, um jemanden umzubringen«, überlegte sie laut.

»*Versuch das lieber nicht rauszukriegen*«, warnte Tucker, die noch wütend auf den Mann war.

10

25. Dezember 1779

S chneeböen wirbelten durch das Lager, kündigten heftigere Schneefälle an. Aus allen Baracken versuchten Rauchschwaden den Holzkaminöfen zu entkommen – und wurden sogleich vom Tiefdruck niedergedrückt. Backstein wäre viel besser für die Kamine gewesen, aber verkohlte Holzblöcke kosteten nichts. Der rote Lehm Mittelvirginias ergab ausgezeichneten Backstein, aber so praktisch und schön er auch war, er erwies sich als kostspielig. Ein Eigenheim ganz aus Backstein schrie *Geld!* Viele hübsche Schindelhäuser prunkten mit Backsteinkaminen. Nicht aber die primitiven Holzbaracken, die jetzt die britischen Gefangenen beherbergten. Und schlimmer noch, von Zeit zu Zeit drückte ein Abwind den Rauch in die rechteckigen Innenräume zurück.

Dank Unteroffizier Edward Thimbles Dachdeckergeschick blieb die Wärme drinnen. Wenn die Nadeln der über Kreuz verlegten Tannen abstarben und Regen, Graupeln und Schnee ins Innere drangen, war der Unteroffizier mit einem Mal sehr gefragt, auch andere Baracken mit Stroh zu decken. Der Kommandant des Gefangenenlagers beschaffte bei der Legislatur eigens Gelder für Stroh. Seinem Antrag begegnete der Gouverneur von Virginia mit Murren darüber, wie niederträchtig die von den Briten gefangengehaltenen Kolonisten behandelt wurden. Zahlreiche aufständische Gefangene wurden in Laderäumen von Schiffen festgehalten, die in den Häfen der von den Briten besetzten Küstenstädte ankerten. Und viele Zivilisten litten ebenfalls unter elenden Umständen, weil sie die Kontinentalsoldaten unterstützt hatten. Die akzeptierten Regelungen zur Behandlung von Kriegsgefangenen wurden von den Briten missachtet, obwohl die Vorgaben in der gesamten westlichen Welt bekannt waren. Soweit es die britische Krone betraf, waren diese Aufständischen bestenfalls Verbrecher, schlimmstenfalls Verräter. Weil sie nicht als Soldaten anerkannt waren, konnten sie nicht ausgetauscht werden und waren erbärmlichen Zuständen ausgesetzt. Viele gingen an Krankheiten zugrunde. Die Kapitulationsbedingungen von Saratoga waren von der Krone entschieden verworfen worden, was allen Unsicherheit bescherte.

Im Gegensatz dazu behandelten die Kontinentalkommandanten ihre Gefangenen anständig.

General Washington war erschüttert über das Leid der Männer, die er als Patrioten ansah, Männer, die er als seine Schutzbefohlenen betrachtete. Doch seine Beschwörungen und Schreiben an den britischen General Howe und andere fanden kein Gehör. Der König und seine Minister beabsichtigten, diesen Emporkömmlingen eine schmerzhafte Lektion zu erteilen. Und dies taten sie. Sie stärkten zudem die Unbeugsamkeit der Kolonisten.

Der Krieg, den die Briten rasch zu gewinnen meinten, zog und zog sich hin.

Während die kleine Schar Gefangener von Hauptmann Alexander Frasers Regiment Tonpfeifen rauchend am Feuer saß, fragten sie sich, wie lange sie wohl noch eingesperrt sein würden. Edward Thimble stöhnte: »Die Frauen, die ich gesehen habe, seit ich hierhergebracht wurde, kann ich an den Fingern einer Hand abzählen!«

»Ach Edward, so schlimm ist es doch gar nicht!«, stichelte Samuel. »Die Frauen der Marketender kommen vorbei, und manche haben Töchter.«

»Nicht genug. Ich bin es leid, in eure hässlichen Visagen zu gucken.« Darauf lachte Edward und sah schnell zu Charles West hin. »Ihre nicht, Herr Leutnant.«

In diesem Augenblick hörten sie die Männer in der Nebenbaracke singen, Männer vom Braunschweiger Regiment. »Die halten sich an ihre Gebräuche«, sagte Edward über die Hessen.

Charles bemerkte nur knapp: »Tun wir auch.«

Sam senkte die Stimme, obwohl niemand außer seinen Kameraden ihn hören konnte. »Wenn der Frühling kommt, müssen wir uns auf den Gutshöfen verdingen. Ist besser, als hier eingesperrt zu sein.«

Thomas empfahl: »Mach deine Arbeit für die Familie, die dich aufnimmt. Wer weiß, Samuel, ob sie nicht eine schöne Tochter haben! Sich in eine Frau vergucken ist heutzutage kein Vergehen, nicht wahr?«

Stille folgte auf diese Bemerkung, dann meinte Sam: »Mit meinem Gesicht?«

Sie lachten. »Ist was anderes bei Ihnen, ja, Sir?«

Charles nickte. »Ich weiß nicht, ob mir als Offizier gestattet wäre, auf einem Hof arbeiten zu gehen. Es würde mir jedoch nichts ausmachen. Auf unserem langen Marsch hierher hätten Amerikaner uns unterwegs bespucken, mit Steinen bewerfen können, haben es aber nicht getan.«

»Sie wollten unser Geld«, bemerkte Edward gehässig.

»Und warum nicht?«, konterte Thomas herausfordernd. »Es schadet nicht, sich den einen oder anderen Schilling zu verdienen, nicht wahr? Wenn wir nach London marschierten, würden die Leute Lebensmittel gegen Geld abgeben. Die Leute müssen zurechtkommen, so gut es eben geht, und es ist kein Vergehen, Menschen mit Nahrung zu versorgen.«

»Nein«, sprach Charles ruhig. »Allein, ich fürchte, wir werden eine lange Zeit hier sein.«

»Die können nicht siegen«, sagte Edward in überzeugtem Ton über den Krieg. »Sie haben ein bisschen Glück gehabt, und sie können kämpfen. Ich dachte, sie würden Reißaus nehmen, als sie zum ersten Mal zum Kampf angetretene Rotröcke sahen, sind aber nicht getürmt. Dennoch, sie können nicht siegen.«

»Ihre Gewehre sind besser als unsere Musketen«, sagte Thomas bewundernd über ihre Schusswaffen. »Ihre Büchsenmacher sind gut, sehr gut.«

»Die Kanonen sind nicht so gut wie unsere«, bemerkte Samuel unbewegt.

»Was nützt das, wenn man nicht auf planem Boden ist?«, fragte Edward. »Wir konnten unsere Kanone in Saratoga nicht richtig aufstellen. Hat Howard jedenfalls gesagt.« Howard Wilson, 53. Regiment, war im Rauch von seiner Einheit getrennt worden, aber er hatte die Schwierigkeiten mit der Kanone und den schweren Vorstoß der Kontinentalarmee gesehen. Er war einer anderen Baracke zugeteilt worden.

»Was meinen Sie, Herr Leutnant?«, fragte Thomas.

»Wir haben sie unterschätzt, aber wie lange können sie durchhalten?« Charles schüttelte den Kopf. »Ein Krieg kostet Tausende und Abertausende Pfund. Die Krone kann sich das leisten. Ich bezweifle aber, dass die Kolonisten es können. Doch ich bin überzeugt, es wird nicht bald vorbei sein.«

»Und es kommen noch mehr von uns hierher, denke ich.« Thomas war der Meinung, dass neue Baracken nicht ohne Grund gebaut wurden.

»Herr Leutnant, Sie können mit Feder und Papier alles zuwege bringen. Wir haben die Zeichnung gesehen, die Sie für Hauptmann Schuyler angefertigt haben.« Sam verschränkte die großen rauen Hände. »Lebensecht! Und Ihre Handschrift ist wie gemalt, schön anzuschauen. Würden Sie für mich einen Brief schreiben? An meinen kleinen Bruder?«

»Natürlich. Ich schreibe für jeden, der nicht schreiben kann.«

Edward bewunderte Charles' Geschicklichkeit. »Ich kann schreiben, aber nicht mit Schnörkeln.«

»Ich möchte anschauliche Papiere«, sagte ein Korporal. »Papiere, die bekunden, wo ich gedient habe. Die werden wir alle benötigen, um unsere Pension einzuheimsen.«

»Du wirst keinen halben Penny sehen«, verkündete Edward.

Thomas saß einen Moment ganz still. »Hier könnte man sich ein gutes Leben einrichten. Wozu nach England zurückkehren, um zu kämpfen und auf das zu warten, was mir zusteht? Ich bin hier. Hier will ich bleiben.«

Keiner widersprach. Alle waren still. Schließlich meinte Sam: »Hier könnte man sich ein gutes Leben einrichten, mit der richtigen Frau!«

Alle lachten. Und sie lachten noch schallender, als Piglet an der Tür kratzte. Charles öffnete, und der furchtlose Hund platzte mit einer Würstchenkette herein. Charles streifte ab, was zur Weihnachtsfeier der Hessen gehört haben musste, gab Piglet eine Wurst, und alle Männer nahmen sich eine.

»Frohe Weihnachten, Piglet!«, jubelte Edward.

Als Charles sich später hinlegte, den Kopf neben den von Piglet gebettet, dachte er darüber nach, wie wunderlich das Leben doch war. Gewissheiten vergehen. An ihre Stelle treten Erfindungsgabe und der Dank an Gott für das Leben.

11

16. April 2015

S teig wieder in den Wagen!«, verlangte Susan von Harry, die von den Katzen begleitet im Rough herumwühlte.

Die schlanke Frau trabte zum Golfwagen, die Katzen folgten in ihrem eigenen Tempo. »Ich komm schon. Ich komm ja schon.«

»*Susan ist heute 'ne Meckerziege*«, stellte Pewter fest.

Da die graue Katze jeden Menschen im Meckern übertreffen konnte, hielt Mrs. Murphy wohlweislich die Schnauze. Der Mensch und die zwei Katzen sprangen in den Golfwagen. Susan gab Gas, und alle wurden nach hinten gedrückt, als sie zu ihrem Ball auf dem zehnten Grün raste.

Beim Aussteigen sah Susan ihren Ball auf dem Grün leuchten. »Ha!«

Harry lief hin und reichte Susan ihren Putter. Nachdem sie die Zwerg-Kreppmyrten für Trudy McConnell eingepflanzt hatten, waren sie erst spät auf dem Golfplatz eingetroffen und kamen nun an Golfern in tuckernden Wagen auf ihrem Rückweg vorbei. Nur wenige nahmen ihre Richtung. An Donnerstagen waren spätnachmittags, ausgenommen im Sommer, nicht so viele Leute auf dem Platz wie morgens oder am frühen Nachmittag.

Wenn sie von ihrem Caddy Harry absah, hatte Susan das Gefühl, den Platz ganz für sich zu haben. Als Frau, die Grüns und Terrain aller Art lesen konnte, kniete sie nieder, besah das Loch, das auf einer kleinen trügerischen Erhebung lag. Den Putt verfehlt, und der Ball rollte zurück, wenn es einem an Kraft fehlte, oder er rollte hinter das Loch, wenn man zu fest schlug. Susan liebte solche Herausforderungen. Harry hielt sie für verrückt, aber das war ein alter Streitpunkt. Mit leichtem Griff und scharfem Blick schaffte Susan entspannt den Zweimeterputt.

»Dieses Jahr komm ich groß raus!«, schwor sie. »Wart's nur ab.«

»Susan, du kannst es schaffen. Du kannst Club-Champion werden.«

Susan beugte sich vor, griff sich ihren Golfball, strahlte und hüpfte fast zu ihrem Wagen zurück.

»Es braucht so wenig, um sie fröhlich zu machen«, bemerkte Pewter.

Mrs. Murphy war immer von jedem rollenden Gegenstand begeistert und hatte bekanntlich schon einen Fußball herumgeschubst. *»Das war ein guter Putt«*, erklärte sie.

Das nächste Loch würde eine Strafe für einen faulen Spieler sein. Ein geneigter Fairway und verborgene Bunker erforderten einen gut, aber nicht zu weit geschlagenen Ball. Wenn man bei einer Biegung im Fairway weit und gerade schlug, flog der Ball in eine verdammte Falle. Rechter Hand wartete ein spezielles Rough.

Mit dem Schläger, den Harry ihr reichte, schlug Susan einen hohen Ball, der gleich rechts landete, nicht weit im Rough, doch weit genug, dass Susan wusste, ihr zweiter Schlag würde sehr schwierig zu bewältigen sein. Mehr mit Intelligenz als mit Kraft mühte sie sich in dieser Saison redlich, hier und da einen Schlag zu verkürzen. *Touch*: Manchmal fühlte sie den Schlag direkt in den Händen. So hatte sie zum Beispiel in dem Moment, als sie den Ball traf, gewusst, dass er nach rechts driften würde, nicht sehr weit, aber doch weit genug, um Ärger zu machen.

»Verdammt, verdammt, verdammt!« Sie marschierte zum Wagen, warf ihr Holz in die Tasche neben den erschrockenen Katzen. Als sie losbrausen wollte, merkte sie, dass Harry noch dort hinten war. Sie hielt an, als Harry auf sie zukam.

»Den Bogen solltest du lieber jetzt rauskriegen als erst dann, wenn du im Sommer zu spielen anfängst«, sagte Harry.

Susan stimmte ihr zu. »Ja. Aber ich kenn dieses Loch, und ich weiß auch, schon der leiseste Wind weht durch das Fairway. Man schlägt besser rein, beileibe nicht davon weg. Was hab ich also gemacht? Kein Wind, hab also nicht aufgepasst.«

»Susan, man kann auch mal einen nicht ganz perfekten Schlag machen. Egal, was los ist.«

»Wie willst du das wissen? Du hast ein einziges Mal einen

Golfschläger geschwungen, in der zehnten Klasse. Ich wollte dich dazu bringen, mit mir zu spielen.« Susan ließ einen Teil ihrer Wut an Harry aus, die dergleichen auf dem Golfplatz gewöhnt war.

»Wozu sind Freunde da?« Harry ließ ihre Freundin geduldig ihren Frust entladen. »Ich weiß es noch. Ich weiß auch noch, dass du keine Geduld mit mir hattest.«

Susan hielt ruckartig an und sprang hinaus. »Ich war sehr geduldig.«

Harry ging zu ihr ins Rough, die Katzen kamen mit. In den Roughs gab es gute Beute, wenn man Mäuse und Wühlmäuse mochte. Harry fand den Ball, nicht zu tief im Rough, aber direkt neben dem Stumpf eines Baums, der vor Jahren sauber abgesägt worden war. Susan trat hinzu und sah missmutig auf den abtrünnigen Ball hinunter.

»Bockmist!«

Harry durchforstete das Rough und blickte dann auf das Fairway, wo Ginger McConnell erschossen worden war.

»Klare Sicht«, sagte sie.

»Nein, gar nicht. Da hängt ein Ast runter.«

»Susan, guck hierhin. Klare Sicht.«

»Interessiert mich nicht. Ich muss meinen Ball ohne Fehlschläge hier rauskriegen. So 'ne Scheiße, entschuldige den Kraftausdruck!«

Pewter hüpfte auf den Baumstumpf. »Oh je, Susan flucht selten.«

»Golf bringt ihre Gefühle zum Vorschein.« Mrs. Murphy lächelte. »Du und ich sollten froh sein, dass Mom nicht damit angefangen hat.«

»Meinst du, sie würde fluchen?«, fragte Pewter, während Mrs. Murphy sich auf dem Stumpf zu ihr gesellte. Gute Aussicht von hier oben. Sie hielt nach nichtsahnenden Mäusen Ausschau.

»Weißt du noch, wie der Staubsauger kaputtgegangen ist?«, fragte Mrs. Murphy.

»*Richtig.*«

Die graue Katze schmiegte sich an die Tigerkatze. »*Da war dicke Luft. Mom würde sich durch alle achtzehn Löcher fluchen. Ha!*«

Im Überlegen, welcher Schläger zu nehmen sei, achtete Harry nicht auf Susan, sondern ging zum Wagen zurück und zog ein Siebener-Eisen heraus.

Susan nahm es ihr aus der Hand und besah es. »Ach, ich weiß nicht. Gib mir das Fünfer.«

»Mach's einfach, Susan. Moment noch. Lass mich die Katzen von diesem Stumpf nehmen, sicherheitshalber.«

»Ich werde doch nicht Mrs. Murphy oder Pewter treffen!«

»Nein, aber sie könnten gerade dann runterspringen, wenn du ausholst. Das Risiko wollen wir nicht eingehen.« Harry hob Mrs. Murphy mit beiden Händen herunter. Als sie nach Pewter griff, sprang die graue Katze selbst vom Stumpf. Keine Mäuse ringsum, wo die lauten Menschen herumtrampelten!

Susan wartete kurz, bis die Katzen weit genug aus dem Weg waren. Als sie dann über ihrem Ball stand, rief Harry plötzlich: »Spikes!«

»Was ist los?« Susan atmete aus, sie war mit ihrer Geduld am Ende und unendlich erschöpft.

»Guck dir das an.« Harry wies auf die Oberfläche des Stumpfes. »Abdrücke von Spikes.«

Susan sah hinunter. »Na und?«

»Klare Sicht, ein guter Höhenwinkel, ein leichter Schlag, und hier drin ist es dicht. Wer es getan hat, hätte einfach rauskommen und lässig einen Ball in der Hand halten können, der vermutlich ins Rough geschlagen wurde.«

Schließlich wurde Susan klar, dass Harry von Gingers Ermordung sprach. »Oh, lassen wir uns nicht fortreißen. Hier drin sind andauernd Leute auf der Suche nach verlorenen Bällen.«

»Wurde Ginger nicht mitten auf dem Fairway da getötet?« Harry zeigte hin.

»Ja, aber wir kennen die genaue Stelle nicht.«

»Bleib stehen.« Harry trat hinter Susan, hob sie hoch, so dass ihre Füße mit dem Stumpf auf gleicher Höhe waren. »Guck jetzt.«

»Und?«

»Hast du eine weite, klare Sicht?«

Susan war nicht gewillt zuzustimmen. »Möglich.«

Harry, die ochsenstarke, ließ sie herunter.

»Ich hätte mich einfach auf den Stumpf stellen können«, sagte Susan.

»Und mit deinen Spikes die schon vorhandenen Spuren verwischen? Ich muss das Coop zeigen.«

»Harry, nicht übertreiben. Das führt nie zu«, sie hielt inne, überlegte sich das richtige Wort, »Gewissheit. So, und wie nehme ich mir jetzt diesen Schlag vor?«

Harry, Mrs. Murphy und Pewter gingen wieder auf das Fairway, wo sie Susan sehen konnten, die sehr exakt schlug, wobei der Ball ein Stückchen Borke mitnahm. Der Ball schaffte es nicht ganz bis zum Grün, sondern landete knapp dreißig Meter entfernt. Nicht übel. Mit einem sorgfältigen dritten Schlag würde Susan nah an den Flaggenstock herankommen. Das Loch war vielleicht keine solche Katastrophe, wie sie sich vorgestellt hatte.

Wieder im Wagen, übernahm Harry das Steuer. Sie hatte es satt, durchgerüttelt zu werden, doch jetzt lächelte sie. »Guter Schlag. Wie hast du den hingekriegt?«

Susan lächelte zurück. »Hab mir überlegt, was Mary Pat getan hätte.«

»Komisch, nicht wahr? Wie wir manche Menschen vermissen. Obwohl sie gestorben sind, sind sie noch da. Wir können noch was von ihnen lernen.«

»Das stimmt. Die Leute, die in Gingers Vorlesungen waren, erinnern sich sicher noch an vieles von dem, was er gesagt hat, oder sie schlagen in einem Buch von ihm nach.« Sie wandte sich Harry zu. »Kannst du die Stimme deiner Mutter noch hören?«

»Ja.«

Sie fuhren schweigend zum Ball. Von da spielte Susan ihn direkt aufs Grün. Sie verfehlte ihren Putt um Zentimeter, somit war sie einen Schlag über Par. Eingedenk des Schlamassels, der daraus hätte entstehen können, meckerte sie nur ein bisschen. Auf der Rückfahrt holperten sie über einen kleinen Spalt in dem gepflasterten Weg. Harry hielt an. Vorne spielte eine Vierergruppe.

»Es wird frisch«, bemerkte Susan.

»Wir spielen nur noch zwei Löcher. Wird schon nicht so kalt werden.«

»Weißt du, ich muss dauernd an gestern denken. Frank Cresey geht mir nicht aus dem Kopf. Traurig zu sehen, dass jemand so tief sinkt wie dieser Mann. Ist dir schon mal aufgefallen, dass es oft Footballspieler oder andere Mannschaftsspieler sind, die abstürzen? Bei Golf oder Tennis passiert das nicht so oft.«

»Ich weiß nicht. Vielleicht können sie es nur besser geheimhalten. Muss eine große Umstellung sein, vom einst bewunderten Sportler mit viel Geld zu einem Leben in der Gosse.«

»Das Gute an gestern war, dass es uns vom Steuertag abgelenkt hat.«

Harry lachte. »Jede Wolke hat einen Silberstreif.« Sie sah nach vorn auf die Vierergruppe. »Sie rücken vor.«

»Gut.« Susan sprang heraus. »Ist vielleicht besser, eine Menge zu vergessen. Sich auf die Gegenwart zu konzentrieren.«

»Vielleicht«, antwortete Harry, doch sie hörte sich nicht an, als wäre sie ihrer Meinung. Susan fiel es allerdings nicht auf, da sie nur ungeduldig darauf wartete, dass Harry ihr einen Schläger reichte.

12

D as allerreinste Blau«, sagte Harry zu den zwei Katzen und
Tucker, als sie um das Haus gingen, um die Blumenbeete
und den Himmel zu betrachten. »Die gewaltigen Kumuluswol-
ken, so weiß, heben das Blau hervor.«

Tucker tappte direkt hinter ihrem Menschen her, eine schwa-
che Kaninchenfährte irgendwo nahebei lockte sie an. Mrs.
Murphy nahm die Wittrung ebenfalls auf. »*Dass das Langohr
bloß nicht die Narzissen abzwickt.*«

Narzissen, schon zehn Zentimeter über der Erde, mit prallen
Zwiebeln, verhießen gemeinsam mit den Osterglocken eine
baldige Farbenpracht. Die Schneeglöckchen waren schon
durch, hier und da blühten noch Krokusse, aber bis zum ganzen
Farbenrausch, dem ersten Frühlingsausbruch, war es nur noch
höchstens eine Woche hin. Drei Wochen würden vergehen,
bis die Judasbäume, die Weiden und schließlich die Hartrie-
gelsträucher auf Wiesen und an Berghängen ausschlagen würden.

Der Hochfrühling bescherte Tieren Frühlingsgefühle. Käl-
ber tollten herum, Pferde jagten einander, Rehe sahen belustigt
von weitem zu. Vögel begrüßten den Sonnenaufgang mit einem Chor, der erst in der Abenddämmerung endete, die sich
dann mit den Rufen der Nachtschwalben füllte. Auch andere
Nachtgeschöpfe sangen oder krächzten. Der Frühling in den
Blue Ridge Mountains berauschte die Menschen dermaßen,
dass nur ganz Unsensible oder Überlastete ihre Gedanken lediglich auf zweckmäßige Dinge richten konnten.

Harry fuhr mit der Hand über den Buchsbaum an ihrem
Fußweg. Das leise *Zisch*, das Zurückschnellen der Zweige versicherten ihr, dass die dunkelgrünen Sträucher dieses Jahr

kräftig wachsen würden. Englischer Buchsbaum konnte zwar mit dem jährlichen Wachstum des amerikanischen Buchsbaums nicht mithalten, doch Dichte und Form des englischen Buchsbaums waren mit keinem anderen Strauch zu vergleichen.

»Gehen wir in den Stall«, forderte Pewter Harry auf. »Ich möchte nach den Mäuselöchern sehen.«

Tucker, die neben der grauen Katze ging, entgegnete: »Du willst doch bloß gucken, ob Tierkekse in der Sattelkammerschüssel sind.«

Pewter rannte voraus, ehe Tucker sie rammen konnte. »Wofür sind die sonst da, Wackelsteiß?«

Mrs. Murphy rannte los, um Pewter einzuholen. Dies war ein Morgen zum Rennen. Die Tigerkatze war erst auf gleicher Höhe mit Pewter, überholte sie dann und sauste vor ihr her. Blieb plötzlich stehen, sprang über die andere Katze und landete hinter ihr. »Juhuu!«

Tucker trabte zu den Katzen. »Du bist zu dick für Kunststücke.«

»Blödes Stück!« Die graue Katze setzte mit erstaunlicher Anmut über die Corgihündin hinweg.

Die Darbietung brachte Harry zum Lachen. Sie beteiligte sich an der Tollerei, rannte zu den Tieren und an ihnen vorbei. Anschließend lief sie zum Traktorschuppen und zurück zum Stall, die Tiere tobten mit ihr herum. Pure beglückende Ausgelassenheit – was gäbe es Besseres? Außer Atem sausten alle in den Stall, quetschten sich zunächst durch den schmalen Spalt in dem großen Doppeltor. Mit dem Schwinden des Winters öffnete Harry die Tore an beiden Enden der Stallgasse, der besseren Luftzirkulation wegen.

Die Katzen setzten ihr Fangenspiel fort. Mrs. Murphy erreichte die an der Wand befestigte Leiter zum Heuboden. Geschickt krallte die Katze sich hinauf, Pewter hinterdrein. Oben jagten sie sich mit zunehmendem Tempo um die eckigen Heu-

ballen herum, über die Ballen hinweg und zwischen ihnen hindurch. Unten in der Stallgasse lauschte Harry auf das Toben über ihr.

Sie sah die stoische Corgidame an. »Ach, Tucker, für nur einen Tag eine Katze sein.«

Tucker hatte oft Gelegenheit, die Intelligenz ihres geliebten Menschen anzuzweifeln. Jetzt hatte sie wieder eine. »*Corgi sein wär besser.*«

»*Fass mich nicht an!*«, schrie Pewter auf dem Heuboden. Sie stand auf den Hinterbeinen mit dem Rücken an einem Heuballen, die Krallen ausgefahren, während Mrs. Murphy sprungbereit dahockte.

Hinter der molligen Mieze erschien eine entschieden anders geartete Gestalt. Matilda, die große Kletternatter, vom Winterschlaf erwacht, aber noch schläfrig, ließ ihre Zunge hervorschnellen. Was hatte dieses Dickerchen am Eingang ihrer Behausung zu suchen? *Heiliger Bimbam!*

Matilda bewohnte diesen Heuballen seit Jahren, und Harry hielt zwar Abstand zu ihr, versorgte sie aber im Frühjahr mit ein paar Leckerbissen, bevor sie sich zum Jagen aufschwang. Matilda jagte im immer gleichen Umkreis von Stall, Schuppen und Haus. Man konnte die Zeit im Frühjahr oder Sommer danach bestimmen, wo Matilda sich gerade aufhielt. Im Hochsommer wohnte sie auf dem prächtigen alten Baum neben der rückwärtigen Fliegentür. Gelegentlich hängte sie sich an einen Ast und schaukelte hin und her, was Pewter zum Wahnsinn trieb.

Und etwas ähnlich Dramatisches stand kurz bevor, da Matilda sich jetzt hochzog, die Augen nun weit offen, den mächtigen Leib unter sich eingerollt, und ein lautes *Zschsch* ausstieß.

Pewter schoss mit gesträubtem Fell hoch und drehte sich dabei mitten in der Luft, um auf Matildas Heuballen zu landen. Das ärgerte die Schlange noch mehr, die jetzt den Kopf herausstreckte.

»*Ein Drache! Das ist mein Tod!*«, kreischte die hysterische Mieze.

Mrs. Murphy, die wohlweislich herunterkletterte, brüllte: »*Ganz ruhig. Es ist bloß Matilda.*«

Die glitzernden Schlangenaugen richteten sich jetzt auf die Tigerkatze. Matilda, halb in, halb aus ihrem Heuballen, wiegte sich hin und her, um ordentlichen Eindruck auf Pewter zu machen.

»*Verschon mich!*«, rief Pewter.

»Was ist bloß da oben los?« Harry kletterte die Leiter hoch, kam an dem Heuballen vorbei, wo das Opossum Simon sich ganz hinten versteckte. Vorsicht schien dem Opossum wichtiger zu sein als Nachsicht. Obwohl Simon nach all den vielen Jahren schon fast ein liebgewordenes Haustier war, war er meistens unsichtbar.

Bei Harrys Anblick jammerte Pewter noch erbärmlicher: »*Die größte Schlange auf der Welt. Sie ist so lang wie der Stall.*«

Pewter und Matilda betrachteten einander. Harry, die diese Schlange recht gern mochte, sagte leise: »Ich greife gleich über dich und nehme die verängstigte Katze weg.«

Matilda drehte sich um und schlängelte sich zurück in ihre gemütliche Behausung, wobei die Schlange aus Rücksicht auf Pewters überreizte Nerven ziemlich lange brauchte, um das Hinterteil herumzudrehen. Endlich hatte sie es sich im Ballen, ihrem Rückzugsgebiet, wieder bequem gemacht.

Harry beugte sich vor, um die Katze hochzunehmen, die ihre Vorderpfoten um Harrys Hals legte. »Sie ist riesengroß, Pewts. Da geb ich dir recht.« Harry ging zur Leiter und setzte die Katze ab. Mrs. Murphy saß bereits mit nachdenklicher Miene daneben.

»*Du hättest versuchen können, mir zu helfen.*« Pewter schlug nach Mrs. Murphy, die dem Hieb geschickt auswich.

»*Ich mache einen großen Bogen um Matilda*«, räumte die Tigerkatze ein. »*Sie ist ganz in Ordnung, trotzdem …*«

Die teure Heumischung aus Luzerne, Knäuelgras und Klee war größtenteils aufgebraucht, und der Heuboden war fast leer. Das erinnerte Harry daran, die Sparren zu säubern. Spinnennetze fangen im Sommer Fliegen ein, doch in dieser Jahreszeit hingen die Gespinste als dunkle Klumpen und Fäden herab. Zeit, sie mit dem Laubbläser einzufangen und als Abfall zu entsorgen. Die nächste Spinnengeneration würde neue seidige Netze bauen, um die nächste Fliegengeneration einzufangen.

Harry stieg hinunter, ging in die Sattelkammer, setzte sich an den Schreibtisch und notierte sich, dass sie saubermachen wollte. Darunter fügte sie an, dass sie unbedingt mehr eckige Luzerne-Heuballen kaufen musste. Harry war gut organisiert und sparsam. Das Knäuelgrasheu pflanzte sie selbst an, presste es zu Rundballen, und wenn das Heu ausnehmend gut war und sie eckige Ballen brauchte, rollte sie einen Rundballen auf und machte einen eckigen daraus. Das erforderte teure Gerätschaften. Als ihr Vater starb, hinterließ er Geräte für die Heuernte. Harry benutzte heute noch dieselbe Ausrüstung wie einst ihr Vater, der alles in bester Ordnung gehalten hatte. Früher oder später würde einiges davon verschleißen. Allerdings konnten landwirtschaftliche Geräte von guten Herstellern bei sorgsamer Pflege viele Jahrzehnte halten.

Pfeifend machte sie sich Notizen auf einem Schreibblock aus den Gustave-Eiffel-Werkstätten. Es war ein herrlicher Tag. Sie hatte Freude beim Erstellen von Listen und Plänen. Es freute sie, dass ihre Ernten dank ihrer Effektivität genug Geld eingebracht hatten, was ihr jetzt ein kleines Polster bescherte. Der Kauf von Luzerne würde ihr Budget nicht sprengen. Harry war dankbar für das, was ihr beschieden war.

Das Telefon klingelte. Susans Stimme hörte sich an, als sei sie direkt nebenan. »Hey, ich hab im Haus angerufen. Keine Antwort, drum ruf ich im Stall an.«

»Was gibt's?«

»Frank Cresey hat versucht, sich umzubringen.«

Harry dachte kurz nach. »Wofür lebt er denn schon? Und nun ist der arme Teufel sogar beim Selbstmord gescheitert?«

Weil sie wusste, wie Harrys Verstand arbeitete, ließ Susan sich von dieser Antwort nicht abschrecken. »Ich weiß nicht, wofür er lebt, aber wenn er es schafft, findet er vielleicht was.«

»Wie hast du's erfahren?«

»Olivia hat mich angerufen. Schluchzend. Meint, es ist ihre Schuld.«

»Wie könnte es ihre Schuld sein? Seine Liebesbeziehung zur Flasche hat vor sehr langer Zeit angefangen.« Harry wunderte sich über die Fähigkeit von Menschen, sich schuldig zu fühlen. Und dann gab es solche, die nie Schuld empfanden, einerlei, was sie getan hatten. Hatte der Mörder von Ginger Schuldgefühle?

Susan sprach aus, was auf der Hand lag. »Olivia ist sehr empfindsam.«

»Trudy nicht. Von wem hat sie das?«

»Harry, ist doch egal. Sie ist einfach so, und sie ist verstört. Sie hat ihrer Mutter und Rennie nichts von dem Vorfall auf der Mall erzählt. Sie hat mich angerufen, weil, na ja, du weißt schon, ist doch einleuchtend.«

»Vermutlich«, sagte Harry, für die es absolut nicht einleuchtend war. »Gibt es irgendwas, das ich tun kann oder wir tun können?«

»Ja. Wir treffen uns bei den McConnells zu Hause. Wir holen Olivia für einen Ausflug ab oder so. Ihre Mutter und ihre Schwester wissen, dass sie verstört ist. Viel mehr wissen sie nicht.«

»Na gut. Ich bin bald drüben. Im Moment bin ich noch in Arbeitsklamotten. Und ich muss die Tiere ins Haus bringen. Ich glaub nicht, dass Olivia was gegen sie hätte, aber wir drei sollten unter uns sein.«

»In Ordnung.«

* * *

Harry kam binnen fünfundzwanzig Minuten bei dem Haus in Ednam Forest an. In der Zufahrt stieg sie aus ihrem Transporter und auf den Rücksitz von Susans Audi Kombi. Olivia saß auf dem Vordersitz.

Während Susan zurücksetzte, legte Harry ihre Hand nach vorn auf Olivias Schulter, Olivia wiederum legte ihre Hand auf Harrys.

Die Frauen unterhielten sich im Wagen. Susan fuhr die ganze Strecke bis Sugar Hollow.

»Ich habe das bei ihm ausgelöst«, weinte Olivia. »Ich hätte nie gedacht, dass er mich erkennen würde.«

»Du hast dich nur wenig verändert«, bemerkte Susan. An der Straße fiel ihr auf, dass dieser Teil von Albemarle County hinsichtlich Frühlingsblumen und derlei etwa eine Woche hinter dem übrigen Bezirk zurücklag.

»Wie hast du es erfahren, Olivia?«, fragte Harry.

»Sheriff Shaw.«

»Was!«, riefen Harry und Susan gleichzeitig.

Olivia blickte starr geradeaus, schien aber die Straße nicht zu sehen. »Als Frank nach einem Notruf auf der Mall abgeholt wurde, hat er sich gekrümmt, gewürgt und vor Schmerzen geschrien. Der Fahrer des Rettungswagens hat ihn dann wohl sofort ins UVA-Krankenhaus gebracht, das in der Nähe ist. Man hat ihn stabilisiert, gewaschen, gesäubert und in ein Einzelzimmer gelegt. Er war unterdessen bewusstlos, und der Arzt hatte ihm auch etwas gegeben, um ihn zu beruhigen.«

»Armer Teufel!«, rief Susan aus und sah dabei in den Rückspiegel, um Harrys Miene zu erkennen.

Olivia fasste sich. »Ja, als er zu Bewusstsein kam, hat er nach dem Sheriff gefragt. Sheriff Shaw und Deputy Cooper kamen ins Krankenhaus. Dann hat Frank gestanden, Daddy ermordet zu haben.«

»Was!«, riefen Harry und Susan wieder zugleich. Sie waren ein regelrechter griechischer Chor.

»Frank sagte, er habe Daddy mit einem 45er erschossen.«

Harrys scharfer Verstand war wie eine geschärfte Klinge. »Frank hat auf der Mall gegrölt, er wünschte, er hätte deinen Vater getötet. Jetzt sagt er, er hat's getan.«

»Ja, das hab ich dem Sheriff auch erzählt.«

Harry hob die Stimme. »Und?«

Olivia drehte sich auf dem Sitz herum und sah Harry an. »Er hat angeführt, dass Daddy mit einem 45er getötet wurde. Aber Frank sagt, er sei hingegangen, habe sich in einiger Entfernung von ihm hingestellt, seinen Namen gerufen und ihn erschossen. Offenbar war er's aber nicht. Denn Brinsley Sims sagte, als Dad erschossen wurde, war niemand auf dem Fairway.« Brinsley Sims, ein langjähriger Freund von Ginger, hatte an dem Schreckenstag mit ihm Golf gespielt.

»Ich hab mal gelesen, dass Leute Verbrechen gestehen, die sie nicht begangen haben«, erklärte Susan nachdenklich, als sie auf der alten zweispurigen Schotterstraße vor einer Kurve bremste.

Olivias Tränen versiegten. »Warum? Um jemanden zu retten?«

»Ja, oder um Beachtung zu finden«, sagte Susan. »Und dann gibt es immer welche, die sind verrückt, total verrückt«, fügte sie hinzu.

»Frank würde wohl in diese Kategorie passen«, erwiderte Olivia leise.

»Ein Dasein als Säufer lässt einen hinterlistig, sogar boshaft, aber nicht unbedingt verrückt werden«, sagte Harry.

»Alkohol tötet die Gehirnzellen ab. Früher oder später schaltet der Verstand sich aus.« Olivia sah aus dem Fenster. »Frank hatte einen einmaligen Verstand. Er hat sich an die vielen vertrackten Spielmanöver erinnert. Wie er rennen und wie nichts durch die Abwehr fliegen konnte.« Sie seufzte bei der Erinnerung. »Und er war ein guter Geschichtsstudent. Daddy mochte ihn, und wir fingen an, uns zu treffen.«

»Mit anzusehen, wie jemand mit einem einmaligen Verstand und sportlicher Begabung sich mit Alkohol kaputtmacht, kommt mir schlimmer vor, als wäre dieser Jemand Durchschnitt.« Susan hielt am Straßenrand,

»Was nicht heißt, er wäre kein Säufer geworden. Denk nur an die vielen genialen Leute, die sich und alle in ihrem Umfeld durch ihre Trinkerei zerstören«, entgegnete Harry.

Ein Anflug von Humor belebte Olivia. »Harry, du hörst dich an wie Carry Nation!«

»Nächstes Mal bring ich mein Hackebeil mit.« Harry freute es, dass Olivia sich wieder fing. »Sie hatte eigentlich nicht unrecht, aber die Prohibition war ein Fehler. Man kann menschliches Verhalten nicht gesetzlich regeln. Mord. Klar! Die zehn Gebote: ›Du sollst nicht stehlen‹, aber wir betrügen einander seit Jahrtausenden. Und wie umgeht man ›Du sollst nicht töten‹?«

»Völker ersinnen immer einen Grund. Daddy sagte oft, es gibt Zeiten, da ist Krieg die einzige Lösung. Ohne den werden manche Probleme nie gelöst.«

Harrys Neugierde war geweckt. »Hat er auch Mord erwähnt?«

»Komisch, dass du das fragst, weil ich mich zu erinnern versucht habe, ob er davon gesprochen hat, ich glaub's aber nicht. Oh ja, wenn was in den Nachrichten kam, hat er sich dazu geäußert, aber anderes als das, nein. Dad hat sich auf den Lauf der Geschichte, auf das Leben unserer Vorfahren konzentriert. Zuweilen sprach er über die Häufigkeit von Verbrechen, etwa nach dem Unabhängigkeitskrieg.«

Susan wendete den Wagen, um zur Stadt zurückzufahren. »Zwischen Mord und Krieg ist ein Unterschied. Glaub ich zumindest.«

»Das Ausmaß einerseits«, warf Harry hin.

»Auf jeden Fall«, stimmte Olivia zu.

»Egal aus welchem Grund, Franks Geständnis ist sonderbar«, sagte Susan. »Sonderbar, unglaubwürdig, ein abartiges Hirngespinst.«

Harry drehte sich seitwärts und legte das rechte Bein auf den Rücksitz. »Hat Sheriff Shaw gesagt, wie Frank sich umzubringen versucht hat?«

»Mit Rattengift, er hat aber nicht genug genommen. Er sagte auch, bei der ganzen Würgerei ist bloß Alkohol hochgekommen. Frank hatte seit Tagen nichts gegessen, was anscheinend nicht ungewöhnlich war.«

»Entschuldige, dass ich das frage, es könnte aber wichtig sein.« Harry beugte sich nach vorn. »Hast du mal mit Frank geschlafen?«

»Du lieber Gott, nein! Nicht damals. Wenn ich's getan und Daddy es spitzgekriegt hätte, er hätte Frank umgebracht.« Harry schaute in den Rückspiegel und sah, dass Susan sie auch anschaute.

Harry wechselte das Thema. »Ginger war wie immer schwer mit etwas beschäftigt. Er sagte, er befasst sich wieder mit dem Unabhängigkeitskrieg und der Zeit unmittelbar danach. Er sagte auch, dass er so lange leben musste, um die richtigen Fragen zu stellen.«

Olivia lächelte bei der Erinnerung an die schier kindliche Begeisterung ihres Vaters. »Oh, Daddy hat am Telefon zu mir gesagt, ›bislang habe ich mich nie gefragt, wie diejenigen, die insgeheim dachten, es war falsch von uns, uns von England abzuspalten, die neue Ordnung hingenommen haben. Die wahrhaft Leidenschaftlichen sind nach Kanada geflohen oder nach England heimgekehrt.‹«

Harry kannte sich ein bisschen mit Frühgeschichte aus. »Interessant, aber abgesehen von der Whiskey-Rebellion haben die Leute die neuen Sitten angenommen. Das Bemühen, herauszufinden, wie ein neues Land regiert, wie Geld verdient werden konnte, kostete bestimmt jedermann viel Zeit«, sinnierte sie.

»Dein Vater war wirklich enthusiastisch«, sagte Susan. »Er konnte regelrecht übersprudeln vor Begeisterung. Als ich zur Schule ging, lag der Schwerpunkt ausschließlich auf den Kriegen, und man musste die Jahreszahlen auswendig lernen. Aber die Zeiten, die zum Krieg führten, und dann die Nachwirkungen sind entscheidend. Machte man es nicht gut, *bumms!*, folgte der nächste Krieg oder zumindest eine Art Zusammenbruch.« Susan lächelte. »Sagt Ned jedenfalls. Er ist die Leseratte, nicht ich.«

»Vielleicht müssen wir alle in jene Zeit zurückkehren und darüber lesen«, empfahl Harry, obgleich sie sich nicht erklären konnte, was Gingers Mörder getrieben haben könnte. Manchmal löst nahezu alles eine neue Idee oder eine radikale Handlungsweise aus.

13

Nelson Yarbrough, Marshall Reese, Paul Huber und Rudy Putnam saßen in Franks Krankenhauszimmer.

Auf die Frage des Aufnahmearztes nach seinen nächsten Verwandten hatte Frank Nelson Yarbrough angegeben. Sie waren zwar nicht verwandt, dennoch nannte Frank Nelsons Namen, weil er immer zu dem Quarterback aufgeschaut hatte. Als Kind hatte er ihn verehrt. Erschüttert über den Anruf des Krankenhausarztes hatte Nelson die Ehemaligen in der Stadt angerufen. Mit Ausnahme von Willis Fugate, der sich an dem Tag in Columbia aufhielt, erschienen alle im Krankenhaus zur Unterstützung – mehr von Nelson Yarbrough als von Frank Cresey.

Nach Atem ringend, an eine Infusion angeschlossen, mochte Frank seinen blutunterlaufenen Augen nicht trauen, als er diese Ansammlung von Footballspielern betrachtete, seinen

Kindheitsidolen, die im Lauf der Jahre versucht hatten, ihm zu helfen. »Kommt ihr alle zu meiner Beerdigung?«

Nelson erwiderte einfach: »Frank, du bleibst am Leben.«

Frank zuckte zusammen. »Warum? Ich hab's versaut, und ich hab Professor McConnell ermordet.«

Paul setzte sich auf einen Stuhl am Krankenhausbett. »Das kann nicht möglich sein.«

Doch Frank nickte nur.

Seine vier Besucher wechselten Blicke.

»Frank, du hast Rattengift geschluckt, aber nicht genug. Du kommst durch. Das ist Glück im Unglück. Du kannst bei uns bleiben, das weiß ich«, sagte Paul Huber.

Nelson sprang Paul bei. »Er hat recht.«

»Lieber sterbe ich. Ich will nicht vor Gericht gestellt werden.«

Keiner von den Männern glaubte, dass Frank Ginger McConnell getötet hatte. Zu viele Lücken klafften in dem Szenarium.

Marshall grinste in dem Bemühen, Frank aufzumuntern. »Du hast zu viel getrunken, mein Freund. Wir wissen alle, ein Wahoo kann trinken, aber du bist eine Klasse für dich.«

Frank lächelte matt. »Diesmal nicht.« Plötzlich munterer, setzte er sich auf und sprach lauter: »Ich hab sie gesehen, ich hab sie gesehen, und sie war schön.«

Alle wussten, wer gemeint war, obwohl ihnen von dem Vorfall mit Olivia auf der Mall nichts bekannt war. Die vier blieben noch eine halbe Stunde. Am Ende schlief Frank ermattet ein.

Die Männer traten hinaus in den Flur.

Eine Pflegerin kam vorbei.

Marshall flüsterte, weil sie ja in einem Krankenhaus waren: »Er kann Professor McConnell unmöglich umgebracht haben. Himmel, er konnte keine Waffe halten, ohne zu zittern. Er hat Wahnvorstellungen. Meint ihr, er hat Olivia wirklich gesehen?«

»Er glaubt es jedenfalls«, bemerkte Nelson.

»Macht alles vertrackter. Wohin geht er, wenn er durchkommt? Zurück auf die Mall?« Paul war entsetzt, einen ehemaligen Spitzensportler in diesem Zustand zu sehen.

Rudy verschränkte die Arme. »Nein. Wir überlegen uns was.«

»Er könnte sich was einfallen lassen«, sagte Marshall. »Ich ruf Lionel an.«

Lionel war wieder in Los Angeles, würde aber zur Beerdigung des Professors nach Charlottesville kommen. Nur gut, dass er so erfolgreich war, denn die Flüge von Küste zu Küste kosteten eine Stange Geld.

»An der Ostseite der Mall gibt es ein Resozialisierungsheim, das der Stadt gehört«, sagte Paul, der ehrenamtlich Hilfe leistete. »Ich frag dort mal nach.«

»Ich glaub nicht, dass er mit anderen zusammenwohnen will.« Marshall ließ sich wie erlöst auf die Bank an der Wand fallen. Die anderen setzten sich ebenfalls.

»Alles auf einmal.« Rudy ließ die Schultern hängen. »Aber aus der Lehrstuhlstiftung scheint was zu werden.«

»Tim Jardine versteht mehr von Geld als alle anderen«, sagte Nelson. »Ich meine, jeder von uns sollte Franks Arzt und den Schwestern dieses Stockwerks seine Handynummer geben. Falls Frank was Dummes anstellt, abzuhauen versucht, Streit anfängt, ist einer von uns zu erreichen. Ich denke auch, wir sollten einen Plan machen, so dass ihn jeden Tag einer von uns besucht, bis er entlassen ist. Wenn's gut läuft, dürfte die Polizei bis dahin mehr darüber wissen, wer Ginger erschossen hat.«

»Gott, so ein Durcheinander!« Rudy senkte kurz den Kopf.

»Ja, aber es hat uns als Team wieder zusammengebracht.« Nelson stand auf, klopfte Rudy auf den Rücken und ging nach der Oberschwester suchen, um ihr seine Handynummer zu geben.

14

Trudy trat aus ihrer Haustür, als Harry und Susan die letzte Zwerg-Kreppmyrte in eine Vertiefung setzten. »Mädels, kommt rein, es gibt Limonade.«

»Tolle Idee«, freute sich Susan. »Dauert höchstens noch zehn Minuten«, rief sie Trudy zu. »Meinst du nicht auch, diese vier sind ein Ausgleich zu denen, die wir früher gepflanzt haben? Mich hat gestört, dass du die Farben nur auf der rechten Hausseite haben würdest. Muss man ausgleichen.«

»Du hast recht, Susan, aber du bist ja auch die Gärtnerin«, sagte Trudy. »Ihr müsst nicht klopfen. Kommt einfach rein.« Sie schloss die Tür.

Als die zwei Freundinnen fertig waren, gossen sie die Kreppmyrten, wuschen sich unter dem Schlauch die Hände, überprüften ihre Schuhe. Ins Haus getragener Schmutz würde Trudy nichts ausmachen, aber Susan würde ausflippen. Harry weniger.

Tucker und Owen, die Harry und Susan begleitet hatten, bekamen vor dem Betreten des Hauses die Pfoten abgewischt. Tucker zuckte vor Seligkeit – vor allem weil sie sich beim Nachhausekommen Pewter gegenüber, die ausdrücklich nicht eingeladen worden war, herablassend geben konnte.

Als sie durch die Haustür traten, rief Trudy: »In der Küche.« Die zwei Menschen und zwei Hunde gingen durch einen breiten Mittelgang zur Küche, in der alles nur so glänzte. Ginger und Trudy hatten viel Geld und Mühe aufgewandt für eine Kolonialküche mit einem begehbaren Kamin an der Westwand. Die ganze Wand war aus Feldstein. Das einzige nichtkoloniale Element, auf dem sie bem Hausbau bestanden hatten, war eine Fensterfront. Trudy konnte ein dunkles Haus nicht ausstehen. Daher hatte die Küche, abgesehen von den Fenstern, die auf den Garten hinausgingen, zwei Fenstertüren mit unterteilten Scheiben. Die Küche schimmerte mittags um zwei im Licht.

Trudy legte letzte Hand an ein Tablett, auf dem ein großer Limonadenkrug, Gläser mit Tupfenmuster, ein Porzellanteller mit Erdnussbutterplätzchen und ein kleinerer Teller voll Hundekuchen standen.

»Oh, Trudy, du bist ein Schatz.« Harry stibitzte ein Plätzchen, noch ehe sie sich setzten. »Das hat mir der Teufel eingegeben!«

Susan trug das Tablett zum Küchentisch. Draußen war es zu heiß. Dankbar für die Gesellschaft plauderte Trudy über das Wetter, die ständigen Querelen wegen einer geplanten Umgehungsstraße sowie die Reaktion des Staates auf Bundesrichtlinien für Schulen. Pädagogik war immer Trudys Passion gewesen, und als sie und Ginger heirateten, hatte sie an einer Grundschule unterrichtet, bis ihre Kinder geboren waren.

Tucker und Owen saßen zu beiden Seiten von Trudy, die sie ab und zu mit einem Leckerbissen fütterte. Sie wurde von ihnen mit verliebten Blicken belohnt.

»Hab ich euch erzählt, dass die Mädels nach Richmond gefahren sind, um Adrian abzuholen?«

Susan biss in ein fettiges Plätzchen. »Nein. Ich hab mich schon gewundert, wo sie sind.«

»Adrian bleibt die ganze nächste Woche hier. Er hat sich noch und noch entschuldigt, weil er nicht mit Olivia gekommen ist, aber ich hab ihm gesagt, dass ich es verstehe. Ein großes Unternehmen zu leiten muss sowohl aufregend als auch frustrierend sein.«

Adrian Gaston verdiente ein Vermögen mit der Perfektionierung einer bestimmten Kunststoffverpackung. Mit zwei Mitarbeitern hatte er angefangen, nun war seine Firma auf 650 angewachsen. Seine Erzeugnisse wurden von fast allen Gastronomiebetrieben, Speditionsfirmen und Supermärkten im Osten der Vereinigten Staaten verwendet.

»Ein erstaunlicher Mann.« Harry bewunderte jeden, der ein eigenes Unternehmen aufbaute, sei es ein Kunsttischler oder jemand, der groß herauskam wie Adrian.

»Olivia.« Trudy hielt inne. »So viel Herrenbesuch, wie meine Mutter gesagt hätte. Wenn das Mädchen einen Raum betrat, folgten ihr Männer wie Entenküken.« Sie lächelte. »Rennie war bei weitem kein Mauerblümchen, aber Olivia besitzt diese Anziehungskraft. Tja, die hatte Ginger auch.«

Susan lächelte. »Und zwar reichlich.«

Trudy wurde einen Moment lang ernst. »Danke für die Kreppmyrten und dass ihr euch um Olivia gekümmert habt. Aber vor allem, weil ihr nicht mit von Mitgefühl triefenden langen Gesichtern hergekommen seid.«

»Es war furchtbar«, sagte Susan. »Furchtbar ist es noch, aber, nun ja –« Sie überlegte sich ihre Worte sorgfältig. »Die Leute halten es für richtig. Und ehrlich, wie drückt man Mitgefühl aus? Du bist eine positive, starke Frau, aber andere brauchen das ganze Drumherum. Vielleicht ist *Drumherum* das falsche Wort?«

Trudy winkte ab. Tucker und Owen konzentrierten sich angestrengt auf jede Bewegung, für den Fall, dass etwas Essbares herunterfiel.

»Für manche Leute ist es die einzige Gelegenheit, in den Mittelpunkt zu rücken. Die Heirat, die Geburt der Kinder und dann das Sterben. Ich persönlich möchte nicht im Mittelpunkt stehen.« Sie brach ab und sagte dann klar und vernehmlich: »Was ich möchte, ist eine Antwort!«

»Ja. Die wollen alle, die Ginger gernhatten.« Susan sackte etwas auf ihrem Stuhl zusammen, erschöpft von der körperlichen Anstrengung und allem Übrigen.

»Der Sheriff und die nette Polizistin, deine Nachbarin, Harry, waren sehr rücksichtsvoll. Sie haben am Tag seiner Ermordung Fragen gestellt und sind wiedergekommen. Man ahnt gar nicht, wie gut Staatsdiener sind, bis man sie braucht.«

»Stimmt«, pflichtete Harry bei. »Haben sie dich was gefragt, das dich überrascht hat?«

»Ja, mich hat so einiges überrascht.« Es war offensichtlich, dass Trudy darüber reden wollte. »Ich weiß, sie haben auch mit den Mädels gesprochen, aber weil beide nicht mehr in Mittelvirginia leben, wissen sie so wenig über die hiesigen Verhältnisse. Olivia ist die Empfindsamere der beiden. Ich habe vieles für mich behalten und Rennie auch. Ich vermute, Eltern versuchen immer, ihre Kinder zu beschützen.«

»Was hat dich denn überrascht?« Harrys Antenne vibrierte, und sie mochte nicht drängen, wollte es aber unbedingt wissen.

»Oh. Nun, sie haben nach Gingers Geldanlagen gefragt. Ich nannte seinen Ruhestandsplan, ein paar Aktien. Nichts Besonderes, gerade genug, um uns durchs hohe Alter zu bringen. Gott, ich hasse den Lebensabend, ihr nicht?«

Beide lachten und nickten bestätigend.

Trudy fuhr fort: »Sie haben gefragt, ob er große Verluste erlitten hatte? Aber nein. Dann haben sie nach damals gefragt, nach den Leuten, die beim Sally-Hemings-Aufruhr mit dabei waren. Ob wieder welche von diesen Hitzköpfen aufgetaucht waren?« Sie strich mit der Hand kurz über ihre Kehle. »Die waren nie weg. Bis auf ein paar in der Welt verstreute Familienangehörige sind die meisten noch hier, manche unterrichten auch noch. Und Monticello hat natürlich nach und nach immer größere Erfolge erzielt. Schnee von gestern.«

»Scheint so.«

Harry wurde klar, Trudy wusste nicht, dass Frank Cresey und Olivia sich gesehen hatten. Sie war auch nicht über Franks Geständnis informiert worden. Sheriff Shaw und Coop, beide gescheite Gesetzeshüter, hatten vermutlich entschieden, mit dieser Neuigkeit noch etwas zu warten.

Susan aß noch ein Plätzchen. »Die sind himmlisch.«

»Ich hab gebacken, um nicht den Verstand zu verlieren.«

Susan nahm noch eins. »Trudy, wir alle müssten dir eigentlich Essen vorbeibringen.«

»Die Leute haben's getan und tun's noch. Es wird ziemlich schnell vertilgt, aber Kochen und Backen haben mich immer beruhigt.« Sie sah Harry an.« Bei deiner Mutter war es Gärtnern.« Dann sah sie Susan an. »Bei deiner war es Tennis, vermute ich. Ich hab dich nie gefragt, warum du mit Golf angefangen hast statt mit Tennis.«

»Weil Mom mich immer besiegt hat. Das hab ich gehasst!« Susan riss die Augen weit auf. »Auch als ich angeblich in den besten Jahren war, konnte Mom mich vom Platz fegen.«

Trudy fasste nach Susans Hand. »Liebes, du bist immer noch in den besten Jahren.«

Die Uhr schlug drei.

Harry tupfte sich mit einer Serviette die Lippen ab. »Wir nehmen dir deinen ganzen Nachmittag.«

»Nein, tut ihr nicht. Ich genieße eure Gesellschaft.«

»*Und ich genieße deine*«, sagte Tucker höflich und wurde sogleich mit einem Leckerchen belohnt.

Owen, nicht dumm, machte es seiner Schwester nach. »*Trudy, du bist die Beste*«, schmeichelte der Corgi. Er bekam einen Leckerbissen in Gestalt und Farbe eines Miniatur-Lammkoteletts heruntergereicht.

»Jetzt lass uns den Tisch abräumen«, bot Susan an.

»Untersteht euch.« Trudy musste was zu tun haben. »Ah, eins hat mich überrascht, von dem ich euch noch nicht erzählt habe. Der Sheriff und die Polizistin wollten Gingers Büro sehen. Sie waren sehr beeindruckt von seinen Büchern in den Regalen, den Bücherstapeln auf dem Boden und seinem neuen Schreibtischcomputer.«

»Wann hat er einen neuen Computer gekauft?«, fragte Harry.

»Kommt mit. Ich zeig ihn euch. War so teuer wie ein gebrauchter Toyota.« Sie führte sie durch den Querflur abseits der Halle zu Gingers hellem Büro. Auch hier gab es jede Menge Fenster. Beklommen hatte Trudy es ihn allein einrichten lassen. Doch von der Steinschlossflinte über dem Kamin und den als Briefbeschwerer dienenden Steinschlosspistolen einmal abgesehen, hatte er es gut gemacht.

»Ich war nie in Gingers Büro.« Von der Tür aus betrachtete Harry die von Hand eingefärbten alten Landkarten und die berühmte Reproduktion von Washington hoch zu Ross in einem Goldrahmen.

»Warte, bis du erst das hier siehst.« Trudy trat an Gingers Schreibtisch. Alle, auch die Hunde, stellten sich hinter Trudy. Sie schaltete einen superteuren Mac mit einem Riesenmonitor ein. »Sein Baby.«

Die immer an allem Mechanischen oder Technischen interessierte Harry stöhnte auf. »Der war so teuer wie ein gebrauchter Toyota! Vielleicht sogar ein neuer!«

Trudy setzte sich hin, gab ein Passwort ein, und es erschien eine grobe Zeichnung von Albemarle Barracks. »Hat ihn wahnsinnig gemacht, dass alles auf diesem Gelände zerstört oder überbaut worden ist. Er hat beteuert, wenn wir dort graben könnten, würden wir viele aufschlussreiche Hinweise finden. Komisch, er hat einen wahren Kreis vollzogen. Nach seinem Yale-Abschluss haben ihn zwei Themen fasziniert: die Sklaverei im Norden und die Kriegsgefangenen während des Unabhängigkeitskriegs. Dann hat er sich davon abgewendet und sich auf den sogenannten ›gemeinen Mann‹ konzentriert. Aber seine Wissbegierde hat ihn unerbittlich auf manchen Nebenweg geführt. Könnt ihr euch vorstellen, dass er einmal alles über Hochzeitsbräuche im siebzehnten Jahrhundert in Polen lernen musste?« Sie hob die Hände. »Ich habe keine Ahnung warum, und ich glaube, er wusste es selbst nicht.«

Sie lachten. Trudy klickte ein Symbol an und öffnete eine andere Datei.

Harry rief aus: »Der Monitor ist sagenhaft. Diese Detailgenauigkeit.« Sie beugte sich vor, um den Text zu entziffern.

Susan tat desgleichen und las laut: »*Denkschrift über die Heldentaten von Hauptmann Alexander Fraser und seiner britischen Scharfschützenkompanie, 1776 bis 1777.*«

»Ginger ist gerne losgefahren, um Tagebücher und Briefe in Privatsammlungen oder kleinen College- und Universitätsbibliotheken zu lesen. Aber er war richtig begeistert, wie viele Informationen er sich mit diesem Monstergerät beschaffen konnte«, sagte Trudy, schaltete den Computer aus und sah sich im Büro um. »Ich vermisse ihn. Ich vermisse unsere Gespräche. Als wir heirateten, wusste ich, dass er ein außergewöhnlicher Mensch war. Das hat sich mit den Jahren nur bestätigt.«

Harry lächelte. »Bei Ginger konnte man in einer halben Stunde mehr lernen als in einem ganzen Semesterkurs bei jemand anderem.«

Sie verließen das Büro. Harry blieb kurz stehen, um die gerahmte Fry-Jefferson-Landkarte an der Wand zu betrachten. Trudy bemerkte es. »Ich glaube, die Hälfte der alten Stätten in Virginia hat diese Karte an der Wand. Könnt ihr euch vorstellen, wie es war, damals zu reisen?«

»Manchmal«, antwortete Harry.

»Ich nicht«, scherzte Susan. »Ich kann mir auch nicht vorstellen, was man erdulden musste, wenn man Zahnweh hatte. Und die blutenden Menschen. Hat wahrscheinlich Washingtons Tod beschleunigt, das viele Blut.«

»Wir haben es in mancher Hinsicht so weit gebracht und sind andererseits noch so primitiv«, sagte Trudy nachdenklich, dann setzte sie hinzu: »Ich nehme an, der Sheriff und die Polizistin waren erstaunt über das wenige, das sie von Gingers Forschung gesehen haben. Sheriff Shaw hat gefragt, ob Brinsley Sims sich ansehen könnte, woran Ginger gearbeitet hat, da er es eventuell in einen bestimmten Zusammenhang setzen könnte. Ich hab gesagt, natürlich, solange er es hier im Haus macht. Ich finde Brinsley ganz nett. Herrgott! Er muss kurz vor der Pensionierung sein. Wo ist die Zeit nur geblieben?«

»Weiß ich nicht, aber wenn du's rauskriegst, lass uns ein bisschen was zurückholen«, erwiderte Harry.

Trudy lachte über Harrys Einfall und sagte dann: »Ich hab den Sheriff gefragt, ob Gingers Forschung von Bedeutung für den Fall sein könnte. Sie waren ehrlich und haben gesagt, sie wüssten es nicht. Sie müssten viele Möglichkeiten prüfen. Was ich verstehe.« Sie holte tief Luft, während sie zur Haustür gingen. »Gingers Devise war: ›Die Vergangenheit ist immer bei uns.‹ Sosehr ich das auch glaube, es kann nichts mit seiner Ermordung zu tun haben.«

Die zufriedenen Hunde schliefen auf der Heimfahrt in Harrys Transporter sofort ein.

Susan wandte sich Harry zu, die kein Wort gesprochen hatte, seit sie bei Trudy aufgebrochen waren. »Mal ehrlich, was schwirrt durch dein überhitztes Spatzenhirn?«

»Ach, ich weiß nicht. Ich denk über die Vergangenheit nach.«

»Sprich weiter.« Manchmal musste Susan sie dazu überreden.

»Wenn Gingers Ermordung mit einem vergrabenen Schatz zusammenhängt, was dann? Verstehst du, vielleicht ein gestohlener Soldtransport.«

»Harry!« Susan klang fassungslos.

»Nun ja, man kann nie wissen.« Harry zuckte mit den Schultern. Sie war in der richtigen Richtung unterwegs, aber auf der falschen Spur.

15

Auf der Downtown Mall kauerte Snoop auf einem großen Pflanzgefäß aus farbigem Beton. Er war an diesem Morgen zwar besoffen, dennoch munter und beobachtete aufmerksam die vorbeiziehende Welt.

Harry konnte nie sagen, aus was die gewaltigen Kübel gemacht waren, deren Bepflanzung der Jahreszeit entsprach. Dieser enthielt Narzissen und Maiglöckchen, Farngewächse als Hintergrund. Mehr konnten die Stadtgärtner im Jahreszeitenwechsel nicht tun. Hätten sie die großen Gefäße mit Tulpen oder vielen bunten Frühblühern bepflanzt, ein einziger strenger Frost hätte ihnen den Garaus gemacht.

Weil ihr das Thema Töten im Kopf herumging, trieb es Harry zur Mall, die sie normalerweise nicht oft aufsuchte. Wenn Harry einkaufen ging, was sie verabscheute, war es bei Southern States Feed oder AutoZone. Wenn sie schon Geld ausgeben musste, dann für etwas Nützliches. Deswegen verfrachteten ihre Freundinnen sie zweimal jährlich in ein Auto, fuhren mit ihr ins Short-Pump-Einkaufszentrum und nötigten sie, sich bei Nordstrom neue Kleidung zu kaufen. Sie betrachteten es als wohltätige Modeberatung. Harry betrachtete es als Entführung.

Snoop lächelte, als er den Corgi und die hübsche Frau in Jeans und Cowboystiefeln näher kommen sah. Zu seinen Füßen stand ein kleiner Behälter mit Hartholzbrieföffnern, die er schnitzte. Wenige Frauen näherten sich Snoop, einst ein erfolgreicher und gutaussehender Tischler. Er hatte den Kampf mit der Flasche verloren, und es stand zu bezweifeln, ob er sich je wieder herauskämpfen könnte.

Harry verstand nichts von Suchtkrankheiten, zeigte auch wenig Mitgefühl. Da sie aber dazu erzogen worden war, Menschen zu achten, bemühte sie sich, kein Urteil zu fällen. Meistens umging sie das ganze Thema, aber sie wollte Snoop nicht umgehen. Sie hatte ihn in der Nähe gesehen an dem Tag, als Frank auf Olivia losging.

Sie streckte die Hand aus. »Hallo, Sir«, sagte sie. »Ich bin Harriet Haristeen, kurz Harry.«

Zu seinem Glück hatte Snoop noch alle Zähne, so dass er nett aussah, wenn er lächelte. »Ich hab Sie schon mal gesehen, Sie und den Hund.«

Sein Händedruck war fest, als Harry ihm die Hand gab. »Darf ich Ihnen ein paar Fragen stellen?«

»Sie sind nicht von der Heilsarmee, oder?«

»Nein, Sir.«

»Snoop, mein Name ist Snoop.« Er legte die Hände auf die Kante des Kübels und beugte sich ein wenig nach vorn. »Hier ist noch Platz, wenn Sie sich setzen wollen.«

Harry lächelte, irgendwie froh, dass er seine Manieren gegenüber einer Dame nicht verloren hatte. »Nein danke. Ich werde nicht viel von Ihrer Zeit beanspruchen.«

»Miss Harry, kein Problem, Zeit ist alles, was ich habe.« Er sagte es ohne Bitterkeit, nur als Feststellung.

»Verstehe. Ich will gleich zur Sache kommen. Ich wollte fragen, ob Sie mich neulich gesehen haben, als Frank Cresey meine Freundin angebrüllt hat, die Dame mit den blonden Haaren?«

»Ich erinnere mich.«

»Haben Sie vorher schon mal erlebt, dass Frank sich so aufführt?«

»Nein.«

»Ich sollte eigentlich zurückgreifen. Kennen Sie ihn gut?«

Snoop sagte gedehnt: »Ganz gut. Wir leben alle hier auf der Mall. Bei schlechtem Wetter schlafen wir manchmal unter der Eisenbahnbrücke. Im Winter ab und zu bei der Heilsarmee.

Manchmal stehen wir es durch. Ich kann mich sehr gut erinnern, Frank ist seit zehn Jahren, vielleicht auch länger, mal hier, mal weg gewesen.«

»Nimmt er auch mal Arbeit an?«

Snoop überlegte ein bisschen. »Er räumt auf Baustellen auf, in Gartenanlagen. Er arbeitet für alte Freunde. Sie stecken ihm ein paar Dollar zu. Er sorgt dafür, dass sie auch ein paar von uns einstellen. Das macht er gut.«

»Spricht er schon mal über seine Vergangenheit?«

»Nein.«

»Wussten Sie, dass er in der UVA-Footballmannschaft von 1975 Starläufer war? Er ist Spitzensportler geworden.«

»Ein paar von den anderen Typen haben's mir erzählt. Frank hat es nie erwähnt. Ist nicht sehr gesprächig.«

»Hat er mal was von verlorener Liebe gesagt?«

Snoop lachte leise. »Teufel, nein!«

»Mögen Sie ihn?«

»Ja.« Er schaukelte auf dem Kübel ein bisschen vor und zurück. »Wieso fragen Sie?«

»Ich möchte wissen, ob Frank zwischen Wirklichkeit und Hirngespinsten unterscheiden kann. Ich habe gehört, Alkohol tötet Gehirnzellen ab. Die Menschen haben Wahnvorstellungen.«

»Schreihälse.«

»Wie bitte?«

»Gewöhnlich fangen sie an zu schreien, wenn sie Dinge sehen. Frank hat nie geschrien. Wie gesagt, er hat nicht viel geredet. Was soll das mit den Wahnvorstellungen? Er wusste, wer die Frau war.«

Harry merkte, dass Snoop kein Dummkopf war und, momentan zumindest, klar dachte. »Schön, zuerst beantworten Sie mir noch eine Frage, dann kann ich auf Ihre antworten. War Frank am elften April auf der Mall?«

Snoop hatte keinen Kalender, zählte aber die Tage zurück.

»Glaub ich nicht. Worum geht's hier eigentlich?«, wollte er wissen.

»Ist Ihnen aufgefallen, dass er ein paar Tage nicht hier war?«

»Genau. Dachte mir, er hat genug für eine Pulle zusammengeschnorrt und ist noch besoffen.«

»Nein. Er hat ein Verbrechen gestanden. Er sagt, er hat Professor McConnell getötet, den Vater der blonden Frau, die er angebrüllt hat. Der Professor ist am elften April auf dem Farmington-Golfplatz ermordet worden.«

Snoop lachte laut heraus. »Das ist Quatsch! Der olle Frank konnte den Golfplatz nicht betreten. Man hat ihn rausgeschmissen. Für Penner verboten, außer natürlich für reiche!«

Harry lächelte schief. »Aber er sagt, er war's. Sagt, er hat Professor McConnell erschossen, und er wusste die genaue Stelle, wo der Mord passiert war.«

»Ma'am, warum auf einen Säufer hören?« Snoop unterbrach sich kurz. »Außer auf mich natürlich.«

Der Mann war ihr auf Anhieb sympathisch. »Vielen Dank. Ich wollte Sie nicht belästigen.«

»Sie haben mich nicht belästigt. Sie haben mit mir gesprochen wie mit einem Menschen.«

Das machte sie betroffen. »Aber Snoop, Sie sind doch einer. Schauen Sie, ich kenne Sie ja kaum. Natürlich macht es mich traurig, dass Sie in diesem Zustand sind, denn Sie sind intelligent und respektvoll.« Sie stieß hervor: »Sie sind ein netter Mensch.«

Snoop, dessen dunkelbraune Augen sie forschend ansahen, antwortete mit heiserer Stimme: »Ich … danke Ihnen.«

Sie griff in ihre Tasche und gab ihm eine Zehndollarnote. Er legte seine Hand auf ihre.

»Könnten Sie keine warme Mahlzeit gebrauchen?«, fragte sie.

»Ich nehm kein Geld von Ihnen. Leider würde ich bloß hingehen und 'ne Pulle kaufen.«

Harry war einen Moment bestürzt, steckte dann das Geld aber wieder in ihre Vordertasche, griff in die Gesäßtasche und zog ihre Geschäftskarte von der Farm heraus. »Hier. Wenn Sie etwas brauchen oder Ihnen etwas einfällt, das Frank helfen könnte, rufen Sie mich an.«

Er las die Karte in seiner Hand. »Sonnenblumen. Dann ist Ihre Farm wohl eine Besonderheit.«

»Für mich bestimmt. Bitte behalten Sie die Karte. Und es ist mein Ernst, rufen Sie mich an.«

Als sie ging, sah Snoop ihr nach. Er zog die Karte hervor, las sie wieder. Er würde sie nicht verlieren, was auch geschah.

Tucker, die Harry geduldig begleitete, meinte zu ihr: »*Er sagt die Wahrheit.*«

»Wir sind gleich beim Auto, Herzchen.«

»*Ich rieche so was. Wenn Menschen lügen oder Angst haben, ist da so eine Geruchsnote. Dann weiß ich, dass ich dich beschützen muss. Stimmt der Geruch nicht, komm ich zwischen dich und die Person. Dieser Snoop ist in Ordnung, auch wenn er dringend mal baden müsste.*«

Wunder über Wunder, Harry hatte vor David Wheelers Kanzlei gleich beim Jackson Square eine Parklücke gefunden, die für ihren Transporter groß genug war. Die Holzpforte zu dem kleinen Vorgarten quietschte, als Harry sie aufstieß. David war Harrys Steuerberater und ein guter Freund. Sie brachte ihm Unterlagen, die sie für das US-Landwirtschaftsministerium ausgefüllt hatte. Die Kopien würden nützlich sein, wenn sie die Dünger- und Saatkosten einzeln auswies.

Sie stieg ein paar Holzstufen hinauf, öffnete die Kanzleitür und sah Marshall Reese und Paul Huber mit David im Flur vor Davids Büro stehen.

»Oh, hallo.« Marshall strahlte, und die zwei anderen Männer beeilten sich ebenfalls, sie und ihren Corgi zu begrüßen.

»Tucker und ich wollten bloß mal hallo sagen. Das hier sieht nach einem Unentschieden von UVA gegen TH aus.« Sie wusste, David liebte seine Alma Mater und jubelte über die Football-Leistungen von Virginia Tech, der technischen Hochschule von Virginia.

David scheute sich nie, seine Meinung zu sagen. »Sicher kein Unentschieden. Die Cavaliers kriegen es nicht auf die Reihe.«

»Ich sag euch, London bringt die Wende«, zitierte Marshall den UVA-Trainer. »Seht mal, da werden hervorragende Highschoolspieler angeworben, und es dauert gut zwei Jahre, um die Jungs in ein System einzuarbeiten.«

David feixte. »Marshall, wir versohlen euch nach Strich und Faden.«

»Niemals!«, widersprach Paul.

»Jungs, dieser Kampf geht mich nichts an. Denkt dran, ich war auf dem Smith-College.«

Sie lachten, dann sagte David mit funkelnden Augen: »Wegen der Transsexuellen, die jetzt bei Smith sind, vermute ich, ihr werdet eure eigene Footballmannschaft haben.«

Damit hatte er einen Nerv getroffen, und alle redeten durcheinander. »Lasst ihr Transsexuelle gegen das Geschlecht antreten, zu dem sie sich gewandelt haben? Sperrt ihr sie aus der Umkleide aus, oder lasst ihr sie rein?« Keiner von den Männern hielt mit seiner Einstellung hierzu hinterm Berg.

Harry hob kapitulierend die Hände. »Hey, ich bin nicht für meine Alma Mater verantwortlich.«

»Du hast dich mit keinem Wort geäußert«, sagte Marshall. »Aber würdest du mit einem Mädchen, das dabei ist, ein Junge zu werden, in einer Umkleide sein wollen?«, fragte er.

»Ist mir ziemlich egal«, antwortete sie. »Ich finde es einfach unglaublich, dass wir in einer Zeit leben, in der man es sich aussuchen kann. Stellt euch das bloß mal vor! Sich das Geschlecht aussuchen. Wenn man das Geld hat, kann das innere Ich zum äußeren Ich passen.«

»Ich kapier das nicht.« Paul begriff es wirklich nicht.

»Na, Paul, musst du auch nicht.« Harry boxte ihn in den Arm, und alle lachten. »Hey, ich hab vorhin mit einem Obdachlosen von der Mall gesprochen. Snoop, ein richtig netter Typ. Ich wollte wissen, ob Frank an dem Tag, als Ginger ermordet wurde, auf der Mall war. Snoop sagte, war er nicht.«

»Hätte überall sein können.« Paul schob die rechte Hand in die Tasche.

»Das ist eine unglückliche Situation«, bemerkte Marshall. »Offenbar muss Sheriff Shaw Frank in Betracht ziehen, so unwahrscheinlich der Verdacht auch ist. Rick hat Frank in einem Resozialisierungsheim untergebracht. Er ist im Moment ziemlich klapprig.«

»Er kriegt drei Mahlzeiten am Tag«, bemerkte David sachlich. »Wenn das nichts ist.«

»Er könnte ein bisschen zunehmen«, fand Marshall. »Wie gesagt, es ist eine unglückliche Situation, und Trudy muss da nicht reingezogen werden.« Er hörte sich streng an.

»Genau«, stimmten Paul und David zu.

Harry hatte volles Vertrauen zu Sheriff Shaw. »Ich bin überzeugt, Rick und Coop tun das Richtige, was das Polizeiverfahren angeht, und auch, wie sie mit Trudy verfahren.«

»Wo du gerade hier bist, Harry, Paul und ich haben über eine Lehrstuhlstiftung in Professor McConnells Namen gesprochen, was wir nach der Trauerfeier bei der Versammlung auf dem Rasen bekanntgeben wollen. Möchtet ihr einen Beitrag leisten, du und Fair?«

»Natürlich. Er kommt morgen von der Konferenz nach Hause. Ich ruf dich dann an. Du weißt, unsere Mittel sind begrenzt, aber das ist die bestmögliche Würdigung.«

Marshall und Paul dankten ihr, und Harry verabschiedete sich von den drei Männern. Sie ging draußen die paar Stufen hinunter, das Holz knarzte.

Tucker hielt sich in belebten Gegenden und an Straßen immer dicht an Harry. Im Auto sah der zähe kleine Hund Harry durchdringend an. »*Da stimmt was nicht.*«

»Wir sind bald zu Hause.« Das war halb geflunkert.

»*Sieh dich vor, Mom!*«

16

7. April 1780

Zwei Meilen östlich des Kriegsgefangenenlagers arbeiteten Charles West, Thomas Parsons, Edward Thimble, Samuel MacLeish, Macabee Reed, Karl Ix und Hans Wistan unter der Aufsicht von Hauptmann Schuyler auf dem ständig größer werdenden Anwesen von Ewing Garth. Bevor die Männer zu dem Gutshof ritten, hatte Hauptmann John Schuyler die strenge Anweisung erteilt, den alten Garth bei Laune zu halten. Ewing Garth, ein gewiefter Handelsmann, besaß überall in Virginia Ländereien, viele davon südlich seines oberhalb des Ivy Creek gelegenen Vorzeigebesitzes. Auf den Feldern im Süden baute er Tabak an, bei Williamsburg Hanf, auf seinen Ländereien in North Carolina ebenfalls Tabak. Ewing Garth hielt über seine Besitztümer verstreut Hunderte von Sklaven, doch für seine Träume brauchte er noch mehr Arbeitskräfte, und so waren die wenigen abkömmlichen Gefangenen von The Barracks für ihn ein Geschenk des Himmels. Gratisarbeiter. Ewing musste sie nicht ernähren, nicht kleiden, sich nicht um ihre Gesundheit kümmern oder sie beherbergen. Natürlich versorgte er sie mit Nahrung, wenn sie sich auf seinem Grund und Boden aufhielten, und den inhaftierten britischen Hauptmann Graves bedachte er gemäß seines Ranges mit besonderer Aufmerksamkeit.

Als Gegenleistung für die Gefangenen überließ Ewing Garth dem Lager Lebensmittel und andere notwendige Güter zu ermäßigten Preisen. Seiner Vorstellung von ermäßigten Preisen entsprechend. Der mittelgroße Mann um die fünfzig war weder grausam noch gefühllos, aber Geld kam für ihn stets an erster Stelle.

Die acht Gefangenen besaßen nützliche Fertigkeiten. Korporal Ix, ein Hesse, war in Bautechnik bewandert. Er und Charles West untersuchten einen steilen Hang am Ivy Creek und einen ebenso steilen Hang auf der anderen Seite. Eine Lehmstraße war die einzige Verbindung in östlicher Richtung nach Charlottesville oder nach Westen zu den Blue Ridge Mountains, nach Staunton meilenweit auf der anderen Seite. Der steile Anstieg, schon bei gutem Wetter mühsam, war bei schlechtem Wetter unmöglich zu bewältigen. So manches Fuhrwerk war in Rillen steckengeblieben und hatte sich überschlagen, manchmal war gar der Wagen zu Bruch gegangen, und das Geld vom Warentransport war verloren.

Ewing Garth mutmaßte mit Recht, dass eine bessere Straße seine Erträge steigern würde; dann könnte er den Überschuss von seinem Gut in beide Richtungen verkaufen. Tabak- und Hanfanbau warfen den höchsten Gewinn ab, doch er war entschlossen zu zeigen, dass er hier ebenso gut Geld verdienen konnte. Er hatte Äpfel im Auge. Höhenlage, Bodenbeschaffenheit und Temperatur dieses Geländes waren für Äpfel vorzüglich geeignet, und vor zwei Jahren hatte er seinen ersten Obstgarten mit Nacktwurzlern angelegt. So weit, so gut, nur brauchten die Bäume noch mehr Jahre, um den Obstertrag zu steigern. Dieser Obstgarten am Berghang wies erste Anzeichen von grünen Knospen auf.

»Korporal.« Hauptmann Schuyler beschäftigte sich mit dem Problem. »Eine höhere Brücke?«

Der stämmige Hesse schüttelte den Kopf. »Nein. *No.*« Er fing an, wegen des besseren Halts den Hang seitlich hinabzusteigen. Auf halber Höhe blieb er stehen und deutete auf die linke Seite des vorhandenen Lehmwegs. »Kommen Sie hierher, dann dorthin.« Gebeugt ging er im rechten Winkel zu der Stelle, wo er gestanden hatte.

Hauptmann Schuyler war nicht klar, was Karl im Sinn hatte. Charles holte einen dünnen, leichten Holzkasten hervor und öffnete ihn. Kleine Ketten hielten den Deckel aufrecht. Charles nahm ein Blatt Papier, ein dünnes rundes Stück Zeichenkohle heraus und skizzierte, was der Hesse seines Erachtens meinte. Danach krebste er seitwärts zu Ix hinunter.

Karl schaute, nickte, nahm Charles die Zeichenkohle aus der Hand und übermalte die zugrunde liegende Skizze. »So?«

»Ich denke, ja.« Charles drehte das Blatt um, das zu kostbar war, um es zu verschwenden, und zeichnete nach den Anweisungen des Korporals. Die akkurate Zeichnung ergab allmählich einen Sinn.

Karl deutete auf die Stelle am Bach. »Brücke hier, hochgeführt. *Verstehen Sie, ja?*«, fragte er auf Deutsch.

Charles zeichnete eine breite Brücke mit einem Gefälle, um das Befahren und Verlassen zu erleichtern, vor allem für schwerbeladene Fuhrwerke. Die zwei Männer kletterten dann zu dem Hauptmann hinauf.

Der Kontinentaloffizier nahm Charles den Kasten ab und betrachtete die Zeichnung. Er hielt nach einem Platz zum Sitzen Ausschau, um sie richtig ins Auge fassen zu können, und ging zu einem dicken Baumstamm. Mit einem Gefangenen zu jeder Seite ließ er sich nieder, um die Zeichnung zu betrachten.

Karl Ix zog seine neue Straße nach, die Teile der alten mit einbezog. »Wenn ein Fuhrwerk rutscht, dann rutscht es nach hier.« Er verwies auf eine schmale Ausweichstelle. »Besser so.«

»Ja, ja, das sehe ich.« Hauptmann Schuyler blinzelte zu dem alten Fahrweg hin. »Was meinen Sie, Ix? Sieht fast nach einem Fünfundvierzig-Grad-Winkel aus.«

»Wir können das Maß verringern.«

»Und eine neue Brücke bauen?«, fragte Schuyler.

Als der Hesse nickte, sah der hübsche junge Hauptmann

Charles an. Die zwei, fast gleich groß und breitschultrig, waren schmucke Männer. Trotz ihrer unterschiedlichen Dienstgrade waren sie einander gewogen.

Charles stimmte zu. »Was da unten ist, wird jedes Mal, wenn das Wasser steigt, fortgeschwemmt werden. Baut man die Brücke höher, wird nur der allerstärkste Sturm sie zerstören.« Er sah an Schuyler vorbei zu Karl. »Ja?«

»Yes«, antwortete Karl, aber wegen seines Akzents fehlte seinem »Yes« der Zischlaut am Ende.

»Also gut. Ich nehme das mit zu Herrn Garth.« Schuyler reichte den Kasten Charles zurück, der ihn zuklappte. »Sie beide kommen mit mir. Karl, Sie werden es möglicherweise erklären müssen. Er wird Fragen haben, und die erste wird bestimmt sein, wie viel das kostet.« Ein gequältes Lächeln zeigte sich auf dem Gesicht des Hauptmanns.

Sie gingen zu einem großen in georgianischem Stil gebauten Backsteinhaus, hochmodern und sehr teuer. Bei den Stallungen setzten Hauptmann Graves und die anderen Gefangenen schadhafte Tore instand. Drinnen schimpfte ein missmutiges Pferd.

Piglet, wie immer Charles auf den Fersen, murmelte: »*Heißblütig.*«

Ein großer Messingklopfer in Form einer Ananas prangte mitten an der breiten, glänzend marineblau gestrichenen Holztür des herrschaftlichen Hauses. Die Holzverzierungen um die Tür und die Fenster waren weiß, die Fensterläden dagegen waren in der Farbe der Tür gehalten. Charles wunderte sich, wie es diesen ungehobelten Menschen gelang, europäische Gepflogenheiten nachzuahmen. Nun ja, manche Amerikaner waren vor dem Krieg ins Ausland gereist. Sie lernten rasch.

Die Tür wurde von Roger geöffnet, einem makellos ausstaffierten Hausdiener. Der stolze hellhäutige Mann in mittleren Jahren lächelte, verneigte sich leicht und führte die Männer in die große Haupthalle. Ihm war offenbar gesagt worden, dass der verantwortliche Offizier willkommen war.

»Der Herr kommt gleich zu Ihnen, die Herren.« Der Diener drehte sich um und ging den langen Flur entlang, um Ewing Garth zu holen.

Charles spürte, dass sowohl dem Kontinentalhauptmann als auch dem hessischen Korporal unbehaglich zumute war. Ewing Garth kam ihnen vom anderen Ende des Flures entgegen. Charles nahm schwungvoll den Hut vom Kopf und klemmte ihn unter den Arm. »Psst«, zischte er durch die Zähne. Unbeholfen tat John Schuyler es ihm nach, und Karl Ix nahm seine ausgefranste Mütze ab.

»Ah. Mein guter Herr Hauptmann, womit kann ich dienen?« Ewing Garth neigte den Kopf ein wenig.

»Wir haben Ihre Straße in Augenschein genommen und würden Ihnen gerne eine mögliche Lösung zeigen.«

Charles klappte flugs seinen Zeichenkasten auf.

»Hier, hier!« Mit großem Interesse griff Garth nach dem Kasten und stellte ihn auf einen langen, überaus zierlichen Konsolentisch. Ein umfangreiches Trockenblumenarrangement in der Mitte war auf einer Seite von einer kleinen Marmorbüste des Apollo, auf der anderen der Artemis flankiert. »Eine neue Brücke? Was ist das hier?« Garth betrachtete die Ausweichstellen.

»Mein Herr, wenn Korporal Ix es erklären dürfte. Er hat vor dem Krieg Bauwesen studiert.« Hauptmann Schuyler lächelte und nickte dem Hessen zu, der vortrat.

»Die Straße ist zu steil.« Der Mann hatte einen merklichen Akzent, sprach aber gut Englisch. »Den Winkel ändern, dazu auf der anderen Seite eine Auslaufstelle.«

»Ja.« Ewing Garth hörte aufmerksam zu.

»Schlechtes Wetter, versagende Bremsen, die Ausweichstelle dient zum Aufhalten. Weswegen die Straße in einem Winkel hineinläuft und in einem Winkel wieder hervorkommt. Ist sicherer.«

»Ja, ich verstehe.«

»Auf diese Weise können schwerere Lasten mit weniger Fuhrwerken und weniger Männern von der Farm fortbewegt werden«, sagte Hauptmann Schuyler und setzte nach: »Das gilt auch für Kanonen. Wir verbreitern die Straße.«

»Ja, ja, ich verstehe.« Ewing Garth' hellbraune Augen leuchteten auf. »Kostspielig.«

»Mit Ihrer Erlaubnis, Herr Garth, kann ich Ihnen mit Männern wie Korporal Ix dienen, die während ihres Einsatzes allerlei gebaut haben, Pontonbrücken, Palisaden. Und wenn Sie wollen, stellen Sie uns Harthölzer zur Verfügung, die wir zur Errichtung einer robusten, höheren Brücke verwenden könnten.« Als diese Worte aus John Schuylers Mund kamen, wusste er, er musste den Kommandanten überzeugen, dass er richtig gehandelt hatte und dass solche Anstrengungen gewiss auch dem Kommandanten dienlich sein würden. Hauptmann Schuyler lernte allmählich, politisch zu denken.

Entscheidend wäre, seinen Vorgesetzten zu überzeugen, dass er das Eisen schmieden musste, solange es heiß war. Um dies die Leiter bis hinauf zu den Vorgesetzten des Kommandanten zu vermitteln, würden eine Menge Schreiben und vergeudete Zeit erforderlich sein. Einfach hinzugehen und die diversen Obersten und Generäle für den schnelleren Transportweg zu erwärmen würde dem Kommandanten zum Ruhm gereichen. Er würde weitaus entscheidungsfreudiger wirken als untergeordnet. Ewing Garth könnte allen nützen. Hauptmann John Schuyler, im Westen von Massachusetts auf dem Land geboren und aufgewachsen, war kein eingefleischter Politiker, doch der Krieg lehrte ihn sehr viel darüber, wie es wirklich zuging auf der Welt.

»Wer hat diese Skizze gemacht?«

Charles lächelte. »Ich, Herr Garth.«

»H-m-m.« Garth dämmerte es, aber er sagte einen Moment lang nichts, während er die Straße in Erwägung zog. »Herr Hauptmann, das ist eine ausgezeichnete Idee und gereicht sowohl gewerblichen als auch militärischen Belangen zum Vorteil, wie Sie schon bemerkten. In ein paar Tagen werde ich Ihren Kommandanten persönlich aufsuchen, um die Angelegenheit eingehend zu erörtern. Natürlich bin ich ihm beim Kriegsverlauf zu Diensten.«

Er begleitete sie zur Eingangstür. Roger hielt sich im Hintergrund bereit. Als die Tür aufging, veranlasste ein gewaltiges Getöse aus dem Stallbereich sie alle, die Stufen hinunterzuhasten.

Piglet, den man draußen gelassen hatte, sprang erschrocken hoch, als ein Pferd mit einer jungen Frau im Damensattel auf sie zupreschte.

Das außer Kontrolle geratene Tier stürmte los, während seine Reiterin tapfer sitzen blieb und versuchte, die Zügel entweder anzuziehen oder lockerzulassen. Zwei Stallburschen sowie Hauptmann Graves und Samuel MacLeish kamen hinterhergelaufen. Hauptmann Schuyler rannte über den Hof zu dem aufgebrachten Tier. Charles übergab Karl seinen Kasten und rannte ebenfalls hin.

Eine reizende junge Dame von vielleicht fünfzehn oder sechzehn Jahren kam aus dem Stall gelaufen, sichtlich nicht in der Hoffnung, mithalten zu können. Gutsbesitzer Garth, offenkundig nicht für Schnelligkeit geschaffen, bewegte sich auf das Pferd zu, das nun fürchterlich buckelte. Die Reiterin hielt dennoch durch. Aus dem Buckeln heraus sprang der große Braune geradewegs auf Hauptmann Schuyler zu. Ohne zurückzuweichen, blieb der amerikanische Soldat vor dem Pferd stehen. Gerade als die Vorderhufe wieder ausgriffen, trat Schuyler behände zur Seite, sprang hoch und packte den Zügel. Mit aller Kraft zog er den Kopf des Pferdes nach unten und zwang es stillzustehen. Währenddessen griff Charles nach dem Gebiss auf der anderen Seite.

»Ich habe ihn!«, jubelte Charles.

Hauptmann Schuyler ließ den Zügel los, legte seine großen

Hände um die Taille der Reiterin und hob sie vom Pferd. Er hielt sie einen Augenblick fest, ihre Arme umfingen seinen Hals.

Catherine Garth war noch nie einem Mann so nahe gewesen, ihr Vater ausgenommen. Sogar durch die Ärmel des Rocks konnte sie kräftige Muskeln fühlen.

Der furchtlose Mann ließ sie herunter und meinte in die Augen einer Göttin zu blicken. John Schuyler hatte noch nie in seinem Leben eine so schöne Frau gesehen. Vor Verblüffung sagte er nichts.

Sobald ein Stallbursche bei dem Pferd anlangte, kam Charles auf die andere Seite herum und sah die zwei, die vom gegenseitigen Anblick wie gelähmt dastanden. Gutgelaunt nahm er schwungvoll seinen Dreispitz ab und verbeugte sich tief. Nachdem er sich wieder aufgerichtet hatte, nahm er Hauptmann Schuyler den Hut vom Kopf und drückte ihn ihm in die Hand. Als Hauptmann Schuyler die Sprache wiederfand, krächzte er: »Zu Ihren Diensten, Madam. Sie sind hoffentlich unverletzt.«

Mit gerötetem Gesicht erreichte ihr Vater schließlich den Ort des Geschehens. Ewing Garth ergriff die Hände seiner Tochter, küsste sie auf die Wangen, war vor Schreck fast außer sich. »Oh, mein Liebling, mein Engel! Komm ins Haus. Du musst dich ausruhen«, brabbelte er.

»Vater, es war meine Schuld«, sagte sie gelassen. Sie drehte sich um und rief über die Schulter: »Jeddie, bestrafe ihn nicht. Es war meine Schuld.«

»Ja, gnädiges Fräulein«, rief der Stallbursche zurück.

Rachel Garth, der großen Ähnlichkeit nach als Catherines jüngere Schwester zu erkennen, war jetzt auch bei ihr angekommen. Das junge Mädchen lächelte zum Hauptmann hoch. »Ich bin Ihnen sehr verbunden, guter Mann.«

Der amerikanische Offizier war über Catherines reiterisches Geschick ehrfürchtig erstaunt »Sie haben ihn geritten wie, wie …« Er stockte.

»Eine Walküre«, half Charles ihm aus.

Hauptmann Schuyler schluckte, er war dem Engländer dankbar.

Catherine lachte. »Sie schmeicheln mir, mein Herr. Ich hoffe sehr, dass niemand von uns so bald nach Walhall gehen wird.«

Ewing Garth tätschelte ihre Hand. »Mein Liebes, mein Liebes, bitte komm ins Haus!«

»Vater, mir ist recht wohl. Ich war ein Dummkopf. Wäre ich verletzt worden, ich hätte es verdient.«

Rachel, die Augen weit aufgerissen, blieb stumm.

Ewing Garth, der langsam wieder Herr seiner Gefühle wurde, lächelte. »Meine Herren, dies sind meine ältere Tochter Catherine, die ihrer verstorbenen Mutter sehr ähnelt, und meine jüngere Tochter Rachel, ebenfalls ein Ebenbild meiner Ehefrau.« Er hielt inne und sah seine Älteste an, deren Gesicht hochrot war. »Kapriziös, mein Liebes, kapriziös.«

Mit dem Kopf im Nacken und einem spitzbübischen Schmunzeln sagte sie: »Und, Vater, der Apfel fällt nicht weit vom Stamm.«

Charles scherzte: »So viele Äpfel« und wies mit der Hand auf die neuen Obstgärten. Woraufhin alle lachten.

»Mein Engel, steige bitte nicht mehr auf das Untier.«

»Vater, die Arbeit und der Lärm im Stall, das alles hat ihn aufgewühlt, und beim Aufsitzen war ich etwas achtlos und habe den Ärmsten fest in die Rippen getreten. Es war wirklich alles meine Schuld.«

»Ja, ja, ja«, sagte Garth keineswegs überzeugt. »So, die Herren, ich muss zurück zu meinen Pflichten, und Sie müssen wieder an Ihre Arbeit.«

Catherine richtete ihre warmen leuchtenden Augen auf den großen Hauptmann. »Ich hoffe, mir wird das Vergnügen zuteil werden, Ihnen Ihre Courage und Güte zu vergelten.«

»Ich …«

Charles deutete eine Verneigung an. »Was er sagen möchte,

Fräulein Garth, ist, was wir alle sagen, allein Ihr Anblick ist Vergeltung genug.«

Hierauf kicherte Rachel. Catherine versetzte ihrer Schwester spielerisch einen Klaps. Die zwei knicksten in die Runde und gingen zum Haus.

Als Schuyler, West und Ix den Stallungen zustrebten, wo die anderen Gefangenen arbeiteten, rief Charles aus: »Eine Frau wie die wäre in England die Mätresse eines Königs.«

»Dann würde ich den König töten!«, entfuhr es Hauptmann Schuyler.

»Würden Sie doch sowieso, oder etwa nicht?« Charles konnte nicht anders als ihn aufziehen.

Ein wenig beruhigt, versetzte Schuyler: »Ach, Leutnant, Sie sind mir zu fix.«

Karl Ix war über das dramatische Geschehen amüsiert und froh, dass die bezaubernde Frau nicht verletzt worden war. »Glattzüngig ist er, unser Herr Leutnant. Nun, wissen Sie, er ist von hohem Stand.«

»Mir ist gar nichts eingefallen, was ich hätte sagen können«, klagte Hauptmann Schuyler. »Ich stand selbst da wie ein dummes Untier. Sie muss mich für einen Esel halten!«

Stille folgte auf diesen Ausbruch. Karl Ix entfernte sich, um sich der Stallmannschaft anzuschließen. Jeddie war nicht weit von ihnen beim Trockenführen des jetzt ungesattelten Pferdes zu sehen.

»Herr Hauptmann, wenn Sie mir helfen, helfe ich Ihnen«, sagte Charles. »Ich kann Sie in den diversen kleinen Artigkeiten unterweisen, die vonnöten sind, um Fräulein Garth angemessen entgegenzutreten. Dafür bitte ich um mehr Stroh, um unser Dach zu verstärken. Der Winter war streng. Und ich werde von Zeit zu Zeit weitere Kleinigkeiten benötigen. Ich muss auf meine Männer achtgeben und«, er schaute zu Piglet hinunter, »auf meinen besten Freund.«

»*Ich gebe auch auf dich acht*«, gelobte Piglet.

John Schuyler sah Charles West fest in die Augen. »Sie können aus einem Bauernsohn einen Kavalier machen?«

»Ja.«

»Sie sollen bekommen, wonach Sie und Gefreiter Piglet verlangen.«

»Gut.« Charles streckte seine Hand aus, und die zwei schüttelten sich die Hände. »Dies ist Ihre erste Lektion. Sie müssen zum Vater ebenso galant sein wie zur Tochter. Hier oder da ein Wort der Bewunderung, stetige Ehrerbietung vor seiner Klugheit. Ich zeige es Ihnen. Und um Gottes willen, Herr Hauptmann, lernen Sie, Ihren Hut in anmutigem Bogen vom Kopf zu schwenken, nur nicht« – er hielt inne – »wenn sie reitet. Dann genügt ein kurzes Berühren.«

»Ich habe noch nie eine Frau so reiten gesehen!« Hauptmann Schuyler holte tief Luft, überwältigt von Catherines Können und ihrer wunderbaren Körperhaltung.

»Ja. Nun, es ist für englische Damen nicht ungewöhnlich, so gut zu reiten, dass selbst der Teufel ins Schwitzen geriete, wenn er ihnen nachjagte.«

»Ich werde lernen, Leutnant, ich werde lernen!«

17

25. April 2015

An der Universität von Virginia standen die Leute draußen vor der Kapelle den Gehweg entlang bis auf den vorderen Rasen. Der Andrang war so groß, dass selbst die Straßenseite der Rotunde voller Menschen war. Trauernde aller Altersgruppen hatten sich eingefunden, um einem mitreißenden Lehrer einer intellektuellen Zierde des Staates Virginia und einem guten Menschen Lebewohl zu sagen.

Alle noch lebenden Gouverneure waren da, ebenso alle noch lebenden Präsidenten der Universität. Um Ehre zu erweisen, waren auch die zwei US-Senatoren, der Abgeordnete des US-Kongresses sowie deren Pendants von der staatlichen Generalversammlung gekommen.

Auch die derzeitigen Studierenden, die seine Bücher gelesen und sich während seiner Bürozeiten mit ihm unterhalten hatten, waren anwesend. Die männlichen trugen Sakkos und Krawatten. Sie gehörten schließlich zur UVA.

Sonnenlicht strömte durch die Kapellenfenster. Die bewegenden ausführlichen Elogen ziemten sich für Ginger. Trudy saß mit ihren und Gingers noch lebenden Angehörigen in der ersten Bankreihe. Und während manche Institute den Gouverneur nach vorne gesetzt hätten, war es hier nicht so. Gingers ehemalige Kollegen, die UVA-Präsidenten, saßen gleich hinter der Familie.

Die Footballmannschaft von 1959 saß hinten, genau wie Harry, Fair, Susan und Reverend Herbert Jones mit Miranda Hogendobber. Alle, die Ginger im Leben geliebt hatten, waren gekommen, ihm Lebewohl zu sagen. Es war eine Mischung aus Schmerz und Verzicht wie auch Freude und Verehrung.

Nach dem würdevollen Gottesdienst zog die Menge hinter die Kapelle, dann um die Rotunde herum und über den wogenden Rasen zur Homerstatue vor der Old Cabell Hall. Der Empfang fand in Pavillon VII statt. Der Rasen dieser schönsten amerikanischen Universität war voller Menschen.

Caterer Warren Chiles, dem Reverend Jones' kleine Abendgesellschaft das Essen verdankte, hatte klugerweise zwanzig zusätzliche Kellner eingestellt. Die vielen Leute passten keineswegs in den Pavillon, selbst wenn sie ständig in Bewegung wären, was aber nicht zutraf. Vier Bars versorgten die Leute drinnen und draußen, Studierende unter einundzwanzig bekamen keinen Alkohol. Wenn sie auf ihren eigenen Partys unter sich waren, konnten sie trinken, so viel sie wollten, doch in einer Situation wie jetzt wussten Studierende, was von ihnen erwartet wurde.

Harry – von Fair getrennt, der Getränke besorgen wollte – befand sich bei Nelson und den alten Jungs von der Footballmannschaft.

»Harry, ich hol dir was zu trinken«, bot Marshall ihr sofort an.

»Danke, aber Fair ist schon an der Bar.«

Mit einem Blick auf die Menge bemerkte Paul Huber: »Fair hat den Vorteil, groß zu sein.« Dann meinte er zu Nelson: »Schon mal gewünscht, Fair hätte damals gespielt, als wir dabei waren?«

»Die ganze Zeit«, antwortete Nelson. »Aber Fair ist Auburner durch und durch.«

Harry, die sich mit Sandra Yarbrough unterhielt, verstummte kurz.

Sandra flüsterte: »Hoffentlich ist niemand aus Alabama in Hörweite.« Das entlockte Harry ein Grinsen. Die zwei Universitäten waren noch nicht auf der Feindseligkeitsstufe der Völker im Mittleren Osten angelangt, manchmal aber nahe dran.

Lionel Gardner, der von der kalifornischen Uni in Los Angeles hergekommen war, ging zu Fair, um ihm zu helfen, die Getränke zu tragen. Willis Fugate zählte die Gläser, löste sich von der Gruppe und sagte zu Marshall: »Ich bin fast so groß wie Fair. Ich kann diesen Auftrag ebenso erfüllen.«

Zuerst waren kräftige Drinks an der Reihe. Die Damen nippten beseligt, denn heute fühlte es sich nach dem ersten Hochfrühlingstag an. Ein leichter Wind, Temperatur etwas über zwanzig, Sonnenschein.

Rudolph Putnam fragte: »Wie fandet ihr's?«

Marshall räusperte sich. »Passend. Teresa Sullivan« – die Präsidentin der Universität – »und ihre Truppe haben einen wundervollen Gottesdienst organisiert. Obwohl mit Gedränge zu rechnen war, konnte das hier wohl keiner vorausahnen.« Mit einer ausladenden Armbewegung wies er auf die Menge hin.

Paul sah auf die Uhr. »Du hast noch etwa eine Viertelstunde vor Verkündigung der Lehrstuhlstiftung, und ich denke, es dauert fünfzehn Minuten, um da reinzukommen.«

Marshall rückte seine Krawatte zurecht. »Ja, du hast recht.«

Begleitet von Nelson, Lionel, Paul und Rudy, begab Marshall sich zu der offenen Eingangstür. Willis, der mit Gläsern beladen an ihnen vorbeikam, eilte mit weiteren Drinks zu den Damen. »Mädels«, er gehörte einer Generation an, die diesen Ausdruck verwendete, ohne Böses dabei im Sinn zu haben, »ich muss Platz schaffen für die Jungs.«

Sandra lachte. »Die Leute denken bestimmt, wir sind gleich besoffen.«

Harry lächelte. »Könnten was Schlimmeres denken.«

Susan trank noch ein Wodka-Tonic. »Es ist überwältigend.«

»Ja, sicher«, erklärte Harry. »Ich weiß nicht, wo Herb und Miranda sind.«

»Herb ist vielleicht bei Trudy und den Mädels«, murmelte Susan. »Er wäre ihnen eine große Hilfe.«

»Unbedingt«, stimmte Sandra zu. »Er weiß immer genau, was zu tun und was zu sagen ist.«

Die 1959er Männer schafften es durch die Menge in den Pavillon. Marshalls Ankündigung konnten nur die hören, die sich im Raum befanden, doch die Neuigkeit verbreitete sich rasch bis nach draußen.

»Die Jungs«, wie sie vermutlich immer genannt werden würden, selbst wenn alle den hundertsten Geburtstag erreichten, hatten bis heute sechs Millionen Dollar für einen gestifteten Lehrstuhl in Gingers Namen beschafft. »Der Professor-Greg-McConnell-Lehrstuhl in amerikanischer Frühgeschichte!« Hochrufe wogten nach draußen wie Wellen, und als Marshall und die Jungs versuchten, wieder zu ihren Ehefrauen und

Freunden durchzudringen, kamen sie nur im Schneckentempo voran. Alle wollten ihnen die Hände schütteln und sie auf den Rücken klopfen, und einige Damen gaben ihnen Küsse. Jeder sagte »Danke« oder »Ganz großartig«. Tim Jardine, die Geldmaschine, hatte alle angesprochen, die er kannte. Zudem wurde er, während er neben den ehemaligen Footballspielern ging, auch von Leuten gefeiert, die seinen Erfolg im Geschäftsleben würdigten.

Man hörte einen einstigen Gouverneur zu einem anderen sagen: »Ah, man stelle sich vor, Jardine wäre unser Schatzmeister während des Wahlkampfs gewesen!«

Auch wenn der Anlass der Versammlung kein heiterer war, so konnte man Gingers Begräbnis doch etwas Positives abgewinnen. Die frühlingstrunkenen, von dem gestifteten Lehrstuhl begeisterten Menschen redeten, tauschten sich aus, weinten und lachten. Diejenigen, die nicht viel Geld beisteuern konnten, verpflichteten einander zu diversen Veranstaltungen im Gedenken an Ginger. Da Marshall und die anderen hiervon wussten, schoben sie sich durch die Menge, drängten die Leute zu helfen: Jeder Betrag, schon fünf Dollar würden die Kasse für den neuen Lehrstuhl bereichern.

Fair drang endlich zu seiner Frau durch, die zum Bogengang strebte, um der Sonne zu entkommen.

Sie hatte soeben eine Gestalt verstohlen in der Nähe lauern gesehen.

Sie blieb stehen und betrachtete den einsamen Mann, der sich, so gut er konnte, hinter einer großen Säule der Rotunde verbarg. »Fair, geh Marshall oder einen von den Jungs holen, ja?«

»Was?«

»Ach, egal. Komm mit.« Sie bahnte sich eilig einen Weg durch das Gedränge zu Marshall, der sich nach einem neuerlichen Händedruck umdrehte. Harry legte ihm ihre Hände auf die Schultern, stellte sich auf die Zehenspitzen und flüsterte ihm ins Ohr: »Marshall, Frank Cresey ist vor der Rotunde hinter einer Säule. Nur falls Olivia rauskommt.« Dabei ließ sie es bewenden.

Marshall meinte zu Paul: »Hol die Jungs, ja?«

Wenige Minuten später gingen Marshall, Willis, Lionel, Paul und Rudy unter dem Bogengang zur Rotunde. Harry beobachtete es gespannt, genau wie Susan, die unterdessen zu ihr gestoßen war. Fair hatte sie in Anbetracht seiner Größe verlassen, um sich den anderen Männern anzuschließen, sicherheitshalber.

»Gott, hoffentlich macht er kein Theater«, sagte Harry.

Frank erstarrte, als er die Männer auf sich zukommen sah.

Lionel rief in sanftem Ton: »Frank, schön, dass du gekommen bist.«

Hierauf brach Frank in Tränen aus, rannte die Rotundenstufen hinunter, fort von der Menge, fort von seiner Vergangenheit.

Paul wollte ihm folgen, doch Marshall rief ihm zu: »Lass ihn laufen, Paul.«

Auch Nelson meinte: »Lass ihn laufen. Wir müssen wieder zu den Trauergästen.« Dann fragte er die anderen: »Hat jemand ein Handy dabei?«

Willis zog seins aus der Innentasche seines Sakkos, Marshall ebenfalls. »Wer Sheriff Shaws Nummer kennt, soll ihn anrufen und warnen«, sagte Nelson. »Frank wird wohl keinen Schaden anrichten, aber wir wollen nicht, dass Trudy oder die Mädels durch irgendetwas aufgeregt werden.«

Marshall wählte rasch die Nummer des Sheriffs, da Willis sie nicht auswendig wusste. Marshall konnte schon immer gut mit Zahlen umgehen. Er tätigte den Anruf. Es waren ohnehin schon überall ringsum Sicherheitsleute der Universität anwesend, ebenso Streifenwagen mit blinkenden Lichtern, um die Leute später zur Grabstätte zu geleiten.

Trudy, Olivia und Rennie hatten beschlossen, den Empfang unmittelbar im Anschluss an den Gottesdienst zu geben. Dann könnten Familienangehörige, gute Freunde, Kollegen und seine Studenten zur Grabstätte nachkommen, wenn sie wollten. Andernfalls wäre beim Verlassen des UVA-Geländes und beim Versuch, zurückzukehren, ein Chaos entstanden.

Zwei Stunden nach dem Gottesdienst in der Kapelle kamen sie zur Grabstätte.

Aus dem Augenwinkel erspähte Harry abermals Frank, mindestens hundert Meter vom Grab entfernt. Wie er dahin gekommen war, ließ sich nur erahnen, aber die Einzelheiten zum Begräbnis waren in *The Daily Progress* veröffentlicht worden. Vielleicht war er per Anhalter bei jemandem mitgefahren. Frank ließ Olivia nicht aus den Augen, aber er hielt Abstand.

Nach der Beisetzung sagte Harry zu Fair: »Frank ist da.«

»Wo?«

Sie sah wieder zu der Stelle. »Er war da drüben.«

Unauffällig, oder so unauffällig, wie ein eins neunzig großer Mann eben konnte, bewegte Fair sich auf Olivia zu.

Aber Frank zeigte sich nicht wieder und belästigte Olivia auch nicht. Das Glück blieb ihnen gewogen. Franks Glück hingegen schwand dahin.

18

25. April 2015
Zwei Stunden später

Auf dem gepflasterten Trottoir der Downtown Mall schoben sich Fußgänger in beide Richtungen. Das schöne Wetter lockte die Bewohner der Gegend ins Freie. Andere Menschen fuhren in die Stadt, um auswärts mittagzuessen.

Snoop lümmelte sich auf einem Regiestuhl unter dem Dachvorsprung des Gebäudekomplexes neben dem Paramountfilmtheater. Der Schatten tat gut. Zu Snoops Füßen stand ein buntbemalter Behälter. Er hatte hölzerne Brieföffner mit scharfer Spitze gefertigt, um sie für je zwei Dollar zu verkaufen. Passanten fiel auf, wie glatt und zierlich die Öffner waren, und sie dachten sich, was konnte man bei zwei Dollar schon falsch machen? Manche Leute waren sogar so nett, auf Wechselgeld zu verzichten, um Snoop zusätzlich ein paar Dollar zukommen zu lassen. Bei einem so regen Geschäft sah der bevorstehende Abend verheißungsvoll aus, denn Snoop würde eine Pulle echten Schnaps kaufen können statt Wein. Er mochte keinen Wein, trank jedoch alles, wenn es sein musste. Sogar Listerine enthielt Alkohol.

Er war halb eingedöst, da ließ Füßeschlurfen ihn die Augen öffnen.

»Hey Mann«, sagte Frank.

»Hey.« Snoop lächelte ihn an.

Frank ließ sich neben Snoops Stuhl auf dem Boden nieder. Das Pflaster war hart, was ihm aber nichts auszumachen schien. »Hab was gehört auf dem Begräbnis von diesem Mistkerl.«

»Häh?«

»Professor Greg McConnell.«

Snoop meinte: »Warum warst du da, wo du den doch nicht leiden konntest?«

Frank grummelte: »Um sicher zu sein, dass er tot ist.« Er hielt inne. »Hat mir aber viel über Geschichte beigebracht, das muss ich ihm lassen. Bei ihm hab ich gelernt, alles geht auf Geschichte zurück, nüchtern betrachtet.« Beide lachten.

Eine Frau mittleren Alters blieb stehen, suchte einen Brieföffner heraus und betrachtete die Äderung im Holz. »Roteiche«, sagte sie.

»Ja, Madam.«

»Ich kann Roteiche nie widerstehen.« Sie entnahm ihrer Stoffumhängetasche zwei Eindollarscheine und gab sie ihm.

»Danke schön, und hoffentlich öffnen Sie damit nur frohe Post«, sagte Snoop.

Frank zog einen Brieföffner aus dem bunten Behälter. »Umgestürzter Baum?«

»Einer wurde neben den Bahngleisen umgeweht. Ich hab mir gesichert, so viel ich konnte. Hatte seitdem dauernd zu tun.«

Die Bahnstrecke verlief südlich parallel zu der Mall. Der kleine Chesapeake&Ohio-Bahnhof am Nordende war nicht mehr in Betrieb. Ein anderer Backsteinbahnhof etwas weiter entfernt übernahm den Personenverkehr. Quer durch die Vereinigten Staaten waren überall kleine Bahnhöfe stillgelegt worden. Viele Städte hatten keinen Personennahverkehr mehr. Wenn doch, reichte er nicht an das Niveau alter Zeiten heran. Immerhin, alles war besser als hundertsechzig Kilometer weiter nördlich im Verkehr von Washington, D.C., im Stau zu stehen. Zu schade, dass die Hauptstadt der Nation nicht an der Buffalogrenze lag, schön nah an der kanadischen Hauptstadt. Viele Bewohner dieser Gebiete – Virginia, Maryland, ein Scheibchen von Westvirginia und Südpennsylvania – hätten ein lustiges Abschiedsfest veranstaltet, froh, die Verkehrsüberlastung nach Upstate New York zu verschieben. Wer allerdings im Rachen des Endlosverkehrs seinen Lebensunterhalt verdiente, mochte anders denken. Einmal waren Snoop und Frank, nur um sich wieder einmal richtig frei zu fühlen, auf einen Güterwaggon gesprungen, nach Culpeper, Virginia, gefahren, dann auf einen anderen gesprungen und zurückgekehrt.

Ungeachtet ihrer Trunkenheitsträume vom Entkommen war die Downtown Mall mit ihrem Umfeld ihr Zuhause. Die anderen Alkoholiker, die Ladenbesitzer, die Sherifftruppe und sogar einige Stammkunden der Geschäfte kannten sie.

Die zwei Männer saßen noch fünfzehn Minuten beieinander dann fragte Snoop: »Willste nüchtern bleiben?«

Ein langer Seufzer. »Nein.«

»Der Mann ist tot. Ich meine, du solltest dich freuen.«

»Bin froh, dass er tot ist. Hätte ich ihn doch umgebracht. Hätte ich nur den Mut gehabt, als ich jung war, aber dann hätte Olivia mich gehasst. Keine Chance. Verstehst du, was ich meine?«

Snoop nickte. Frank war ganz vernünftig, das waren die meisten Typen hier. Im Oberstübchen mochte es flackern, aber zwischen den Stromausfällen konnten sie klar denken. Es war nicht Mangel an Intelligenz, der sie zur Flasche greifen ließ. Er wusste nie genau, warum er oder sonst jemand darin Zuflucht suchte. Der auslösende Schmerz war vielleicht vergangen, aber die Sauferei war zur Gewohnheit geworden. War man erst ein eingefleischter Trinker, waren die ersten tiefen Züge aus der Pulle die reine Glückseligkeit.

»Und?«

Frank zuckte die Achseln. »Weiß nicht. Bin aus dem Heim abgehauen. Hab mich nicht abgemeldet.«

Snoop nickte. »Die werden nach dir suchen.«

»Ja, sicher. Ich hab mich beim Empfang nach der Beerdigung von dem Alten versteckt, aber ein paar Jungs von '59 haben mich gesehen.«

»Wie, neunundfünfzig?«

»Footballmannschaft. War 'n gutes Jahr. Das waren die Männer, die uns ab und zu 'nen Job gegeben haben. Ich hab sie enttäuscht.« Frank starrte in die Ferne. »War nicht meine Absicht.«

Snoop nickte. »Du solltest vielleicht wieder in das Heim gehen. Dich dann abmelden.«

»Och Snoop, ich muss nichts mehr lernen. Ich kann schon was: Ich kann dich unter den Tisch saufen.«

Sie lachten.

»Kann man wohl sagen.« Snoop lächelte breit.

»Und ich muss ›begutachtet‹ werden.« Er tippte sich an den

Kopf. »Ich bin nicht irre. Ich mach vielleicht irre Sachen, aber irre bin ich nicht.«

Snoop stupste Frank mit dem Brieföffner, den er auf dem Schoß hielt. »Was ist das Irrste, was du je gemacht hast?«

»Mit dir rumhängen!« Frank zog einen Brieföffner aus dem Behälter und stupste Snoop seinerseits.

»Danke sehr. Sag schon, was noch?«

»Drei Frauen heiraten. Mann, eine ist schlimm genug.«

Snoop lachte schallend. Er wusste, trotz der Frauen hatte Frank keine Kinder. Die Männer auf der Mall sprachen nicht von den Kindern, die sie zurückgelassen hatten. Viele waren wegen versäumter Unterhaltszahlungen im Gefängnis gewesen. Das verstärkte das Minderwertigkeitsgefühl so sehr, dass ihre Versäumnisse überhandnahmen, genau wie die Sauferei.

Snoop hatte vier Kinder, zwei waren jetzt erwachsen. Er hatte sie oder die Mutter seit fünf Jahren nicht gesehen. Mochte ihnen nicht gegenübertreten. Redete sich ein, sie hätte die Kinder gegen ihn aufgebracht, aber in Wahrheit war nicht sie es gewesen. Er war selber schuld.

Die zwei blieben noch etwas sitzen. Snoop sah ein Charlottesviller Polizeiauto auf dem Platz oberhalb vom Paramount parken, schräg gegenüber der Hauptbibliothek, der ehemaligen Hauptpost.

Er legte den Kopf zurück. »Frank.«

Frank folgte Snoops Blick und stand auf. »Ich will nicht zurück. Ich gehör hierher.«

»Hast du ein Versteck?«

»Ja. Beim Neubau am Krankenhaus. Da arbeitet morgen kein Mensch.«

Morgen war Sonntag.

Snoop schüttelte den Kopf. »Da kannste nicht auf Dauer bleiben.«

»Nein, aber es gibt mir Zeit zum Überlegen, wie ich mir die

vielen Leute vom Hals schaffe. Ich hätte wohl lieber nicht sagen sollen, dass ich den Professor umgebracht habe. Da war ich ganz schön knülle.« Er lächelte. »Wunscherfüllung.« Als Frank aufbrach, beugte er sich vor und stopfte Snoops Brieföffner wieder in den Behälter.

»Behalt ihn«, sagte Snoop. »Könntest ihn brauchen.«

»Vielleicht schreib ich dir 'nen Brief.« Frank nickte zum Dank und steckte den Öffner in die Tasche. Er verschmolz mit der Menge, als er eine Nebenstraße ansteuerte.

Harry und Fair kamen eine Stunde vor Sonnenuntergang auf der Farm an. Er setzte seine Frau ab und fuhr dann zu seiner Klinik, weil er dort nach zwei Pferden sehen wollte. An den Wochenenden beaufsichtigte ein Praktikant die Patienten, aber Fair wollte die Kontrolle behalten. Er schätzte seine menschlichen Kunden, die Tierhalter, und oft liebte er seine Patienten, die Pferde.

Harry zog sich schnell um und lief in Stiefeln, Jeans und einem alten Sweatshirt hinaus, um Stallarbeiten zu erledigen. Sie füllte die Wassereimer auf, streute Heu, kehrte die Stallgasse aus und sprang dann in ihren alten Transporter; die zwei Katzen und den Hund nahm sie mit.

Kurz darauf erreichte sie die Lehmstraße, die zu Coopers Heim führte, vorbei am Jones-Familienfriedhof. Ein mächtiger Hickorynussbaum stand inmitten der Stätte für die Verstorbenen. Die Amseln hegten eine Vorliebe für diesen Baum.

Pewter sah aus dem Fenster. *»Wenn die bloß schlafen würden.«*

»Wieso?« Tucker betrachtete den Baum, dessen Äste voller Vögel waren.

»Dann könnte ich da rauf und mir einen schnappen.« Die graue Katze leckte sich das Maul.

Nicht besonders begeistert von der Vorstellung, Vögel zu erlegen, meinte Mrs. Murphy: *»Die würden sich von oben auf dich stürzen.«*

Die Unterhaltung brach ab, als Harry abbremste und den Motor abstellte. Sie stieg aus dem Wagen und hob Tucker hinunter. Die Katzen hüpften mühelos heraus. Harry griff nach einem Glas Honig, das sie auf dem Heimweg von Gingers Bestattung gekauft hatte.

Licht fiel aus Coops Küchenfenster, da es allmählich dunkelte.

Harry klopfte an die Hintertür. »Deine Nachbarin.«

Coop rief hinaus: »Komm rein.«

Die kleine Besucherschar trat in die saubere helle Küche. In der Mitte stand ein großer Hackklotztisch, unter einem Fenster war eine kleine Essnische.

Harry stellte den Honig auf den Hackklotz. »Du warst beschäftigt.«

»Hab die alten Gardinen satt.« Harry bemerkte an der Hintertür einen Stapel zusammengelegter Gardinen. »Die müssen älter sein als wir beide zusammen.«

»Es gibt Leute in Albemarle County, die schätzen uralte Gardinen, obwohl da lächelnde Gänseblümchen drauf sind.« Harry verzog den Mund, weil sie potthässlich waren. »Hab dir Honig mitgebracht.«

»Danke. Setz dich. Was möchtest du?«

Harry sah auf die Wanduhr. »Wenn ich schwarzen Tee trinke, schlaf ich nicht ein. Mit Coca-Cola geht's mir genauso.«

»Weißen Tee? Oder Bier? Oder Bourbon?«

»Weißen Tee.« Während Harry einen Beutel aus der ihr angebotenen Schachtel wählte, setzte Cooper Wasser auf und holte dann zwei dickwandige Becher aus Bennington, Vermont, hervor.

»Wie ist es heute gelaufen?«

»Eine Riesenmenge. Tausende.« Harry berichtete ihrer Freundin von den Ereignissen: Wer alles da gewesen war, der gestiftete Lehrstuhl, die Spendensammlung. »Dachte, du bist vielleicht dort, um den Verkehr zu regeln.«

»Nein.« Cooper schüttelte den Kopf. »»Büroarbeit. Rick hat mich an den Schreibtisch verbannt. Weißt du, wie ich den Bürokram hasse? Harry, ehe man sich's versieht, muss dies und das ausgefüllt werden, und wie jemand tatsächlich annehmen kann, richtig was erledigt zu kriegen, ist mir schleierhaft.«

Harry lachte. »Es ist schlimm. Deshalb lass ich das von Fair erledigen.«

»Das ist mal ein guter Grund zum Heiraten.« Cooper holte den Wasserkessel, dann die Becher, eine Schale Würfelzucker, weiß und braun, sowie eine Schale Streuzucker.

Keine der Frauen nahm Milch, aber beide hatten eine Schwäche für Zucker. »Zucker kannst du dir aussuchen.«

»Hm-m.« Cooper trank einen Schluck und hob die Augenbrauen. »Deinetwegen fang ich an, Tee zu mögen.«

Harry lächelte. »Hab Jahre gebraucht, bis ich weißen Tee mochte, aber jetzt mag ich ihn gern. Hey, ich bin gekommen, um dir zu erzählen, dass Frank Cresey hinter einer Säule an der Rotunde gelauert hat. Er hat sich davongemacht, aber war er nicht in Gewahrsam?«

»*War* ist das entscheidende Wort.« Cooper nahm wieder einen tiefen Schluck, während die drei Tiere auf der Suche nach eventuell heruntergefallenen Krümeln über den Küchenboden schlichen. »Momentchen.« Die große Polizistin stand auf, holte ein paar Leckerbissen hervor und warf sie ihnen zu; die drei kamen ja regelmäßig zu Besuch.

So dick auch Pewter war, sie schnappte sich ihren Happen zuerst.

»Er wurde also entlassen?«, fragte Harry.

»Seine Schilderungen von dem Mord«, Cooper drehte ihre Hand nach oben, »unmöglich. Sobald er nüchtern und psychologisch untersucht war, wurde er ins Resozialisierungsheim geschickt. Der Bericht lautete, er wurde sauber geschrubbt, hat sich gut benommen, war entgegenkommend. Dann ist er abgehauen. Und im Moment haben wir nicht genug Leute, um ihn aufzulesen. Im Grunde genommen ist er harmlos.«

»Ausfallend, aber harmlos«, stimmte Harry zu.

»Die Downtown Mall ist nicht mein Revier. Die Charlottesviller Polizei wird ihn bestimmt aufgreifen.«

Harry lachte. »Wäre es nicht lustig, wenn Frank auf der Bezirk/Stadt-Grenze stünde? Wenn ihr ihn holen kämt, könnte er mit einem Schritt in der Stadt sein. Und umgekehrt.«

Cooper lächelte. »Eines schönen Tages wird es so kommen, mit Sicherheit.«

In Virginia sind Städte eigenständig, mit eigener Gerichtsbarkeit, Bürgermeister, Stadtverordneten. Bezirke hatten Sheriffreviere und eine Bezirksaufsichtsbehörde. Oft waren die Städte in den Bezirken nicht groß genug für einen Bürgermeister. Manche hatten einen, manche nicht, aber das Amtsgericht war immer der Mittelpunkt. So verwirrend das System auch sein mochte, bei den Virginern funktionierte es, und Virginern wurde schnell klar, dass sie seit 1624 zurechtgekommen waren.

Jede von den ursprünglich dreizehn Kolonien wahrte ihr System. Pennsylvania hatte zum Beispiel Stadtgemeinden. Und keine einzige der ehemaligen Kolonien mochte von ihren Gepflogenheiten ablassen. Je weiter westlich, desto einfacher waren diese Staaten theoretisch zu regieren, oder sie waren zumindest moderner eingestellt. Diese Theorie erledigte sich schnell, wenn ein Staat gegen die Bundesregierung aufbegehrte. Der Justizminister von Missouri kämpfte genauso verbissen wie der Justizminister von Virginia, wenn er spürte, dass die plumpe Hand Washingtons seine Bürger oder seine Kassen auspresste.

Das machte das Leben interessant.

Tucker kam zu ihnen in die Nische und sah mit andächtiger Miene zu Cooper hoch. »*Hast du vielleicht noch mehr Knochen?*«, fragte die Hündin.

»Hör nicht auf sie, Coop.«

»Ach, wie könnte ich? Und dabei fällt mir ein, ich hab Kausnacks gekauft. Und ich hab 'ne Riesenportion Thunfisch für die Katzen.« Kaum hatte Cooper diese Leckereien ausgeteilt, da gerieten die drei Geschöpfe in einen glückseligen Zustand.

Coop setzte sich wieder an den Küchentisch »Magst du was essen? Ich hab gefüllte Eier.«

»Ah, nein danke. Ich hab mir auf dem Empfang den Bauch vollgeschlagen.« Harry hielt inne. »Ginger wird mir fehlen. Er und Trudy waren mit Mom und Dad befreundet. Ich weiß, du musst, äh, vorsichtig sein beim Weitergeben von Informationen, aber hast du überhaupt was rausgekriegt?«

Cooper guckte in ihre Teetasse. »Verdammt, kein bisschen.«

»Ich denke die ganze Zeit, es war ein Versehen«, sagte Harry. »Vielleicht war die Kugel für wen anders bestimmt.«

»Keinesfalls.«

»Tja, du hast leider recht, aber Gingers Tod kam wie ein Blitz aus heiterem Himmel. Das ist so sinnlos.« Sie trank ihren Tee aus.

»Wir haben die Hemings-Spur überprüft und dann den Aufruhr wegen der Schwarzen und wegen der Zulassung von Frauen zur UVA im Jahr 1972. Ja, Ginger hat ein paar Leute verärgert, aber die meisten von denen, die Briefe an die damaligen Verleger unterzeichnet hatten, sind tot.« Sie hielt kurz inne. »Ausgenommen Carroll Kruger, der mit etwa neunzig immer noch daran festhält, dass die Zulassung von Schwarzen und Frauen an der Universität von Virginia das einst fabelhafte Institut ruiniert hat – *ruiniert*, ich bitte dich – und dass die keinen Cent von ihm kriegen.«

»Er ist ziemlich reich.« Harry klopfte auf den Rand ihres Bechers. »Was meinst du, kann man Voreingenommenheit jemals komplett ausrotten?«

»Nein, aber nur die Uralten und die Spinner klammern sich an das Rassen- und Geschlechterthema. Ich denke, wir sind da drüber weg, so wie fast alle. Aber weißt du, was anderes wird seinen Platz einnehmen, eine neue Art von Entrüstung.«

»Löst nichts und verletzt viele. Und darauf komm ich immer wieder zurück, Ginger hat niemanden verletzt.«

»Frank Cresey.«

»Okay, aber Frank hat ihn nicht ermordet.« Harry lehnte sich an das Polster der Nischenbank. »Das Einzige, das ich mir denken kann, ist so was wie akademischer Groll, Rache. Weit hergeholt. Seine Forschungen waren sein Leben. Vielleicht ist er in das Territorium anderer eingedrungen, und Ginger wurde die Würdigung zuteil, die sie zu verdienen meinten. Oder er hat als Erster über ein Thema geschrieben. Ich weiß, Professoren und Ärzte sind in Bezug auf ihre Forschung erbitterte Konkurrenten.«

»Das haben wir berücksichtigt, Harry.« Coop hob die Hände.

»Als ihr seinen Schreibtisch zu Hause und den in der Uni durchsucht habt, woran hat er gearbeitet?«

»Ich bin keine Wissenschaftlerin. Ich weiß nicht, ob was von Bedeutung ist oder nicht. Er hatte alte Landkarten. Trudy sagte, er zog die Karten von damals zu Rate, weil die Leute genau diese benutzt haben. Sie schilderte, wie sehr Ginger die verlässlichen frühen Vermesser gerühmt hat. Ah.« Sie klopfte mit dem Zeigefinger auf den Tisch. »Er hatte mehrere in Ichform geschriebene Berichte über die Schlacht von Saratoga und über Kriegsgefangenenlager, und er hatte Material über alte Straßen. Professor Brinsley Sims war uns eine große Hilfe. Er hat alles durchgesehen und sagt, etwas Aufrührerisches – in Ermangelung eines besseren Wortes – hat er nicht gefunden.«

»Wenn ihr fertig seid, darf ich dann da mal draufschauen?«

»Ich frage Rick, aber wozu?«

»Ich bin hier geboren und aufgewachsen. Ich könnte wo möglich aus seiner Durchsicht alter Familienbibeln was ablei ten.«

»Harry, was könnte das mit Gingers Ermordung zu tun haben?«

»Vielleicht hat ein altes Verbrechen ein neues nach sich gezogen.«

»Das müsste dann ja ein sehr altes Verbrechen sein.«

»Möglich, nur wurde es verübt auf eine Weise, die wir nicht verstehen, die Ginger aber verstanden hat. Ich kann mir nichts anderes vorstellen. Und ich weiß, es ist da irgendwo, aber, okay, denk doch mal: In der Verfassung steht, um Präsident dieses Landes zu werden, muss man hier geboren sein. Hast du dich mal gefragt, warum?«

»Nein. Ich dachte, das ist nur wieder eine Vorschrift wie am Anfang, als nur weiße Grundbesitzer das Stimmrecht hatten.«

»Aha! Du kennst dich ja doch ein bisschen in Geschichte aus.«

Cooper lächelte. »Genug, um zu wissen, dass das Gezerre nie aufhört.«

»Ein wahres Wort.« Harrys Tiere kamen herbei und ließen sich hinplumpsen, hörten aber zu. »Wenn ein Eingebürgerter Präsident werden könnte, dann müsste er seine jüngeren Jahre also woanders verbracht haben. Unsere Gründerväter wussten, genau dies war die Erfahrung der Neuen Welt: Menschen aus einem anderen Land, aus Europa, einerlei wie genial, durften nicht mit dem Amt unseres Staatsoberhauptes betraut werden. Sie können jedes Amt bekleiden, nur dieses nicht. Man muss diesem Boden entstammen.«

»Hab ich nie bedacht.«

»Sie haben's bedacht, weil sie sahen, wie stark die Feudalvergangenheit sich sogar noch im achtzehnten Jahrhundert auf Europa auswirkte und es eigentlich bis heute tut. Wir waren Kinder der Aufklärung. Ohne Feudalvergangenheit. Wir sind wirklich entschieden anders als Europa und Asien.«

»Okay, klar.«

»Schau, diese Art Gespräche wird Ginger geführt haben. Der Mann hat seine Arbeit geliebt. Er konnte sich dafür begeistern, und er war dabei nie pedantisch oder langweilig.«

»Die Vergangenheit ist nur ein Vorspiel«, zitierte Cooper den berühmten Satz.

»Die Vergangenheit kann einen umbringen.«

Cooper sah Harry an und sagte: »Ich will sehen, was ich tun kann. Ich hab sonst auch nichts, was ich weiterverfolgen könnte.«

»Gut. Das wird mich nachts von den Straßen fernhalten.«

Mrs. Murphy sagte zu Pewter und Tucker: »*Nö, tut es nicht. Wenn sie so ist, dann —*«

Pewter unterbrach sie: »*Fehlt nur noch der rettende Engel.*«

Mrs. Murphy dachte, Pewter könnte ausnahmsweise an was dran sein. Schließlich gab es nicht allzu viele Engel in Virginia.

19

7. September 1780

Das herrliche Frühherbstwetter entschädigte für die Arbeit in dem drückend heißen Sommer. Keiner klagte über die Mühsal. Zwei hessische Kriegsgefangene waren ausgerutscht und hatten sich das Fußgelenk gebrochen, als sie an der Minderung des Gefälles von Ewing Garth' Fahrstraße arbeiteten. Ansonsten gab es keine Blessuren.

Um drei Uhr nachmittags sammelten die erschöpften Männer ihr Werkzeug ein. Der Fußmarsch zurück zu den Baracken dauerte etwa fünfundvierzig Minuten. Hauptmann Schuyler holte sein Pferd aus dem Stall; Garth gestattete ihm, den strammen Burschen dort einzustellen.

Hauptmann Schuyler legte die über das Pferd gebreitete

leichte Decke zusammen, rollte sie auf und warf sie vorne über den Sattel. »Fast fertig für heute.«

Er saß behände auf, als eine Gestalt durch das Stalltor schlüpfte, das ihr aufgehalten wurde. Hauptmann Schuyler nahm schwungvoll den Hut ab und verbeugte sich so tief, wie er es hoch zu Ross vermochte.

»Herr Hauptmann«, grüßte sie ihn. »Lesen Sie gern?«

»Sehr, Fräulein Garth.«

Sie lächelte strahlend. »Ich habe Ihnen etwas mitgebracht. Ich stelle mir die Abende in den Baracken eintönig vor.« Unter ihrem seidenen Umschlagtuch zog sie ein schmales, in dickes weißes Papier eingeschlagenes und mit Bast verschnürtes Buch hervor. »Ich konnte Ihnen noch nicht geziemend für den Beistand danken, den Sie mir leisteten, als Renaldo ungezogen war.« Sie holte tief Atem. »Vater mag es nicht, mich aus den Augen zu verlieren, wenn die Gefangenen hier sind, daher konnten Sie und ich nur wenige Gespräche miteinander genießen. Es war mir nicht möglich gewesen, mich erkenntlich zu zeigen.«

»Er tut ganz recht daran, Sie zu beschützen, ich glaube indessen nicht, dass unter den Gefangenen einer ist, der Ihnen ein Leid antun würde.«

»Und würden sie Ihnen etwas antun?«

Er zog die schwarzen Augenbrauen hoch. »Mir? Das glaube ich nicht.«

»Sollten wir den Krieg verlieren, Herr Hauptmann, werden die Briten Sie als Verräter anprangern. Mein Vater fürchtet, er wird alles verlieren und als armer Mann sterben, weil er unserer großen Sache gedient hat. Wir müssen unsere Freiheit erlangen.«

Er lächelte, weil sein Pferd mit einem Fuß aufstampfte, begierig loszulaufen, als es die Glöckchen am Zuggeschirr der Fuhrwerke klingeln hörte. »Fräulein Garth, wir werden den Krieg gewinnen. Ich habe die Briten im Kampf gesehen. Sie sind diszipliniert, aber nicht sehr gut geführt. Viele von ihren Soldaten sind bezahlte Söldner aus anderen Ländern. Wir kämpfen für unser Land und« – er grinste – »werden selten bezahlt.«

Sie hatte nichts gewusst von den Gegebenheiten des Heeres, von dem Gerangel mit dem Kontinentalkongress. »Trotzdem dienen Sie?«

»Von ganzem Herzen. Doch ich werde bequem hier im Lager und hoffe, ich werde mit der Zeit wieder zu meinem Regiment einberufen, damit ich kämpfen kann.«

Sie sah ihn starr an, ohne etwas zu sagen.

Unter ihrem Blick errötend, suchte er sich zu erinnern, was Charles ihn gelehrt hatte. »Aber Ihre Bekanntschaft gemacht zu haben versüßt mir meine gegenwärtige Lage.«

Endlich, nachdem ihre Wangen sich ebenfalls gerötet hatten, erwiderte sie mit ihrer betörenden Altstimme: »Sie sind tapfer, Herr Hauptmann Schuyler, aber ich hoffe sehr, es kommt zu keinem«, sie hielt inne, suchte nach dem richtigen Wort, »tollkühnen Wagnis.« Darauf fasste sie sich, drehte sich um und öffnete das Stalltor, obwohl Jeddie dafür bereitstand. »Würden Sie für sich behalten, von wem Sie das Buch haben, mein Herr? Vater wäre außer sich.«

Er nahm abermals den Hut ab. »Ja. Und ich bin sehr dankbar, denn die Abende sind endlos.«

Als Hauptmann Schuyler fortritt, drückte Catherine Jeddie drei Geldstücke in die Hand. Der vierzehnjährige Sklave sah sie an.

»Fräulein Catherine.«

Er konnte nicht zu Ende sprechen, weil sie ihm ins Ohr flüsterte: »Jeddie, wenn du den Mund hältst und mir gelegentlich beistehst, bekommst du noch mehr.« Sie hielt bedeutungsvoll inne. »Du weißt, wie mein Vater sein kann.« Ein zahnlückiges Grinsen zeigte, dass Jeddie Garth' Gepflogenheiten nur zu gut kannte.

Catherine lief ins Haus, schlüpfte in die Küche und warf ihr Umschlagtuch ab. Rachel schlich auf Zehenspitzen die Dienstbotentreppe hinunter.

Catherine warf ihrer Schwester einen Blick zu. »Ist die Aussicht von den Fenstern im Obergeschoss besser, Rachel?«

Das jüngere Mädchen überging den Tonfall der Schwester und kicherte. »Er ist so stattlich.«

Catherine zuckte die Achseln und sagte unbekümmert: »Mag sein, auf derbe Art. Ich war ihm etwas schuldig für seine Bemühungen. Dies ist seit Renaldos Kaspereien das erste Mal, dass ich den braven Hauptmann allein sehen konnte. Der Gedanke an Zuschauer – wie du zum Beispiel – ist mir ein Gräuel.«

»Ach Cat, sei nicht so ein Scheusal. Ich spioniere nicht.«

»Ich bin kein Scheusal. Aber immer ist jemand in der Nähe, man wird beobachtet und belauscht.« Catherine zerrte ihr Umschlagtuch vom Tisch, schlang es ihrer Schwester um den Kopf und schlug sie aufs Hinterteil.

Lachend gingen sie den Flur entlang in ihr Lesezimmer, wo ein Feuer wegen der Kühle der kommenden Nacht brannte. Catherine dachte immerzu daran, wie es sich angefühlt hatte, von Hauptmann Schuylers Armen umfangen zu sein. Noch nie zuvor hatte sie eine solch intensive innere Wärme gespürt. Wie kräftig er war. Nicht zum ersten Mal wünschte die junge Schöne, sie hätte ihre Mutter noch, um mit ihr sprechen zu können, ihr Fragen zu stellen. Ihre Mutter war sehr weise und überaus liebevoll zugleich gewesen.

Einige Männer fuhren im Wagen, die meisten gingen zu Fuß, und durch die Bewegung wurde ihnen wärmer. Hauptmann Schuyler lenkte sein Pferd an Charles Wests Seite. »Sie ziehen Ihre Handschuhe aus, wenn Sie zeichnen. Ich könnte bei Hitze oder Kälte gewiss weder einen Federkiel, ein Stück Zeichenkohle noch irgendetwas anderes halten. Ein Schwert oder eine Axt kann ich halten, aber nichts so Schmales.«

»Ich muss flink arbeiten. Einzelheiten füge ich später dazu. Wegen der Straße zu der Brücke bespreche ich mich fortwährend mit Korporal Ix. Ich bin mir über die richtigen Steigungen noch nicht sicher.«

»Sie werden es gewiss bald klären.«

Charles lächelte verkniffen. »Das will ich hoffen. Apropos Handschuhe.« Aus der Tasche seiner Reithose zog er seine Handschuhe, an denen viele Finger fehlten. »Tja, Herr Hauptmann, ich hatte gehofft, meinen schmalen Beutel durch einige Belohnungen nach Siegen anzureichern, aber wie Sie sehen …« Er hielt die Handfläche nach oben.

»Keine Belohnung für Sie, und ich habe Ihre vorzügliche Pistole.« Schuyler berührte die begehrenswerte Steinschlosspistole.

»Wahrhaftig.« Charles sah zu Piglet hinunter, der vergnügt neben ihm trippelte. Er hob den Hund hoch und trug ihn eine Weile.

Hauptmann Schuyler nickte und ritt weiter.

Zurück im Lager, nachdem sein Pferd abgesattelt, gestriegelt, mit einer leichten Decke versehen und der Eimer mit frischem Wasser gefüllt war, wickelte John Schuyler das verschnürte Buch aus: *Äsops Fabeln* mit Illustrationen. Eine Widmung war mit fließender kunstvoller Schrift auf Französisch verfasst.

Er steckte es in seinen Uniformrock, bewahrte das Papier und die Bastschnur auf, denn er wollte alles haben, was Catherines Hand berührt hatte. Er ging flott zu Charles' Baracke. Das Dämmerlicht ließ sogar diesen behelfsmäßigen Bau besser aussehen. Als er die Tür öffnete, spürte er ein wenig Wärme vom Feuer. Die Männer erhoben sich bei seinem Eintreten.

»Leutnant West, würden Sie wohl einen Augenblick herauskommen?«

Charles schnappte sich seinen Überzieher, und mit Piglet auf den Fersen folgte er John Schuyler nach draußen.

»Würden Sie mir das vorlesen? Ich kann nicht Französisch.«
Charles nahm behutsam das Buch. »Ah, das kenne ich.«
Er schlug den Einband auf, betrachtete die schöne Handschrift und übersetzte ohne jeden weiteren Kommentar: »Wie zutreffend sie sind, Catherine.« Er gab das Buch zurück.

»Danke sehr.«

»Mir gefällt ›Der Fuchs und die Trauben‹ recht gut.« Er wartete einen Augenblick. »Ein Kavalier würde das Buch lesen, dann ein Dankeschön schreiben, vielleicht etwas Witziges oder Amüsantes, das sich auf die Fabeln bezieht.«

»Ich kann schreiben, aber es ist nur ein Gekritzel.« Seine Miene drückte Enttäuschung aus.

»Meine Schrift ist gut.«

»Sie wünscht, ihr Vater soll nicht erfahren, dass sie es mir geschenkt hat.« Schuyler steckte das Buch wieder in seinen Rock.

»Ah, so, das ändert die Lage.« Ehe der Kontinentalsoldat sich verabschiedete, sog Charles die kalte Luft ein. »Lassen Sie mich darüber nachdenken und«, er neigte leicht den Kopf, »wenn Sie etwas aus unserem Schicksal lernen können, das wäre überaus gütig.«

Als sie sich trennten und Charles in seine provisorische Behausung zurückkehrte, dachte er, auch wenn er ein Gefangener war, dann war er nicht annähernd so sehr ein Gefangener wie John Schuyler. Sonderbar? Schicksal? Er hatte keine Ahnung. Piglet sprang auf und schmiegte sich wie zur Antwort an ihn, und von des langen Tages Arbeit erschöpft schliefen sie ein.

28. April 2015

Harry verbrachte den Vormittag in Gingers Büro. Trudy war froh, sie dazuhaben, weil Olivia und Rennie nach Hause zurückgekehrt waren, Olivia nach New Orleans und Rennie nach Virginia Beach. Sie plauderten etwas, doch Trudy hatte zu tun, war nach Kräften bemüht, Dinge zu regeln und in Bezug auf den Uni-Gottesdienst für ihren Mann Dankesbriefe zu verschicken. Da die Genehmigung von Sheriff Shaw vorlag, las Harry in Gingers Büro alles, was sie auf seinem Schreibtisch vorfand.

In einem Graphikschrank verwahrte Ginger einen ordentlichen Stapel Landkarten, Karten aus der Zeit des Unabhängigkeitskrieges, Karten, die zwanzig Jahre nach dessen Ende gezeichnet worden waren, und aktuelle Karten. Er hatte mehrere große Güter gekennzeichnet, aber Harry konnte sich nicht erklären, warum. Das eine oder andere Besitztum war über die Jahrhunderte in Familienhand verblieben. Die meisten waren aufgelöst, unter Nachkommen aufgeteilt oder von manchen mit Gewinn verkauft worden – vor allem seit die großen wachsenden Städte ihre magnetische Wirkung ausübten und dort überdies Reichtum winkte, wenn man findig war. Männer wie Thomas Fortune Ryan, der Mittelvirginia Anfang des zwanzigsten Jahrhunderts verließ und einer der fünf reichsten Männer Amerikas wurde. Aber schon vor dem sagenhaften Aufstieg des Mannes dank seiner ebenso sagenhaften Intelligenz verließen Männer und Frauen Albemarle County der Städte oder des Westens wegen. Viele, die es während des Unabhängigkeitskrieges zu etwas brachten, zogen sich selbstgefällig zurück. Der Tatendrang verließ den Staat, der eine Nation erschuf, in dem zu leben den Europäern 1607 endlich gelungen war. Vom guten Leben eingelullt, vom Herkunftsdünkel aufgebläht, hatten die alten virginischen Namen jetzt kaum noch etwas Prahlenswertes vorzuweisen als eben ihre alten Namen.

Als sie so an Gingers Schreibtisch saß und die Veränderungen auf den Landkarten betrachtete, geriet Harry ins Nachdenken. Erst jetzt, zu Beginn des einundzwanzigsten Jahrhunderts, war Virginia wieder offen und lohnend für neues Denken, für Erneuerung in Handel und Wissenschaft. Viele Bewohner waren verärgert über den gegenwärtigen Zustrom neuer Menschen, aber die waren ein Hoffnungsschimmer, um diesen Prachtstaat davor zu bewahren, zum Museum zu werden.

Als sie wieder daheim war und zu den Bergen, ihrem Richtmaß, hinaussah, konnte Harry beinahe die Vergangenheit, Gegenwart und Zukunft sehen. Sie gehörte nicht zu den Leuchten, den Unternehmern, den Wissenschaftlern. Sie war aus einem alten Geschlecht hervorgegangen, aber empfänglich für neue Ideen. Sie konnte die Erregung auf ihre Art fühlen und fragte sich, wie es einst im achtzehnten Jahrhundert gewesen war. Als wir die Briten erst einmal rausgeworfen hatten, war alles möglich.

Am Schreibtisch zog sie ein Blatt Papier unter Pewter hervor, der geborenen Briefbeschwererin. »Pewter, ein bisschen Anstand bitte.« Harry kraulte die Ohren der grauen Katze. Die anderen zwei maulten, rückten aber näher an Pewter heran, um ein Streicheln abzubekommen.

Harry kopierte eine grobe Zeichnung von 1789 von The Albemarle Barracks, wo damals keine Gefangenen mehr waren. Die vielen Bretterbaracken, alle mit Holzrauchfang, ließen erkennen, wie geschäftig es damals in dem Gefangenenlager zugegangen sein musste. Nebengebäude, Pferde und Getreidefelder waren auf dieser Zeichnung zu sehen und keine einzige Einfriedung. Eindeutig war niemand wegen Flüchtender besorgt gewesen ... oder die Wächter hatte es sogar gefreut.

Sie hatte in Papieren gelesen, dass die Gutsbesitzer und

Schmiede, Küfer und so weiter sich der unentgeltlichen Arbeitskräfte bedienten, von denen viele äußerst fähig waren. The Barracks war eine Goldgrube. Weil sie es unbedingt selbst sehen wollte, sprang sie mit ihren Tieren im Schlepptau in ihren Transporter und fuhr zu The Barracks. Ihre Farm lag etwa dreizehn Kilometer westlich der Abzweigung zu The Barracks.

Von der Einfahrt zum Barracks-Gestüt zweigte ein Fahrweg links ab. Zu den Stallungen und zur Reithalle fuhr man in einer sanften Rechtskurve. Harry sah sich die Beschaffenheit des Geländes an.

An diesem frühen Dienstagnachmittag standen in der Ferne die Blue Ridge Mountains im Westen wie eine Verteidigungslinie. In den Anfangszeiten hielt diese Verteidigung Volksstämmen aus dem Westen stand, heutzutage wehrt sie starke Winde aus Kanada und von Westen ab. Die Berge konnten allerdings niemanden vor dem Winter des Jahres 2014 schützen, als ein anhaltender Schneesturm nach dem anderen über die Berge fegte und unten alles zudeckte.

Da Harrys Farm näher an den Bergen lag, war die Aussicht von dort spektakulärer, aber der Blick vom Barracks-Gestüt reichte weiter, und heute überwältigten einen die Berge, die sich nahezu königsblau vor dem wanderdrosseleierblauen Himmel abhoben. Harry stieg wieder in den Wagen, wo ihre drei Freundinnen geduldig warteten. Das heißt, zwei warteten geduldig.

Pewter hatte viel im Sinn. »*Wenn sie uns rauslässt, können wir in die Halle laufen. Manchmal sind da Vögel drin.*« Ihr Mäulchen öffnete sich ein bisschen.

Das Barracks-Gestüt und The Barracks gehörten Tom und Claiborne Bishop. Das Gestüt, ein kleiner Zuchtbetrieb, fügte sich hübsch ein in The Barracks, wie die Reithalle heute genannt wurde, gleich daneben lagen die Boxen.

Weiden, Zäune und Nebengebäude vervollständigten der gut geführten Pferdebetrieb, der sich gänzlich auf dem Gelände des ehemaligen Kriegsgefangenenlagers befand. Das Lager war vor über hundertfünfzig Jahren aufgelöst worden.

Die historischen Gebäude, Grabstätten und das Lagerhaus existierten schon längst nicht mehr, als Tom und Claiborne in den 1970er Jahren das hügelige Weideland kauften.

Harry fuhr zu dem Büro, das mit Stall und Reithalle verbunden war, parkte, sprang aus dem Wagen und öffnete die Tür für ihre Freundinnen. Tucker wurde herausgehoben und rannte hinter den zwei Katzen her, die zur Halle sausten.

»Harry.«

»Claiborne, danke, dass ich herkommen und mich umsehen darf.«

Claiborne lächelte. »Ja, da bist du nicht die Erste, du bist bloß die, die ich am besten kenne.«

»Vor der Durchsicht von Ginger McConnells Papieren hatte ich keine Ahnung, wie groß diese Anlage als Kriegsgefangenenlager gewesen ist.«

»Keine Spur davon übrig. Ginger ist oft hier gewesen. Ich kann nicht glauben, dass er tot ist. Er hat mich und Tom« – sie sprach von ihrem Ehemann – »auf mancherlei hingewiesen und alles lebendig werden lassen. Wenn ich rausgucke, seh ich eine Weide, die nachgesät werden muss, Jährlinge, die reingebracht werden müssen, Schlaglöcher in der Zufahrt.« Sie lachte.

»Deswegen bist du die Beste in dem, was du machst.« Harry kannte Claiborne seit Jahren, hatte auch deren verstorbene Mutter gekannt, eine liebenswürdige Dame.

»Wenn du was brauchst, ruf einfach«, bot die große, gutaussehende Claiborne an. Claiborne war eine Frau mit genug Selbstbewusstsein, um ihre schwarzen Haare nicht zu färben, als sie grau wurden. Das Grau sah umwerfend aus.

»Mach ich. Danke noch mal.«

Harry liebte Geschichte, doch ihr war viel entgangen, wie es den meisten Menschen ging, wenn nur die Höhepunkte und Schlachten vermittelt wurden. Ihr kam der Gedanke, dass die

Geschichtsbücher immer von denen geschrieben werden, die die Kriege gewinnen. Aber die Schlacht von Saratoga war entscheidend, nicht nur für den Sieg der Kolonisten, sondern auch um deren Stimmung zu heben. Die machtvolle britische Kriegsmaschinerie mit ihren gewaltigen Schiffen in unseren Häfen hatte ihre Truppen ohne Umstände an Land gebracht. Wir hatten New York und Philadelphia verloren, schwere Schläge. Ginger war noch einmal auf diese Schlacht und ihre Nachwirkungen zurückgekommen, einen Zeitabschnitt, über den er geschrieben hatte, als er jung war.

Harry ahnte nicht, dass 1779 ungefähr viertausend Gefangene nach Charlottesville verlagert worden und den ganzen Weg von Boston marschiert waren. Sie waren seit der Schlacht von Saratoga in Cambridge festgehalten worden. Kriegsgefangene waren gewöhnlich weder in der Highschool noch auf dem College ein Thema, doch wie diese Männer behandelt wurden, sagt viel über die gefangennehmende Streitmacht aus. Beim Lesen empfand Harry Mitleid mit den Briten und Hessen. Die Bedingungen ihrer Kapitulation hatten zu nichts geführt. Statt sie auf Ehrenwort zu entlassen oder zurück nach England, Schottland, Wales oder Irland zu schicken, hat man die armen Kerle in Amerika festgehalten. König George hatte dem Abkommen nicht zugestimmt.

Als die Haltung der Krone unerfreulich deutlich wurde, widerrief der Kongress – er tagte in York, Pennsylvania, weil es dort sicherer war als anderswo – die Kapitulation von Saratoga. Das war mehr oder weniger mit gleicher Münze heimgezahlt, aber, es sei zur Ehre der Kongressabgeordneten gesagt, sie vertraten ihren Standpunkt so klar wie die Krone den ihren. Die Lage war nicht erfreulich.

The Albemarle Barracks sah sich selbst dann überlastet, als die Bezirksbevölkerung Profit sichtete. Harry hatte Tagebücher gelesen, von denen etliche vorhanden waren. Die Zahl der Gefangenen war so groß, dass die Briten aufgeteilt werden mussten. Mehr als tausend Mann marschierten 1781 nach York und wurden in Camp Security inhaftiert, eine Wohltat für die Händler in dieser schönen Region. Möglicherweise hat der Kongress dies veranlasst, als Belohnung dafür, dass York den Kongress beherbergte. Sollte der Krieg verloren werden, würden die Bewohner von York und York County sowie die Bewohner von Albemarle County teuer dafür bezahlen müssen.

Eine dicke graue Katze stürmte vorüber, gefolgt von Mrs. Murphy und Tucker. Pewter vollzog eine Kehrtwendung, sauste an ihnen vorbei und wieder in den Stall, bog links ab zu der Halle, wo sie mit ihrem Wettrennen angefangen hatte.

»Harry, wenn die Katze noch dicker wird, wirf ihr Sattelzeug über«, empfahl Claiborne.

Harry hob die Hände, lachte mit ihr und hielt es für geboten, ihrer Mieze zu folgen. Sie rannte zu den Ställen. Ein Stallmädchen gestikulierte wie ein Verkehrspolizist, und Harry trabte dorthin. Als sie in die riesige Reithalle trat, konnte sie Katzen und Hund zwar nicht sehen, aber sie hörte sie in dem erhöhten Zuschauerbereich toben, der niedrigeren Halle rechts von ihr.

»Ihr fangt mich nie!«, quiekte Pewter.

Tucker, bemüht, sie einzuholen, antwortete nicht.

Mrs. Murphy, jetzt neben Pewter, rief: »Komm, wir springen über ihren Kopf. Dreh um.«

»Juhu!«, freute sich Pewter.

Die zwei Katzen kamen schlitternd zum Stehen. Tucker, jetzt drei Schritte hinter ihnen, ging vorwärts. Die Katzen duckten sich, wackelten mit dem Hinterteil, segelten über den Kopf des Hundes hinweg und rasten ans andere Ende des Baus, wo das Tor ein Stück offen stand, damit die Pferde hineinkonnten.

Die noch kühle Luft strömte durch diese Öffnung. Harry hatte einen Fuß auf den Stufen und wäre fast umgefallen, als die Katzen zwischen ihren Beinen durchflitzten und Tucker an ihr vorbeischoss. Die Katzen rannten hinaus zu den an der Halle geparkten Autos und von da auf die Weide gegenüber dem großen Gebäude. Dort angekommen, wendeten sie sich nach links, rannten auf Teufel komm raus, überquerten die Zufahrt und hielten auf einer kleineren südwärts gelegenen Weide an. Tucker holte sie dort ein. Dann saßen die drei, von sich selbst begeistert, schwer atmend da.

Harry trottete längs der Straße, um zu ihnen zu gelangen. Sie blieb der Weide fern, um die Pferde, für die sie eine Unbekannte war, nicht zu beunruhigen. Ihre Tiere lachten.

»*Zwei Beine*«, meinte Pewter nur.

»*Ihnen fehlt das Gleichgewicht*«, ergänzte Mrs. Murphy.

Harry kam bei dem schwarzen Bretterzaun an und beugte sich über die obere Latte. »Ihr seid plemplem. Ein Glück, dass ihr die Pferde in der Halle nicht erschreckt habt, aber hören konnten sie euch. Ich glaube, euer Gekreisch und Gefauche war bis runter zur Rotunde zu hören.« Kein Tier sagte etwas. Sie starrten sie an, gespannt, ob sie über den Zaun klettern würde. Sie stand, wo der Fahrweg zu den Gebäuden eine Kurve machte, etwa zwanzig Meter von einer kleinen Temposchwelle entfernt. In die Reihe mit altem Baumbestand hatte man eine junge Flussbirke gepflanzt. Harry fand den Baum schön. Der ältere abgestorbene Baum war entfernt worden, somit stand dieser mit Sicherheit erst seit kurzem dort. Sie fragte sich, wer diese Baumart ausgesucht hatte, denn Birken gediehen in Virginia nicht gut. Mehr im Norden beheimatet, gingen sie hier ein, vor allem die weißrindigen, von der Landbevölkerung Papierbirken genannten. Doch diese schwarzen Flussbirken waren anders. Die abblätternde Rinde bildete interessante Farbmuster. Harry trat näher, die Füße auf der Mulchbegrenzung. Sie befühlte ein abblätterndes Rindenstück und bewunderte die Struktur.

Sie wandte sich wieder den dreien zu, die noch da saßen, und sagte: »Kommt.«

»*Noch nicht.*« Pewter schlenderte in die Gegenrichtung.

»Pewter. Pewter, ich könnte dir den Hals umdrehen.« Harry kletterte über den Zaun.

»*Ha! Du könntest mich nie kriegen, du lahme Ente.*« Pewter rannte ein paar Schritte, wartete, bis Harry nahte, und rannte dann wieder los.

»Ich bring sie alle um, echt!«, grummelte Harry, als Tucker und Mrs. Murphy sich ihr anschlossen.

»*Ätsch bätsch!*«, spottete Pewter weiter, machte ein paar Schritte vorwärts, setzte sich, rannte dann wieder ein paar Schritte.

»*Pewts, mach ihr bloß keine schleche Laune*«, riet Mrs. Murphy ihr.

»*Sie hat schon schlechte Laune*«, miaute Pewter. »*Gute Idee, ihr ab und zu klarzumachen, wie behindert sie verglichen mit mir ist. Aber eigentlich sind verglichen mit mir sowieso alle behindert.*«

Mrs. Murphy sah Tucker an, die den Blick mit resignierter Gemütsruhe erwiderte. Pewter schlachtete das Thema bis zum Gehtnichtmehr aus.

Harry stapfte bis zur Mitte der Weide, blieb stehen und blickte nordwärts zu dem gepflegten Backsteinhaus in der Ferne.

Zu Mrs. Murphy und Tucker sagte sie: »Ein paar hundert Morgen, voll besetzt mit Kriegsgefangenen. Wenn wir damals 1779, 1780 hier gestanden hätten, wären ganz sicher Baracken, so weit das Auge reichte, zu sehen gewesen. Eigenartig, das Blut der Männer ist immer noch hier. Von denen, die geblieben sind.« Sie seufzte. »Nun ja, menschliche Blutlinien sind nicht so eindeutig wie tierische, denke ich. Als ich ein Kind war, war Heron's Plume auf dieser Weide zu Hause. Ein so perfektes Exterieur, wie man es kaum je zu sehen kriegt.« Sie lächelte in Erinnerung an das Pferd. »Meine Mutter ist Mrs. Smith besuchen gekommen, Claibornes Mutter, und ich erinnere mich an Heron's Plume, weil er an den Zaun kam und ich ihm Äpfel füttern durfte. Oh, ich werde wohl langsam alt, ich schwelge ja in Erinnerungen.« Sie kehrte um und ging wieder zu dem Zaun.

Pewter sah zu, dann rief sie: »*Hey, hey, ich bin auch noch da.*«

Harry, die ein paar Tricks auf Lager hatte, ignorierte das Miauen.

Tucker hob den Kopf. »*Hm-m-m.*«

»*Wo gehst du hin?*« Mrs. Murphy hielt sich an Harry.

»*Ein äußerst verlockender Duft*«, meinte Tucker und sprang zu dem frisch gepflanzten Baum.

Harry achtete nicht besonders auf ihren Hund, weil Tucker oft Sachen untersuchte, die Harry nicht interessierten. Tigerkatze und Mensch hielten auf die Bauten zu.

»*Du gibst auf. Trantüte!*«, kreischte Pewter, lauter jetzt.

Harry ging weiterhin vor ihr her, Tucker wühlte wie wild am Fuß der Flussbirke.

»*Hey.*« Pewter stieß einen schrillen Schrei aus, dessen Tonlage Harry freute.

Harry kicherte. »Noch zwei Minuten, und sie kriegt einen Tobsuchtsanfall.«

»*Eine Minute reicht.*« Mrs. Murphy kicherte auch.

Am Zaun angelangt, kletterte Harry hinüber, dann sah sie Tucker am Fuß des jungen Baumes zerren.

»Tucker! Tucker, aus!«

Da Pewters Aufmerksamkeit sich jetzt von ihrem Spiel zu Tucker verlagerte, rannte sie über die Weide zu dem Hund.

Jetzt waren zwei Tiere entschlossen, Claibornes junge Birke auszugraben. Schon rechnete Harry sich im Geiste aus, was es kosten würde, wenn sie den Baum ruinierten.

»Verdammt!«, fluchte sie vor sich hin und hastete zu der Stelle.

Pewter sah nicht hoch, wohl aber die von Natur aus folgsamere Tucker.

Harry packte die Hündin am Halsband, um sie fortzuziehen

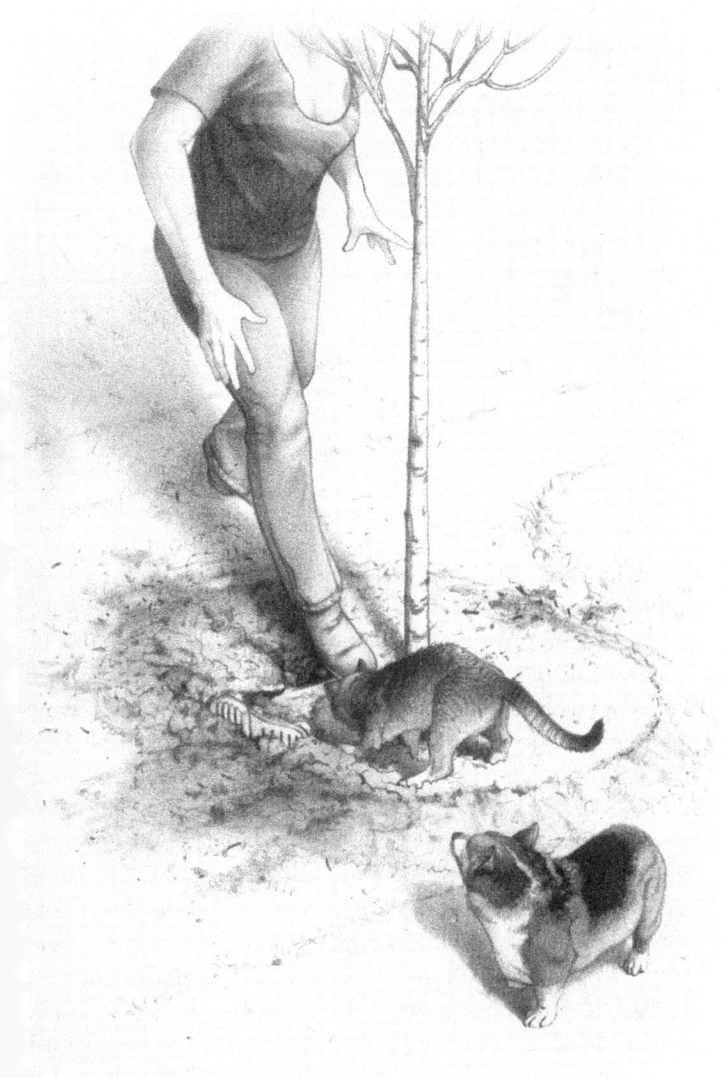

Tuckers Schnauze war voller Mulch und Erde. Ein übler Geruch schlug Harry entgegen, ein Fäulnisgeruch, den sie erkannte.

Als sie nach unten schaute, sah sie ein Stück von einem abgenutzten Schuh und erhaschte einen Blick auf einen Fußknöchel. Sie ließ das Halsband los und betrachtete alles sehr konzentriert. Mit der Stiefelspitze scharrte sie noch etwas mehr Mulch und weiche Erde beiseite.

Irrtum ausgeschlossen, dies war der Fuß eines mausetoten Menschen.

21

28. April 2015
Drei Stunden später

Sheriff Shaw, Deputy Cooper und drei Leute von der Gerichtsmedizin standen an dem leeren behelfsmäßigen Grab. Der Leichnam war schon in einem Sack abtransportiert worden. Der Polizeifotograf war mit Rick und Cooper am Schauplatz eingetroffen und hatte das Ausgraben festhalten können, wobei er besonders auf die Position des Leichnams achtete. Der Tote war zusammengeschoben worden, Knie am Kinn, Arme an den Oberkörper geschnürt, und dann seitlings unter den Baum gelegt worden. Es war nicht erkennbar, ob man den Leichnam dort deponiert hatte, als der Baum gepflanzt wurde, oder später.

Als Harry den Fuß entdeckte und in Claibornes Büro lief, rannten sie beide zu dem grausigen Fund. Entsetzt, aber mit klarem Kopf, zog Claiborne ihr Handy aus der Jacke und rief den Sheriff an. Harry hatte ihres im Wagen gelassen. Claiborne rief darauf kurz entschlossen Tom an, ihren Mann, und bat ihn, die Unterlagen über den Kauf der Flussbirke sowie das Datum der Einpflanzung herauszusuchen und zu kopieren.

Sie und Harry gingen dann in den Stall und baten alle Anwesenden, vor Ort zu bleiben, bis sie weitere Anweisungen erhielten. Wie es oft der Fall ist, nahmen manche diese Nachricht besser auf als andere, insbesondere Mütter, die einen straffen Zeitplan einhalten mussten. Ruhig, aber mit Nachdruck, teilte Claiborne den Damen – es waren überwiegend Damen – mit, dass niemand sich von The Barracks entfernen könne, bis der Sheriff es ihnen gestattete. Was voraussichtlich bald der Fall sein werde.

Harry meinte: »Claiborne, ruf Tom doch bitte noch mal an und sag ihm, was du gemacht hast, und postier wen an der Einfahrt. Sheriff Shaw dürfte in fünfzehn bis zwanzig Minuten hier sein.«

»Tom«, rief Claiborne laut, und ihr blauäugiger Ehemann erschien am anderen Ende des Stalls. »Wir müssen die Leute draußen halten, bis der Sheriff Bewegung erlaubt, und Harry meint, er ist in etwa zwanzig Minuten hier. Kannst du hingehen und dich an die Einfahrt setzen?«

»Klar.« Er lief hinaus und blockierte die Straße mit seinem Auto.

Als Rick eintraf, lobte er die schnellen Entschlüsse. Er teilte Claiborne mit, dass alle gehen könnten, und fragte, ob es ihr etwas ausmache, mit Harrys Hilfe eine Liste derer zu erstellen, die sich momentan in The Barracks aufhielten, einschließlich Personal. Sobald der Leichnam abtransportiert war, kam Coop ins Büro.

»*Hab ich gefunden!*«, grölte Pewter von Claibornes Schreibtisch aus, den sie in Beschlag hielt.

»*Pewter, halt die Klappe*«, verlangte Mrs. Murphy.

Tom übergab Cooper die Papiere über die gepflanzte Birke. Coop las den Firmennamen laut: »Landschaftsgestaltung Huber«.

»Die Firma gestaltet die Außenanlagen von Marshall Reeses Bauprojekt Continental Estates da hinten an der Rückseite von

The Barracks. Die Zeit schien uns günstig, unseren eingegangenen Baum zu ersetzen«, sagte Tom.

»Haben Sie die Baumart ausgesucht?«, wollte Coop wissen und schlug ihr Notizbuch auf.

»Das war Tom. Als ich erkannte, wovon er sprach, fand ich's schön.« Claiborne schaute aus dem Fenster auf die Sheriff-Fahrzeuge, dann kehrte ihr Blick zu der Polizistin zurück.

»Tom, haben Sie den Baum bei Huber in der Baumschule abgeholt?«, fragte Coop.

»Ja. Wir kennen die Hubers schon ewig. Als ich auf die UVA kam, war Paul kein Student mehr. Ich habe ihn kennengelernt, als er den Betrieb seines Vaters übernahm.«

»War Paul vor Ort, als der Baum gepflanzt wurde?«, fuhr Coop fort.

»Nein. Er ist am Tag vorher gekommen. Hat alles überprüft. Sein Inspektor war bei ihm, und am nächsten Tag sind sie mit so einer großen Maschine angerückt, die reibungslos Erdreich aushebt. Der Baum war in nicht mal zwei Stunden im Boden. Die meiste Zeit verging damit, die Erde wieder draufzuschaufeln, festzustampfen und die Pfähle einzuschlagen«, erklärte Tom. »Diese Rechnung ist eine Kopie für Sie.«

»Danke.« Cooper faltete sie zusammen und schob sie in ihre Vordertasche.

»Darf ich fragen, ob Sie wissen, wer in dem Grab war?« Claiborne, die den Knöchel gesehen hatte, hoffte, dass Coop nicht wusste, zu wem er gehörte. Sie wusste es aber.

»Das ist Frank Cresey«, antwortete sie.

22

Cooper saß mit ihrem aufgeschlagenen Notizbuch in Paul Hubers Büro. Drei Wände bestanden aus raumhohen Fenstern, so dass Paul das Geschehen in der Baumschule beobachten konnte. Sein Vater hatte herausgefunden, dass ein Gartenbaubetrieb mit eigener Baumschule einträglicher war. Die an die Kunden weitergegebenen Ersparnisse hatten im Lauf der Jahrzehnte eine treue Kundschaft beschert. Wenn Paul Huber zusagte, etwas zu einem bestimmten Preis zu machen, komme was da wolle, Sturm, Überschwemmungen, höhere Gewalt, dann hielt er Wort.

In der Ferne sah Cooper einen großen Teich mit Seerosen.

Der immer noch sportlich aussehende Paul, der ihrem Blick folgte, sagte: »Wir gestalten auch Wasserlandschaften. Der Markt ist klein, aber total faszinierend. Sie würden staunen, wie viele Wasservögel so ein angelegter Teich anzieht. Das freut die Leute.«

»Kann ich mir denken.« Sie lächelte und sagte dann: »Danke, dass Sie sich so kurzfristig Zeit für mich nehmen.«

Er setzte sich ihr gegenüber an den Couchtisch und erwiderte: »Officer, als Sie anriefen, war ich über die Sache mit Frank erschüttert. Er ist mit Pauken und Trompeten gescheitert und …« Paul brach ab, fing noch einmal an: »Frank war von etwas besessen, das wir nicht verstehen können, bis wir von demselben Dämon heimgesucht werden. Was auch passiert ist, man muss bedenken, dass er einmal ein ganz Großer war. Er war All-American, und so viele hatte die UVA nun auch wieder nicht. Wir sind nicht Nebraska oder Südkalifornien.«

»Haben Sie ihn spielen gesehen?«

»Klar. Alle von uns, die hier gewohnt haben. Wir gehen immer noch zu den Spielen. Nur gehen wir jetzt mit unseren Frauen, Kindern und Enkelkindern hin.« Er lächelte matt.

»Können Sie sich vorstellen, wer Frank töten wollte?«

Paul verschränkte die Hände. »Nein.«

»Wann haben Sie Frank zuletzt gesehen?«

»Bei Ginger McConnells Begräbnis. Er war hinter den Rotundensäulen versteckt. Er hat Ginger gehasst. Frank hat sich nie gescheut, das auszusprechen, aber vielleicht hat er sich auf irgendeiner Ebene an die Vorlesungen erinnert, an die alten Zeiten.« Paul zuckte die Achseln.

»Olivia erwähnte, dass Frank bei ihrem Vater studiert hat.«

»Haben wir alle. In den Mannschaften haben sich alle bemüht, dieselben Vorlesungen zu besuchen. Das hat enge Verbindungen zwischen uns geschaffen, und wir konnten uns auch gegenseitig helfen. Ohne Nelson Yarbrough wäre ich in Chemie nie durchgekommen. Ich habe lange vor Frank den Abschluss gemacht, aber ich bin sicher, von seinen Mannschaftskameraden waren viele in denselben Vorlesungen wie er. Tradition, Zusammenhalt.«

»Hat er sich Ihnen gegenüber jemals über Professor McConnells Unterricht geäußert?«

»Solange ich nach dem Examen Kontakt mit Frank hatte, ging es in Windeseile bergab mit ihm. Ein-, zweimal hat er ein historisches Datum erwähnt, also hat er vermutlich was gelernt.«

»Meinen Sie, dass Sie eine gute Beziehung zu ihm hatten?«

»Nun, zwischen uns sind nie harte Worte gefallen. Aber Frank war unfähig, Freundschaften zu schließen. Er war egozentrisch. Andere Menschen existierten nur, um ihm als Publikum zu dienen. Wie gesagt, zwischen uns sind keine harten Worte gefallen, aber ich habe ihm Gelegenheitsarbeiten gegeben. Er war All-American, und das zählt einiges.«

»Waren Sie dabei, als der Baum gepflanzt wurde?«

»Nein. Harley Simpson hatte die Aufsicht. Er ist bei der Arbeit, wird aber gerne mit Ihnen sprechen. Ich habe ihn gefragt, ob etwas schiefgelaufen ist. Er meinte nein, es war eine simple Einpflanzung, nichts Ungewöhnliches.«

Sie machte sich ein paar Notizen, fuhr dann fort: »Sie haben Frank Arbeit gegeben?«

»Ja, wie gesagt, vor allem im Frühjahr und Herbst. Er war imstande, einen ganzen Tag zu graben, zu pflanzen, zu jäten. In den letzten paar Jahren hat Frank langsam gearbeitet. Er hat nachgelassen. Ich habe ihn genommen, wenn wir überlastet waren und derjenige, der das Projekt beaufsichtigte, ihn im Auge behalten konnte. Marshall und Rudy haben ihn auch beschäftigt, wenn viel zu tun war. Er war ein ungelernter Arbeiter, konnte aber gut mit einer Schaufel und seinen Händen umgehen.«

»Können Sie mir sagen, was er für Mr. Reese und Mr. Putnam gemacht hat?«

»Marshall hat ihn auf Baustellen eingesetzt, vor allem für Aufräumarbeiten, und Rudy hat ihn gelegentlich beschäftigt, aber ein Straßenbaubetrieb ist was anderes. Man kann einen Alkoholiker nicht heißem Asphalt aussetzen, aber wenn Frank nüchtern war, hat Rudy ihn beschäftigt.«

Eine kleine Roteiche glitt auf einem schweren Transportkarren am Fenster vorbei.

Paul sagte: »Ein nützlicher Baum. Hat sogar im Winter eine hübsche Silhouette. Das Holz ist schön.«

»Sind Sie in diesem Betrieb aufgewachsen?«

»Ja. Hab ich immer geliebt. Ich arbeite gern mit lebenden Dingen, schaffe Ausblicke oder verschwiegene Plätzchen. Die Leute verstehen mehr von Landschaftsbau als noch vor zwanzig Jahren, als alle Welt nur Bradfordbirnen wollte, ein wunderschöner Baum, keine Frage, aber nicht besonders widerstandsfähig.« Er lächelte.

»Ich sehe die mit Bradfordbirnen gesäumten Zufahrten so

gern, wenn die Bäume blühen. Frühblüher.« Cooper wusste ein bisschen Bescheid über Sträucher und Bäume, aber nicht so wie Harry, die sich endlos darüber auslassen konnte. »Lassen Sie mich das klären. Sie, Mr. Reese und Mr. Putnam arbeiten oft an demselben Projekt. Wenn also einer von Ihnen Frank eingestellt hat, konnten die anderen davon wissen oder ihn vor Ort sehen?«

»Meistens ja. Aber ich würde nicht von Kameradschaftsgeist sprechen.« Paul zuckte die Achseln. »Er konnte ein mürrischer Kotzbrocken sein, aber als er jünger und kräftiger war, hat er gute Tagesarbeit geleistet. Doch hauptsächlich wollten wir ihn nicht hungern lassen.«

Sie sah ihn offen an. »Wie ich annehme, helfen die in Albemarle County ansässigen ehemaligen UVA-Sportler sich oft gegenseitig, oder sie schieben einander Geschäfte zu?«

»So ist es. Ich schicke Leute, die neu hier sind und einen Zahnarzt brauchen, zu Nelson. Wir gehen alle zu ihm. Wenn er etwas gärtnerisch gestaltet haben möchte, ruft er mich an. Es ist erfreulich, mit Mannschaftskameraden, mit Freunden Geschäfte zu machen.«

»Ja. Ihr Betrieb ist der größte seiner Art in Mittelvirginia.« Er lächelte. »Stimmt.«

»Sie haben mit den Jahren Anbauflächen dazugekauft.« Er nickte, und sie fuhr fort: »Und wenn ein Mannschaftskamerad, auch wenn er erst später gespielt hat, Land erwerben möchte, würden Sie es ihm verkaufen?«

»Kommt drauf an.« Er wechselte seine Sitzposition. »Ich brauche guten Boden für eine Baumschule. Falls ich, sagen wir, Land an einem Ende einer größeren Fläche habe, kein so guter Boden, aber mit guten Ausblicken, würde ich es wohl verkaufen. Die meisten Leute wollen keine Felder bewirtschaften. Sie wollen ein schönes Haus mit Aussicht. Aber meistens, Deputy, das hätte ich Ihnen von Anfang an sagen sollen«, sie winkte ihm aufmunternd zu, und er fuhr fort, »meistens verkaufe ich nicht. Die Grundstückspreise in diesem Bezirk sind uferlos. Ich brauche die Flächen aus dem einfachen Grund, weil ich die Geräte nicht weit befördern muss. Sie kennen den Baum, den wir in The Barracks gepflanzt haben? Ein selbständiger Unternehmer mit schwerem Gerät würde von dem Moment an, wo er den Motor angelassen hat, dreihundert Dollar die Stunde berechnen. Wir können das für weniger machen, und einer der Gründe ist Kostenminderung.«

»Wie bei Walmart.« Sie lächelte.

Er lachte. »Das ist nicht meine Größenordnung, aber ja, dasselbe Prinzip. Das ist der Grund, weshalb Marshall, Rudy und ich zusammenarbeiten. Marshall schafft hochwertige historische Stätten. Er erforscht die Geschichte. Ich erforsche die Gärten der damaligen Zeit und übernehme die Gartengestaltung. Rudy plant Straßen, installiert die Entwässerung und pflastert dann. Rudy muss nichts von Geschichte wissen.« Paul lächelte und fuhr dann fort: »So wie wir jahrzehntelang gearbeitet haben, geht selten mal was schief, oder vielleicht besser gesagt, wir kommen uns selten in die Quere. Die Arbeit läuft glatt. Wir verstehen uns.«

»Die Wohnhäuser, Höfe und Gärten, die Sie gemeinsam gestalten, sind wunderschön. Mir gefällt, dass so viel Grundfläche zu allen Wohnhäusern gehört. Sie sind nicht zusammengezwängt.«

»Das liegt an Marshall.« Er hielt inne. »Er ist eisern im Hinblick auf Privatsphäre, eisern bezüglich Ursprünglichkeit und Geschichte. Er bringt Schilder an, die genauer sind als die staatlichen. Seine sind auch leichter zu deuten. Ich habe Freude an Geschichte, aber Marshall liebt sie. Er war einer von Gingers Lieblingsstudenten.« Er atmete tief ein. »Das war Frank auch, bis er versucht hat, mit Olivia durchzubrennen. Irgendwie eine traurige Geschichte. Sie hat sich berappelt, ist gut verheiratet, ist glücklich. Er ist abgerutscht.«

»Das hat mir gegenüber jeder erwähnt.«

»Hochdramatisch.« Paul lehnte sich zurück. »Hochdramatisch, wie nur junge Liebe sein kann. Menschen in diesem Lebensabschnitt können nicht glauben, dass andere je dasselbe empfunden haben wie sie. Als ich Anita kennenlernte, konnte ich nicht essen, nicht schlafen.« Er grinste. »Liebeskrank, aber sie mochte mich irgendwie, und ich habe ihr einen Heiratsantrag gemacht, bevor sie zur Besinnung kam.« Er lachte herzlich. »Dieses Jahr haben wir unseren fünfzigsten Hochzeitstag.«

»Gratuliere.«

»Die meisten von uns, die Mannschaft von 1959, haben wunderbare Frauen geheiratet. Doch wenn ich die Scheidungsrate sehe, ich weiß nicht. Ich hatte Anfang der Siebziger das Gefühl, dass die Dinge aus dem Lot gerieten und, also ich weiß nicht. Ich war so erzogen, dass es keinen Hinterausgang aus der Ehe gibt, also wähle man sorgsam. Vielleicht haben wir alle Glück gehabt. Keine Drogen. Alkohol schon, aber keine Drogen, nichts von dem Verdruss, der später kam. Oh, ich schweife ab. Entschuldigung.« Er atmete wieder tief ein. »Und Frank tut mir leid. Ein Mann, der mit großen Begabungen gesegnet war, und er hat sie verschwendet.«

»Ja. Es sieht ganz danach aus.« Sie klappte ihr Notizbuch zu. »Mr. Huber, können Sie sich irgendwen oder irgendeinen Grund denken, weshalb man Frank getötet hat?«

»Ich? Nein, außer jemand dachte, er würde ihm etwas Gutes tun, aus Menschenliebe.«

23

Aus Menschenliebe?«, sagte Cooper, als sie mit Shortro, einem jungen kräftigen Reitpferd, an einem Führstrick hinter Harry ging, die eine Zuchtstute in eine Box brachte.

»Könnte so gewesen sein, Coop. Andere sind bestimmt dieser Meinung.« Harry streifte das Halfter ab und hängte es außen an die Box.

Nachdem Cooper dasselbe getan hatte, folgte sie Harry in die Sattelkammer, wo Mrs. Murphy, Pewter und Tucker auf flauschigen Satteldecken schliefen. Harry hatte es mit kuscheligen Hunde- und Katzenbetten versucht, die sie aber nicht angenommen hatten. Die flauschigen Satteldecken mussten es sein, darum verwendete Harry alte und wusch sie einmal wöchentlich. Sosehr Pewter auch lamentierte, die zwei Katzen und der Hund waren wirklich ein bisschen verwöhnt.

Coop ließ sich auf einen Regiestuhl fallen, und Harry sank auf ihren.

»Tee? Cola? Ein Bier?«, bot Harry an.

Cooper schüttelte den Kopf. »Nein danke. Paul Hubers Bemerkung hat mich dermaßen getroffen, dass ich auf der Heimfahrt von der Arbeit hier vorbeischauen musste. Was weißt du über Huber?«

»Nicht gerade viel. Meine Eltern kannten ihn und seinen Vater natürlich. Paul junior liegt altersmäßig zwischen ihnen und mir. Ich mag ihn. Er leistet hervorragende Arbeit. Der Betrieb erhält Preise für Garten- und Landschaftsgestaltung.«

»Kannst du dir irgendeinen Grund denken, weshalb er Frank hätte töten wollen? Immerhin wurde der Leichnam an seinem Einsatzort gefunden.«

Pewter maulte mit offenen Augen und griesgrämig, weil sie von Geschwätz im Schlaf gestört wurde: *»Ich hab den Toten gefunden.«*

Vom Gemurre der Katze geweckt, hob Tucker den Kopf. *»Nein, ich.«*

Es kam zu einer Auseinandersetzung, Fauchen und Gebell nahmen an Lautstärke zu.

»Wollt ihr zwei wohl still sein!«, sagte Harry laut und funkelte sie wütend an.

»Immer heimst sie den Ruhm für meine Arbeit ein.« Tucker ließ die Ohren hängen.

»Du! Wackelsteiß. Ha! Ich bin die Kluge von der Truppe. Ich hab den nackten Knöchel früher als du gesehen.«

»Ich hab seinen Fuß ausgegraben!«, knurrte Tucker. *»Ich konnte ihn unter der Erde wittern.«*

Harry funkelte wieder wütend, diesmal drohte sie den beiden mit dem Finger, was sie endlich zum Schweigen brachte. Mrs. Murphy kehrte der ganzen Bande den Rücken zu. Sie war mit ihrer Geduld fast am Ende.

Nun auf Cooper konzentriert, antwortete Harry: »Ich glaube nicht, dass Paul Huber Frank ermordet haben könnte, selbst wenn es ein Gnadentod war, was ich stark bezweifle. Natürlich kann man sich nie bei jemand ganz sicher sein, aber für mich ist er nicht der Typ, der einen Mord begeht, den Toten versteckt und obendrein so dämlich ist, ihn da zu verstecken, wo er eben eine Flussbirke gepflanzt hat.«

»Ja, schon, obwohl der Mörder kaum ahnen konnte, dass ein Naseweis dort herumschnüffeln wird.«

Harry ging nicht darauf ein. »Frank hat sich in seinem Leben kaum als nützlicher oder positiver Mensch bewährt. Er hat Mitleid oder Abscheu ausgelöst – erst recht bei denen, die sich an seine Glanzzeit erinnerten. Für die meisten Leute, die auf der Mall spazierten, war er nur ein weiterer stinkender Schluckspecht.«

»Harry, eindeutig schlimmer als ein Störenfried. Er war eine Bedrohung. Lästige Menschen werden selten ermordet. Sie sind zu viele, und es ist zu mühsam, hinter ihnen sauberzumachen.«

Ein gequältes Lächeln stahl sich auf Harrys Lippen. »Ich hab nichts gegen Saubermachen.« Cooper lächelte ebenfalls. »Ich dachte sogar, vielleicht sah jemand in Frank eine Bedrohung für Olivia.«

»Die Einzigen, die davon wussten, waren Olivia, Susan und ich. Olivia hat ihrer Schwester oder ihrer Mutter nichts erzählt. Es war ihr zu peinlich, auf die Mall gegangen zu sein. Oh, und wir waren bei Sandy McAdams, er wusste also Bescheid.«

»Hm-m-m.« Cooper stand auf. »Ich denke, ich nehme ein Bier. Was dagegen?«

»Nur zu.« Harry wies mit dem Kopf auf den Sattelkammer-Kühlschrank.

»Auch eins?«

»Nein.«

»Ich bin dir ein Sechserpack schuldig und weiß Gott wie viele Dosen Tee.«

»Coop, du bist mir gar nichts schuldig«, sagte Harry, als Cooper sich wieder hinsetzte. »Olivia lebt in New Orleans. Sie ist nicht in Gefahr.« Sie hielt inne. »Können wir sicher davon ausgehen, dass das mit Gingers Ermordung zusammenhängt?«

»Sie kannten sich. Hatten einen schlimmen Krach. Frank hat ihn gehasst. Hat ein Verbrechen gestanden, das er nicht begangen hat.«

»Warst du noch mal auf dem Golfplatz und hast den Baumstumpf gefunden, von dem ich dir erzählt habe? Ich wäre gern mitgekommen, aber ich bin kein Clubmitglied, und Susan meinte, ich sollte dich nicht holen. Sie meinte, ich sehe Gespenster, ziehe verwegene Schlüsse«, sagte Harry.

»Ich war da. Spät am Tag, gerade noch hell genug, um was zu

sehen. Besser, sich im Farmington-Golfclub nicht blicken zu lassen.« Cooper nahm einen tiefen Zug aus der Flasche. »Ich hab die Spikesabdrücke gesehen. Ich würde sagen, ein Mann mit Schuhgröße 43. Zwei Füße weisen zum Mord-Fairway, wie ich ihn jetzt in Gedanken nenne. Könnte was zu bedeuten haben. Oder nicht, und ich hatte noch keine Zeit, mich mit dir kurzzuschließen, vor allem nicht über den letzten Mord.«

»Frank muss was gewusst haben und Ginger auch. Die Morde tragen keine Anzeichen von Tötung aus Nervenkitzel oder verbittertem Hass. Die Leichen wurden nicht verstümmelt. Es waren einfach zwei Schüsse. Mit Schalldämpfer. Ginger bricht zusammen. Wie ist Frank gestorben?«, fragte Harry.

»Erstochen. Wir haben dem Gerichtsmediziner die Überreste geschickt, aber die Verletzung war leicht zu erkennen, sobald wir ihn ausgegraben hatten.«

Harry verzog das Gesicht. »Ich hoffe, er war so besoffen, dass er nicht mitgekriegt hat, was ihm geschah.«

»Hoffe ich auch.« Cooper legte ihr zusammengefaltetes Taschentuch auf den Tisch und stellte dann die Flasche darauf.

»Lass mich was versuchen.«

Cooper war sogleich wachsam. »Was?«

»Die Obdachlosen auf der Mall, mit einem hab ich gesprochen, Snoop, weil er bei Frank war, als Frank Olivia angebrüllt hat.«

»Das hast du mir nicht erzählt.«

»Ich war mir nicht sicher, ob er was Wichtiges wusste, aber ich denke, ich geh noch mal hin und unterhalte mich mit ihm.«

»Harry, das ist meine Aufgabe. Denn keine von uns weiß, welche Gefahren bei dieser Ermittlung lauern können.«

»Snoop wird nicht mit dir reden wollen. Er sieht die Uniform, und aus die Maus.«

Cooper erkannte, wie klug das gedacht war, nickte und zog ihre Karte aus der Uniformtasche. »Wenn du mit ihm fertig bist, gib ihm die. Nur für alle Fälle.«

»Mach ich. Meine Karte hat er schon. Ich denke, ich bringe ihm einen Korb mit Essen. Der Mann ist spindeldürr. Ich finde ihn eigentlich ganz nett.«

* * *

Lange Sonnenstrahlen färbten kurz vor Sonnenuntergang alte Backsteinbauten kupferrot und ließen Hausdächer leuchten. Kein Licht ist so schön wie die schrägen Abendstrahlen im Frühjahr oder Herbst. Harry trug einen Weidenkorb, Tucker zu ihren Füßen einen kleinen Rucksack mit einer Wasserflasche für sie selbst und einer für Harry.

Sie sah Snoop wieder auf dem großen Pflanzkübel sitzen und winkte. Er lächelte, als sie bei ihm ankam.

»Ich hoffe, Sie haben Hunger«, sagte Harry.

»Ist das für mich?«

»Ja.« Sie klappte den Deckel auf und nahm ein dickes Schinken-Käse-Sandwich heraus.

Er warf einen Blick hinein und lächelte. Eine kleine Kühlbox nahm eine Ecke ein.

Harry zog eine Grapefruitschorle heraus. »Kein Fusel, aber sehr lecker.«

»Danke schön.«

Sie setzte sich zu ihm, und zusammen aßen sie die Sandwiches. Harry gab Tucker kleine Schinkenstückchen. »Schon gehört, das mit Frank?«

Er nickte mit vollem Mund, schluckte und sagte dann: »Ermordet. So erzählen sie hier jedenfalls.«

»Erstochen.«

Snoop blickte über die Mall. »Er hat nie so was Schlimmes getan.«

»Jemand dachte es aber.«

Snoop schüttelte den Kopf. »Außer das eine Mal, als er die Lady abgekanzelt hat, Sie haben es gesehen, hat er nie wen belästigt. Er hat nicht mal gebettelt. Wenn jemand ihm Geld in seinen Becher warf, gut. Wenn nicht, hat er geblinzelt und geschwiegen.«

»Wann haben Sie ihn zuletzt gesehen?«

»Am Tag nach dem großen Begräbnis, da hat er gesagt, er ist aus dem Heim abgehauen und weiß, dass der Sheriff nach ihm sucht. Am nächsten Tag war er wieder da. Hat gefragt, ob sie ihn gesucht haben. Ich hab nein gesagt. Er meinte, er kann trotzdem nicht hier in der Gegend bleiben. Er wollte zu der Baustelle beim Krankenhaus.«

»Da sind scheint's zu viele Leute.«

Snoop schüttelte den Kopf. »Wenn gebaut wird, ist da abends keiner. Man schläft mit 'nem Dach überm Kopf. Ist hier in der Stadt genauso. Hinterher dachte ich mir, er geht am Ende dahin, wo im Bezirk eine Vorstadtsiedlung entsteht – abends keiner da. Vier Wände und 'n Dach. Da bleibt man trocken, wenn's regnet.«

»Meinen Sie, er ist gelaufen?«

»Kann sein. Er war noch sauber von seiner Zeit im Heim. Hatte nichts zu saufen, hat also nicht nach altem Fusel gestunken. Vielleicht hat ihn jemand im Auto mitgenommen.«

»Wie kam er Ihnen vor?«

»Okay«, lautete die knappe Antwort.

»Hatte er irgendwelche Interessen?«

Die Frage kam für Snoop überraschend, und er lachte. »Außer Saufen?« Auf Harrys Nicken sagte er: »Ich wusste, wann er lesen ging, weil er sich dann sauber rausgeputzt hat.«

»Wofür?« Harry konnte sich nicht vorstellen, was Sauberkeit mit Lesen zu tun hatte.

»Die Bibliothek. Er wollte nicht rausgeschmissen werden. Er war ganz versessen da drauf. Meistens ist er ein, zwei Wochen jeden Tag hin, hat dann Gelegenheitsarbeit angenommen, fertig.«

»Schon mal mit ihm gegangen?«

Snoop, ein Brownie in der Hand, lächelte. »Ma'am, ich les

nicht. Aber Frank war gebildet. Einige von uns haben einen Abschluss von der Highschool, andere nicht, aber Frank war, glaub ich, der Einzige auf der Mall mit einem College-Examen. Könnte mich irren. Über so Sachen reden wir nicht viel.«

»Verstehe. Hat er Ihnen mal erzählt, was er las?«

Snoop überlegte kurz. »Einmal hat er gesagt, wer ein Buch schreibt, ist nicht tot. Hab ich nie drüber nachgedacht. Er mochte Geschichtskram.«

Harry lächelte und sah ihm zu, wie er das besonders schokoladige Brownie genoss. »Ginger war Geschichtsprofessor«, sagte sie.

»Wie heißt denn der Hund?«

»Tucker.«

»Die ist wachsam.«

Harry grinste. »Sie gehört zu meinen besten Freundinnen.«

»Ich pass auf sie auf«, meldete Tucker.

Snoop tätschelte Tuckers glänzenden Kopf. »Was für eine Rasse ist sie?«

»Ein Pembroke Corgi. Wie die englische Königin hat.«

Er blinzelte einen Moment. »Gute Wahl.«

»Snoop, haben Sie meine Karte noch?«

»Klar.« Er zog sie aus seiner Gesäßtasche.

Sie griff in ihre und gab ihm Coopers Karte. »Hier. Sicher, sie ist Polizistin, aber sie ist meine Nachbarin und eine verlässliche Freundin. Ungelogen. Wenn Sie sie brauchen, wenn es Ärger gibt, rufen Sie an. Sie wird Sie nicht wegschleppen.«

»Was für Ärger?«

»Einfach so. Ich weiß nicht, aber es gab kurz nacheinander zwei Morde an zwei Männern, die sich kannten, auch wenn diese Verbindung schon 1975 abgerissen ist.«

»Ma'am, der Professor war am einen Ende, und Frank war hier unten. Ich sehe nicht, was sie miteinander zu tun haben könnten und was das mich oder irgendwen von uns angehen kann.« Er schwenkte seine Hand, um auf die anderen hinzuweisen, die mehr oder weniger auf der Mall lebten.

»Snoop, ich hoffe, dass das stimmt. Aber wenn jemand sich fürchtet oder etwas schützen muss, könnte dieser Jemand annehmen, dass Sie mehr wissen, als Sie wirklich wissen. Seien Sie also wachsam wie Tucker.« Sie hielt inne. »Wirklich, Snoop. Seien Sie ganz vorsichtig.«

24

20. Februar 1781

Eins, zwei, drei, hoch!«, kommandierte Charles drei andere Männer, die ihm halfen, ein Ende eines gewaltigen Baumstammes anzuheben.

Am anderen Ende mühten sich ebenfalls vier Männer ab, den Stamm hochzuhieven. Gemeinsam schoben sie die schwere Bürde auf einen horizontalen Stoß aus drei Stämmen, die seitlich von kleineren, senkrecht eingetriebenen Stämmen gehalten wurden. Sie hatten keine Eisennägel, und Pflöcke taugten nicht, um die Seiten einer neuen Baracke zu befestigen. Wegen des Mangels an Werkzeug, Ketten oder Nägeln hielt Korporal Ix es für die einzig mögliche Lösung, Stämme zwischen zwei Reihen von Pfählen zu senken. Die Schwierigkeit bestand darin, schmale Baumstämme, deren Enden zugespitzt worden waren, in den festen Boden zu rammen. Dennoch gelang es. Die schwere Arbeit beim Heben und Hacken half gegen die Kälte, doch sobald ein Mann stillstand, drang der Wind bis auf die Knochen. Besser, man blieb am Werk.

Vor jeder im Bau befindlichen Baracke brannte ein Feuer, damit sich die Männer zwischen den Arbeitsschritten aufwärmen konnten. Die Gefangenen liefen herbei, hielten die Hände ans Feuer, hoben sogar die eiskalten Füße.

Alle paar Stunden ging ein Mann von jeder Arbeitsgruppe in seine Baracke, um das Feuer zu schüren. Wenn die Tagesarbeit getan war, kamen sie wenigstens in einen einigermaßen warmen Raum.

Und die neuen Baracken würden der Überfüllung abhelfen.

Dunkelgraue Wolken rückten von Norden heran, nachdem sie sich über die Blue Ridge Mountains gewälzt hatten. Charles lernte allmählich, das Wetter zu deuten. Den Winter, so hart er auch war, konnte er in diesem Klima ertragen. Es waren die Sommer der Neuen Welt, die Mann und Tier zu schaffen machten.

Der Baumstamm blieb auf den anderen liegen.

»Herr Leutnant«, rief Korporal Ix vom Ende des Trupps, »wir brauchen den Flaschenzug, aber das Seil ist zerfranst.«

»Verflucht«, murmelte Charles vor sich hin und ging zu dem schadhaften Flaschenzug, den der Hesse angefertigt hatte.

»Er wird nicht halten«, prophezeite der Bautechniker.

»Können wir dieses Ende fertig machen?«

»Herr Leutnant, vielleicht noch ein, zwei Stämme.« Er hob zwei Finger in seinen zerrissenen Handschuhen. »Und wenn es reißt, was dann?« Er zuckte die Achseln.

»Nun gut. Übernehmen Sie das Kommando, Korporal. Ich gehe Hauptmann Schuyler suchen. Er ist hier irgendwo. Vielleicht gelingt es uns, noch Seil zu finden.«

Er ging zum Hauptgebäude, das als Hauptquartier sowie als Wohnsitz des Kommandanten diente, sehr zum Verdruss des Kommandanten. Charles' Stiefelsohlen waren stellenweise löchrig, die Kälte sickerte durch, und wenn es schneite, waren seine Füße immer nass und eiskalt. Das Gehen schmerzte.

Vor ihm wälzte sich ein leichter Wirbelwind, warf Unrat auf und brachte Eisregen mit, als die Wolken schließlich heranzogen. Mit zuammengekniffenen Augen sah er Hauptmann Schuyler von den Stallungen kommend zum Haus schreiten.

»Herr Hauptmann«, rief Charles ihn an und trabte auf den

großen Mann zu, doch er wurde schnell langsamer, weil traben mehr schmerzte als gehen.

»Leutnant.« John Schuyler lächelte. »Schmutzwetter.«

»Erfrierungen fürchte ich mehr, als ich den Kampf gefürchtet habe.«

»Haben Sie den Kampf gefürchtet?« Schuyler hob die Augenbrauen.

»Ja, bis die Geschütze losgingen. Dann war mir wohl«, erwiderte der blonde Engländer aufrichtig.

»H-m-m. Mir fehlt der Kampf.« Mit einem Blick auf den fröstelnden Leutnant bot Schuyler ihm gütig an: »Kommen Sie mit in den Stall. Da ist es wegen der Pferdeleiber wärmer. Außerdem sind wir aus dem Wind.« Er sah zum Haus. »Ich werde dort nicht gebraucht. Bin nur auf Neuigkeiten aus.«

»Und was haben Sie erfahren?«

Der Wind, vielleicht fünfzehn Meilen pro Stunde, schlug ihnen ins Gesicht, als sie zum Stall gingen.

»Die Alteingesessenen sagen, dies sei der schlimmste Winter, an den sie sich erinnern können.«

Charles lächelte. »Was sagen Sie, Herr Hauptmann?«

»Nichts. Ich kann nichts daran ändern.«

Lächelnd duckten sie sich in den Stall, wo Gefreite und Korporale die Tiere versorgten; ein jedes hatte eine Decke oder ein Tuch und gutes Heu.

»Ah«, keuchte Charles erleichtert und stampfte ein wenig mit den Füßen.

»Ich habe vernommen, alle sind im Winterquartier. Und die Krone weigert sich, die in Saratoga ausgehandelten Kriegsgefangenenbedingungen anzunehmen. Ihr langer Marsch ist Vorbote eines langen Aufenthalts.«

Charles nickte. »Ist schwer für manche Männer, die wahrlich dachten, sie würden heimkehren, solange sie einen Eid leisteten, nicht wieder hierherzukommen und zu kämpfen. Ich würde mich bemüht haben, in die Karibik entsandt zu werden.

Ich könnte irgendwo dienen, ohne hier eidbrüchig zu werden.«

»Ich habe das Burgoyne vorgetragen. Er weigerte sich, mich anzuhören und alle Offiziere unter seinem Kommando zu nennen, die gefangengenommen wurden.«

Charles überlegte. »Ja, das haben wir gehört.« Als Schuyler die schwarzen Augenbrauen hochzog, lächelte Charles. »Gefangene haben große Ohren.«

Sie lachten.

»Ich möchte nicht in Gentleman Johnnys Haut stecken.« Schuyler nannte den Spitznamen des britischen Generals. »Die Niederlage von Saratoga wird ihn für den Rest seines Lebens belasten.«

»Ja, gewiss, und bei seiner Position, seiner Strebsamkeit wird er nicht ruhen.« Charles hatte ein wenig Mitleid mit dem General. »Ich habe Sie gesucht. Könnten Sie meinen Leuten vielleicht dickes Seil überlassen? Korporal Ix hat einen Flaschenzug zurechtgebastelt, um schneller Baracken bauen zu können, aber das Seil taugt nicht mehr.«

»Gefreiter.«

Ein junger Mann von vielleicht fünfzehn Jahren nahm Haltung an.

»Jawohl, Herr Hauptmann.«

»Machen wir, dass wir aus dem Gang kommen. Ein herabgeworfener Heuballen ist so schlimm wie eine Kanonenkugel, besonders wenn man bedenkt, wie die Burschen die gerne umherschmeißen.« Schuyler drehte sich um und duckte sich, weil die Tür niedrig war, in eine reinliche Kammer am Südende des Stalls.

Reihenweise Sättel hingen an der Wand, der Ledergeruch war anheimelnd. Das Zaumzeug an den Zügeln glänzte. Geschirre nahmen eine ganze Wand ein.

Als Charles dies alles gewahrte, sagte er: »Gute Lederarbeiten.«

»Jede Stadt hat wenigstens eine Gerberei. Die Leute konkurrieren miteinander. Die Engländer wollen in Zügeln und gegerbtem Leder die besten sein. Die Deutschen wiederum halten sich für die Besten, und in den Gebieten, wo Italiener sind, muss ich sagen, ihre Arbeit ist gut – wenngleich leicht. Besser für Stiefel geeignet, meine ich.«

Ein leises Klopfen an der Tür. »Herr Hauptmann.«

»Komm herein.«

Der schmächtige junge Mann schleppte ein dickes Seil, das vermutlich so viel wog wie er. »Wohin soll das, Sir?«

»Oh, gleich hierher und« – er kannte den Namen des Burschen nicht – »komm zu mir, wenn du etwas brauchst.«

Hauptmann John Schuyler war wirklich gelehrig. Er wollte dem jungen Burschen helfen, doch der unausgesprochene Befehl lautete: »Mund halten.«

»Danke sehr, Herr Hauptmann.« Der junge Mann schloss die Tür, die aus Z-förmig angeordneten Bohlen gefertigt war, damit das Holz zusammenhielt.

Charles griff ungeduldig nach dem Seil.

»Es ist eine Weile her, seit wir bei Ewing Garth waren. Die Straße wurde verbessert, ist jedoch nach wie vor holprig, und es gibt noch viel zu tun. Ich hoffe, wir kommen vor dem Frühjahr dorthin, aber –« Sein Gesicht nahm einen besorgten Ausdruck an. »Es gibt viel Unsicherheit. Ich bat, zu meinem alten Regiment zurückkehren zu dürfen, wurde jedoch abschlägig beschieden. Man sagte mir, ich bin hier in Virginia und werde zu gegebener Zeit einer virginischen Einheit zugeteilt. Mittlerweile bewache ich Sie.« Schuyler lächelte.

»Ja, Sir, das tun Sie.« Charles lächelte zurück.

»Ich hörte, dass Oberst Harvey beim Kongress ist. Er bietet uns mehr Land an, um Gefangene unterzubringen. Die zusätzlichen Flächen liegen zwischen hier, wo wir jetzt stehen, und Peter Ashcombes Land.«

Charles warf sich das schwere Seil über die Schulter. »Wie

kommt es, dass ich den Namen noch nie gehört habe? Ashcombe?«

»Loyalist.«

»Haben Sie ihn ausgeräuchert?«

John antwortete erstaunt: »Als das hier losbrach, war ich zu Hause im Westen von Massachusetts. Ich glaube nicht, dass Virginier ihn ausgeräuchert haben. Die Loyalisten sind anscheinend davongekommen. Peter Ashcombe ist nach Philadelphia geflohen, hat sich bei General Howe als ziviler Quartiermeister verdingt.«

»Verworren. Wenn wir siegen, wird er reichlich belohnt. Und falls nicht, wird man ihn hängen?«, fragte Charles.

»Ah, Leutnant«, entgegnete John mit einem breiten Lächeln. »Jetzt haben Sie zum ersten Mal eingeräumt, dass die Krone verlieren könnte. Verlieren wird.« Dann fügte er an: »Das Ashcombe-Gebiet war ursprünglich von der Regierung an Siedler verteiltes Land. Das liegt mehr als hundert Jahre zurück, und der Vater von Ewing Garth hat ein Stück davon gekauft. Es ist gutes Land.«

»Selbst wenn wir siegen, ich frage mich, kommt Ashcombe dann zurück? Er wird sich in Schwierigkeiten befinden.« Charles stellte sich vor, wie der Mann ungeachtet seines Reichtums aufgenommen werden würde.

»Und wenn wir siegen«, John hob die Stimme ein wenig, »ich sage, das Land ist Privatbesitz. Es wird nicht an die Krone zurückfallen. Dann kann Ashcombe warten, bis sich die Gemüter beruhigen. Er lässt das Land jetzt von Gefolgsleuten bestellen. Von Männern, die uns gewogen sind.«

»Die Advokaten werden Jahrzehnte zu tun haben.«

»Leutnant, Sie haben vermutlich recht.«

Als sie die Sattelkammer verließen, blieb Hauptmann Schuyler stehen. »Einen Moment.«

Er ging noch einmal in die Sattelkammer, kam heraus und hielt Charles einen dicken Lappen hin. »Für Ihre Stiefel.«

»Danke sehr.«

»Würden Sie mir einen Gefallen erweisen?«

»Wenn ich kann.«

»Ich habe jede einzelne Fabel von Äsop gelesen und nochmals gelesen. Da wir vorerst nicht zu Garth' Gutshof kommen werden, möchte ich mich gerne bei Fräulein Ewing bedanken und sie wissen lassen, welche mir gefallen haben.«

»Nein.«

Das überraschte den großen dunklen Mann. »Warum nicht?«

»Ein Kavalier würde einer Dame, zumal einer Dame im heiratsfähigen Alter, nicht ohne Einwilligung ihres Vaters schreiben. Da die Liebe aber ist, wie sie nun mal ist, geschieht dergleichen häufig. Wenn Sie sich jedoch als Kavalier erweisen wollen, müssen Sie ihrem Vater schreiben.«

»Vermaledeit! Was kann ich ihm mitteilen?«

»Das ist ganz einfach, und ich werde es in schöner Schrift schreiben. Sie erklären ihm, dass Sie und Korporal Ix Betrachtungen über seine Brücke angestellt haben und Sie gerne weitere Verbesserungen empfehlen möchten. Erklären Sie ihm, dass die Straße im kommenden Frühjahr wirklich fertig wird, aber Möglichkeiten bestehen, die Brücke und den Verkehr darauf zu verbessern. Bedenken Sie, Herr Hauptmann, der Mann ist auf Profit erpicht. Dann erwähnen Sie als Gefälligkeit, dass es Sie von Herzen freuen wird, ihn wiederzusehen, und Sie hoffen, dass er und seine Töchter den bitteren Winter unbeschadet überstehen werden.«

Ein tiefer Seufzer entwich John, dann nickte er matt. »Sie sind sehr gescheit.«

»Ich wurde als Kavalier erzogen. Ich weiß nicht, wie gescheit ich bin.« Eine Pause, dann nahm Charles den Lappen an sich und sagte: »Aber ich halte mich ziemlich gern für gescheit.« Fast hätte er Schuyler an der Schulter berührt, besann sich aber eines Besseren. »Haben Sie Dank für das Seil.«

25

Die Hauptbibliothek von Charlottesville gegenüber dem Lee Park war in dem ehemaligen Postamt untergebracht, 201 East Market Street. Wie alle ab Ende des neunzehnten Jahrhunderts bis während der 1930er Jahre errichteten Postämter war es imposant, trotzdem maßvoll und gut gebaut. Die weißen Säulen verliehen dem gewaltigen Kasten eine gewisse Leichtigkeit. Nach der Umwandlung in eine Bibliothek war die gefällige Einrichtung dazu verurteilt, einer ganz anderen Klientel zu dienen. Die Ausstattung stand damals (Ende der 1970er und Anfang der 1980er Jahre) für Effekt und eignete sich ausgesprochen gut für das Lesepublikum. So unansehnlich die Inneneinrichtung auch war, die fabelhaften Menschen, die dort arbeiteten, machten dies mehr als wett.

Deputy Cooper saß in einer Nische abseits des Zentralbereichs an einem Computer. Die Lesenden in der Nähe sahen von Zeit zu Zeit auf und fassten die Blondine in Uniform ins Auge. Ein paar Streuner kamen herein, entdeckten die Polizistin und trollten sich wieder. Bibliotheksbesucher, die Erkundungen einziehen wollten, gafften ungeniert im Vorbeigehen, blieben aber nicht stehen.

Nachdem sie Harrys neueste Nachrichten von Snoop gehört hatte, fragte Cooper die Bibliotheksleiterin, ob sie sehen könne, was Frank gelesen hatte.

Der Patriot Act gestattet Gesetzeshütern Einsicht in die Lesegewohnheiten von Normalbürgern, die man im Verdacht hatte, getarnte Terroristen zu sein. Coop beanspruchte kein solches Privileg, doch nachdem sie mit einer Bibliothekarin gesprochen hatte, die Frank tatsächlich kannte, wurde ihr gestattet, seine Unterlagen zu scannen. Obwohl Frank tief gesunken war, etwas von seinem früheren männlichen Reiz war geblieben. Alle Frauen, die in der Bibliothek arbeiteten, hatten ihn gekannt, ihm zugenickt und waren seinerseits mit einem Gruß bedacht worden.

Ab und zu machte Cooper eine Pause, weil ihre Augen vom Bildschirm schmerzten. Sie sah ihre Notizen durch. Frank hatte vorwiegend Literatur des neunzehnten Jahrhunderts gelesen, das meiste davon war heute nicht mehr zeitgemäß. Er hatte wieder und wieder sämtliche Romane von Sir Arthur Conan Doyle ausgewählt, einschließlich der Bücher ohne Sherlock Holmes. Er hatte die Memoiren aller Außenminister gelesen, die über die Außenpolitik ihrer Amtszeit geschrieben hatten. Zweimal hatte er sich für die Bücher von George Shultz und Madeleine Albright entschieden. Er las alles, was Henry Kissinger geschrieben hatte, dazu jede Menge über die amerikanische Revolution, einiges aus britischer Sicht geschrieben. Coop notierte sich einiges davon, scrollte noch mehr auf dem Bildschirm. Als sie *Fifty Shades of Grey* sah, lachte sie laut heraus.

Frank neigte nicht zu erotischen Liebesromanen, aber nach dem anfänglichen Schock stieß sie auf weitere für Frauen geschriebene Softcore-Bücher. Armer Frank, zu spät dran.

Sie machte Schluss und bat, einige Angestellte befragen zu dürfen, die in dieser Abteilung arbeiteten. Eine junge Dame, etwa Mitte zwanzig, trat in den kleinen Besprechungsraum und schloss die Tür hinter sich.

»Emma Quayle?«

»Ja, Ma'am, Officer.«

»Es dauert nicht lange. Ich möchte Ihnen gern ein paar Fragen über Frank Cresey stellen. Ihre Chefin meint, Sie haben vermutlich mehr von ihm gesehen als sonst jemand, weil Sie oft an der Rezeption sind.«

»Bin ich.«

»Wie war er denn so?«

Sie blinzelte, überlegte kurz und antwortete dann: »Er war still, immer höflich.«

»War er sauber?«

»Ja. Seine Kleidung war verschlissen, und im Winter habe ich mir Sorgen um ihn gemacht. Seine Jeans waren dünn und löchrig, und er trug alte Pullover. Die Belegschaft und ich haben einen Parka gefunden, der ihm passte, und ihm zu Weihnachten geschenkt.«

»Also, Miss Quayle, mochten Sie ihn alle?«

»Oh ja. Er war nie lästig, und wenn welche von der Mall hier reinkamen, betrunken oder ich weiß nicht, einfach laut oder anstößig, hat Frank sie rausgeschafft. Er hat auf uns aufgepasst.« Sie verschränkte die Hände. »Wir alle waren so traurig, so fassungslos, als wir lasen, was passiert war.«

»Kann ich mir denken. Haben Sie eine Ahnung, wer ihm Böses gewollt haben könnte? Hat er mal von einem Problem gesprochen oder von jemandem, der ein Problem war?«

Sie schüttelte den Kopf. »Nein. Er war still. Und hat sehr viel gelesen.«

»Ja, ich weiß.« Cooper lächelte.

Nachdem sie Miss Quayle entlassen hatte, befragte sie noch kurz drei weitere Angestellte, dann sprach sie mit Mrs. Deveraux, der Bibliotheksleiterin, in deren gut beleuchtetem Büro.

»Sie haben prima Leute hier an der Arbeit.«

»Danke. Manche denken vielleicht, Bibliotheksangestellte haben einen leichten, angenehmen Job. Das trifft aber heutzutage kaum noch zu«, bemerkte die schlanke Dame.

»Tja, ich weiß, genau wie das Sheriffrevier sind Sie durch das Budget eingeschränkt.«

»Wenn das nicht die reine Wahrheit ist!« Mrs. Deveraux lächelte. »Und genau wie Sie haben wir es tagein, tagaus mit der Öffentlichkeit zu tun. Eine Bibliothek ist ein Treffpunkt. Es gibt Vorträge, Versammlungen, soziale Tätigkeiten. Das Büchermobil und dergleichen. Und wir versuchen denen zu helfen, die nicht gut lesen können. Sie wären erschüttert, Deputy, wenn Sie wüssten, wie viele Analphabeten in Albemarle County leben, einem der reichsten Bezirke im Land.«

Cooper blinzelte. Sie war überrascht. »Ich hatte keine Ahnung. Da Sie Wert darauf legen, für alle da zu sein, sehen Sie viele Anwohner – mir fällt kein besseres Wort ein –, die auf der Mall leben?«

Sie nickte. »Einige. Frank war unser treuer Leser. An äußerst kalten Tagen oder bei scheußlichem Wetter kommen manche von den anderen her und geben vor zu lesen. Als ich in meinem Beruf anfing, waren wir im Umgang mit Obdachlosen nicht geübt. Jetzt sind wir es.« Sie hielt inne, senkte dann die Stimme. »Ich glaube, Polizisten, Bibliotheks- und Postangestellte sehen mehr als viele andere. Menschen ohne Obdach oder ohne viel Hoffnung kommen zu uns, und sei es nur auf der Suche nach ein wenig Sicherheit.«

»Ich wünschte, ich hätte eine Lösung«, entgegnete Cooper ihr.

»Das wünsche ich mir auch.« Mrs. Deveraux strahlte. »Trotz allem ist es ein wunderbarer Beruf, war es zumindest bislang für mich. Wir sind mitten in der Gemeinde, wir kennen so viele Menschen, die allerhand machen. Man lernt eine Menge und gewinnt gute Freunde.«

»Was für einen Eindruck hatten Sie von Frank Cresey?«, wollte Cooper wissen.

»Er wirkte verloren. Starkes Versagensgefühl. Er war wissbegierig, wenn er bei klarem Verstand war. Wie so viele alkoholgeschädigte Menschen hatte er eine Menge Gehirnzellen vernichtet.«

»Jemals lästig geworden?«

»Nie.«

»Irgendwelche Ideen, wer Interesse daran haben könnte, ihn tot zu sehen?«, fragte die Polizistin.

»Keine.« Sie zog den Mund ganz straff. »Er hatte sein Leben

ruiniert. Er war ein Herumtreiber und leider auch Alkoholiker, aber er hat es nicht verdient, ermordet und unter einem Baum abgelegt zu werden.«

Cooper sah ihr in die Augen. »Deswegen bin ich hier, Mrs. Deveraux, um seinen Mörder zu finden.«

Der Nachmittag war windig und warm, ein herrlicher erster Maitag. Snoop war auf der Mall zum Arbeiten angeheuert worden. Bei dem schönen Wetter gärtnerten die Leute wie verrückt, es bestand Nachholbedarf nach dem langen harten Winter. Snoop und zwei andere Männer von der Mall waren mit einem von Paul Hubers Landschaftsbaufahrzeugen abgeholt worden, einem viertürigen Ford-Dreivierteltonner, in dem sie alle Platz fanden.

Er saß auf der Rückbank, holpernd ging es die Garth Road entlang nach The Barracks hinaus, wo auf wenigen Morgen Land mehrere teure Häuser im Bau waren. Für die Käufer dieser riesigen Eigenheime schienen zehn Morgen eine Menge Grund zu sein. Immerhin konnten sie sich von ihren Nachbarn abschirmen, indem sie Grenzbäume pflanzten, hauptsächlich Leyland-Zypressen, weil die schnell wuchsen. Snoop dachte sich, dass sie das heute tun würden, Löcher graben, jede Menge Löcher in gerader Reihe.

Der Wagen hielt vor einem gigantischen fast fertigen Wohnhaus in neu-georgianischem Stil. Snoop stieg als Letzter aus, und seine flappende Schuhsohle löste sich. Fluchend sah er hinunter, das Klebeband war durchgescheuert. Er stand neben der offenen Wagentür und setzte den Fuß mit dem kaputten Schuh auf ein glänzendes Chromrohr, um zu sehen, ob er die Sohle wieder befestigen könnte, aber das Band war hinüber und nicht eine Faser Haftstoff war mehr übrig.

»Verdammt.« Er stellte den Fuß auf den braunen Perlkies der Einfahrt zurück, als ihm ein vertrauter Gegenstand ins Auge fiel.

Unter dem Vordersitz des Wagens steckte einer seiner Brieföffner, der, den er Frank geschenkt hatte.

Er zog ihn hastig heraus. Auf der Holzklinge war ein Fleck. Es sah aus wie getrocknetes Blut.

26

Auf ihrem rumpelnden John Deere pflügte Harry einige rückwärtige Äcker, die sie Mitte April gedüngt hatte. Weil der Winter sich lang und hart zeigte, wartete sie sein Ende ab und schob Arbeiten auf, die normalerweise im April erledigt wurden.

Dieser herrliche klare Morgen, etwa dreizehn Grad warm, schien zum Feiern aufzufordern. Hoch oben riefen Rotschulterbussarde; Scharen von Wanderdrosseln untersuchten, was Harry gepflügt hatte, wussten sie doch, dass Würmer erscheinen würden. Amseln saßen in den Bäumen und taten, was sie am besten konnten: plappern. Kaninchen, Eichhörnchen, Füchse, Rehe, Luchse und weiter oben in den Bergen Bären, sie alle wanderten umher, begeistert von dem Wetter.

Da sie bei Sonnenaufgang angefangen hatte, fuhr Harry auf der letzten Bahn Richtung Stall. Sie schaute hinter sich und war zufrieden, dass sie kein Stück Boden übersehen hatte. Und so tuckerte sie dahin und war genauso fröhlich wie die spielenden und zwitschernden Geschöpfe ringsum.

In dem großen Arbeitsschuppen schaltete sie den Traktormotor aus und kletterte herunter. Sie sah sich nach Mrs. Murphy und den anderen um, aber sie waren nirgends in Sicht.

»Faulpelze.« Sie lächelte und vermutete sie hingefläzt in der Sattelkammer oder in der Küche.

In dem vierschiffigen Schuppen zeigte ein Riesenwandthermometer, ein großer schwarzer Zeiger auf einer weißen Gradskala, jetzt exakt 13,3 Grad an. Daneben hing eine alte Remington-Reklameuhr, deren Stromkabel in eine Wandsteckdose führte.

Harry sah, dass es zwanzig nach acht war, staubte sich ab, wischte an einem alten sauberen Lappen ihre Hände ab, sah noch einmal nach der Uhr und ging ins Haus in die Küche.

Weil Fair fast die ganze Nacht bei einer fohlenden Stute gewesen war, schlief er jetzt. Harry stieß leise die Fliegentür und dann die Küchentür auf, setzte sich an den Tisch und schrieb ihm einen Zettel. Anschließend nahm sie eine leckere Eier-Speck-Quiche, die sie zubereitet hatte, aus dem Kühlschrank und schob sie in den Ofen, schaltete ihn aber nicht ein. Sie hinterließ ihrem Mann Anweisungen, obwohl er es selbst hätte in die Hand nehmen können. Fair beherrschte die Grundlagen der Haushaltung durchaus.

Die Katzen lagen zusammengerollt in ihren Betten, und jede machte ein Auge auf. Tucker, die tief und fest schlief, schnarchte.

Harry wusch sich die Hände noch einmal richtig, trocknete sie mit einem Papiertuch ab und ging leise aus der Tür. Mrs. Murphy schoss aus dem Bett, um ihr zu folgen.

Pewter wälzte sich herum, hob den Kopf. Wollte sie ihr gemütliches Bett mit ihrem Namen drauf verlassen? Tat sie es nicht, könnte ihr was entgehen. Auch sie erhob sich, streckte sich vorne und hinten und huschte dann hinter Harry und Mrs. Murphy her, die mittlerweile beim Transporter angekommen waren.

»Schlafende Schönheit.« Lachend öffnete Harry die Tür und hob die graue Katze hoch.

Mrs. Murphy kicherte. »*Sie braucht keinen Schönheitsschlaf, sie braucht ein Schönheitskoma.*«

»*Was du nicht sagst*«, rief Pewter auf dem Autositz. Weil Mrs.

Murphys Platz neben Pewter war, kehrte die graue Katze der getigerten den Rücken zu, die das kein bisschen störte.

Sobald Harry saß, atmete sie tief durch, betätigte den Anlasser, horchte auf das wundervolle Grummeln des alten V-8-Motors, legte einen Gang ein und fuhr durch die lange Kieszufahrt.

Fröhlich pfeifend kurbelte sie ihr Fenster einen Spalt herunter, um frische Luft hereinzulassen. Sie liebte alte Autos, ohne Firlefanz, ohne zusätzliche Türen, mit mehr Laderaum. Mit ihrem alten 1978er F-150 war sie nur in dem Fall nicht zufrieden, wenn sie neben jemandem anhielt, der rechts von ihr stand. Dann musste sie sich hinüberbeugen und das Beifahrerfenster herunterkurbeln, um zu sprechen. Außerdem musste sie jede der zwei Türen extra verriegeln. Davon abgesehen lief weniger schief, waren die Wartungskosten geringer. Harry, vorsichtig im Umgang mit Geld, hasste es, zu verschwenden oder sich zu verausgaben.

»*Wo geht's denn hin?*«, fragte Pewter.

Eine Hand am Lenkrad, tätschelte Harry mit der anderen die Katze, antwortete aber nicht.

»*Man sollte meinen, dass sie nach all den Jahren weiß, was ich sage*«, schmollte Pewter.

»*Pewter, man setzt sich nicht unter einen Apfelbaum und bittet um eine Birne*«, bemerkte Mrs. Murphy klug.

Beim Einbiegen in Cynthia Coopers Zufahrt wurde Pewter munter. »*Fein, sie hat immer was Leckeres.*«

Als Harry bei der Hintertür hielt, erspähte sie Cooper in ihrem kleinen Geräteschuppen. Zwei Füße lugten unter einem ziemlich kleinen Traktor hervor, der an einem Ende auf Schlackenblöcken aufgebockt war.

Harry ging hin. »Cooper, komm da raus.«

»Gleich. Ich hab was am Gestänge kaputtgemacht.«

»Nein. Komm jetzt raus. Man soll nicht unter ein aufgebocktes Gerät kriechen.«

Cooper stieß sich hervor, sah hoch und blinzelte. »Ich pass' schon auf.«

»Klar doch, aber es passieren eigenartige Sachen. Wenn das Traktorchen aus irgendeinem Grund umgekippt wäre, dann wärst du eingeklemmt und zerquetscht.«

»Mist!« Cooper wischte sich an ihren Jeans den Dreck von den Händen.

»Nicht schimpfen. Ich will dich gesund und munter haben. An wem könnte ich sonst rumnörgeln?«

Cooper lächelte. »Na gut, ich bin sauer, weil ich weiß, dass du recht hast, und ich bin sauer auf den verdammten Traktor.«

Harry ging in die Knie, um einen Blick unter den japanischen 20-PS-Kleintraktor zu werfen. Zwar war nichts daran so gut gemacht oder so teuer wie an einem John Deere, doch der Kubota war ein gutes und erheblich preiswerteres Produkt.

»Du hast was am Gestänge kaputtgemacht. Wie ist das passiert?«

»Ich hab die Fronthydraulik abgesenkt, auf hohen Schnitt gestellt, viel Unkraut.« Sie wies auf eine Strecke der Zufahrt, die mit hohem Gras bewachsen war, nicht mit richtigem Unkraut. »Alles hat gut geklappt, bis ich einen Stein erwischt hab. Ich hab das natürlich gehört, aber ich wusste nicht, wie schlimm es war, bis ich weggerollt bin und die Hydraulik an einer Seite schwer runterhing. Mähwerk ausgeschaltet, hab ich versucht, die Hydraulik wieder anzuheben, aber auf einer Seite hing sie immer noch runter, und da bin ich hergefahren. Jetzt muss ich das Ding für teures Geld zum Händler schleppen lassen. Mist.«

»Zu welchem Händler, dem in Staunton oder dem in Orange?«

»Den ganzen Weg bis Orange. Ich hatte so ein gutes Angebot.« Sie seufzte.

»Na, es gibt Schlimmeres. Lass uns reingehen, und du kannst mir sagen, warum du mich sehen wolltest.«

Während Harry ihrer Nachbarin folgte, rief sie nach den Katzen, die über einem Maulwurfsloch lauerten, als ob der Maulwurf so blöd wäre, rauszukommen.

Drinnen ließen die Katzen und Harry sich in der Essnische nieder. »Ich bin zum Mähen gekommen«, sagte Harry. »Keine Widerrede.«

»Ich bezahl's dir.«

»Kommt nicht in Frage. Jetzt sei still, ich will kein Wort mehr davon hören. Doch zuerst müssen wir zwei da hingehen, wo du gemäht haben willst. Die Eiseskälte und das Tauwetter haben vieles hochgestemmt, dazwischen Baumwurzeln so dick wie Elefantenrüssel.«

»Da wundert es mich, dass es nicht ein paar Särge aus den Gräbern gehoben hat.« Cooper stellte Kaffee für sich und abgekochtes Wasser für Harrys Tee hin.

»Würde einen guten Horrorfilm abgeben.« Harry hob flugs die Stimme. »Untersteh dich!«

»*Papperlapapp.*« Pewter zog ihre Pfote aus der unteren Schranktür, wo sie sie mit Erfolg reingezwängt hatte.

Cooper ging hin, machte die Tür auf, entnahm eine Tüte Leckereien, die sie eigens für zwei verwöhnte Katzen gekauft hatte, und füllte sie in zwei Näpfe.

»Da.«

»*Du bist der beste Mensch, der allerbeste*«, miaute Pewter, ehe sie ihre Schnauze in die Leckerbissen stieß.

»Und, was gibt's?«, fragte Harry, während Cooper einschenkte.

»Was Eigenartiges, und ich brauch noch mal deine Hilfe bei Snoop.«

»Echt?«

Cooper erzählte ihr, wie Snoop gestern den Brieföffner gefunden hatte. Snoop hatte Paul Huber informiert, und von da an überschlugen sich die Ereignisse. »Paul Huber ist losgefahren, um mit Rick und mir zu sprechen. Er war nicht weit von

Snoops Einsatzstelle, weil er an dem gigantischen Continental-Estates-Projekt gearbeitet hat.«

Paul machte die Landschaftsgestaltung. Rudy hatte schon die Straßen angelegt.

»Ich könnte mir vorstellen, dass Paul bestürzt war und konfus.«

»Er ist jedenfalls gut organisiert. Er hat sein Tablet rausgeholt, so ein teures Mac-Teil, hatte die Information über die Fahrzeugnutzung etwa binnen zwei Minuten. Wie sich erwies, war es dasselbe Fahrzeug, das beim Pflanzen der Birke bei Claiborne Bishop eingesetzt war. Ich hab gefragt, ob er täglich den Kilometerstand kontrolliert? Ich wusste, es war ein Schuss ins Blaue. Er sagte, die Firma kontrolliert ihn einmal wöchentlich bei jedem Fahrzeug.«

»Weil Angestellte die Wagen vielleicht privat nutzen?«, fragte Harry.

»Richtig, besonders Ein- und Halbtonner-Transporter. Paul sagt, sie haben kein brauchbares Programm für die tägliche Fahrleistung gefunden, aber einmal wöchentlich war sehr nützlich. Wenn es irgendwem einfiele, häufig einen Firmenwagen zu benutzen, würde es rauskommen.«

»Hm-m. Aber der Holzbrieföffner im Auto heißt nicht, dass Frank dort ermordet wurde.«

»Wir haben uns den Wagen gründlich vorgenommen und ihn sogar beschlagnahmt. Wenn er zu Paul Huber zurückkommt, wird es nicht eine Faser geben, die wir nicht untersucht haben. Ihm war es recht. Er war erschüttert, weil Franks Leiche in seinem Fahrzeug gewesen sein könnte, aber kooperativ.«

»Was hat Snoop gesagt?«

»Nicht viel. Er war aufgewühlt. Er schwört, es war sein Brieföffner, den er Frank geschenkt hatte. Wegen des Flecks auf der Klinge, der nach getrocknetem Blut aussieht, werden wir ihn wohl ins Labor geben müssen.«

»Der Bericht der Gerichtsmedizin zu Frank ist noch nicht gekommen?«

»Dürfte nicht mehr allzu lange dauern. Zum Glück war die Leiche in gutem Zustand. Besser einen Tag in Erde gepackt als Wochen oder Monate. Wir wissen schon, die Todesursache war Erstechen.«

»Grundsätzlich würde ich sagen, die Todesursache war Alkohol.«

Cooper lächelte verkniffen. »Ich meine, die meisten Alkoholiker begehen Selbstmord auf Raten. Bei Frank hat jemand nachgeholfen.« Sie stand auf, nahm Papiere vom Küchentresen, gab sie Harry und setzte sich wieder. »Was Frank allein vergangenes Jahr gelesen hat.«

Harry überflog die Liste. »Ginger McConnells Einfluss ist deutlich, obschon Frank ihn gehasst hat. Darf ich mir das kopieren?«

»Hab ich für dich gemacht. Die Leserin bist du. Dachte, du erkennst vielleicht ein paar von den Büchern.«

»Ich erkenne eine Menge. Eins steht fest, Frank war geistig noch rege. Solche Bücher liest man nicht, wenn man im Oberstübchen«, sie tippte sich an den Kopf, »nicht ganz helle ist.«

»Ich hab auch an Professor McConnell gedacht. Aber trotzdem kann ich die entscheidende Verbindung zwischen den beiden nicht finden.«

Harry verschränkte die Hände, die Ellenbogen auf dem Tisch, und stützte den Kopf auf die Hände. »Wir haben zwei Menschen, einer war Mitte der Siebziger Student beim anderen, beide tot und beide interessiert am Unabhängigkeitskrieg, am nachrevolutionären Amerika. Das ist kein Zeitraum, in dem sich Romanautoren und Historiker tummeln – gewiss aber einige Akademiker. Doch aus welchem Grund auch immer, dieser Krieg rüttelt die Menschen nicht so auf wie nachfolgende Kriege.«

»Achtzehnzwölf. Wer denkt an den?« Cooper kannte sich

ein bisschen mit Geschichte aus, hatte halbwegs Gefallen daran gefunden.

»Immer wenn man ›The Star-Spangled Banner‹ singt«, sagte Harry und lächelte.

»Wer kann das singen? Zu schwer.« Cooper beugte sich vor. »Was ist mit diesem Buch?«

»*The Men Who Lost America*. Was soll damit sein?«

»War das nicht in Gingers Büro?«, fragte Cooper.

»Er hat garantiert ganze Regale voll mit allem und allen Schriftstellern seit der Revolution. Aber dieses hat ein UVA-Professor geschrieben. Hatte vermutlich für Ginger eine besondere Bedeutung.«

»Gehst du denn noch mal mit Snoop reden?«

»Klar. Was soll ich ihn fragen?«

»Was er wirklich denkt. Er hat dichtgemacht, als Paul aufkreuzte. Ist natürlich verständlich. Seine und Marshalls Firma stellen Snoop und andere Mallbewohner für Gelegenheitsarbeiten ein. Er hat ihnen gerade das Leben erschwert.«

Harry entgegnete scharfsinnig: »Wer Frank ermordet hat, der hat ihnen das Leben erschwert. Snoop hat einfach erkannt, dass Franks Leiche in dem Wagen war.« Sie trank ihren Tee aus. »Ich mache einen Korb zurecht und geh heute hin.«

»Wenn dir morgen besser passt, auch gut. Ich weiß ja, die Wochenenden sind fast die einzige Zeit, die du und Fair für euch habt.«

»Er ist erschöpft. Musste gestern Nacht spät einem Fohlen auf die Welt helfen. Ich geh bald zurück, damit wir uns heute Abend einen Film angucken können. Das mag er gern.« Sie stand auf. »Jetzt hast du mich aber richtig angefeuert. Ich ruf dich an, sobald ich zurück bin.«

Zwei Stunden später fand Harry mit einem Korb am Arm und Tucker im Schlepptau Snoop an seinem gewohnten Platz auf dem großen Pflanzkübel. Er winkte ihr zu, als sie näher kam.

»Mittagessen.« Sie setzte sich neben ihn und stellte ihm den Korb auf den Schoß. Leute schlenderten vorbei.

Er spähte auf einer Seite hinein. »Ich rieche Speck.«

»Speck, Avocado, Pute und Salat mit Thousand Island Dressing, und Sie haben die Wahl zwischen Coca-Cola, Wasser oder Grapefruitschorle.«

»Grapefruitschorle.« Sie gab ihm eine hellgrüne eiskalte Dose und ein Sandwich.

Tucker sah mit schmachtendem Blick zu, als Harry ihr eigenes Sandwich auswickelte.

»Hier, du Bettlerin«, sagte sie zur Hündin und gab ihr ein Häppchen.

Sie aßen im Sonnenschein, es war jetzt siebzehn Grad warm.

Nach einigen Schokoplätzchen und nachdem sie den Abfall in den Korb gepackt hatten, blieb Harry sitzen und tankte Sonne. Ein voller Magen verhilft zu Wohlbefinden. Snoop saß wortlos neben ihr und betrachtete die Passanten: die mit Piercings, blauen Haaren, abgeschnittenen Hosen und auch die, die sich popperhaft präsentierten.

Harry bemerkte den bunten Behälter zu seinen Füßen mit den geschnitzten Brieföffnern, Schächtelchen, hübschen Sachen. »Snoop, ich habe von Ihrer Entdeckung gehört.«

»Tja.«

»Erschütternd, oder?«

Er nickte. »Da steh ich mitten unter Leuten, der Fahrer, ein paar von dem anderen Arbeitstrupp, Mr. Huber, Mr. Reese, der Sheriff, die Polizistin, und ich denk, *Was, wenn einer von denen den ollen Frank ermordet hat?* Verstehen Sie, was ich meine?«

So formuliert wusste sie genau, was er meinte. »Klingt sehr plausibel. Schlau von Ihnen, den Mund zu halten.«

»Ich frag mich, *Was wusste Frank?* Er ist nicht wegen Geld ermordet worden. Vielleicht hat man ihn erstochen, weil man sein Gefasel über den Professor geglaubt hat, aber das denke ich nicht. Ich denke, Frank hat was gewusst.«

»Vermutlich haben Sie recht, aber es ist schwierig rauszukriegen, was er gewusst haben könnte, das ihm den Tod
brachte.«

Sie stellte ihre Füße auf den Korb, wobei Tucker sie genau
beobachtete.

»Also, wie ich das sehe, wusste er, dass jemand den Professor
ermordet hatte«, sagte Snoop. »Er könnte sogar gewusst haben, wer oder warum. Das ist eine Möglichkeit. Eine andere ist,
was Frank gewusst hat, könnte jemand eine Menge Geld kosten. Er wurde nicht wegen Drogen oder Frauen oder einem
Streit oder irgend so was umgebracht. Ich meine, sein Tod war
irgendwie fällig, ja?«

Harry sah sich Snoops Profil an. Sein Bart, zwar nicht lang,
brauchte Pflege, sein Haar ebenfalls. Er sah aus wie der, der er
war, ein Mann, der sichtlich ohne Unterstützung ein hartes
Leben führt. Es wäre leicht, ihn unbeachtet zu lassen. Sie war
froh, es nicht getan zu haben, denn Snoop war klug.

»Schon mal gesehen, dass jemand mit Frank gesprochen
hat?«, fragte sie.

»Ja. Leute kamen vorbei. Haben vielleicht ein paar Worte
gewechselt. Die meisten haben weggeguckt.«

»Snoop, gibt es jemanden, der sich öfter gemein benimmt?«
Sie lächelte verhalten.

Er verschränkte die Arme, schaute auf seine Füße, dann sah
er Harry an. »Nee. Sind bloß wir hier. Wir reden miteinander.« Er atmete ein und fügte dann an: »Die Truppleiter, die
uns anheuern, manchmal. Sonst fällt mir keiner ein.«

»Hat Frank über Geld gespochen?«

»Bloß, dass er keins hatte.« Er verstummte, sagte dann mit
Nachdruck: »Mrs. Haristeen, er wurde unter einem Baum gefunden, den diese Landschaftsbaufirma gepflanzt hat, er war in
dem Wagen, tot oder lebendig. Wer weiß? Was Frank gewusst
hat, musste diese Leute was angehen. Ich will nie mehr zum
Arbeiten da raus.«

Diese Bemerkung ließ sie sich ruckartig aufrecht setzen. »Haben Sie Angst? Um sich?«

Harry konnte es nicht lassen. Ihre Neugierde ging mit ihr durch.

27

Wo die Straße sich in zwei Zufahrten gabelt, rechts zum Barracks-Gestüt und zu den Stallungen und links zu einem Privathaus, stand Harry und sah sich Google Maps auf ihrem Handy an. Eine Karte war eine größere Ansicht des Geländes, die andere war eine Nahaufnahme. Die neuesten vom Staat herausgegebenen Karten hatte sie auch im Wagen.

Zu ihrer Rechten stieg das Land an, zur Linken fiel es leicht ab. Zufrieden, dass sie sich die Topographie gemerkt hatte, kletterte sie wieder auf den Fahrersitz und fuhr dorthin, wo sich die Straße zu den Stallungen ebenfalls gabelt, nach links zu dem fernen Backsteinhaus, das den Bishops gehört, nach rechts zur Reithalle und zu den Stallungen. An dieser, der rechten Straße, war die Flussbirke gepflanzt worden. Neue Sode umgab den Baum, mit Gummi umwickelter Draht hielt ihn im ersten Wachstumsjahr aufrecht. Hier konnte Harry über mehr Land hinwegblicken als beim Einfahrtstor.

Mrs. Murphy, Pewter und Tucker beobachteten, wie Harry auf der Seite anhielt und mit den Karten in der Hand ausstieg.

Marshall Reeses nördlich von hier liegendes zweihundertfünfzig Morgen umfassendes Bauprojekt Continental Estates war gut abgeschirmt – einmal durch das ansteigende Gelände, aber auch durch einen breiten Waldstreifen zwischen den zwei Grundstücken. Westlich von alledem grenzte offenes Ackerland an The Barracks.

Nach The Barracks führten keine Nebenwege. Wer Franks Leichnam abgelegt hatte, musste auf demselben Weg wie Harry auf das Grundstück fahren, nämlich von der Garth Road nach rechts abbiegen, wo zwei hellblaue Schilder auf die Barracks-Aktivitäten hinwiesen. Dieser Abzweig nach rechts mündete in den Barracks-Feldweg. Ivy Farms, in den 1980er Jahren entstanden, übernahm schließlich einiges von dem alten Kriegsgefangenen-Gelände rechts vom Barracks-Feldweg. Ein Personenwagen oder ein Transporter wirkte auf diesem Weg oder auf Ivy Farms nicht fehl am Platz. Geländewagen, BMWs, Mercedes-Kombis, Tahoes und Suburbans schaukelten diesen Weg entlang, ebenso Anhänger mit Pferden. Im Sommer war hier viel Verkehr, dann waren die über den Winter fürsorglich in Garagen abgestellten Miatas, Jaguar-Cabrios und Porsches unterwegs. An der Abbiegung zu Ivy Farms angekommen, könnte der Fahrer, wenn er das Licht ausschaltete, leicht zu The Barracks rollen. Und weil an der Reithalle niemand wohnte, wer würde etwas merken? Vom Wohnhaus der Bishops mochten Autoscheinwerfer wohl zu sehen sein, also wurden sie ausgeschaltet, Fahrzeug und Inhalt blieben verborgen, vor allem zwischen ein und vier Uhr morgens.

Harry nahm an, dass das Fahrzeug, das Frank transportiert hatte, von Continental Estates oder von Hubers Fuhrpark-Parkplatz gekommen war. Wieder in ihrem Wagen, korrigierte sie sich. *Nein.* Ein Fahrzeug vom Landschaftsbau würde bei der Baumschule im Westen von Crozet abgestellt und nicht auf dem Gelände zurückgelassen werden.

Sie rief Cooper an und berichtete ihr.

»Ich war schon bei Hubers Landschaftsbau«, sagte die Polizistin. »Die Fahrzeuge sind abends zurück. Die Schlüssel werden im Büro eingeschlossen, und die Fahrzeuge selbst stehen hinter einem Maschendrahtzaun.«

»Dann, Coop, ist jemand ins Büro gelangt und hat den Schlüssel genommen?«

»Kann sein. Wenn es ein Arbeiter war, hätte er so klug sein können, sich in der Mittagspause einen Schlüssel machen zu lassen. Das sind herkömmliche Schlüssel, nicht solche, die per Fernbedienung Türen öffnen. Arbeitsfahrzeuge. Bescheiden. Und jemand, der auf Continental Estates arbeitet, nicht bei Huber, sondern jemand Bekanntes und Zuverlässiges, könnte Zugang zu einem Fahrzeug der Landschaftsbaufirma gehabt haben. Überhaupt, ich hatte dich gebeten, Snoop auszufragen, aber ich hab dir nicht gesagt, du sollst herumbohren.«

»Du hast recht«, räumte sie schnell ein, »aber es kommt mir seltsam vor, dass Frank buchstäblich nach The Barracks verpflanzt wurde. Er hat eine Menge über den Unabhängigkeitskrieg gelesen, und wir wissen, das war Gingers Fachgebiet.«

Hiernach trat Stille ein.

»Ich habe viel über mein Mittagessen mit Snoop nachgedacht«, fuhr Harry fort. »Vielleicht solltet du und Rick ihn irgendwo unterbringen, bis ihr mehr über das alles wisst. Da unten ist er in Gefahr.«

Hierauf wurde es neuerlich still. »Ich spreche mit Rick.«

Ihre knappe Zustimmung genügte Harry.

Während der Rückfahrt zur Farm dachte sie wieder und wieder über dieselben Dinge nach. Nichts ergab einen Sinn. Sobald sie zu Hause war, rief sie vom Wandtelefon in der Küche aus Nelson Yarbrough an.

»Harry, wie geht's dir?«

»Als du bei Ginger studiert hast, oder sonst irgendwann, hat er mal darüber gesprochen, wem das Grundstück gehörte, auf dem das Kriegsgefangenenlager gebaut wurde? Oder wer der Besitzer des Landes drum herum war?«

Der großе ehemalige Quarterback schien darüber nachzudenken, dann berichtete er: »Er sprach von den Schwierigkeiten bei der Inbesitznahme nach dem Krieg. Ginger konnte die Zeiten lebendig werden lassen, so wie er uns Verordnungen aus jener Zeit genannt hat, aber ich erinnere mich, dass Virgi nia, als es nach dem Krieg ein Staat wurde, das Land von jedem, der den König unterstützt hatte, beschlagnahmen wollte. Und jede von den ursprünglich dreizehn Kolonien ging das Problem anders an. Die Gerichte quollen über von Eigentumsstreitigkeiten. Wem das Land gehörte, dem gehörte es, selbst wenn er während des Krieges König George unterstützt hatte. Das ist die Kurzversion. Ich vermute, dem kommt heutzutage am nächsten, wie die verschiedenen westlichen Staaten mit Wasserrechten umgehen.«

Das erinnerte Harry daran, ohne dass sie das Erinnern nötig gehabt hätte, wie wunderlich Nelsons Verstand war. »Darauf bin ich nie gekommen.«

»Wer käme schon auf so was? Das hat Ginger zu einem so großartigen Professor gemacht. Womit waren Alltagsmenschen konfrontiert? Eine der besten Vorlesungen, die er jemals gehalten hat, war die Vorlesung über Liebe, Sex und Ehe. Da waren immer alle vollzählig anwesend.« Nelson lachte bei der gefühlvollen Erinnerung an seinen Lieblingsprofessor.

»Kann ich mir denken.«

»Hey, unsere Vorväter und Vormütter haben Fleischeslust, Liebe und Enttäuschung gefühlt, sind mit vorehelicher Schwangerschaft und sonst was fertiggeworden, und ich erinnere mich besonders, wie empfindsam viele waren. Sex gehört zum Leben. Das heißt nicht, dass Männer sich nicht deswegen duelliert haben, aber jeder hat die Anziehungskraft als solche anerkannt.«

Harry seufzte. »Heute ist es die Aussagekraft.«

Nelson kicherte. »Oh, ich denke, da ist viel mehr dran. Hey, Themawechsel, die Jungs und ich haben eine Sammlung veranstaltet für Franks Begräbnis, sobald die Leiche freigegeben ist. Ich war überrascht – ehrlich fassungslos, dass einige von seinen Mannschaftskameraden von '75 noch einen Groll auf den Gestrauchelten haben und sich weigern, was beizusteuern.«

»Deprimierend.«

»Manche haben ihm die Angeberei und die ganze Aufmerksamkeit der Presse vor so vielen Jahren nie verziehen. Ein paar sagen sogar, hätten sie nicht für den Mistkerl geblockt, dann hätte er die vielen Touchdowns nicht geschafft, wäre er nie All-American geworden.«

»Was meinst du?«, wollte Harry wissen.

»Ich meine, in jeder Sportart sind einige begabter als andere, und manche sind eine Klasse für sich. Heute denken die Leute gern an die Manning-Brüder. Ich erinnere mich an ihren Vater, der hatte es drauf. Für mich war es aufregend, Franks großes Talent zu sehen. Für andere nicht so. Jedenfalls haben wir genug zusammengekratzt, um ihm anständig gerecht zu werden, und Marshall hat eine Grabstätte gespendet. Du kennst Marshall, er setzt immer noch eins drauf.«

»Nelson, ich bemühe mich auch immer, eins draufzusetzen, aber immer findet es jemand und schmeißt es wieder runter.«

Lachend beendeten sie das Gespräch.

Harry legte den Hörer des Wandapparates auf die Gabel. Anschließend setzte sie sich an den Küchentisch, stand auf, setzte sich wieder.

»*Entscheide dich*«, quengelte Pewter.

Weil sie dachte, die graue Katze sei hungrig – war sie immer –, stand Harry wieder auf und holte Leckereien für alle aus dem Schrank. Dann griff sie nach einer Coca-Cola, gab Eis in ein Glas, goss ein und setzte sich nochmals an den Tisch. Sie brauchte das Koffein und den Zucker.

Sie hatte die Karten mit hereingebracht und betrachtete sie erneut, was sie in ihrer Ansicht bestärkte, wie das Fahrzeug von Hubers Landschaftsbau unbemerkt hineingefahren war.

»*Sie ist zu schweigsam*«, bemerkte Mrs. Murphy.

»*Nie ein gutes Zeichen*«, stellte Tucker fest.

Harry dachte dann, welch ein Glück es für sie war, an einen

Ort zu leben, wo gute Menschen Geld zusammenwerfen konnten, um einen zu bestatten, der aus seinem Leben einen Trümmerhaufen gemacht hatte.

Albemarle County war eine gute Gegend mit guten Menschen, nur dass einer, der hier lebte, ein Mörder war.

28

4. Mai 2015

Mrs. Murphy und Tucker hatten Harrys Schweigen richtig gedeutet. Angefeuert durch den Verlust eines alten Freundes der Familie und erstaunt über die Ermordung eines heruntergekommenen Footballspielers, war sie überzeugt, wesentliche Fakten aufspüren zu können.

Mit der Liste der Bücher, die Frank letztes Jahr gelesen hatte, besuchte sie Trudy. Doch ehe sie an die Haustür klopfte, schaute sie nach den Zwerg-Kreppmyrten in der Zufahrt. Trudy zeigte sich nicht überrascht, Harry zur Mittagszeit beim Gießen ihrer Sträucher zu sehen.

Als Trudy Harry höflich zu einem Kaltgetränk hereinbat, nahmen Harry und Tucker freudig an. Trudy hatte gern Gesellschaft.

»Die Kreppmyrten machen sich toll.« Harry lächelte. »Nächstes Jahr blühen sie noch kräftiger. Ich hab natürlich die mit der größten Blütenpracht rausgesucht. Man muss sie nur fest in der Erde haben, bevor die Fröste kommen.«

»Zum Glück ist es bis da noch lange hin.« Trudy trank gesüßten Eistee.

»Schon, aber die Zeit vergeht viel schneller als damals, als ich auf der Highschool war. Erstaunlich.«

»Wart nur, bis du in mein Alter kommst. *Ssst.*« In Andeutung eines Düsenjägers kreiste Trudy mit der Hand über ihrem Kopf. »Wie ein Kunstflieger der Blue Angels.«

»Die Zeit vergeht wie im Flug. Das hat Mom auch immer gesagt, aber jetzt denke ich, sie ist zu jung gestorben.«

Trudy nickte. »Deine Mutter war gerade fünfzig geworden. Sah aus wie dreißig.« Sie lächelte. »Ein Familienmerkmal. Euch sieht man das Alter nicht an.«

»Danke.« Harry streichelte Tucker. »Bei Blue Angels fällt mir ein, hat die Regierung denen die Fliegerei während der Finanzkrise nicht eigentlich verboten? Ich weiß nicht, was mich auf den Gedanken gebracht hat, das Geld womöglich.«

»Effekthascherei.« Trudy verzog das Gesicht. »Ich war erschüttert, als ich das mit Frank Cresey gehört habe, wenn er auch abscheulich war. Aber er war ein vom Ruhm verwöhnter Junge, nehm ich an, und Olivia fand, er war das Größte seit Erfindung des Rads. Er sah gut aus. Aber so ein schreckliches Ende. Zwei Morde. Doch warum nur?«

»Für das Sheriffrevier hat Gingers Ermordung oberste Priorität. Die von Frank, ja, die ist von Belang, aber …« Harrys Stimme verklang, dann nahm sie den Faden wieder auf. »Hättest du was dagegen, wenn ich mir Gingers Büro noch mal ansehe? Würdest du mit mir reingehen? Ich sag dir, warum.« Sie zog die Bücherliste aus der Gesäßtasche ihrer Jeans. »Guck dir das an«, sagte Harry und erklärte die Bedeutung.

Trudys blaue Augen überflogen die Liste. »Manche Bücher von Ginger stehen auf dieser Liste. Eigenartig. Höchst eigenartig.«

Trudy ging Harry durch den Flur voraus – Tuckers Krallen klackten hinter ihnen –, öffnete die Tür und machte Licht.

»Darf ich?« Harry zeigte auf Gingers bequemen Bürostuhl.

»Natürlich.«

Harry nahm die Bücher auf Gingers Schreibtisch in Augenschein, die Unterlagen von Alexander Fraser, dem britischen Hauptmann bei Saratoga. Sie zog die lange flache Mittelschublade des Schreibtisches auf. Sauberes weißes Papier, Bleistifte und ein flacher eckiger grauer Radiergummi.

»Wo hat Ginger die meisten Landkarten aufbewahrt?«

»Mit denen war er pingelig.« Trudy drehte sich zu einem Kartenschrank mit zahlreichen flachen Schubläden um. Die meisten waren aus Metall, aber Ginger hatte einen schönen großen Mahagonischrank gekauft.

Harry trat an Trudys Seite und fragte: »Der Sheriff hat hier reingeschaut, nehm ich an?«

»Ja.« Trudy zog die obere Schublade auf. »Hier drin sind alte Karten, neuere und Luftaufnahmen sind weiter unten. In der zweiten Schublade sind alte Karten von The King's Highway, der heute noch benutzt wird und von Charleston, South Carolina, nach Boston verläuft. Eine ist da von der Fall Line Road, so wichtig für Virginia wie früher die Great Valley Road. Er hat auch die Pennsylvania Road und Braddock's Road angeschafft. Die älteste war King's Highway, 1651 in Gebrauch. Die anderen wurden ab 1700 benutzt, einige ab Mitte des Jahrhunderts. Reisen war schwierig, eigentlich eine Tortur. Die Regierung hat etwa alle zehn Jahre Vermessungen vornehmen lassen. Ginger sah sich gerne die Bebauung auf ehemaligen Schlachtfeldern und alten Wohnstätten an. Da die Leute heute mehr an Erhaltung interessiert sind, ist es nicht so schlimm, aber wenn man die Karten vergleicht, ist es beängstigend. Hier, ich zeig's dir.« Trudy bückte sich, zog eine untere Schublade auf und entnahm eine Reihe großer Karten mit Schwarzweißfotografien. »Guck dir das an.«

Die erste Luftbildkarte von The Barracks und dem Barracks-Feldweg wurde 1920 von einem Privatunternehmen erstellt, nicht als staatliche Übersichtskarte.

»Ivy Farms gab's damals noch nicht und in The Barracks keine Reithalle. Das Backsteinhaus ist da. Sieh nur, wie offen alles war. Da, nur zwanzig Jahre später.« Trudy breitete eine entsprechende Luftbildkarte aus. »Ziemlich exakt.«

»Der Country Club ist hier rechts, über die Garth Road rüber«, sagte Harry. »Na ja, er war immer da, aber nicht als ein Country Club, und jetzt kann man den Golfplatz erkennen. Oha, was haben wir denn da.« Sie schob die frühere Karte über diese. »So exakt sie auch ist, man sieht keine Überreste von Gebäuden oder Umrisse auf den Feldern.«

»Sie wurden zu lange bestellt, denke ich.« Trudy legte die Karten zurück, rückte eine Schublade höher. »Jetzt guck mal hier. Neunzehnhundertachtzig.«

»Tja, die Menschen müssen leben und wollen erstklassig leben, aber das hier ist so traurig. Wir haben so viel von unserer Geschichte verloren. Sogar die herrlichen alten Häuser sind abgerissen worden. Erinnerst du dich an Rustling Oaks?«, fragte Harry.

»Ich erinnere mich an Berta Jones' sämtliche Besitztümer und an die ihrer Kinder. Sind jetzt alle tot, und das meiste Land ist aufgeteilt. Das ist das Betrübliche an den Leuten, die das meiste von den alten Gütern geerbt haben, dass sie sie nicht leiten konnten. Sie haben das Land geschätzt, aber nichts vom Geldverdienen verstanden. Ihre Vorfahren haben das Geld erwirtschaftet. Mein Vater hat immer gesagt, ›Die erste Generation verdient das Geld. Die zweite versucht es zu behalten, und die dritte verliert es.‹ Stark vereinfacht, aber viel Wahres dran.«

»Ja.« Harry betrachtete die Luftaufnahme von 1980. »Ich nehme an, das ist eine Art Wiederbelebung.«

»Stimmt, aber Ginger hat den Verlust von historischen Stätten verurteilt. Andererseits hatten die nachfolgenden Leute etwas Geld, aber nicht genug. Ein Anwesen wie den alten Jones-Besitz oder gar The Barracks zu leiten, bevor es wurde was es heute ist, erfordert ein Vermögen, und die Arbeitskosten sind gestiegen, tun sie ja immer. Die Preise für alles sind in die Höhe geschossen. Die Kriege kamen dazwischen, der Erste und der Zweite Weltkrieg.«

»Nicht zu vergessen den großen davor.« Harry verzog den Mund zu einem gequälten Lächeln.

»Oh, Ginger konnte ziemlich fuchtig werden wegen der Yankees, die nach 1865 gekommen sind. Er sagte immer: ›Bevor wir verurteilen, müssen wir bedenken, dass Nordstaatler Keswick gerettet haben.‹« Trudy nannte eine herrliche Gegend im Bezirk Albemarle, die entschiedener an den großen Ländereien festgehalten hatte als der westliche Teil des Landes.

»Trudy, ich denke, die Menschen, die heute in Keswick leben, würden Zustände kriegen, wenn sie hörten, dass die Yankees gelobt werden.« Harry brach in Lachen aus, Trudy ebenso.

Trudy räumte die Luftaufnahmen weg und zog eine andere Schublade auf. »Hier, ein interessanter Überblick.«

Harry legte die Luftbildkarte auf den Schreibtisch, sah sie sich genau an. »Daran erinnere ich mich nicht.«

»Camp Security in York, Pennsylvania. Es war von Bebauung bedroht, aber eine großartige Frau, Carol Tanzola, hat dafür gekämpft, es zu retten. Sie hat zwölf Jahre gebraucht, unterstützt von anderen, die ihre Gründe für die Erhaltung verstanden haben.«

»Ich war noch nie in York«, gestand Harry. »Ich weiß ein kleines bisschen über Hanover Bescheid.«

»Das will ich meinen. Bei den vielen Pferden. Oh Harry, du musst da hin. Old York, der Stadtplatz, die Wohnhäuser an den alten Kolonialstraßen. Es ist schön, und die Yorker Historische Gesellschaft ist ziemlich gut. Ginger war beeindruckt, und – ich weiß, ich übertreibe – er hat sich direkt in Carol verliebt. Eine echte Schönheit, darf ich ergänzen, und er hat getan, was er konnte, um zu helfen, hat Historiker der Universität von Pennsylvania, Penn State, Villanova, von ganz vielen Instituten herangezogen.«

»Wo lag sein Interesse? Ich meine, was hat ihn motiviert?«

»Abgesehen von Carol?« Sie blinzelte. »Es war auch ein

Kriegsgefangenenlager, ähnlich wie The Barracks. Als über viertausend Mann in The Barracks landeten, mussten viele verlegt werden, ungefähr tausend kamen nach York. Aber in der Zeit rückte der Feldzug von South Carolina nach Virginia vor. So eine tragische, entsetzliche Zeit.«

»Trudy, du könntest Unterricht geben.« Harry legte ihr einen Arm um die Schultern.

»Ginger hat das so geliebt. Man kann nicht mehrere Jahrzehnte mit so einem Mann verbringen, ohne am Ende was zu lernen.«

»Und er hat von dir gelernt.«

Trudy lachte schallend auf. »Was er gelernt hat, war, nach dem Rasieren die Barthaare im Becken runterzuspülen! Harry, ich habe unser ganzes erstes Ehejahr gebraucht, um das in seinen Kopf zu kriegen.«

»Bei Fair war es so, dass er seine Sachen beim Ausziehen auf den Boden fallen ließ.«

»Meine Mutter hat gesagt, man muss einen Mann stubenrein hinkriegen, und Junge, Junge, sie hatte recht.« Trudy lachte wieder, dann wurden ihre Augen feucht. »Ich würde alles noch mal so machen. Jede Sekunde. Jede Minute. Ich hatte den besten Mann, den es je gab.«

Harry umarmte sie noch einmal. »Das glaube ich auch. Ihr habt gut zusammengepasst.«

Als Harry nach Hause fuhr, Tucker hatte den Kopf auf ihr Bein gelegt, strömten ihr Tränen über die Wangen. Eine gute Ehe bringt allen in der Umgebung des Paares etwas bei. Trudy konnte sagen, dass Ginger sich in die Yorkerin verliebt hatte, und sie meinte, er war begeistert von der Frau, hingerissen, und Trudy hat ihm vertraut. Sie liebte ihn und wollte, dass er solche Erfahrungen machte. Und Ginger seinerseits förderte ihre Interessen, akzeptierte ihre Freunde, selbst wenn er einige nicht leiden konnte.

Aufwallender Zorn verdrängte den Kummer. Wie konnte man Ginger McConnell nur ermorden? Sie konzentrierte sich auf die Straße.

»Tucker.«

Die herzige Hündin hob den Kopf. »*Ja, Mom.*«

»Ich kriege raus, wer Ginger umgebracht hat, so wahr mir Gott helfe! Und warum er an seinem Lebensende fasziniert von Kriegsgefangenenlagern war, Lagern, die durch die Gefangenen in Verbindung standen? Gab es zwischen Virginia und Pennsylvania so was wie illegalen Handel?« Sie dachte darüber nach und entschied sich dagegen.

Obwohl es möglich wäre, Virginias Schwarzgebrannten bester Qualität nach Pennsylvania zu befördern, so waren die Menschen dort absolut selber fähig, Schnaps zu produzieren. Sie zeigten eine wahre Vorliebe für Bier, kein Wunder bei den vielen deutschen Einwanderern. Was könnte diese zwei verbinden, und warum sammelte Ginger Fotografien, alte Landkarten, warum las er immer wieder Schlachtberichte, die er doch schon so gut kannte? Sie erinnerte sich, dass er einmal zu ihr gesagt hatte, wenn man wirklich etwas über eine Geschichtsperiode, eine beliebige Geschichtsperiode, wissen möchte, muss man sich an Tagebücher und Briefe halten. Nun, die hatte er sein Leben lang gelesen.

Sie sprach wieder laut zu Tucker: »Schnuckelchen, ich weiß nicht, warum, aber das hängt alles mit The Barracks zusammen.«

29

22. April 1781

E wing Garth ritt auf einem Welsh Cob, einem robusten Pferd, zu der im Umbau befindlichen Brücke über den

Ivy Creek. Mit dem Frühjahr kamen die Arbeiter. Er hatte das Lager im Winter mehrmals aufgesucht und jedes Mal die neuen Baracken gezählt, die er sehen konnte. Andere wurden jenseits der Anhöhe errichtet, dicht an den zweitausend Morgen, die Peter Ashcombe gehörten.

Scharfsinnig, wie er war, erkannte Garth, dass für mehr Männer auch mehr Versorgungsgüter gebraucht wurden. Er konnte reichlich Hanf, Mais, Hafer, Stroh und Heu sowie Tabak zur Verfügung stellen. Es ging nicht darum, Preise festzusetzen, sondern darum, vom Kontinentalkongress Geld zu bekommen, und darum, die Güter selbst zu transportieren. Zum Glück war er dank seiner Besitztümer in New Bern, North Carolina, und auf Chincoteague Island nicht mittellos. Handelsverkehr auf Wasserstraßen oder auf dem Meer brachten einem Mann viele Vorteile, das heißt so lange, bis ein britisches Schiff beschloss, sein Schiff zu kapern und sich die ganze Ladung als Beute anzueignen. Was das betraf, hatte Ewing Garth bislang Glück gehabt. Er sichtete Hauptmann John Schuyler auf der Anhöhe oberhalb der Brücke.

»Ah, Herr Hauptmann. Ich sehe, der Fortschritt ist im Werden. Die Straße ist jetzt viel besser.«

Hauptmann Schuyler zog vor Garth den Hut und lächelte. »Mein Herr, im Frühjahr werden wir mit der Anhebung und Verbreiterung der Brücke vorankommen. Meine einzige Befürchtung ist, dass die Schneeschmelze den Fluss zu stark und zu früh anschwellen lässt.«

Ewing nickte ernst und sagte: »Dies war ein strenger Winter. Mit meinem zunehmenden Alter sind alle Winter streng.«

Charles West, knietief in dem kalten schnell fließenden Wasser, trieb dicke Stützbalken als Träger für die größere Brückenspannweite ein. Korporal Ix arbeitete neben ihm. Das von den Bergen kommende Wasser war so kalt, dass Charles' Zähne klapperten. Piglet rannte, um sein Herrchen besorgt, die Uferböschung entlang.

»Herr Hauptmann, gönnen wir den Männern doch etwas Zeit am Feuer. Ich sehe ihre Not.«

»Selbstverständlich. Uns ist wichtig, die Balken einzusetzen, bevor das Wasser steigt. Es ist sehr gütig von Ihnen, sich der Gefangenen anzunehmen.«

»Ungemein geschickt, einige von diesen Burschen. Was mag sie erwarten, wenn sie nach England zurückkehren? Die Annullierung des Saratoga-Abkommens rückt die Sache in ein anderes Licht, nicht wahr? Die Krone weigert sich, mit uns zu verhandeln. Verräter, sagen sie. Aber, mein Herr, sie haben ihre eigenen Leute preisgegeben! Wenn irgendeiner Tyrannei an den Tag legte, hier haben wir den Beweis.«

»Nun, Herr Garth, im Gegensatz zu Ihnen verstehe ich nichts von Politik. Ich sollte meinen, die Krone würde bestrebt sein, sich guter Männer zu bedienen. Was gute Männer mit Verstand angeht, wundert es mich, dass Sie nicht für den Kongress kandidieren.«

Ewing fühlte sich geehrt. »Sie schmeicheln mir, Herr Hauptmann. Aber da ich alles gern schnell und effizient erledigt haben möchte, wäre ich in einem Beratungsgremium erbärmlich fehl am Platz.«

Der Hauptmann gab den Männern ein Zeichen, eine Pause am Feuer einzulegen, dann wandte er sich wieder dem älteren Mann zu. »Ich glaube, wir können Ihre Brücke bis nächsten Monat fertigstellen, sofern das Wetter uns gewogen ist.«

Ein breites Lächeln zog über Ewings Gesicht. »Vorzüglich. Vorzüglich.« Er legte seine Hand auf den Hals des Pferdes. Der gutmütige Cob gab acht auf Ewing, der kein guter Reiter war. »Sagen Sie, Herr Hauptmann, was halten Sie von diesem Krieg?«

»Wir werden ihn gewinnen, mein Herr. Wie lange das dauern wird, weiß ich nicht, ich weiß aber, wir haben eine sehr, sehr lange Küstenlinie, und die kann die britische Kriegsflotte nicht vollständig bezwingen, so mächtig sie auch sein mag. Die

Briten haben nicht genug Männer, um an unseren Gestaden zu landen, auch nicht, um alle unsere Großstädte und Städte an der Küste und im Landesinneren einzunehmen und besetzt zu halten.«

»Ja. Ja. Ich denke, und das liegt vielleicht an meinen Tabakbeständen, dass sie ihre Absichten auf unseren Süden verlegen werden. Es würde mich nicht wundern zu erfahren, dass sie unseren Tabak stehlen. Sie wissen, dass wir damit unsere Versorgungsgüter bezahlen. Oh, wie sie die Franzosen hassen. Gewiss, Saratoga hat den Briten einen schweren Schlag versetzt. Aber sicher, Sie waren dabei.«

»Eine große Ehre. Ich werde froh sein, wenn ich wieder in den Kampf ziehen kann.«

Garth rutschte auf seinem Sattel herum. »Da der Winter nun vorbei ist, können wir mit weiteren Kampfhandlungen rechnen?«

»Zweifelsohne.«

Garth drehte sich um und sah Catherine und Jeddie gemeinsam zu ihnen hin reiten. Catherine saß auf Renaldo, dem schwierigen Pferd, das ihren Vater erschreckt und John Schuyler einmal die Gelegenheit geboten hatte, sie in seinen Armen zu halten, wenngleich auch nur kurz.

»Ich wünsche, sie würde dieses Untier nicht reiten«, klagte Garth.

John sah sie voll Bewunderung an.

»Sie hat ihn unter Kontrolle.«

»Ich habe ihr befohlen, ihn nie allein zu reiten. Jeddie oder ihre Schwester muss mitkommen.«

»Jeddie hat eine ursprüngliche Sitzhaltung«, sagte der junge Hauptmann nickend. »Leichtgewichtiger Bursche.«

»Er ist Catherine treu ergeben, was mich ein wenig beruhigt.«

Das Untier Renaldo stürmte zu ihnen heran und kam mit einem hochmütigen Schnauben jäh zum Stehen.

»Guten Tag, Vater. Ah, Herr Hauptmann Schuyler. Ist das nicht ein herrlicher Tag?«, erklang ihre tiefe, klare Stimme vom Rücken des Pferdes, wobei sie den von Ehrfurcht ergriffenen Hauptmann ansah.

In Erinnerung an Charles' Unterweisungen zog John schwungvoll den Hut, ließ den rechten Arm neben sein Pferd sinken, hob ihn dann wieder an und steckte den Hut unter den linken Arm, dessen Hand die Zügel hielt. »Fräulein Garth.«

»Vater, kannst du mir Hauptmann Schuyler für kurze Zeit ausborgen? Ich möchte ihm unsere rückwärtigen Ländereien zeigen, wo sie an die fernen Harvey-Fluren grenzen und man das Ashcombe-Gebiet sehen kann. Das möchte ich tun, bevor das Laub dichter wird und uns die Sicht nimmt.«

»Hauptmann Schuyler ist für die Brücke zuständig, mein Liebes. Ich sehe nicht, wie er die Männer allein lassen kann.«

Sie sah John Schuyler mit leuchtenden Augen an. »Werden sie tun, was Sie sagen?«

»Das will ich meinen.« Ein Schauder lief ihm den Rücken hinab. »Aber Ihr Herr Vater und ich müssen dies zu einem Ende bringen, ehe stromaufwärts die Schneeschmelze einsetzt.«

Sie lachte leichthin. »Lieber Herr Hauptmann, Jeddie und ich bringen Sie zurück, bevor der Schnee schmilzt.« Dann richtete sie ihren unwiderstehlichen Liebreiz auf ihren Vater. »Vater, ich habe bedacht, wie schwierig Lieferungen sein können und wie viele Güter du nach Osten wie Westen befördern musst. Im hinteren Teil unseres Landes gibt es eine Reihe tiefer Senken. Wenn diese Männer eine breitere Brücke über den Ivy Creek bauen können, warum können sie das nicht auch über die Senken und die eine Schlucht? Eine seichte Schlucht dankenswerterweise«, sagte sie zu John, ehe sie wieder zu ihrem entzückten Vater sah. »Dann könntest du die Fuhrwerke gleich in Oberst Harveys Gebiet fahren lassen, wo die Baracken stehen, und die Gefangenen können die Vorräte abladen. Das würde so viel Zeit sparen, Vater.«

Der Apfel war nicht weit vom Stamm gefallen.

Ewing Garth bedachte ihren Vorschlag mit einem zögerlichen Lächeln. »Nun, mein Liebes, ich kann dir selten etwas abschlagen, und dies ist ein ungewöhnlicher Einfall. Vielleicht wird er Früchte tragen.« Während er dies sagte, sah er zu seinem Obstgarten hin, wodurch er bei allen ein Lächeln hervorrief.

»Dürfte ich Korporal Ix und Leutnant West mitnehmen, mein Herr?«, fragte John. »Der Korporal wird uns die besten Ratschläge erteilen. Er hatte in der Angelegenheit dieser Brücke und der Ausweichstellen an der Straße gewiss recht. Und der Leutnant kann Skizzen anfertigen, um sie Ihnen zur Begutachtung vorzulegen.«

»Vorzüglicher Gedanke«, befand Garth.

»Jeddie, kehre in den Stall zurück und hole noch zwei Pferde für Korporal Ix und Leutnant West«, sagte Catherine. »Bringe sie zur Sumpfeiche, zu der westlichsten Sumpfeiche. Wir werden uns dort treffen.« Strahlend wandte sie sich an ihren Vater. »Ich möchte dir so gerne helfen, Vater. Ich weiß, du hattest dir für deine Arbeit einen Sohn gewünscht, aber ich bin ebenso gut, findest du nicht auch?«

Betreten stieß Ewing Garth mit gerötetem Gesicht hervor: »Du bist viel besser als das, Catherine. Dein Wert ist nicht in Rubinen aufzuwiegen.«

Sie lächelte ihn an. »Ich werde das Meinige tun.« Damit kehrte sie um und trabte von dannen, Hauptmann Schuyler setzte seinen Hut wieder auf, nickte Ewing zu und beeilte sich, sie einzuholen.

Ewing Garth sah ihnen nach und erkannte, dass er seine Älteste nie verstehen würde. Ihre Schönheit war umwerfend, ihre Persönlichkeit beeindruckend. Benjamin Franklin hätte keinen Schlüssel an einer Drachenschnur befestigen müssen. Er hätte Catherine lediglich anzuschauen brauchen, dessen war sich

Ewing gewiss. Warum wollte sie mit ihren vorzüglichen Begabungen für ihn so nützlich sein wie ein Sohn? Nun, ihre Mutter hatte er ja auch nie richtig verstanden.

Er nickte West und Ix zu, als sie sich vom Feuer entfernten, um Jeddie zu folgen, und er dachte, es sei besser, sich nicht damit abzumühen, seine Tochter zu verstehen. Besser war es, sie einfach zu lieben, und das tat er.

Wieder vor seinem Haus angelangt, saß er ab, der Sohn seines Dieners kam herausgelaufen, um sich seines Pferdes anzunehmen, und Ewing ging ins Haus. Er hörte Rachel ihre Französisch-Lektion üben.

»*Mademoiselle*«, sprach der Hauslehrer sie an, da ihre Stimme Verdruss erkennen ließ.

»Ach, lächerlich! Warum können die Franzosen nicht Englisch sprechen?«

Kopfschüttelnd ging Ewing in sein Kontor. Als Witwer mit zwei Töchtern fühlte er sich in der Minderheit.

* * *

Catherine galoppierte voraus, bis John Schuyler sie eingeholt hatte und neben ihr ritt. Dann spornte sie ihr Pferd an, schneller zu laufen. Seite an Seite sprengten sie dahin, die kühle Aprilluft schlug ihnen ins Gesicht. Lachend, sie konnte es sich nicht versagen, kam sie schließlich an der gewaltigen Sumpfeiche zum Stehen. John, ein wenig außer Atem, hielt ebenfalls an.

»Ich möchte ewig leben«, verkündete sie. »Ich möchte reiten, tanzen, lesen und nur den Wind fühlen.«

Um Worte verlegen, lächelte er, kam sich gänzlich töricht vor.

Sie strahlte ihn an. »Und ich möchte meinem Vater unbedingt bei seinen Vorhaben behilflich sein. Wundert Sie das?«, fragte sie.

»Fräulein Garth, nichts an Ihnen würde mich wundern.« Er nahm die ersten Frühlingsanzeichen wahr, blassgrüne Knospen an den Bäumen.

»Ich kann einfach nicht von Moiréseide schwärmen, von in feinem Silber serviertem Tee, und fortwährendem langweiligem Geschwätz lauschen. Das kann ich nicht. Ich wünschte, ich wäre als meines Vaters Sohn geboren.«

»Ich bin überaus froh, dass Sie als seine Tochter geboren wurden.« John schmunzelte.

Beim Betrachten dieses stattlichen Mannes wurde Catherine schwindelig, vielleicht sogar übermütig. Sie wollte keinesfalls sich oder den Namen ihrer Familie in Verruf bringen. Dennoch brachen Vorstellungen und Gefühle aus ihr hervor, und sie unternahm keinen Versuch, sie zu unterdrücken.

»Sie schmeicheln mir.« Sie neigte den Kopf. »Wünschen Sie sich einen Schatten, Herr Hauptmann?«

»Einen was?«

»Wünschen Sie sich eine Frau, die Ihnen schattengleich folgt, tut, was Sie wollen, Haus und Herd hütet?«

»Darüber habe ich nie nachgedacht«, erwiderte er aufrichtig.

»Und?«

Jetzt dachte er darüber nach. »Ich meine, der Wirkungskreis einer Frau kann mühevoll sein und für Sie vielleicht, wie Sie erkennen lassen, langweilig. Und es würde mir widerstreben, Sie mir gelangweilt vorzustellen! Ich – ich fürchte vielmehr, dass ich Sie langweilen würde. Ich bin kein wohlhabender oder gebildeter Mann.«

»Aber ein tapferer. Sie haben gekämpft, und ich mutmaße, Sie werden es wieder tun.« Catherine sah ihm eindringlich in die Augen. »Herr Hauptmann Schuyler, wenn Sie mich sein ließen, wie ich bin, würden Sie mich mitnichten langweilen. Ich möchte unbedingt reiten, tanzen, lachen und meinen Vater bewundern. Er sieht überall Möglichkeiten, und er arbeitet dafür.« Sie sprach hastig weiter. »Mein Vater ist ein Erbauer. Er verschwendet keine Zeit. Sein Platz in der Gesellschaft ist ihm sehr wichtig, und mich kümmert das keinen Deut, allerdings würde ich ohne ihn keinen Platz in der Gesellschaft haben.« Sie wechselte jäh das Thema. »Wie ist Ihre Mutter? Würde ich sie empören?«

Er seufzte. »Meine Mutter ist die Güte selbst. Vier von uns sind noch am Leben. Sie und mein Vater haben uns unterwiesen, uns vieles gelehrt. Ob sie von Ihnen empört wäre? Ich denke, sie wäre geblendet wie jedermann, der Sie zu Gesicht bekommt, doch dann würde sie näher hinschauen.«

»Und würde sie sich für eine erwärmen, die vortrefflichen Tee serviert?«

»Fräulein Garth, mein Vater ist Zimmermann. Wir haben einen kleinen Bauernhof. Feldarbeit ist in Massachusetts viel mühsamer als hier. Mutter kümmert sich um den Hof. Sie hat raue Hände, hinkt beim Gehen, da sie vor Jahren ein Bein gebrochen hatte und es nicht ordentlich gerichtet wurde. Das harte Leben ist ihr anzusehen, doch sie würde nur eines wirklich wissen wollen: Haben Sie ein gutes Herz?«

Catherines Augen füllten sich mit Tränen. »Wie ich Sie beneide. Sie muss wunderbar sein.«

»Das ist sie. Und mein Vater auch, obgleich er nur wenig spricht. Ich befürchte, Sie würden uns, wie sagt man, für ›nicht standesgemäß‹ befinden.«

Ihr Gesicht lief rot an, ihre Augen blitzten. »Herr Hauptmann, ich bin nicht so oberflächlich. Und ich hoffe, dass mir eines Tages die Ehre zuteilwird, die Bekanntschaft Ihrer Mutter und Ihres Vaters zu machen.«

Sie blieben auf ihren Pferden sitzen und wussten beide nicht, was sie noch sagen sollten. John war zumute, als könnte diese Frau sein Inneres nach außen kehren. Er wusste nicht einmal, was in seinem Inneren war, um sich nach außen kehren zu lassen.

Jeddie und die zwei Gefangenen gelangten endlich zu ihnen und riefen: »Fräulein Garth, Sie müssen den ganzen Weg galoppiert sein.«

Sie lächelte John an und drehte um, jetzt ganz bei sich. »Ich bin ihm davongeprescht.«

Zu fünft betrachteten sie eine Stunde lang die zwei schmalen Senken und die breitere Schlucht.

»Gen Osten wird sie etwas flacher«, bemerkte Korporal Ix. »Das ist eine bessere Stelle.«

»Schon, aber das Land gehört Peter Ashcombe«, sagte Catherine. »Wir haben gehört, er war bei Howe in Philadelphia. Andere haben gesagt, er hat sich nach Neuschottland begeben. Sein ansehnlicher Besitz, zweitausend Morgen, befindet sich in der Obhut eines Verwalters, der für unsere Freiheit ist, aber Peter treu ergeben. Er gibt nichts preis.«

»Verstehe«, murmelte der hessische Korporal.

Charles West, dessen Beine noch kalt und nass waren, zeichnete dessen ungeachtet rasch und bezog die Vorschläge des Hessen mit ein. Von ihrem Pferd aus spähte Catherine über Charles' Schulter. »Ich werde das für Vater akkurater machen«, sagte sie.

John Schuyler saß ab und hob Catherine hinunter. Sie banden ihre Pferde an einen nahen Baum, da Jeddie Halfter und Stricke mitgebracht hatte.

»Es ist machbar«, rief Korporal Ix vom Boden der Schlucht. »Fräulein Garth, können Sie mir sagen, ob Sie hier jemals Wasser haben durchfließen gesehen?«

»Bei sehr heftigem Unwetter. In den breiteren Mulden, auch in den Senken, und in denen fließt das Wasser schneller.«

»M-m-m« war alles, was der Bautechniker dazu sagte.

Wieder zu Pferde, ritten sie zurück zum Hause Garth.

»Wenn Sie die dicksten Bäume, Harthölzer, fällen, können wir sie in die Erde setzen«, sagte Ix. »Das erfordert eine Menge

Grabarbeit, aber wir können es schaffen, dann die Stämme einlassen und rundum verstreben. Wegen der Kraft des Wassers in den engen Senken ist ein starker Unterbau vonnöten, stärker als bei der Brücke, die wir fertigstellen. Das ist wirklich der schwierigste Teil, aber das Holz ist da.« Der Bautechniker hatte es durchdacht.

Catherine ergänzte: »Wir können unsere Bohlen selbst zuschneiden. Das erspart das Schleppen von Holz zu einer Sägemühle und zurück.«

»Das Kunststück ist, nicht der Mann am Grund der Senke zu sein«, bemerkte John Schuyler, und die anderen lachten.

»Wie lange dürfte das währen?«, fragte Catherine Korporal Ix.

»Das kommt auf die Zahl der zur Verfügung stehenden Männer an. Wenn ich fünfzig Mann hätte, könnte ich die Stützen binnen drei Wochen einsetzen. Das hier ist wie gesagt schwieriger als die Erneuerung der Brücke, und ich würde die Brücke erst bauen wollen, wenn wir die Stützen verstärkt haben.« Er fügte an: »Alles in allem, unter Berücksichtigung des Wetters, drei Monate für die Stützen und den Unterbau. Nicht zu vergessen, wir müssen die alte Verbindung nach dort verbessern. Es gibt nur einen ruckeligen Feldweg.«

Catherine lächelte. »Ich denke, mein Vater wird erfreut sein.«

Das war er. So sehr, dass ihm nicht auffiel, wie Catherine hinauf in ihr Zimmer schlich, ein Buch auswählte und es John Schuyler gab, bevor er an diesem Nachmittag aufbrach.

30

Die Hartriegelblüten sind endlich offen. Jetzt ist wirklich Frühling«, sagte Susan strahlend. Sie und Harry rumpelten mitsamt Mrs. Murphy und Pewter auf dem Farmington-Golfplatz in einem Golfwagen zum elften Loch. Ein Loch weiter spielten David Wheeler, Paul Huber und Rudolph Putnam. David, nicht gewillt, sich Susans Launen zu fügen, hatte schnell die Nachmittagsteams organisiert und sich Paul und Rudy als Partner genommen.

Harry war an Susans Gemütsschwankungen gewöhnt und schenkte ihnen wenig Beachtung. Marshall Reese und Nelson Yarbrough, die anderen zwei in ihrer Gruppe, fuhren in einem eigenen Wagen und führten eine hitzige Debatte darüber, was Football in Virginia unbedingt brauchte, um besser zu werden. Als sie am elften Loch schlingernd zum Stehen kamen, ging es um das Thema, ob wir die besten Highschooltalente für Abwehr oder Angriff ködern sollten.

»Abwehr, Nelson. Ich sag's dir.« Mit einem Schläger in der Hand sprang Marshall von dem Fahrzeug.

Der meist liebenswürdige Nelson schüttelte nur den Kopf und meinte: »Ihr Jungs gewinnt keine Spiele.«

»So? Oh, wie oft habe ich geholfen, den gegnerischen Quarterback zu Fall zu bringen? Wie oft habe ich ihn bei seinem Wurf unter Druck gesetzt?«

»Marshall, du warst überragend, aber das bringt noch keine Punktestände.«

»Wollt ihr zwei wohl still sein und spielen?«, forderte Susan sie freundlich auf, denn sie war jetzt dicht am Tee.

Grinsend steckte Nelson sein Tee in den dichten Rasen, vollführte einen Übungsschwung und sagte »Angriff.«

Susan tat empört. »Ihr zwei seid übergroße Jungs.«

»Alle Männer sind übergroße Jungs«, bestätigte Harry.

Sie schwiegen still, als Nelson einen fantastischen Abschlag hatte.

Marshall stöhnte leise. »Wenn ich da nicht drankomm, wird er mich ewig damit aufziehen.«

Susan spornte den immer noch ansehnlichen Mann an: »Na, dann schlag doch einfach weiter als er.«

Nelson beobachtete dies mit einem breiten Lächeln und entfernte sich respektvoll aus Marshalls Blickfeld.

Marshall zeigte sich der Situation durchaus gewachsen. Nicht ganz so kräftig wie Nelson, schlug er schnurgerade übers Fairway und sicherte sich eine gute Ausgangslage für den zweiten Schlag. Er landete nahe genug an Nelsons Schlag, so dass er nicht beschämt sein musste. Das heißt, bis Susan auf-teete und den Ball so perfekt schlug, dass es wie ein dunkles Klicken klang. Ihr Ball fiel neben Nelsons. Marshall hatte nie mit Susan gespielt, weil er hauptsächlich mit seinen Mann-schaftskameraden spielte. Er gaffte mit offenem Mund.

Nelson sprang in den Wagen. »Fahren wir.«

Marshall ließ sich neben ihn fallen. »Verdammt, die Frau hat's drauf.«

»Ihre Form ist perfekt«, sagte Nelson. »Fließend, ökono-misch, da ist nichts zu viel. Mit ihrer Form wären unsere Ab-schläge dreihundert Meter weit. Schon mal gemerkt, dass die Besten in irgendwas die Sache immer leicht aussehen lassen?«

»So ist es«, stimmte Marshall zu.

Wieder im »Mädels«-Wagen, gestattete Susan sich eine kleine Häme. »Ich schlag den Drive so gern.«

Hinten wollte Mrs. Murphy von Pewter wissen: »*Hast du den Rotkopfspecht gesehen?*«

»*Auf dem alten schwarzen Tupelobaum?*«

»*Genau. Könnte heißen, dass der Baum früher oder später um-ippt. Steckt voll Ungeziefer.*«

Mrs. Murphy war eine scharfe Beobachterin von Vogelverhalten. *»Klar, die Platzwarte werden ihn finden. Muss 'ne Menge Arbeit machen, einen Golfplatz instand zu halten.«*

»Wär mir lieber, wenn dies Katzenminzefelder wären.« Pewter kniff vor Wonne die Augen halb zu.

»Ganz sicher«, bestätigte Mrs. Murphy sogleich. *»Und sie könnten ihr albernes Spiel sogar auf Katzenminze spielen.«*

Die Menschen spielten das elfte Loch zu Ende, sehr zufrieden mit ihren bisherigen Spielergebnissen. Dann schlugen sie vom zwölften Loch ab, dem Wasserloch, das war der Fairway, auf dem Ginger McConnell ermordet worden war. Weil sie nichts beschreien wollten, sprach niemand außer den Katzen davon.

Wie es der Teufel wollte, schlug Marshall in den Wald. Er schob den schlechten Schlag auf seine aufgescheuerten Hände, die bandagiert waren, wie Harry feststellte. Nelson und Susan blieben auf dem Fairway, aber Susan hatte einen schwierigen Schlag auf das Grün und konnte nur hoffen, dass sie den Ball finden würden. Solche Herausforderungen brachten Susan auf Touren.

Marshall dagegen fluchte im Wald das Blaue vom Himmel. Aus Mitleid mit ihm ging Harry auch hin, um ihm bei der Suche zu helfen. Die Katzen, die besten aller Entdecker, trotteten mit hoch erhobenen Schwänzen hinter ihr her.

»Ich hab's gewusst«, wütete Marshall. »In dem Moment, wo ich schlug, wusste ich, das war ein Fehlschlag.«

Harry sagte wohlweislich nichts, sondern setzte die Suche fort. Sie sah den abgesägten Stamm, auf dem sie bald nach Gingers Ermordung die Spikesabdrücke entdeckt hatte, und ging dorthin. Die Katzen setzten die Ballsuche fort.

»Harry, ich glaube nicht, dass ich ihn so weit geschlagen habe«, rief Marshall.

»Ja, ich hab mir bloß was angeguckt.« Sie ging zurück, um mit der Suche fortzufahren.

»Hab ihn gefunden«, sagte er erleichtert.

»Ich hab ihn zuerst gefunden«, belehrte Mrs. Murphy ihn; sie saß direkt neben dem Ball.

»Murphy, verschwende nicht deine Zeit. Menschen sind bekanntlich undankbar.«

Die Hände auf den Hüften, blinzelte Marshall bekümmert durch die Bäume. »Ich hab keine Chance.«

»Man müsste Houdini sein, um da rauszukommen«, bestätigte Harry.

»Ich nehme den Strafschlag hin. Sonst stehle ich allen zehn Minuten von ihrer Zeit.«

* * *

Der restliche Nachmittag verging durchaus erfreulich. Marshall spielte um die neunzig. Weil er in letzter Zeit nur wenig spielte, war er ganz zufrieden – eingerostet, aber daran konnte er arbeiten.

Nelson kam mit fünfzehn über Par aus der Runde, genau sein Handicap, somit hatte auch er das Gefühl, dass er sich verbesserte. Es war Anfang Mai. Massenhaft Zeit.

Susan spielte eine 83. Gleich nach dem Spiel ging sie gedanklich jedes Loch noch einmal durch, überlegte, wo sie einen Fehler gemacht hatte, wo sie einen Schlag hätte einsparen können.

Alle setzten sich draußen vor das Club-Restaurant. Es war etwas kühl, sie zogen ihre Jacken an, genossen aber den herrlichen Terrassenblick auf den Golfplatz. Die zwei Katzen machten es sich unter Harrys Stuhl bequem, achteten auf alles, was herunterfiel.

»Schönes Gefühl, wieder draußen zu sein«, sagte Marshall, als sein Hamburger gebracht wurde. »Es war so viel los, drum hab ich zwei Wochen nicht gespielt.«

»War heftig«, stimmte Harry zu.

»Danke, dass du mir geholfen hast, dort beim zwölften nach meinem Ball zu suchen. So ein mieser Schlag.« Marshall verzog das Gesicht.

»Ich war keine große Hilfe, ich war von einem Baumstumpf abgelenkt.«

»Harry, nicht das schon wieder.« Susan verdrehte die Augen.

»Verpassen wir eine gute Story?« Paul Huber lächelte.

»Vielleicht eine Erinnerung aus deiner wilden Jugend am zwölften Loch?«

»Nein. Nach Gingers Ermordung konnte ich nicht anders und habe Susan rausgeschleppt, um das zwölfte Loch und die Löcher in der Nähe zu inspizieren. Ich habe auf dem sauber abgesägten Baumstumpf Spikesabdrücke gefunden, die Zehen zeigten in die Richtung, wo Ginger stand.«

»Und ich habe ihr gesagt, dass viele Leute sich auf den Stumpf stellen, um verlorene Bälle zu suchen«, versetzte Susan.

»Wenn ich das gewusst hätte, wäre ich da draufgestiegen«, sagte Marshall. »Womöglich hätte ich meinen Ball dann eher gefunden.«

»Harry, du kannst es wirklich nicht lassen, nein?«, zog David sie auf. »Du hast zu viele Magier- und Krimisendungen geguckt.«

»Ich weiß, ich weiß.« Um sich zu rechtfertigen, sagte Harry dann: »Aber ich glaube, das alles hängt mit The Barracks zusammen, den Kriegsgefangenenbaracken.«

Sie verstummten und starrten sie an.

Schließlich entgegnete Rudy in höflichem Ton: »Von 1779 bis heute, das ist ein ziemlich weiter Sprung.«

»Ich weiß.« Sie grinste verschmitzt. »Doch wenn es stimmt, was für eine Story.«

In Hänselstimmung sagte David im Kommandoton: »Als Steuerberater kann ich dir unzweifelhaft sagen, es muss um Geld gehen.«

Das zog allgemeines Geplauder nach sich.

Susan sagte: »Egal was passiert, Harry wird es auf die Katzen oder Tucker schieben. Ihr wisst schon, die Katze hat ein Armband oder was auch immer gefunden. Sie kann nicht zugeben, dass sie unglaublich wissbegierig ist.«

»Hey, mein Hund und die Katzen haben Frank gefunden«, sagte Harry.

Wieder stockte die Unterhaltung.

»Das habe ich gehört«, erwiderte Rudy. »Ist vielleicht besser, wenn wir beim Essen nicht daran denken.«

David unterstützte ihn. »Sehr richtig.«

Später, auf dem Weg zu ihren Autos und außer Harrys Hörweite, flüsterte Marshall Paul zu: »Wie kommt sie nur auf all so ein Zeug?«

Paul schüttelte den Kopf. »Keine Ahnung. Aber es ergäbe eine verdammt gute Story.«

Die Katzen waren auf dem Weg zum Wagen anderer Ansicht.

»*Sie sollte den Mund halten*«, murrte Mrs. Murphy.

»*Unbedingt … Kaum macht sie den Mund auf, schon sprudelt alles Mögliche raus.*« Als Harry die Wagentür öffnete, sprang Pewter auf den Autositz. »*Aber die Sache ist doch, wenn nun ein Mörder, DER Mörder, an einem anderen Tisch saß und sie gehört hat?*«

»*Sie fordert Unannehmlichkeiten geradezu heraus*«, miaute die Tigerkatze weise, als Harry den Motor startete.

»*Wenn sie in Unannehmlichkeiten kommt, ist das eine Sache. Aber sie zieht uns mit rein, und das ist was anderes*«, prophezeite Pewter.

31

Es ist so verdammt heiß, dass nicht mal die Mücken stechen«, schimpfte Edward Thimble.

Die Männer hatten ihre Hemden abgelegt. Schweiß rann ihnen über Brust und Rücken, als sie auf der letzten Brücke über der Schlucht sorgsam dicke Bohlen befestigten.

Die zu den Baracken führenden Brücken, die Senken und Schlucht überquerten, waren mit einem sanften Bogen gebaut, um stärkeren Belastungen standzuhalten. Die Arbeit dauerte länger, als Korporal Ix vorausgesehen hatte, und Verzögerungen, nichts Ungewöhnliches bei jedwedem Bauvorhaben, bringen selten das Beste in den Menschen zum Vorschein. Die Männer verfluchten die Hitze, verfluchten den langen aufreibenden Krieg und verfluchten am Ende einander.

Das Verlegen der Bohlen erforderte Sorgfalt, ging jedoch leichter vonstatten als das Einsetzen der Stützbalken und das Anbringen der Querbalken dazwischen. Drei Männer hatten Knochenbrüche erlitten. Keiner war gestorben, aber Hitzschlag, Schürfwunden und Muskelerschöpfung waren an der Tagesordnung.

Charles arbeitete zusammen mit den Männern. Piglet schlief unter einem großen Walnussbaum, da ihm befohlen worden war, dort zu bleiben. Charles schaute sehnsuchtsvoll zu seinem Hund, wünschte sich, ebenfalls dort schlafen zu können.

Die amerikanischen und britischen Männer wussten, dass die Franzosen in Newport, Rhode Island, eingetroffen waren, eine gute Nachricht für die Rebellen. Charleston, South Carolina, war von den Briten eingenommen, und die Kontinentalstreitkräfte waren in Waxhaw Creek, South Carolina, zerrieben worden.

Obwohl Mad Anthony Wayne bei Green Springs östlich von Charlottesville zurückgeschlagen worden war, wurden die Rebellen zuversichtlicher. Die schiere Landmasse der Kolonien und auch die Gebiete im Landesinneren verlangten von den Briten, Tausende und Abertausende von Männern für den Sieg zu verpflichten. Und wenn sie gesiegt hatten, würden sie Tausende und Abertausende von Männern benötigen, um den Frieden zu bewahren.

Charles, der selten Briefe aus der Heimat erhielt, mehr von seinem älteren Bruder als von seinem Vater, wusste, dass die Probleme von Lord North fortbestanden und seine Unbeliebtheit steigerten. Charles' Bruder, in Politik weitaus bewanderter als der Vater, schrieb, North' Regierung werde früher oder später stürzen. Das britische Volk war eines Krieges überdrüssig, den man hätte zügig führen müssen. Die erhöhte Steuerlast war nicht eben beliebt. Wenn die Kolonisten sich abspalten wollten, sollten sie doch. Die Briten hielten noch New York, Savannah und Charleston besetzt, aber sie besaßen keine Macht mehr über Philadelphia, die größte Stadt in der Neuen Welt. Die Siege, die sie errangen, machten kaum Eindruck auf die Rebellen, die den Kampf fortsetzten und die Invasoren zermürbten. Das Ansehen vieler wurde ruiniert, nur wenige machten sich einen guten Namen. Diejenigen Männer, die hofften, aus diesem Krieg aufzusteigen, mit stärkeren Kommandos betraut und von einem dankbaren König entlohnt zu werden, hatten schon längst begriffen, dass mit Dankbarkeit kaum zu rechnen war.

Hauptmann Graves rief nach ihm. »Leutnant.«

»Ja, Herr Hauptmann.«

»Sagen Sie Ihren Männern, sie sollen eine Pause machen. Im Fluss baden. Das Wasser ist einigermaßen erfrischend.«

Charles gehorchte dem älteren Offizier von der Königlich Irischen Artillerie. »Jawohl, Herr Hauptmann.«

Er rief nach seinen Männern, und der Ruf setzte sich in der Reihe der Arbeiter fort.

Die Männer ließen ihr Werk freudig ruhen, zogen sich nackt aus und wateten in den rasch fließenden Fluss.

»Sollen wir uns ihnen anschließen, Herr Hauptmann?« Charles lächelte den älteren Offizier an, der von einer alten Säbelverwundung eine Narbe am Hals hatte.

»Ein vorzüglicher Vorschlag.«

Die zwei streiften ihre Kleider ab, die wegen des Schweißes an ihnen klebten, und wateten ins Wasser. Piglet rannte fort von dem Baum und stürzte sich ins Wasser, wo er wild paddelte.

»Komm, Kleiner.« Charles schob seine Arme unter den kleinen Hund und hielt ihn im Wasser, während er selbst bis zum Kinn hineinsank.

Wie wohl das tat.

Sie kühlten sich fünfzehn Minuten lang ab, stiegen hinaus und schüttelten sich genau wie Piglet. Noch zehn Minuten, und die Männer waren so weit trocken, dass sie in ihre Beinkleider und schadhaften Unterhosen schlüpfen konnten.

Hauptmann Graves schickte die Männer wieder an die Arbeit, hielt Charles jedoch am Arm zurück. »Einen Augenblick bitte.«

Charles und Piglet folgten dem kleinen hageren Mann zu dem Baum, wo Piglet zuvor geschlafen hatte.

Der rotblonde Mann zog ein zusammengefaltetes Blatt Papier aus seiner seitlich aufgerissenen Hosentasche. Er entfaltete es vorsichtig und reichte es Charles. »Haben Sie schon mal Entlassungspapiere gesehen?«

»Nein, nie.«

»Ich habe das einem von meinen Männern abgenommen, der in Saratoga gefallen ist. Grausam. Er war entlassen worden, konnte jedoch den Heimweg nach Irland nicht antreten, da dachte er, noch eine Schlacht, und dann würde er sich nach Hause begeben. Er wurde in der ersten Salve getötet. Ich habe daran gedacht, seine Papiere und Habseligkeiten aufzubewahren.«

Charles nickte. »Ja, so habe ich es auch gehalten, wenn ich die Zeit hatte. Gedachte die Sachen zurückzusenden.«

Graves nickte ebenfalls. »Papierfetzen, ein paar Münzen, alles Zeugnisse eines Lebens.«

»Dieser Krieg muss irgendwann enden«, erwiderte Charles. Graves verschränkte seufzend die Arme. »Sie sind wohlgeboren, Leutnant. Ich bin es weniger. Zu was kehren wir zurück, ungeachtet unseres Standes?« Er neigte sich dem jüngeren Mann zu. »Wenn wir als Teil eines Verlustheeres heimkehren, gibt es für uns keine Feiern oder Belohnungen. Mit Glück können wir den Sold einheimsen, der uns zusteht. Die Talstraße auf der anderen Seite dieses Gebirges erstreckt sich nördlich bis hinein nach Pennsylvania, südlich hinab nach North Carolina. Über den Berg ist es sicherer.«

»Angesichts der Ereignisse ist es vielleicht das Beste, nicht südwärts zu ziehen.«

Hauptmann Graves lächelte und ließ dabei einen schiefen Schneidezahn sehen. Sonst hatte er aber alle seine Zähne, ein Segen. »Schlau. Ich beabsichtige zu flüchten, was offensichtlich sein dürfte. Ich benötige Entlassungspapiere, und ich habe von den Männern gehört, dass Sie eine schöne Handschrift und zudem Zeichentalent haben.«

»Ich bin geschmeichelt.«

»Sie könnten das hier abschreiben und meinen Namen einfügen. Ich habe entsprechendes Papier.«

Zögernd erwiderte Charles: »Und das Siegel?«

»Ich habe Wachs in meinem Quartier und den Schmied bezahlt, damit er mir ein Siegel macht. Schreiben Sie dies einfach Wort für Wort ab mit meinem Namen, Hauptmann Bartholomew Graves, Königlich Irische Artillerie.«

»Herr Hauptmann, und wenn Sie gefasst und für einen Spion gehalten werden?«

Er richtete seine grauen Augen auf Charles. »Dem werde ich standhalten, wenn ich muss.«

»Sie haben keinen Proviant, keine Waffen.«

»Ich kann mich alleine durchschlagen. Sie sind ein junger Mann und gescheit. Die Rebellen werden siegen. Hören Sie auf mich, Leutnant, hier ist nicht Indien, wo die Menschen an Unterwerfung gewöhnt sind, an einen Herrscher. Hier sind die Menschen auf Wohlstand und Macht bedacht. Sie sind keine Dummköpfe, aber ist Ihnen aufgefallen, dass jeder glaubt, es mit jedem anderen aufnehmen zu können? Ich sage Ihnen, sie geben nicht auf.« Charles dachte gründlich darüber nach und stieß hervor: »Das denke ich auch.«

»Dann passen Sie auf sich auf. Ich bin ein Mann in mittleren Jahren, glaube aber, dass ich hier Erfolg haben kann. Sie sind jung. Hier ist Platz für junge Männer.« Ein Anflug von Leidenschaft zog über das Gesicht des älteren Mannes, was Charles überraschte.

»Ich werde Ihre Gedanken in Betracht ziehen.«

»Für König und Vaterland, nicht wahr?« Hauptmann Graves lächelte zaghaft.

»Ja«, erwiderte Charles nur.

»Wenn Sie sich in den Wald davonmachen, ein neuer Mensch werden, oder wenn Sie Leutnant West bleiben, aber nicht gegen den König zu den Waffen greifen, finde ich nicht, dass Sie oder ich unseren Eid gebrochen haben.« Er löste die verschränkten Arme. »Und warum sollte ich wegen meiner Geburt, meines Standes gebunden bleiben, so erfreulich das auch sein kann? Ich werde es nie weiter bringen als bis zum Hauptmann, und sollte ich heimkehren, wäre ich ein Mann mit einigem Besitz in Irland, aber mehr nicht. Ich bin in Irland aufgewachsen. Bei mir ist es anders.«

»Ja.« Charles rang mit sich. Es klang fast nach Verrat, aber nicht so ganz. Was war es?

»Noch einmal, Leutnant, werden Sie mir die Papiere erstellen? Ich zahle Ihnen fünfzehn Pfund.«

»Ich ...«

»Zwanzig!«

»Ich mache es. Geben Sie mir ein paar Tage Zeit? Ich möchte meine Schrift auf rauem Papier erproben.«

Hauptmann Graves klopfte ihn auf den Rücken. »Ja. Und ich hoffe, Sie setzen Einsicht vor Zeit. Um Ihrer selbst willen.«

Als sie zurückgingen, um die Männer zu beaufsichtigen, kamen gerade Catherine und Rachel mit Verpflegungskörben und Tee, von Hauptmann John Schuyler begleitet, in einem Wagen zu ihnen heran. Rachel wirkte wie über Nacht erwachsen geworden.

Hauptmann Graves blieb einen Augenblick stehen und lächelte beim Anblick der hübschen Mädchen. »Oh, einmal wieder jung sein.«

32

8. Mai 2015

Das silberblaue Dämmerlicht verlieh dem frühen Abend etwas Magisches. Venus strahlte hell über den Bergen, aber die meisten Sterne würden erst später sichtbar werden, wenn die letzten Sonnenspiegelungen erloschen.

Harry liebte diese Tageszeit. Die Füchse, Eulen und anderen Nachtjäger wagten sich hinaus, wenn die Tagtiere und -vögel sich zur Nacht niederließen. Sie sah ein Rotwildrudel auf den rückwärtigen Weiden. Rotwild hielt irgendwo einen Jagdplan ein, es verschwand Mitte Oktober und erschien im Januar wieder.

Harry, die den Tieren beim Äsen zusah, wusste, sie könnten einen Apfelhain, Weinreben und jungen Mais vernichten, dennoch brachte sie es nicht übers Herz, sie zu erschießen. Sie hatte aber Tucker, die sie mit Freuden verjagte.

Die Pferde waren zur Nacht im Stall. Deren Routine würde

wechseln, sobald Harry feststellte, dass die Tageswärme sich halten und die Nacht erfrischend kühl sein würde.

Sie schob das Stalltor halb zu und ging in die Sattelkammer, wo Snoop Zaumzeug und Sättel säuberte. Er machte seine Arbeit gut.

Tucker, direkt hinter Harry, lief durch das vordere Stalltor wieder hinaus. »*Eindringling.*«

Die Katzen auf dem Heuboden huschten zum offenen Tor, sahen eine Staubwolke und Coopers Streifenwagen.

»*Lass uns runtergehen, in die Sattelkammer.*« Die Tigerkatze strebte zur Leiter.

Bis Cooper in der Sattelkammer ankam, ruhten beide Katzen schon auf Sätteln. Tucker heftete sich an Coops Fersen.

»Hey«, grüßte Coop Harry und Snoop.

»Komm rein, setz dich.« Harry winkte sie hinein. »Snoop arbeitet heute bei mir.«

Cooper nickte Snoop zu, der nach Sattelseife roch. »Freut mich, Sie hier anzutreffen«, sagte die Polizistin. »Ich möchte Ihnen ein paar Fragen stellen.«

»Setzen Sie sich, Snoop. Dieser alte Stuhl hält Sie sicher aus.« Harry wies auf einen zerfransten Regiestuhl, sie selbst nahm auf dem Stuhl am Schreibtisch Platz.

Cooper schlug ihr Notizbuch auf und fragte: »Was hat Sie gestern veranlasst, Harry, Mrs. Haristeen, anzurufen?«

»Die Männer, die Arbeiter gesucht haben, sind die Mall entlanggekommen. Sie haben auf dem Platz gegenüber von der Bibliothek geparkt.«

»Haben Sie jemanden erkannt?«

»Ja, Ma'am. Ich weiß nicht, wer der Chef von der Pflastertruppe war, irgendein Neuer. Ich arbeite ja nicht viel bei denen, aber der Gartenbaumann war Harley Simpson. Er sucht sich Tagestrupps zusammen, seit ich auf der Mall bin, acht Jahre.«

»Hat er selbst mit Ihnen gesprochen?«

»Ja. Er hat gesagt, der Sturm hat Schaden angerichtet, und sie können noch Leute gebrauchen, damit die Ware schneller auf den Markt kommt. Der Sturm hat sie Zeit gekostet. Wir würden Ende des Tages den Tagessatz, den Mindestlohn bezahlt kriegen. Bar auf die Hand.«

»Ist das die übliche Abmachung?«

»Ja, Ma'am. Keiner würde arbeiten, wenn's nicht Bares gäbe. Mit 'nem Scheck können sie einen reinlegen.«

Cooper lächelte. »Verstehe.« Sie verstand es genau.

Harry redete dazwischen. »Was ist mit Abzügen?«

Snoop schüttelte den Kopf. »Keine Ahnung. Am Tagesende hab ich acht oder zehn Stunden, Mindestlohn. Ich mach keine Steuererklärung.« Er lachte leise.

Cooper lächelte ein wenig, dann fragte sie weiter: »Was haben Sie zu Harley Simpson gesagt?«

»Ich hätte was anderes zu tun. Ich steig nie wieder in den Wagen. Geht mir vielleicht wie Frank, und ich komm nicht zurück.«

»Waren Sie an dem Tag auf der Mall, als Frank bei Hubers Landschaftsbau Arbeit angenommen hat?«

»Nein. Ich hab nicht mitgekriegt, wie er den Job angenommen hat. Frank hat ein paar Wochen tüchtig gearbeitet und dann aufgehört. Er hat Geld gebraucht, glaub ich. Er war arbeitswillig, aber ich hab nicht gesehen, wie er den Job angenommen hat.«

»Wissen Sie, wohin er ging, wenn er nicht arbeitete?«

Er bückte sich, hob einen Lappen auf, den er benutzt hatte, und legte ihn auf seinem Bein ordentlich zusammen. »Manchmal. Er ging in die Bibliothek. Er machte lange Spaziergänge, um zu sehen, was in der Innenstadt los war. Ein paarmal ist er sogar nach Pantops Mountain hoch. Hat er jedenfalls gesagt.«

»Hat er mal wen erwähnt, den er gesehen oder gesprochen hat?«

Snoop antwortete kopfschüttelnd: »Nein. Keiner kommt her und redet mit uns.«

»Aber Frank war berühmt oder sogar mal ein Star«, erinnerte Cooper ihn.

»Ist lange her. Als er Haare und Bart wachsen ließ, hat man ihn kaum wiedererkannt.«

»Kannten Sie Professor McConnell?«

»Nein.«

»Meinen Sie, dass Frank ihn je besuchen ging?«

»Nein.«

»Ist Frank zu Wohltätigkeitseinrichtungen gegangen, irgendwohin, wo er was zu essen bekommen konnte?«

»Wir sind alle manchmal zur Heilsarmee gegangen, um zu duschen.«

»Warum nicht öfter?«

»Die kommen einem mit der Bibel.«

Cooper nickte verständnisvoll. »Hat ihn manchmal jemand auf der Mall besucht?«

»Nein.«

»Wissen Sie, wo er geschlafen hat?«

»Kam aufs Wetter an. Wenn es klar und warm ist, haben wir uns irgendwo hingelegt, wo man uns nicht sehen konnte. Wenn es regnet, hängen wir in Parkhäusern rum, bis man uns rausschmeißt. Manchmal in den Treppenhäusern.«

»Und wenn es kalt war?«

»Die Unterführung war gut. Spätabends konnten wir in einer Metalltonne Feuer machen und nah dran schlafen. Bis ihr uns gefunden habt, aber ihr habt uns nicht allzu oft verscheucht.«

Cooper lächelte kurz. »Die meiste Zeit, Snoop, können wir Sie nirgends hinbringen, erst recht nicht, wenn das Gefängnis voll ist. Sie würden staunen, wie oft das Stadtgefängnis und das Bezirksgefängnis überfüllt sind.« Sie blickte auf ihre Notizen.

»Früher konnten wir in der Post übernachten, aber jetzt

nicht mehr«, sagte er. »Mitten in der Nacht kommt immer ein Bulle rein.«

»Weil das Postamt rund um die Uhr für die Bevölkerung zugänglich sein muss, die Postfächer sowieso«, erklärte Cooper.

»Weiß ich. Die Leute wollen nicht über uns drübersteigen. In den alten Zeiten waren manche nett. Sie haben uns Essen gebracht und dagelassen, wenn wir geschlafen haben.«

»Gab es noch andere Stellen, wenn es kalt oder das Wetter schlecht war?«

»Wir wussten meistens, wo Baustellen waren. Die in der Stadt sind nah, aber die werden bewacht. Wenn wir per Anhalter oder zu Fuß aus der Stadt kommen konnten, waren die neuen Vorstadtsiedlungen ganz okay, auch wenn wir kein Feuer machen konnten. Darum ist ja die Unterführung so gut. Da kann nichts brennen, nur das Holz in der Tonne.«

»Wer hat Frank umbringen wollen?«

»Weiß ich nicht. Die Chefs von den Arbeitstrupps, besonders Hubers Leute oder der große Bauheini, die haben Frank alle ganz gut gekannt. Heißt nicht, sie wollten ihn umbringen. Heißt auch nicht, dass ich mit denen reden wollte.«

»Haben Sie Paul Huber mal gesehen oder …« Sie sah Harry an.

»Marshall Reese«, ergänzte Harry.

»Im Vorbeigehen. Hab nicht mit denen gesprochen, bis ich den Brieföffner im Wagen fand. Hab's dem Truppchef gesagt, der hat beim Sheriffrevier angerufen. Wir haben auf Ihre Leute gewartet. Mr. Huber kam angefahren. So nah war ich ihm noch nie gekommen.«

»Hat Frank mal von denen gesprochen?«

Er strich den Lappen wieder glatt, überlegte. »Er hat mal gesagt, bei Huber arbeitet sich's leichter als bei Reese. Sie waren auf dem College, ehe er dort war, waren aber laut Frank alle gute Spieler.«

»Hat er gesagt, warum?«

»Irgendwie komisch, ich mein, ich kapier's nicht. Er sagte, Paul Huber war Läufer wie er selbst. Er hat was von *gleicher Wellenlänge* erzählt. Reese war anders, Abwehr. Frank sagte, Abwehrspieler sind Spielverderber. Ich, ich bin in der Highschool auf Bahn und Platz gelaufen. Ich weiß also nicht viel, aber er hat geglaubt, das ist ein großer Unterschied.«

»H-m-m.« Cooper überlegte. »Darüber habe ich nie nachgedacht.« Sie sah Harry an. »Dein Mann hat in Auburn Football gespielt.«

»Genau. Als Wide Receiver. Wer so groß ist und gute Hände hat, landet da.«

»Hat er das schon mal erwähnt?«, wollte Cooper von Harry wissen.

»Er spricht nicht viel darüber, sagt nur, er würde lieber beim Angriff als bei der Abwehr spielen, egal, bei welchem Sport.«

»H-m-m.« Sie wendete sich wieder an Snoop. »Ich will versuchen, einen sicheren Platz für Sie zu finden. Selbst wenn es im Gefängnis sein sollte, vertrauen Sie mir. Ich weiß nicht, ob Sie in Gefahr sind, aber Sie haben ein wichtiges Beweisstück gefunden, Sie kannten eins von den Opfern, und die zwei Opfer waren miteinander bekannt.«

»Ich denke, hier bin ich in Sicherheit, wenn man mich bleiben lässt.«

Harry machte schon den Mund auf, doch Cooper sagte sogleich: »Vorerst, Snoop. Aber Harry hat einen so großen Freundeskreis, früher oder später wird jemand Sie hier sehen. Ich denke, wir gehen lieber auf Nummer sicher. Geben Sie mir und dem Sheriff etwas Zeit, um einen anderen Platz für Sie zu finden.«

Harry hatte das Gefühl, dass die Befragung fast zu Ende war, und meinte ein paar Fragen stellen zu können, ohne Cooper zu verärgern. »Snoop, hatte Frank noch andere Stellen zum Rumhängen?«

»Nein.« Pause. »Manchmal ging er zum Gerichtsgebäude oder zur alten Lane High School.«

»Um dem Wetter zu entkommen? Es warm zu haben?«

»Das auch, aber er sagte, er sucht nach Ketten.«

»Ketten«, sagten beide Frauen zugleich.

»Hat er gesagt, hat aber nie welche mitgebracht.«

33

9. Mai 2015

Harry fuhr durch Continental Estates und staunte über das Ausmaß der im Bau befindlichen Häuser. Es war Samstag, daher waren dort keine Handwerker, die auf Dächern arbeiteten oder in dem fast fertiggestellten Bereich Fenster einsetzten. Die Siedlung war in einem Rechteckschema angelegt, nur die Straßen waren kurvig, um den Eindruck von Landleben zu betonen.

Harry wollte die Grenze zwischen Continental Estates und The Barracks finden. Jenseits des Ivy Creek waren vor ungefähr fünfzehn Jahren große Eigenheime auf Parzellen von zwanzig Morgen gebaut worden. Östlich davon lag Ingleside, der auf Luxushäuser aufgeteilte alte Jones-Besitz.

Das alte Jones-Land umfasste einst beide Seiten der Garth Road. Harry wollte sich diese neue Erschließung ansehen und besonders auf die Häuser achten, die mitsamt vollendeter Gartengestaltung zum Verkauf angeboten wurden. Sie dachte sich, dass man Frank von einem dieser Orte fortgetragen hatte. Wie er getötet worden war, stand nun fest. Cooper hatte ihr erzählt, dass er erstochen wurde und Snoops Brieföffner die Tatwaffe war.

Saratoga Road war die mittlere Straße, von der andere Stra

ßen fächerförmig abgingen. Parallel zur Saratoga Road verlief die Yorktown Road. Weil die Saratoga nur teilweise fast fertig war, konnte Harry die Grundstücksgestaltung gut erkennen, nachdem die meisten Bäume gefällt worden waren.

Marshall ließ unter Pauls Anleitung alle Bäume am Flussbett und auch einige zweihundert Jahre alte Prachtbäume stehen. Sobald hier alles fertig war, die großen Rasenflächen mit Grassoden belegt und die Anpflanzungen an Ort und Stelle waren, würden die alten Bäume Orientierungspunkte sein. Marshall gestaltete sogar einen Platz, wie ihn alte Kolonialstädte hatten. Viele waren in den ursprünglichen dreizehn Kolonien noch in Gebrauch. Rings um diesen Bereich plante er Häuser, die aussahen, als seien sie Anfang des achtzehnten Jahrhunderts entstanden. Diese Schindelhäuser, einige aus Stein, sollten eine Apotheke, ein Bierlokal, ein Restaurant und Arztpraxen beherbergen, und einige sollten Wohnungen werden.

Harry hatte den Plan auf einem riesengroßen Schild an der Einfahrt gesehen, wo das schmiedeeiserne Tor schon montiert war, genau wie bei einem englischen Landhaus oder dem House of Burgesses in Williamsburg.

Harry stieß einen Pfiff aus. »Er wird ein Vermögen verdienen. Mehr als ein Vermögen«, sagte sie.

»Die müssen ihre Hunde bestimmt anleinen«, nörgelte Tucker.

»Sie können kleinere Flächen von ihren Höfen einzäunen«, sagte Pewter.

»Macht uns das etwa Spaß?« Tucker schmiegte sich an die dicke Katze.

»Wenn du als Welpe dran gewöhnt wurdest, kennst du es nicht anders«, folgerte Pewter.

»Wir haben es gut.« Mrs. Murphy wappnete sich, als Harry in der Sackgasse am Ende der Saratoga Road anhielt.

Weil es ein angenehmer Tag war, konnte Harry die Autofenster offen lassen. Beim Aussteigen hob sie Tucker hinunter, die Katzen sprangen ungeduldig hinaus.

Harry ging bis ganz ans Ende der Sackgasse. Die alte Straße, die bis in die 1890er Jahre in Betrieb gewesen war, konnte unter dem Frühlingsgras ausgemacht werden, neben Brombeersträuchern, denen junge Blätter entsprossen. An wenigen Stellen waren die tiefen Fahrrinnen noch gut zu sehen.

Sie lief an der Bodensenke entlang, gefolgt von den Tieren. Kletten waren im Herbst lästig, im Frühling war nur auf Schlingpflanzen mit Dornen zu achten, und die zerrten zu jeder Jahreszeit.

Ein jahrhundertealter Meilenstein stand seitlich an der einst vielbefahrenen Straße. Harry näherte sich dem steilen Abhang zum Ivy Creek hin.

»Der wird noch ein paar Jahrhunderte hier sein«, äußerte sie über den senkrecht in der Erde verankerten rechteckigen Meilenstein. Seitlich waren Zahlen eingemeißelt. An der alten Straße standen immer noch alle Meilensteine. Harry wusste nicht, ob es ein Vergehen war, einen zu entfernen, aber warum sich die Mühe machen? Sie erwiesen sich noch als nützlich, wenn man wusste, was sie waren. Zum Glück war Harry von ihren Eltern und den staatlichen Schulen gut unterwiesen worden.

Sie sah nach Südwesten, erkannte dort die Grenze zu The Barracks. Wenn sie die geringe Steigung erklomm, würde sie die Stallungen sehen. Weil sie im Westen von Albemarle County aufgewachsen war, bildeten topographische Strukturen und Straßen Teil ihres Gedächtnisses. Trotzdem hatte sie die älteste Karte hervorgekramt, die sie zwischen den Büchern ihres Vaters in der Bibliothek finden konnte. Sie hatte weder seine noch die Bücher ihrer Mutter jemals umgeräumt. Sie warf einen Blick auf die Karte und wendete sich dann nach Osten. Einst hatten hier draußen drei Familien über sechstausend Morgen geherrscht. Sie stand unweit der Stelle, wo alle drei zusammenkamen, so hieß es zumindest in den alten Geschichten, denn so alte Karten hatte sie nicht.

Wo sie stand, konnte sie die Überreste der alten Straße sehen und wusste, dies war damals schon erstklassiges Land gewesen. Waren kamen aus dem Shenandoah Valley. Dies war eine Ost-West-Straße. Bis die Eisenbahnen gebaut wurden, war die Beförderung mit Fuhrwerken das einzig Wahre. Der Transport zu Wasser war auch möglich, aber Flüsse und die gewünschte Richtung gingen nicht immer konform. Früher oder später mussten die Waren auf Fuhrwerke umgeladen werden. Schiffe benötigten landeinwärts transportierte Güter. Westliche Gebiete benötigten ostwärts transportierte Erzeugnisse.

Wie kostbar war eine Satinholz-Kommode oder ein Ballen feine Seide? Geschichtsbücher führten die Begriffe Nutzholz, Getreide sowie Eisen an, Harry aber dachte an die Frauen, die elegant sein wollten, an die Männer, die sich einen Biberhut wünschten, den Hut aller Hüte, bevor Seide viel später der Stoff wurde. Messingknöpfe, Spitzen, Vanilleschoten, ein Glas Paprika – solche Dinge versüßten das Leben und wurden auf dieser und ähnlichen Straßen befördert. Kein Wunder, dass so viele Menschen den Nachnamen Carter – Fuhrmann – hatten.

Sie wollte gerade nach Mrs. Murphy rufen, die von etwas gebannt war, als sie einen Donnerschlag hörte, und noch einen, und dann bebte die Erde.

Ich hab's ja gesagt!« Pewter hatte vor etwa einer Stunde über ein komisches Gefühl geklagt.

Ein leichtes Erdbeben rumorte durch Mittelvirginia, nicht unüblich an Gebirgszügen, aber so üblich nun auch wieder nicht.

Harry stellte sich breitbeinig hin, um besseren Stand zu haben, und lauschte auf das Ächzen der Erde. In einem abstrusen Moment fragte sie sich, ob es die weinenden Schatten in der Unterwelt waren.

»Kommt her«, rief sie den verdatterten Katzen zu.

Tucker, die ruhiger war, hatte auch etwas gespürt.

»Warum hast du nichts gesagt?« Pewter stürmte an dem Hund vorbei.

Der Hund verteidigte sich. *»Ich wusste ja nicht, dass ein Erdbeben kommt.«*

Wieder im Wagen, fuhr Harry langsam, wobei ihr Risse in der neuen Asphaltstraße auffielen. Als sie zu den fast fertigen Häusern kam, sah sie das eine oder andere zerbrochene Fenster. Es war nicht sehr schlimm, wenn aber Fundamente barsten, würde Marshall eine Menge Arbeit haben.

Noch ehe sie das schmiedeeiserne Tor erreichte, fuhr Marshall in einem Firmenwagen herein und hielt an.

»Harry, was machst du denn hier?«

»Ich wollte mir das Gelände anschauen. Die Anlage ist fantastisch, und ich wollte die Rückseite von The Barracks sehen. Das Erdbeben hat zur Aufregung noch beigetragen.«

»Hey, kannst du mir einen Gefallen tun?« Er zog seine Arbeitshandschuhe aus, und wieder bemerkte sie die Verbände.

»Klar.«

»Dann komm mit.«

Sie wendete, um ihm zu folgen. Beim ersten Haus, einem völlig fertiggestellten, das dem Tor am nächsten war, hielten sie an. Als sie ausstieg, traf Paul Huber in seinem Privatwagen ein.

Er redete schon, als er die Tür aufmachte. »Ich war gerade bei Beau Pre —«, er nannte ein Besitztum in der Nähe, »da ging das verdammte Beben los. Wie schlimm sieht's aus?«

»Weiß ich nicht. Bin gerade erst gekommen. Ich war im Club.«

»Hallo, Harry«, grüßte Paul sie. Er war überrascht, sie zu sehen.

»Jeder von uns nimmt sich ein Haus vor, geht schnell durch, und wenn ihr einen Schaden seht, schreibt ihn auf. Das spart mir Zeit.«

Harry duckte sich in ihren Wagen, griff sich ihr Notizbuch und einen Stift. Paul machte es ebenso.

»Also. Wir haben zwanzig fertig, oder so gut wie. Harry, die Schlüssel liegen unter den Fußmatten vor der Haustür. Schaut euch nach größeren Schäden um. Ich rechne mit kleinen Rissen in den Mauern. Notiert die. Harry, du nimmst die Südseite. Paul, wir zwei bleiben auf dieser Seite, aber du fängst am anderen Ende an und arbeitest dich zu mir vor. Wir sollten ziemlich schnell durch sein, danach können wir drüben bei Harry aufhören.«

Sie brachen auf wie beschlossen, Katzen und Hund begleiteten Harry. Beim Betreten des ersten Hauses fand sie die Farbgebung perfekt, die Zimmer sehr geräumig und die Küche riesig groß, aber einladend, es gab dort und im Wohnzimmer einen Kamin. Sie stürmte die Treppe hinauf und dann hinunter in den Keller. Als sie die anderen zwei Häuser durchhatte, kamen die Männer auf sie zu.

Sie trafen sich mitten auf der Straße und verglichen ihre Notizen.

Marshall sagte mit gerunzelten Augenbrauen: »Keine Fundamentschäden, dem Himmel sei Dank. Kaputte Fenster, Staub im Kamin von hundertzweiundzwanzig. Dieser Kamin muss überprüft werden. Dafür, dass es so stark gerumpelt hat, sieht es noch ganz gut aus. Trotzdem schicke ich morgen am besten Leute her. Wird mich Überstunden kosten.« Er furchte die Stirn.

»Besser als schlechte Presse«, bemerkte Paul scharfsinnig.

Marshall verschränkte die Arme und nickte. »Da hast du recht. Ich werde den Bezirksinspektor herkommen lassen. Mit seiner Unterstützung können wir diese Kleinigkeiten beheben. Wir wollen einen einwandfreien Ergebnisbericht.«

»Die Bäume und Sträucher haben's überstanden.« Paul lächelte. »Sie waren nicht groß genug, um zu stürzen.«

»So, nehmen wir uns die Seitenstraßen vor. Die Bauten, die noch nicht unter Dach sind. Ich muss sehen, ob Träger verbogen sind.« Marshall dachte so klar wie einst auf dem Footballplatz.

»Was hast du vor?« Harry bewunderte seine nüchterne Sichtweise.

»Alles Verbogene abreißen. Dafür brauchst du nicht mitzukommen, Harry. Ich wollte zuerst die verkaufsfertigen Häuser durchgehen. Ich hoffe diese Anlage Mitte Mai der Öffentlichkeit zugänglich zu machen. Rechtzeitig für Frühlingsgefühle.« Marshall lächelte.

Harry erwähnte die Sackgasse. »Bei der Sackgasse ist ein Riss in der Straße, und da hinten an der Kreuzung ist auch einer.«

»Was hast du eigentlich hier draußen gemacht?« Paul hatte keine Ahnung, was Harry hier draußen verloren hatte.

»Ich bin gekommen, um einen Überblick von The Barracks zu kriegen, und hab den alten Meilenstein gefunden. Reine Neugier.«

»Neugier ist der Katze Tod. Dafür hast du ein Erdbeben gekriegt«, entgegnete Marshall. »Und danke für deine Hilfe.«

Auf der Heimfahrt sah Harry, dass der Schornstein eines alten Farmhauses eingestürzt war.

»Ob bei uns alles in Ordnung ist?« Durchs Fenster sah Tucker Leute vor ihren Häusern stehen oder um sie herumgehen.

Harry sprach zu ihren tierischen Freundinnen, eine Gewohnheit von ihr: »Großes Risiko gleich sehr viel Geld. Wenn Marshall klug ist, die Zeichen erkennt und auch ein bisschen Glück hat, kann ich mir trotzdem nicht vorstellen, wie viele Schulden er macht, wenn er diese Siedlungen baut. Eine Menge davon ist Bankengeld, und beim Kredit tickt die Uhr.« Sie atmete aus. »Und wie viele Häuser wird er verkaufen müssen, um in die Gewinnzone zu kommen? Danach, Profit pur. Aber er weiß, was er tut. Er war schon hier dran, ehe ich auf die Welt kam. Paul muss ersetzen, was innerhalb eines Jahres abstirbt, er muss die große Baumschule erhalten, die Helfer entlohnen, Dünger bezahlen, die Gewächshäuser betreiben. Ich sag euch, Schwächlinge lassen sich nicht auf solche Vorhaben ein. Ich sorge mich ständig um meine Sonnenblumenernte. Ich denke, den Druck von denen würde ich bestimmt nicht aushalten.«

»*Musst du auch nicht*«, beschwichtigte Mrs. Murphy. »*Du hast uns.*«

»*Seit wann verdienen wir Geld für sie?*«, fragte Pewter.

»*Tun wir nicht. Wir bewahren sie davor, es zu verschwenden.*« Tucker war der Meinung, dass allein schon ihre Streifengänge Sicherheitskosten sparten.

»*Sie hat Glück*«, prahlte Pewter.

»*Vorerst*«, versetzte Mrs. Murphy.

»*Wie meinst du das?*« Tucker stellte die Ohren auf.

»*Du weißt ja, vor einem schweren Sturm oder diesem Erdbeben fühlen wir bestimmte Dinge, die sie nicht fühlt*«, erklärte Mrs. Murphy. »*Wenn Menschen das fühlen, ist es zu spät. Ich fühle was wegen dieser Tode. Da kommt was auf uns zu.*«

34

10. Mai 2015

Ein Dröhnen, ein Knistern, und Harry rannte von der Weide in den Stall. Kaum berührten ihre Füße die Stallgasse, als ein rosafarbener Blitz auf dem Feld einschlug, das sie soeben verlassen hatte.

Mrs. Murphy, Pewter und Tucker legten Tempo vor und schossen vor ihr in den Stall.

Einem weiteren gewaltigen Donnerschlag folgte Donnergrollen. Der nächste Blitz, diesmal weiß, schlug in die rückwärtigen Weiden ein.

Binnen Sekunden kam der Regen, dicke Tropfen platschten auf die Erde.

Die Pferde im Stall, die ihr erstes Morgengetreide fraßen, hoben die Köpfe.

Tomahawk, der alternde graue Vollblüter, merkte auf. »*Mist.*«

Shortro, das kräftige Reitpferd in der Nebenbox, antwortete: »*Wir kommen eine Weile nicht raus. Das wird dauern.*«

Als die Wörter aus seinem Maul waren, wurde der Regen heftiger, prasselte aufs Dach, klatschte an die Fensterscheiben. Es klang wie ein anhaltendes Rauschen. Man konnte die eigenen Gedanken nicht hören.

Harry ging in die Sattelkammer und schloss die Tür, sobald Katzen und Hund drinnen waren. Hier konnte sie besser hören. Das laute Prasseln auf dem Dach zeigte ihr, wie der Regen strömte. Der Heuboden verlief an der entgegengesetzten Seite der Stallgasse, gegenüber der Sattelkammer. Sie ließ sich an den Schreibtisch sinken, gespannt, wie lange das dauern würde.

Ihr Handy hatte eine Wetterkarte. Sie drückte das Symbol und rief die Karte auf.

»Hey ihr, das ist ein großer grüner Klecks mit gelben und roten Stellen. Hässlich«, bemerkte sie beim Anblick der Radarkarte, die farbig gehalten war, um den Leuten den Wetterverlauf, Gefahr und so weiter zu veranschaulichen. »Gestern ein Erdbeben. Heute so was.«

Oben auf dem Display erschien eine Warnschrift. Harry tippte sie an. Eine Flutwarnung.

»Igitt, grässlich« war alles, was sie sagte.

Die Wanduhr zeigte 8:30. Selbst wenn der Regen vorbeiging, was nicht so bald sein würde, wäre der Boden zu durchweicht zum Pflügen oder Säen. Sie wollte die Pferde erst nach draußen bringen, wenn das Schlimmste des Unwetters vorbei war. Die Temperatur hielt sich um vierzehn Grad.

Nie zufrieden ohne einen Plan, griff Harry schließlich zum Schreibtischtelefon und rief Susan an. »Wie ist es da drüben?«

»Beschissen.«

»Hier auch. Ich krieg nichts getan.«

»Du kannst jederzeit deinen Kleiderschrank ausräumen«, empfahl Susan.

»Grässliche Vorstellung.«

»Wenn du die vielen Sweatshirts rausschmeißen würdest, auch die von der Highschool, dann hättest du mehr Platz.«

»So schlimm ist es nicht. Ich bin nicht dazu gekommen, sie als Putzlappen zurechtzuschnippeln.«

Susan nahm ihr das nicht ab. »Du hattest fünfundzwanzig Jahre.«

»Hatte ich nicht. Als wir von der Schule abgingen, waren die Sweatshirts noch gut und die Abschläge auch.«

»Tu's einfach und schweig drüber. Und schmeiß anschließend die Hälfte von deinen Schuhen weg.«

»Meine Schuhe! Soll ich etwa barfuß laufen und Hakenwürmer kriegen?«

»Du wirst nicht barfuß laufen, und über Schnallenschuhe bist du längst raus.«

»Susan, das ist gemein. Ich hab solche Schuhe nicht mehr getragen, seit meine Mutter sie mir angezogen hat, als ich klein war.«

»Manche von denen sind hässlich. Die solltest du nicht mal der Wohlfahrt spenden. Verbrenn sie.«

»Bist du heute aber gehässig.«

»Kann sein, aber ich hab aufgeräumte Schränke mit viel Platz.«

»Weil du immerzu beschränkt bist.«

»Sehr komisch. Bist du heute aber mürrisch.«

»So? Kann sein. Ich hatte den ganzen Tag eingeplant, um die Weiden nachzusäen. Der Frühling ist dieses Jahr spät dran. Ich hab's immer wieder aufgeschoben, und jetzt bin ich froh darüber.«

»Gut, dass du's nicht gestern gemacht hast. Wäre heute alles weggespült worden.«

»Vielleicht geb ich klein bei und mach den Papierkram, die Hölle für mich.«

»Geht es nicht allen so? Ruf mich an, wenn du fertig bist und wir feiern können.«

Harry legte auf, sah noch einmal auf die Uhr, zog die lange Mittelschublade des Schreibtisches auf und nahm das Scheckheft der Farm heraus. Vielleicht könnte sie mal schnell die Rechnungen erledigen.

Das Telefon klingelte.

In der Annahme, es sei Susan, nahm sie ab. »Und?«

Hierauf war es lange still. »Mrs. Haristeen?«

Sie erkannte Snoops Stimme und war sogleich alarmiert. »Ja. Entschuldigen Sie, ich dachte, das ist meine beste Freundin, die zurückruft.«

»Ich hör Sie schlecht.« Er hob die Stimme. »Können Sie mich abholen?«

»Wo sind Sie?«

»Parkplatz am Omni. Hinter der Parterretür.«

»Bleiben Sie da. Ich komm, sobald ich kann«, rief sie in den Hörer in der Hoffnung, über das Getöse hinweg verstanden zu werden.

Sie warf ihre alte Barbourjacke über, lief zum hinteren Stalltor und schob es zu bis auf einen kleinen Luftspalt. Dann trabte sie, von Katzen und Hund begleitet, zu dem Tor, das am nächsten beim Haus war, trat hinaus und wiederholte den Vorgang.

Alle vier waren klatschnass, als sie zum Transporter kamen. Harry hob den Hund hinauf – die Katzen waren schon da –, sprang hinein, startete den Motor und fuhr langsam los. Sie konnte kaum etwas sehen, obwohl die Scheibenwischer auf Hochtouren liefen.

Auf der Straße sah sie kaum Autos. Manche parkten in Unterführungen, andere hielten am Straßenrand. Was Harry in Gang hielt, waren die Sorge um Snoop und die Gewissheit, dass die Flüsse über die Ufer treten würden, wenn sie wartete. Sie wollte es hin und zurück schaffen, bevor es so weit war. Bei dem strömenden Regen hatte sie höchstens eine Stunde.

Am Omni angekommen, bog sie in die Parkspur ein, hielt am Parkautomaten, ließ ihr Fenster herunter, drückte den Knopf und entnahm den Parkschein. So schnell das auch ging, ihr linker Arm vom Ellenbogen abwärts und der Parkschein waren durchnässt. Sie fuhr unter den großen Dachvorsprung. An dieser Stelle des Parkplatzes blieb man trocken.

Vor dem Eingang ließ sie ein Fenster herunter, stellte den Motor ab, sprang hinaus und stieß die Glastür auf.

»Snoop.«

Vor die Wand gekauert, stand er auf. »Mrs. Haristeen.«

»Kommen Sie, raus hier. Sie müssen sich mit einem Hund und zwei Katzen abfinden, aber es wird gehen.«

Kaum war Snoop eingestiegen, fuhr sie los, mit Mrs. Murphy auf dem Schoß, Pewter zwischen Harry und Snoop und Tucker, obwohl schwer, auf Snoops Schoß.

Harry kam zu der Parkscheinabnahme, ließ das Fenster herunter und lehnte sich weit hinaus, um der Frau den Schein zu geben. Da sie keine zehn Minuten hier gewesen war, winkte die Frau sie durch, nicht eben erfreut, dass ihr Arm jetzt nass war.

Der Regen trommelte auf das Dach des Ford.

»Alles in Ordnung bei Ihnen?«, fragte sie.

Snoop nickte. »Vor dem Gewitter, ich weiß die Uhrzeit nicht, aber bevor die Geschäfte aufmachen, vielleicht halb acht oder acht, hat der Huber-Firmenwagen auf dem Platz geparkt, der Mann ist gekommen, hat Arbeiter gesucht. Ich hab gesagt, ich will nicht arbeiten. Er hat mir ein bisschen zugesetzt, sie müssten Reparaturen machen, von wegen dem Erdbeben. Ich wollte aber nicht mit. Er hat drei Mann aufgelesen und war weg. Keine zehn Minuten später kam der Wagen von den Pflasterern an. Dieselbe Geschichte. Ich hab gesagt, ich will nicht mit. Weiß nicht. Trau den Typen nicht, verstehen Sie?«

»Ich kann mir denken, warum.« Sie hielt an der Ampel auf der Anhöhe, die Statue an der Kreuzung war kaum zu erkennen.

»Wie haben Sie mich angerufen?«

Er zog ein schmales Handy aus der Hosentasche. »Genug verdient, um mir eins zu besorgen. War billig, funktioniert aber. Nachdem wir geredet hatten, dachte ich, besser, ich hab eins. Was ist, wenn was passiert, wenn die Geschäfte zuhaben? Ich denke, ein paar Leute auf der Mall würden mich ihr Telefon benutzen lassen. Aber ich brauch ein eigenes.«

»Ich nehme Sie mit nach Hause. Da sind Sie in Sicherheit. Ich rufe Deputy Cooper an und sage ihr Bescheid.« Sie dachte sich, sie sollte lieber auch ihrem Mann Bescheid sagen.

»Ich kann arbeiten.«

»Fein«, meinte Harry.

Sie brauchte eine Stunde bis zur Farm. Das Wasser in Bächen und Flüssen stand hoch, überflutete aber noch nicht die Ufer.

Alle wurden nass, als sie vom Wagen zum Haus rannten.

»Ich brauch 'nen Föhn«, jammerte Pewter in der Küche.

»Wälz dich auf 'nem Teppich«, riet Tucker ihr.

Weil die Idee nicht schlecht war, machten es beide Katzen so.

Harry brachte Snoop in den Keller, wo es eine kleine Kammer mit einer Dusche, einem Bett und einer Kommode gab. Harry benutzte den Raum nie, aber wenn Fair eine lange Nacht hatte und sehr schmutzig war, duschte er manchmal da unten.

»Snoop, machen Sie sich sauber. Da drin ist ein Wegwerfrasierer, und ich leg was Frisches zum Anziehen oben auf die Treppe.«

»Danke, Ma'am.«

Als er nach oben kam, rasiert, in sauberen Sachen, die an ihm schlotterten, weil Fair so groß war, lächelte er, denn Harry hatte etwas zu Mittag gemacht.

Pewter setzte sich mit aufgestelltem Fell neben Harry, weil sie das Huhn roch.

Snoop fühlte sich wieder wie ein Mensch und vertilgte sein Sandwich.

»Haben die Chefs von den Arbeitstrupps gesagt, was für Jobs das waren?«

»Nein. Nur dass es Schäden gab. Ich will nicht da draußen hin. Ich weiß nicht, ob sie direkt nach mir gesucht haben, aber sie wussten, wo ich war.«

»*Wie lange, bis die wissen, dass er hier ist?*«, bemerkte Tucker weise.

35

11. Mai 2015

Fliederduft lag in der Luft. Ein leichter Wind streifte die frühlingsgrünen Blätter der Bäume und ließ sie sanft flattern. Ein Spätfrühlingstag war schon fast eine Garantie für gute Laune.

Harry, Cooper, Snoop, Mrs. Murphy, Pewter und Tucker zwängten sich in Harrys Volvo Kombi. Eigentlich dafür vorgesehen, Menschen komfortabel zu kutschieren, war er im Lauf der Jahre jede Menge Kilometer gefahren. Die Tiere hatten hinten extra Autobetten, sprangen aber lieber über die Rückenlehnen, um sich auf verfügbare Schöße zu setzen.

Sie fuhren schweigend, bis sie nach Crozet kamen. Bei der Durchfahrt blieben sie auf der Route 810, die allmählich zugebaut wurde wie der restliche Bezirk.

»Rechts abbiegen«, wies Cooper an.

Harry holperte über eine Schotterstraße.

»*Huch.*« Mrs. Murphy spürte einen starken Stoß.

Pewter setzte sich auf und sah aus dem Fenster. »*Schlaglöcher. Man will hier wohl nicht, dass jemand die Straße langkommt.*«

Pewter hatte recht, man wollte es nicht. Weiter vorn empfing sie ein weißes Schindelfarmhaus mit Giebelfenstern und weinroten Fensterläden. In der schlichten Zufahrt parkte ein Lieferwagen mit einem aufgemalten großen blauen Wassertropfen, doch ohne Schriftzug.

»Wir sind da.« Cooper stieg schnell aus, als ein beleibter Mann die Fliegentür des Farmhauses öffnete. »Hey, Riley.«

Die Verandastufen wackelten, als er herunterstieg. »Deputy. Und wen haben wir da?«

»Snoop, wie ich am Telefon gesagt habe.«

Snoop stieg aus dem Kombi, Harry ebenso. Hund und Katzen schauten umher und lauschten, denn Harry hatte die Fenster ein Stück heruntergelassen.

Riley war hier aufgewachsen, er kannte Harry und umgekehrt. »Hallo, Harry.«

Riley arbeitete für das Sheriffrevier. »Snoop, hier sind Sie in Sicherheit«, verhieß Harry.

Snoop lächelte, sagte aber nichts. Er wollte was trinken. Er wollte bei Harry bleiben, erkannte jedoch, wie klug es war, ihn sicher unterzubringen. Er wollte sich bemühen, enthaltsam zu sein.

»Wir fahren in dem Lieferwagen rum, der sieht aus wie ein alter Klempnertransporter. So fallen wir nicht auf, und die meiste Zeit bist du ja hier. Aber wenn du mal ein Baseballspiel oder so sehen willst, versuchen wir das hinzukriegen. Du kriegst Arbeit zugeteilt. Ist nicht schlecht, und die Verpflegung ist auch nicht übel.« Er lachte. »Ich bin der Beweis.«

Harry, die Snoops Unsicherheit spürte, beruhigte ihn wieder. »Sie haben meine Karte. Sie haben Ihr Handy, und ich komme vorbei. Snoop, wir hoffen, die Sache wird schnell geklärt sein, aber bis dahin müssen Sie an einem sicheren Ort bleiben bei jemandem, der Sie und andere beschützen kann.«

»Wen hast du noch hier?«, fragte Cooper.

»Nur noch einen Gast.« Riley lächelte, als er *Gast* sagte.

»Na schön. Snoop, Sie sind in guten Händen«, sagte Cooper zu Snoop, dann zu Riley: »War nett, dich zu sehen.«

Harry drückte Snoop die Hand und flüsterte: »Wird schon werden.«

Als sie wieder die Straße entlangrumpelte, meinte sie: »Ich fühle mich nicht wohl dabei, ihn hierzulassen.«

»Du kannst ihn nicht beschützen.«

»Ja, weiß ich, aber er ist eine arme Seele.«

»Alle Säufer sind arme Seelen.« Cooper, die während ihrer Dienstjahre jede Menge aggressive Säufer verhaftet, mit Handschellen gefesselt und abgeführt hatte, war der Meinung, sie seien selbst schuld.

»Schon mal einen Erfrorenen aufgelesen?«

»Noch nicht. Schon mal gemerkt, wie viele elende Menschen es auf der Welt gibt?«

»Kann ich nicht sagen, aber du in deinem Beruf hast mit ihnen zu tun.«

»Ja. Das war mir nie in den Sinn gekommen, als ich mich zur Polizistin ausbilden ließ. Ich dachte, ich würde Menschen helfen.«

»Tust du ja«, erklärte Harry.

»Manchmal.«

Harry wich einem Schlagloch aus, landete aber im nächsten, strategisch geschickt platzierten. Wenn man dem auf der rechten Seite auswich, rumpelte man zwangsläufig in das auf der linken Seite.

Pewter hob die Stimme. »*Nichts wie weg hier.*«

Harry lächelte. »Da haben wir eine kenntnisreiche Stellungnahme.«

»*Du hast keine Ahnung, wovon ich spreche*«, jammerte Pewter.

»*Ich an deiner Stelle wäre dankbar*«, sagte Tucker.

»Coop, lass uns nach The Barracks fahren. Wir kommen aus der entgegengesetzten Richtung hin. Vielleicht sehen wir was, oder uns fällt was ein, was uns entgangen war.«

»›Uns‹? Bist du jetzt auch an dem Fall dran?« Cooper hielt sich an der Armstütze an der Tür fest. »Verdammt, die Straße kommt mir auf dem Rückweg länger vor als auf dem Hinweg.«

»Stimmt. Ist dir schon mal aufgefallen, dass Wege im Dunkeln länger wirken?«

Cooper nickte. »Klar. Fahren wir nach The Barracks.«

Unterwegs fielen Farmen ins Auge, Häuser näher an der Straße, da Flieder, Hartriegel, Tulpen blühten. Besonders reizvoll war lavendelblauer Flieder, der mit weißem durchsetzt war.

Harry bog links ab und war nach wenigen Minuten an der Straßengabelung zu den Stallungen. Sie fuhr hin und sah auf dem Dach des Büros neben dem Stallgebäude einen Mann, mit dem sie auf der Highschool gewesen war.

Harry stieg aus dem Kombi und rief hinauf: »Winnie, was machst du da?«

»Mrs. Bishop will das Dach repariert haben. Muss ich im Hellen machen.«

»Arbeitest du noch beim Bezirksamt?«

»Ja«, antwortete der korpulente Mann.

Cooper, jetzt neben Harry, sah nach oben. »Da gibt's aber viel Dachfläche in Ordnung zu halten.«

»Ich bin Alleskönner.« Er richtete sich aus seiner gebückten Haltung auf.

»Hey, Winnie, hast du Frank Cresey hier schon mal gesehen?«

»Den ollen Säufer? Den Läufer?« Er lachte. »Ja doch, er kam her und fing plötzlich an zu rennen, dann, ruck, zuck in die Hocke. So ein Witzbold.«

»Hat er dich mal nach Ketten gefragt?«

»Nein.« Winnie war verblüfft. »Wie Schneeketten oder Abschleppketten?«

»Wissen wir nicht. Ist er jemals in den Wartungsbereich gekommen?«

»Ach, der Ärmste, er hat's ein paarmal probiert, wenn mieses Wetter war, aber der Boss hat ihn rausgeschmissen. Schätze, er ist ins Gebäude gegangen und hat sich in einem Flur hingelegt, wenn man ihn gelassen hat.«

»Bewahren Sie hier in den Büros Ketten auf?«, fragte Cooper.

»Ja. Wir haben verschiedene Gewichte, Größen, kommt auf den Zweck an. Eine gute Kette kann einem aus 'nem Riesenschlamassel raushelfen.«

Claiborne kam aus dem Büro und sah hoch. »Winnie, verschwende deine Zeit nicht mit den beiden.«

»Claiborne«, fragte Harry, »hast du was dagegen, wenn wir hinten aufs Grundstück gehen?«

»Nein, überhaupt nicht.« Sie nickte Cooper zu. »Brauchen Sie was?« Claiborne war hilfsbereit.

»Nein. Wir gehen nach hinten, um möglichst viel von Continental Estates zu sehen. Bei dem alten Meilenstein.«

»Man kann das Projekt jenseits der Anhöhe sehr gut überblicken.«

»Claiborne, reicht Ihr Besitz bis an den Meilenstein?«, wollte Cooper wissen.

»Fast. Der hat zu dem alten Garth-Besitz gehört. Er liegt da, wo früher die Ländereien von Garth und Ashcombe aneinandergrenzten. Glaub ich jedenfalls.«

»Geschichtsstudenten müssen vermutlich von Zeit zu Zeit hierherkommen«, dachte Cooper laut.

»So ist es. Ginger McConnell war immer mit seinen Studenten hier. Er sagte, das hat er gemacht, seit er die Professur an der UVA hatte. Vor meiner Zeit.«

Noch ein bisschen plaudern, dann marschierten die zwei Frauen und die Tiere den weiten Weg zum hinteren Teil von The Barracks auf der Ostseite.

»*Da ist noch Tau dran.*« Pewter hob jede einzelne Pfote. »*Iiih.*«

»*Kauf dir doch winzige Gummistiefel*«, sagte Mrs. Murphy.

»*Ach, halt die Klappe*«, blaffte die graue Katze zurück, »*du findest Tau auch doof.*«

Tucker rannte den Menschen und den Katzen voraus und achtete nicht auf Pewter.

Cooper blieb stehen. »Ah, man kann die Anlage wirklich sehen. Diesen Teil jedenfalls.«

»Sie ist riesig«, sagte Harry, die Continental Estates aus einem anderen Blickwinkel betrachtete.

»Die arbeiten am Wochenende.«

Harry sagte: »Das Erdbeben und dann das Gewitter haben Schaden angerichtet.«

»Das war aber auch ein Mordsgewitter«, bestätigte Cooper. »Und wo ist jetzt der Meilenstein?«

»Nicht mehr weit. Ich zeig ihn dir.« Harry ließ sich in eine enge Senke hinuntergleiten, arbeitete sich diagonal wieder hoch und wartete.

»Da kann ein Auto auf keinen Fall durch.« Cooper holte Atem. »Allenfalls ein Geländewagen. Ich frag mich, ob es einen hinteren Zugang nach The Barracks gibt.«

»Gibt es nicht.« Harry blieb bei dem Meilenstein stehen. »Ist es nicht erstaunlich, dass die in den ursprünglichen dreizehn Kolonien immer noch überall rumstehen?«

»Ja«, stimmte Cooper zu. »Aber ich versteh nicht, wie man auf diese Art reisen konnte.«

»Man hat drei Brücken gebaut, zwei mit kleinerer Spannweite über diese Senke und eine weiter vorn, und dann eine längere über die Schlucht.«

»Sinnvolle Sache.«

»Als ich auf der Highschool war, ist Ginger mit unserem Geschichtskurs als Extraüberraschung für unseren Geschichtslehrer und für uns hier rausgekommen. Er hat das gern gemacht, und ich erinnere mich an seine Erklärung, dass dank der Brücken Nahrungsmittel und Versorgungsgüter in das

Kriegsgefangenenlager gelangen konnten, und es wurde Zeit gespart.«

»Tüchtig.«

Harry hörte in der Ferne ein Zischen. Plötzlich kam ein bunter Heißluftballon, rot, weiß und blau, in Sicht.

»Die sind so laut«, murrte Pewter. *»Ich kann die Dinger nicht ausstehen.«*

»Ich weiß gar nicht, wann The Barracks verfallen ist. Gab wohl keine Verwendung mehr dafür«, sagte Harry.

Sie drehten um und gingen zurück.

Cooper blieb stehen und betrachtete noch einmal die topographischen Hürden. »Harry, vielleicht haben sie Stämme und Balken mit Hilfe von Ketten und Zugpferden an Ort und Stelle geschleift.«

»Schon möglich, aber wofür hätte Frank sie gewollt? Oder was hoffte er zu erfahren?« Harry zuckte die Achseln, dann zog sie ihr Handy aus der Jackentasche. »Vielleicht weiß es Trudy.« Sie rief sie an.

»Trudy. Harry.«

»Ich weiß. Deine Nummer war auf meinem Apparat … Wie geht's dir?«

»Gut, und dir?«

»Ich komm zurecht, so gut es eben geht«, antwortete Trudy aufrichtig.

»Entschuldige, dass ich schon wieder Fragen stelle, und Deputy Cooper ist hier bei mir. Hat Ginger jemals von Schmiedearbeiten gesprochen, davon, wie die Leute Ketten, Nägel und so Sachen hergestellt haben?«

»Er war tatsächlich bei den Schmieden, die noch stehen. Eine ist in Oak Ridge.« Trudy nannte einen Besitz in Nelson County. »Jede große Farm hatte ihre eigene Schmiede. In historischen Ortschaften werden sie oft restauriert. In solchen Fällen sind einige wahrscheinlich nur noch zum Vorführen in Betrieb.«

»Hat er nicht lange vor seinem Tod von solchen Schmieden gesprochen?«

»Nein, er hat sich auf Kriegsgefangene konzentriert, wie du weißt. Du hast seinen Schreibtisch und seinen Graphikschrank gesehen. Ich denke, The Barracks hatte eine Schmiede.«

»Ja«, stimmte Harry zu. »Entschuldige die Belästigung. War nur eine weit hergeholte Vermutung.«

»Magst du's mir verraten?«

»Merkwürdige Sache. Deputy Cooper hat die Leute auf der Mall gefragt, die Frank Cresey kannten. Frank ist in die Bibliothek gegangen und hat gelesen und gelesen, über den Unabhängigkeitskrieg und die Zeit danach. Gingers Einfluss ist hängengeblieben, nehm ich an. Frank hat auch zu jemand auf der Mall gesagt, er will im Bezirksamt nach Ketten suchen.«

»Sehr merkwürdig.« Aus Trudys wohlklingender Stimme sprach Überraschung.

»Entschuldige noch mal die Belästigung, Trudy, und danke schön.«

Auf dem Fußweg zum Stallgelände, das in ungefähr achthundert Metern Entfernung klar zu erkennen war, seufzte Cooper. »Das war echt weit hergeholt. Vielleicht hängen die zwei Morde doch nicht zusammen.«

»Ja, ist mir klar«, sagte Harry, »aber ich geb noch nicht auf.« Sie überlegte kurz. »Heute ist Muttertag. Hast du Blumen geschickt?«

»Angerufen. Blumen geschickt.« Cooper lächelte. »Mom fühlt sich wohl in New Mexico, aber das ist so weit weg. Die meisten älteren Leute ziehen nach Florida, an Orte, wo es warm ist. In New Mexico gibt es Schnee. Sie ist glücklich, nur das zählt.«

»Ja. Ich vermisse meine Mutter. Du hast es gut, dass du deine noch hast.«

Cooper legte Harry ihren Arm um die Taille. »Deine Mutter hat bei dir gute Arbeit geleistet.«

36

1. September 1781

Ein leichter Regen verdarb John Schuyler nicht die Laune. Er lief eilig in seine Unterkunft, wo er seine wenige Habe sorgfältig in eine kleine Feldkiste packte. Unter seiner Pritsche, die so kurz war, dass seine Füße hinten herunterhingen, lagerten die zwei hochgeschätzten Bücher, die Catherine ihm geschenkt hatte, das Papier, in das sie eingeschlagen gewesen waren, sowie das Bastband, alles in der Kiste, zusammen mit einem Brief von seiner Mutter. Den hatte sie für Geld in Schönschrift schreiben lassen. John hatte seinen Eltern geschickt, was er erübrigen konnte, wenn er Sold bekam. Was nicht oft geschah.

Das zweite Büchlein enthielt zwei Theaterstücke von Shakespeare, *Macbeth* und *Julius Caesar*. Catherine hatte diese Dramen wegen der militärischen Themen für ihn ausgewählt.

Da er wenige Habseligkeiten besaß, hatte er in zwanzig Minuten gepackt. Er schob die Kiste wieder unter die Pritsche und ging zu Leutnant Wests Baracke. Obwohl es früher Abend war, blieb die Luft warm, es wehte ein leichter angenehmer Wind.

»Leutnant«, rief Schuyler vor Wests Baracke.

Charles hörte drinnen die bekannte Stimme und verließ barfüßig die Unterkunft, dicht gefolgt von Piglet. »Herr Hauptmann.«

John Schuyler setzte ein breites Grinsen auf. »Ich ward La Fayette zugewiesen. Der Krieg ist endgültig in Virginia, und ich breche im Morgengrauen auf.« Er lachte. »Der Befehlshaber wird mir kein Pferd bewilligen.«

»Das wird dann ein langer Marsch bis zur Küste, nehme ich an.« Charles hatte die Geographie Virginias zu erfassen gelernt.

John lächelte. »Ich heuere ein Fuhrwerk. Das ist mir gestattet. Endlich dieses Ortes ledig. Sie sind nicht der Einzige, der hier gefangen gehalten wird.«

»Nur auf verschiedenen Seiten des Zaunes gewissermaßen.«

»Ich hoffe durch große Städte zu kommen und würde gern ein Buch erstehen und Fräulein Garth schicken. Können Sie etwas empfehlen?«

Die zwei sprachen über den Inhalt von Äsops Fabeln und den zwei Shakespeare-Stücken. Der Engländer war beeindruckt davon, wie der Hauptmann das Wesentliche jedes Stückes erfasste, obwohl er stellenweise mit der Sprache rang. Auf diese Weise konnte der dunkelhaarige Mann bei den wenigen Gelegenheiten, wenn er mit Catherine zu sprechen vermochte, sich bei Gesprächen über Literatur, und waren sie auch begrenzt, behaupten. John und Catherine kamen sich durch die Lektüre geistig näher. Charles wusste, wie flink Catherines Verstand war. Schuyler, in allem bewandert, Waffen eingeschlossen, offenbarte nun seine Neigung zum Lesen. Früher hatte er sich nie die Zeit zum Lesen genommen.

»Ich kenne keine Bücher«, klagte er. »Was würde ihr gefallen? Ich kann ihr keine Theaterstücke schenken. Sie hat alle gelesen.«

Charles sagte kurzerhand: »*Die Sonette*. Kaufen Sie ihr Shakespeares *Sonette* in der schönsten gebundenen Ausgabe, die Sie sich leisten können.«

»Meinen Sie nicht, sie hat alles gelesen, was er geschrieben hat? Sie verehrt ihn über alle Maßen.«

»Herr Hauptmann, das Buch wird von Ihnen kommen, und das Werk ist sehr schön. *Die Sonette* müssen es sein.« Charles streckte die Hand aus. »Möge meine Pistole Sie beschützen. Und möge es Ihnen wohlergehen.«

»Und Ihnen ebenso.«

Ein verschmitztes Lächeln erschien auf Charles' Lippen. »Unsere Wege werden sich wieder kreuzen. Nicht im Krieg, will ich hoffen.«

Entschlossen nahm John beide Hände von Charles in seine.
»Ich bete, dass es so sei.«

Er wandte sich um und entfernte sich mit Charles' guten
Wünschen und dessen Vaters kostspieliger Steinschlosspistole.

Als Charles – der Staub zwischen seinen Zehen war noch
warm – in die Baracke zurückging, bemerkte er, dass Piglet still
dastand und dem in der Ferne verschwindenden großen
Hauptmann nachsah.

37

3. September 1781

Die Sonne, vor einer Stunde aufgegangen, tauchte den Mais,
die Apfelwiesen und den Weizen in goldenes Licht.

Hauptmann Schuyler sprang aus dem Fuhrwerk. Er musste
dem Kutscher für die Unterbrechung etwas zuzahlen. Glücklicherweise brauchte er nicht weit zu reisen, das hatte er Charles
West allerdings nicht sagen können. Er sollte sich Streitkräften
im Osten von Charlottesville anschließen. Mit ihnen würde er
zur Küste ziehen. In Virginia ging für den auf Verwüstung
bedachten Cornwallis alles nach Wunsch. Er würde auch ein
Gefecht bekommen. Sir Henry Clinton, sein Oberbefehlshaber, war außerstande, Cornwallis zurückzuhalten. Die zwei
britischen Generäle verstanden sich selten, die gegenseitige
Missachtung war in eine krankhafte Abneigung ausgeartet.

Den Hut unter dem linken Arm, wie er es bei Charles gelernt
hatte, klopfte John bei den Garth' an die Tür und wartete auf
den Diener.

Die Tür wurde geöffnet. Roger, edel gekleidet, lächelte fein.
»Herr Hauptmann.«

»Könnte ich wohl den Herrn sprechen?«

»Ich sehe nach, ob er abkömmlich ist. Treten Sie bitte ein.«

Kurz darauf wies Ewing, ein Frühaufsteher, den Diener an, Hauptmann Schuyler ins Frühstückszimmer zu bitten zum, natürlich, zum Frühstück.

Der lichtüberflutete Raum schuf gewissermaßen einen Glorienschein um Catherine, als der brave Hauptmann eintrat. Er verlieh auch Rachel einen Schimmer, doch John hatte nur Augen für Catherine.

John verbeugte sich vor dem Vater und nahm auf dem Stuhl Platz, den Weymouth für ihn bereithielt.

So schmackhaft die Speisen auch waren, er war so angespannt, dass er sich zwingen musste, zu essen oder sich zu unterhalten. Als das Geschirr, feines Porzellan, am Ende abgetragen wurde, tupfte er mit einem Mundtuch seine Lippen ab und begann: »Mein Herr, Sie waren so gastfreundlich zu mir. Ich kann Ihnen Ihre Freundlichkeit niemals vergelten.«

»Oh, mein lieber Herr Hauptmann, nach vier Brücken und zwei Straßen ist vielmehr das Gegenteil der Fall«, schmeichelte Ewing.

»Ich bin gekommen, um Ihnen mitzuteilen, dass ich General La Fayette zugewiesen ward«, fuhr John fort, worauf er nichts als Catherines Aufstöhnen vernahm. »Wie Sie wissen, sind die Feinde in ziemlich großer Stärke hier.«

»Wahrhaftig, ich habe es gehört. Sie vernichten alles, stehlen Pferde, ich hörte sogar, sie schlitzen Stuten die Kehlen auf, damit wir unsere Zucht nicht fortsetzen können.«

»Und ich würde sie denen aufschlitzen«, entfuhr es Catherine, deren Gefühlsregung den entsetzlichen Vorkommnissen galt, aber eigentlich von Johns Mitteilung hervorgerufen worden war.

Ewing nahm Johns Widerwillen wahr. »Und uns nennen sie Barbaren.«

»Mein Herr, ich glaube, die Ereignisse werden etwas anderes beweisen, aber sollte die Kunde zu Ihnen dringen, dass sie gen Westen vorstoßen, werden Sie hoffentlich Ihre Pferde verstecken, Ihr Silber und womöglich sich selbst. Die Feinde waren nicht grob zu Frauen, aber sollten sie eine … Nachlässigkeit der Führung erfahren, dazu kann ich nichts sagen.«

»Sie meinen also, es fehlt ihnen an Disziplin, Herr Hauptmann?«

»Manchen Truppen schon. Anderen nicht. Es scheint ihnen an Gemeinschaftlichkeit zu mangeln, und sie sind offenbar wegen der Franzosen unbekümmert. Wir haben einen mächtigen Verbündeten. Man sollte meinen, ausgerechnet die Engländer sollten bei Schiffsgeschützen und Marinesoldaten empfindlich sein.« Er hielt inne. »Vergeben Sie mir.« Er sah Catherine und Rachel an. »Ich möchte Sie nicht langweilen.«

»Sie könnten mich unmöglich langweilen«, sagte Catherine unverblümt, zu ihres Vaters Entsetzen und ihrer Schwester und Weymouth' Entzücken.

John nahm es zur Kenntnis, dann erwiderte er: »Wir haben Washington. Den größten Mann unserer Zeit.«

Ewing lächelte. »Fürwahr.« Er stand auf, und alle erhoben sich mit ihm, als er dem Hauptmann die Hand bot. »Gott schütze Sie, Herr Hauptmann.« Er geleitete den großen Mann zur Eingangstür, die Roger aufhielt.

Im Hinausgehen sah John Ewing ins Gesicht. »Ich werde Ihnen schreiben, mein Herr, und darf ich um Erlaubnis bitten, Ihrer ältesten Tochter auch schreiben zu dürfen?«

Ewing, für einen Augenblick sprachlos, fühlte die Hand seiner Tochter an seinem Arm. Er hatte angenommen, Catherine sei hinten geblieben, aber sie war in kurzem Abstand gefolgt.

»Vater, bitte.«

»Mein Liebes.« Er sah in ihre flehenden Augen, dann wandte er sich an John. »Sie haben meine Erlaubnis.« Schließlich hatte Ewing Garth sich die Erinnerung an solcherlei Gefühle bewahrt.

»Oh, Vater, ich liebe dich so sehr.« Sie umarmte ihn und

folgte dann Hauptmann Schuyler aus der Tür. Ewing kehrte ins Haus zurück.

John stand beim Fuhrwerk, bereit, sich hinaufzuschwingen.

»Kommen Sie zu mir zurück, Herr Hauptmann. Geben Sie auf sich acht.«

»John.« Er lächelte. »Und ich werde zu Ihnen zurückkommen.«

Sie stellte sich auf die Zehenspitzen, legte den rechten Arm um seinen Hals und küsste ihn, was ihnen beiden den Atem nahm.

Catherine ließ John los, sah ihm beharrlich in die braunen Augen, lächelte, machte sodann auf dem Absatz kehrt und ging die Stufen wieder hinauf. Die Tür zur Halle wurde ihr von Roger geöffnet. Er hatte alles gesehen, würde aber seine herzliebe Catherine nicht verraten.

»Wo ist mein Vater?«, fragte sie.

Roger neigte den Kopf zur Rückseite des Hauses und sagte mit gesenkter Stimme: »Bei Ihrer Mutter, Fräulein Catherine.«

Sie durchquerte eilends die Halle und stieß die Hintertür auf. Sie lief zu ihrem Vater, der in dem hübschen Friedhof stand, vor dem Grabmal ihrer Mutter, einem ruhenden Lamm, welches das Kreuz hielt.

Catherine kam zu ihm, Tränen liefen ihm über die Wangen.

»Oh, Vater.« Jetzt flossen auch bei ihr Tränen.

»Ich bin leider kein guter Vater gewesen, und …«

»Du bist der beste Vater der Welt.«

»Ah, du bist jung und liebst sichtlich den ansehnlichen und tapferen Hauptmann. Aber ich als dein Vater muss zusehen, dass du dich gut vermählst und es dir an nichts mangelt.«

»Vater, wenn ich keine Liebe habe, habe ich nichts.«

Ewing stand schweigend, dann griff er nach ihrer Hand. »Das hätte deine Mutter sagen können. Als ich um sie freite, machten ihr so viele Jünglinge den Hof, manche wohlhabend, viele weitaus ansehnlicher als ich. Ich bin nicht stattlich, aber sie hat mich geliebt. Wir konnten über alles sprechen, mein Liebes. Das mag nicht romantisch klingen, aber wir sind zu einem gemeinsamen Wesen, zu einem Herzen zusammengewachsen. Es mag dumm von mir sein, dieser Freundschaft, diesem fortgesetzten Werben zuzustimmen. Ich glaube, der Hauptmann besitzt keinen Penny, aber wenn du ihn liebst und es feststeht, dass er dich liebt, dann, denke ich, wäre deine Mutter glücklich.« Wiederum flossen Tränen. »Mein Kind, deine Mutter fehlt mir so sehr.«

»Mir auch, Vater, und …« Catherine hielt inne, küsste ihn auf die nasse Wange. »Ich liebe dich.«

38

12. Mai 2015

Die Nebenstraße schlängelte sich vom Flughafen Charlottesville durch einige unweit des Flughafens gelegene Siedlungen. Je weiter westlich Harry kam, mit den Tieren im Kombi, desto ländlicher wurde die Gegend: Es zeigten sich gepflügte Felder und Flächen, wo Knäuelgras und Schwingelgras jetzt die Erde durchbrachen. Weit oben blähten sich gewaltige Haufenwolken im Kontrast zum fantastisch blauen Himmel.

Sie hatte ihren Mann zum Flughafen gebracht, weil Fair bis Ende der Woche an einer Tierärztetagung in Denver teilnehmen würde. Nur hin und wieder kamen Ehefrauen mit zu den Tagungen. Harry mochte Denver, sah es aber als ihre Aufgabe, zu Hause zu bleiben, da ihre Anpflanzungen um diese Jahreszeit ihren Lebenslauf begannen. Freilich war es zu früh zu sagen, welche davon gedeihen würden, aber bisher war der Wechsel von Sonne und Regen ideal gewesen.

Sie durchfuhr eine weitläufige Kurve. Zu ihrer Linken war die Rückseite von The Barracks zu sehen, und noch weiter links konnte sie einen Teil der Anlage von Continental Estates erkennen. Als sie zum Hunt Country Store kam, konnte sie nicht widerstehen. Sie bog links ab. Dies war ein weiter Weg nach The Barracks oder Continental Estates. Es war auch der einzige Weg. Keins der beiden Grundstücke war vom Westen her zu erreichen.

An den zwei blauen Schildern von The Barracks vorbei fuhr sie näher an Berta Jones' Zufahrt heran, bog links ab, kam an Einzelhäusern vorüber, alle sehr groß, und gelangte schließlich zu dem schmiedeeisernen Tor von Continental Estates.

»*Dies ist nicht der Weg nach Hause*«, stellte Pewter auf dem Rücksitz fest.

»*Sie macht gern mal einen Umweg*«, antwortete Tucker neben der grauen Katze.

Die Katze schaute blinzelnd aus dem Fenster. »*Umweg? Bei ihr ist das eine Geheimtour.*«

Mrs. Murphy nahm es positiv. »*Hey, wenigstens kriegen wir viel zu sehen.*«

»Ich kann mir nicht vorstellen, was dieses Tor gekostet haben muss, mit so einer vergoldeten Ananas mitten in jedem Flügel«, sagte Harry zu ihnen.

Einen Moment lang dachten sie, sie spräche von Verpflegung, da dem aber nicht so war, verloren sie das Interesse.

»*Wo fahren wir hin?*«, wollte Pewter wissen.

»Ruhe, Pewter«, rief Harry. Sie fuhr langsam an den fertigen Häusern an der mittleren Straße vorbei.

Aus einer Eingebung heraus bog sie links ab Richtung Westen, um zu sehen, ob sie welche von den Häusern erkennen konnte, die sie an der Flughafenstraße von hinten gesehen hatte.

Jedes Eigenheim unterschied sich vom Nachbarhaus, und alle standen weit zurückgesetzt auf den ein bis zwei Morgen großen Grundflächen. Einige Flächen umfassten sogar fünf Morgen. Sie waren nicht so weit gediehen wie die an der Hauptstraße, der Saratoga Road, die auch Trennlinie war zwischen Ost und West in der Siedlung, wo die Außenflächen der Häuser fertiggestellt waren. Hier war man jetzt beim Innenausbau. Manche hatten außen roten Backstein, andere getünchten Backstein. Einige hatten eine Steinfassade, andere Schindeln. Alle waren in einem Stil gehalten, den ein Kolonialist, kehrte er wieder, erkennen würde. Die Siedlung würde ihm fremd sein, nicht aber die Architektur.

Harry ließ ihr Fenster herunter. Die Geräusche von Hämmern, elektrischen Sägen und Bohrern drangen ins Auto.

»*Lästiger Lärm*«, beschwerte sich Pewter.

Auch Tucker fand den Krach nervig. »*Das kommt von den Sägen und Bohrern.*«

Harry gelangte in eine Sackgasse, fuhr langsam durch und rückwärts hinaus. An der Hauptstraßenkreuzung wendete sie und kehrte zu der Sackgasse zurück. Sie stellte den Motor ab, blieb einen Moment sitzen, stieg dann mitsamt den zwei Katzen und dem Hund aus.

Sie gingen über ein Feld zu dem Meilenstein. Harry stellte sich hin und drehte sich vorsichtig in jede Richtung. The Barracks war eine Hügellandschaft. Als Harry sich nach Westen drehte, kamen die Blue Ridge Mountains in Sicht. Sie wusste, alle Häuser mit einem tollen Blick auf die Berge würden teurer verkauft werden. Warum auch nicht? Die Aussicht war berauschend.

»Kommt.« Von dem Meilenstein aus wendete Harry sich nach Südosten und folgte alten tiefen Wagenfurchen.

Sie kam zu der seichten Schlucht, blickte hinüber, sichtete eine tiefe Senke und dahinter noch eine.

Tucker sah in die seichte Schlucht hinunter. »*Lange futsch.*«

»Wisst ihr, Kinder, ganz früher war dieser Weg stark befahren«, sagte Harry. »Wenn ich mich richtig an die The-Barracks-Tour erinnere, die Ginger mit uns gemacht hat, war dies der Nebenweg zum Lager. Hat Zeit und Strecken gespart. Ich habe Ginger nie gefragt, wann der Weg außer Gebrauch kam. Vielleicht wusste er es nicht, aber die Garth Road und die alte Three Chopt Road waren die wichtigsten Ost-West-Verbindungen. Aus der Three Chopt ist natürlich die Route 250 geworden, da war an der Strecke jeder mit einem Geschäft gut bedient. Waren, Wagenreparaturen und so weiter. Aber die Garth Road blieb mehr oder weniger großen Besitztümern vorbehalten. Komisch, wie sich die Dinge entwickeln.«

Pewters Magen knurrte. »*Ich hab Hunger.*«

»Okay, kommt.« Sie kehrte um und ging zurück zu dem Kombi.

Als alle drin waren, startete sie den Motor und schaltete die Klimaanlage ein. Es war zwar nicht warm, aber in dem geschlossenen Auto war es stickig geworden.

Sie saßen eine Weile, während Harry sich vorzustellen versuchte, wie es hier während des Unabhängigkeitskrieges zugegangen war.

Auf der Rückfahrt die Hauptstraße entlang sah sie vor einem der fertiggestellten Häuser inmitten lebhaften Treibens Marshall Reeses geparktes Auto. Er und Paul Huber, dessen Firmenwagen überall standen, hatten auf der Kühlerhaube von Marshalls Mercedes Blaupausen ausgebreitet.

Harry hielt an. Die Männer riefen nach ihr, und sie ging hin, die Tiere im Schlepptau.

»Hey, was tust du hier?« Marshall lächelte.

Da Harry wieder Pflaster an Marshalls Fingern und einen Mullverband an seiner Hand bemerkte, fragte sie: »Was ist denn mit dir passiert?«

»So was Blödes. Hier hab ich Paul, aber ich wollte in einer Gartenecke eine Quitte für meine Frau pflanzen. Wie konnte ich ahnen, worauf ich mich einließ. Bin halt empfindlich.«

»Schon, aber mindestens genauso stur«, zog Paul ihn auf,

dann wiederholte er Marshalls Frage: »Was tust du hier, Harry? Wir wissen alle, dass du neugierig bist.« Er knuffte sie freundschaftlich in die Schulter.

»Wollte es sehen, nachdem ihr die Schäden vom Erdbeben behoben habt. Der Landschaft hat es zum Glück nicht zu stark zugesetzt.« Sie schaute auf die Blaupausen. »Die sind immer noch leichter zu erkennen als irgendwas am Computer.«

Paul deutete auf die Hauptstraße. »Du siehst, bei den fertigen Häusern sind die Gärten schon angelegt. Kreppmyrten für den Sommer, Buchsbaum, alle nur erdenklichen Eichenarten. Jedes Haus hat sozusagen ein eigenes Spektrum.«

»Ich sehe, ihr habt auf Bradfordbirnen oder Leyland-Zypressen verzichtet«, bemerkte Harry.

»Die Bradfordbirnen hab ich gern«, sagte Paul. »Hab sie einfach zu gern, sie sind nur nicht so robust, wie mir lieb wäre, und wenn wir eine andere Birnensorte nehmen, eine ältere Sorte, hat der Eigentümer mehr Arbeit.«

Sie wies auf die Baumreihen, die jede Straße säumten. »Jede Straße ist anders?«

Marshall antwortete: »Wir sind gerade dabei, in dieser Straße weißen Hartriegel einzusetzen. An die erste Querstraße kommt rosa Hartriegel. Manche Straßen kriegen Nadelbäume, andere Eichen, Hickorybäume, sogar Dattelpflaumen. Es wird schön, Harry, einmalig.«

»Keine Robinien?«, fragte Harry. »Die blühen im Frühjahr und duften himmlisch.«

»Dornen«, entgegnete Paul schnell. »Wir haben uns hier auf Bäume beschränkt, an denen sich kein Kind verletzen kann. Die Robiniendornen sind gefährlich. Und wir haben uns bemüht, auf Bäume zu verzichten, die zu viel abwerfen, schwarze Tupelobäume zum Beispiel. Ich persönlich mag Tupelos, aber die machen den Wartungstrupps mehr Arbeit.«

Harry sah Marshall an. »Wartungstrupps?«

»In Continental Estates gibt es eine Wartungsgebühr, eine

Müllabfuhrgebühr. Die Monatsrechnungen werden niedrig sein, vor allem, wenn die Anlage restlos verkauft ist. Aber das ist die einzige Möglichkeit, den eleganten Eindruck zu gewährleisten. Es darf nicht sein, dass einer den Straßenbaum vor seinem Haus nicht pflegt, und der Nachbar tut es. So was schafft Verdruss.«

»Kann ich mir denken.« Dann fragte Harry: »Wie geht es mit der Lehrstuhlstiftung voran?«

»Tim Jardine hat noch mal anderthalb Millionen aufgebracht.« Marshall grinste. »Das Echo war riesig.«

»Hat Ginger hiervon was gesehen?«, fragte Harry im Hinblick auf das Bauvorhaben.

Marshall nickte. »Ja. Paul und ich haben ihn rumgefahren, um Rat gebeten. Er war nicht begeistert von der Vorstellung einer weiteren Siedlung auf altem Land, einiges davon zugewiesenes Land, aber er wusste, es war unaufhaltbar, also hat er den historischen Eindruck akzeptiert, wenn man so will.«

»Er hat mir sogar erklärt, was damals im Gartenbau Mode war«, sagte Paul. »Dabei haben uns auch die Leute in Monticello und Montpelier sehr viel geholfen.« Er schob die Hände in seine Taschen.

»Zugewiesenes Land?«, meinte Harry. »Ich erinnere mich schwach, dass Ginger so etwas erwähnte, als er vor Jahren die Tour mit uns gemacht hat, aber wie gesagt, das ist Jahre her.«

Stets begierig, sein Wissen und seine Verbundenheit mit seinem Professor zu unterstreichen, sagte Marshall: »Continental Estates liegt auf der Ashcombe-Landzuweisung. Ein kleines Stück ist altes Barracks-Land, Oberst Harveys Land, das ein Enkel später von den Hunderten Morgen Lagergrund abgetrennt hat. Aber ich kann dir sagen, ich habe diese Besitzkette gründlich überprüft.«

Harry wurde bleich, sie wankte ein bisschen.

Paul ergriff ihren Arm. »Harry, geht's dir nicht gut?«

Sie nahm sich zusammen und sagte heiser: »Doch, doch

Nur ein bisschen schwindlig. Musste an Frank Cresey denken.«

»Frank?«, sagten beide Männer zugleich.

»Er war seltsamerweise von Ginger besessen. Hat Gingers sämtliche Bücher gelesen, auch nach dem Examen. Ging in die Bibliothek und las. Las alles über den Unabhängigkeitskrieg. Sonderbar.«

»Das ist wirklich sonderbar, aber er war ein guter Geschichtsstudent. Das Kompliment hat Ginger ihm immer gemacht«, erklärte Paul.

»Besessen war er von Olivia«, sagte Marshall. »Tja, da ist jetzt nichts mehr zu machen, aber Harry, auch du beschäftigst dich offenbar gern mit Ginger und seiner Arbeit.«

»Ja, kann sein. Ich muss rauskriegen, warum er umgebracht wurde. Drum komm ich immer wieder hierher, zu dem, was ihn gefesselt hat. Ist ein bisschen verrückt. Ich werd drüber hinwegkommen.«

»Hoffentlich.« Marshall lächelte.

Sie bedankte sich bei ihnen, weil sie ihr die Pläne gezeigt hatten, verabschiedete sich, stieg mit den Tieren in den Kombi und atmete tief durch, um einen klaren Kopf zu bekommen. Dann fuhr sie weg.

Sie überschritt das Tempolimit nicht, obwohl sie es gern getan hätte. Sie fuhr direkt zu Susan, sprang aus dem Wagen und lief zur Hintertür.

»Wo bist du?«, rief sie.

»Im Wintergarten«, rief Susan zurück.

»Hol deine Handtasche. Komm mit.«

Susan ging zu Harry hinaus. »Was ist denn mit dir los?«

»Ich hab rausgekriegt, wovon Frank gesprochen hat. Du fährst, und ich ruf Cooper an. Was du vorhin gemacht hast, kann warten.«

Minuten später saß Susan am Steuer. Katzen und Hund saßen wachsam hinten. Harry hatte Cooper am Handy.

»Meinst du wirklich?«, fragte Cooper wieder.

»Ja. Besitzkette. Das hat Frank gemeint. Susan und ich sind auf dem Weg zum Bezirksamt.«

»Wir treffen uns dort.«

* * *

Im Wagen unter einem Nadelbaum bei einen Spaltbreit geöffneten Fenstern schliefen die Tiere ein, während die drei Frauen sich in dem nahen Gebäude über den Tresen beugten, wo die Grundstücksunterlagen aufbewahrt wurden.

Cooper war in Uniform, daher kam man sich rasch entgegen. Aber das hätte sich ohnehin ergeben.

Mildred Gianakos, die ältere Dame am Tresen, breitete eine große Reproduktion einer frühen Karte aus.

Sie wies auf die alten Straßen hin und sagte: »Ich denke, dies ist, wonach Sie fragen. Es ist das Harvey-Land. Es blieb über Generationen in der Familie. Das hier ist das Garth-Land. Dies alles. Dreitausendfünfhundert Morgen. Zum großen Teil Obstgärten.«

Harry bemühte sich, ihre Aufregung zu zügeln. »Und Sie haben die Besitzkette?«

»Kopien. Die Original-Urkunden waren brüchig und unersetzlich, als sie fotografiert wurden. Sie befinden sich nebst anderen frühen Urkunden klimageschützt in der Alderman-Bibliothek.«

Harry zeigte auf die Stelle, wo nach ihrer Annahme das ursprünglich zugewiesene Land war.

»Ich dachte, dies war vom König geschenkt.«

Mildred ging an ihren Computer und rief Informationen über ursprüngliche Landzuweisungen auf. »Carter, hm-m-m, das ist östlich.« Sie blieb dran. »Wollen Sie nicht herkommen und sich hinter mich stellen, damit Sie sehen können?«

Sie drängten sich um Mildred, die einen Computer geschickt bediente und Klischees über Alter Lügen strafte.

»Ich hatte keine Ahnung, dass es so viele Landzuweisungen gab«, sagte Susan.

»Die frühesten waren alle östlich von hier, um das heutige Williamsburg, das damals Middle Plantation hieß. Jamestown natürlich, und dann, als wir auf der Falllinie waren, das heißt, sobald Kolonisten hier leben konnten – denn es war Kriegsgebiet zwischen Volksstämmen –, gab es auch dort Landzuweisungen. Die Krone, je nachdem wer sie trug, vergab Land als Belohnung, doch von dem Empfänger wurde auch erwartet, es fruchtbar zu machen. Die Alte Welt begehrte Rohstoffe und exotische, jedenfalls damals exotische, Erzeugnisse von hier.«

»Mildred, Sie kennen sich richtig gut aus«, bewunderte Harry sie.

»Danke, sehr lieb, aber ich musste mich auch erst schlaumachen. Wir werden hier allerlei gefragt, und Anwälte schwärmen ein und aus wie die Fliegen.« Sie kicherte. »Das habe ich nicht gesagt.«

»Sondern wer?« Cooper hatte sich Notizen gemacht.

»Historiker. Der verstorbene Professor McConnell hätte meine Arbeit machen können, so viel wusste der. Und zu den letzten zwanzig Jahren hätte ich zu sagen, dass große Wohnungsbaugesellschaften Interesse gezeigt haben.«

Coopers Antenne vibrierte. »Welche zum Beispiel?«

»Oh, Rinehart, Wade, Reese, auch kleinere. Manche benutzen die Geschichte als Visitenkarte, aber sie müssen wissen, wo die Grenzen sind, wie etwaige Streitigkeiten in der Vergangenheit beigelegt wurden. Pflanzte man einen Baum oder setzte einen Zaun auch nur fünf Zentimeter auf den Grund des Nachbarn, konnte das zu einem großen Problem werden. Daher die Anwälte.«

»Ach ja.« Das hatte Cooper nicht bedacht.

»Ist Frank Cresey schon mal hier reingekommen?«, fragte Harry.

»Ja. Armer Kerl, war aber immer sauber. Regelrecht besessen von Geschichte. Er nahm sich alles vor, was ihn gerade interessierte. Vor Jahren gab es Fragen zu Grundbesitz an der Old Lynchburg Road. Die Universität von Virginia hatte dort ein Polofeld. Er hat sich die Bebauungspläne und die Besitzketten angeschaut.«

»Erinnern Sie sich, wofür er sich zuletzt interessiert hat?« Cooper, Stift und Block schreibbereit, atmete kaum.

»Nicht lange vor seiner Ermordung war es dasselbe Land, nach dem Sie fragen, alles Land, das Ewing Garth gehörte, als der Unabhängigkeitskrieg vorbei war. Tausende Morgen.«

»Garth?« Cooper kannte den Namen.

»Er hat das zugewiesene Land der Ashcombes gekauft. Hier, ich kann es Ihnen zeigen.« Mildred rief eine Kopie auf. »Das Land war von den Majestäten William und Mary ursprünglich Obadiah Ashcombe zugewiesen worden. Sein Enkel Peter Ashcombe, ein Loyalist, hat das gesamte zugewiesene Land an Ewing Garth verkauft.«

»Für zwanzigtausend Pfund«, sagte Harry. »Mein Gott, heute wären das Millionen!«, rief sie aus.

»Es war sehr wertvolles Land«, bestätigte Mildred.

Susan stieß einen Pfiff aus. »Ewing musste reich sein wie Krösus.«

»War er.«

Harry las das Datum vor: »Erster Februar 1782.«

»Hier ist die Landzuweisung auf dem Plan, und hier sehen Sie, wie Garth' Grundbesitz sich dadurch vergrößert hat. Man kann erkennen, dass er über beide Seiten vom Ivy Creek, über die östliche und westliche Straße und die Straße von hinten nach The Barracks hinein verfügte. Mit seinen Ernteerträgen und allerlei Einkünften hatte er somit die Straße in seiner Hand, die heute noch in Gebrauch ist.«

»Hat er eine Gebühr erhoben?«, fragte Susan.

»Nein, nach allem, was ich von Professor McConnell und den anderen Professoren erfahren habe, die hier waren – wegen des Kriegsgefangenenlagers und dergleichen –, wurde von dem, der Garth' Straße benutzte, nur gelegentlich ein Gefallen gefordert. Der Mann muss schrecklich schlau gewesen sein.«

»Und Frank hat das alles gewusst?«, fragte Cooper.

»Ja, Officer.«

Cooper schob den Bleistift hinters Ohr. »Ich sehe hier keinerlei Probleme.«

»Marshall Reese hat es für Continental Estates gekauft, natürlich erst, nachdem er seine Recherchen vorgenommen hatte.«

»Mrs. Gianakos, was würde passieren, wenn es da ein Problem gäbe?«, fragte Harry.

Sie runzelte die Stirn. »Das käme auf die Art von Problem an.«

39

13. Mai 2015

Während Cooper sich Mittwochmorgen in Besitzurkunden vertiefte, fuhr Harry nach St. Lukas.

Reverend Herbert Jones sah an seinem unaufgeräumten Schreibtisch eine Veröffentlichung der Landeskirche noch einmal durch, wobei ihm die Lesebrille fast bis auf die Nasenspitze rutschte. Auf der linken Seite des Schreibtisches beschwerte seine Katze Eloquenz Papiere. Auf der rechten Seite hielt Cazenovia Korrespondenz an Ort und Stelle. Auf dem Fußboden lag Lucy Fur tief und fest schlafend auf dem Rücken, Vorder- und Hinterbeine ausgestreckt.

Ein Klopfen an der Tür weckte Lucy Fur auf. Eloquenz und Cazenovia wurden aufgeschreckt, blieben aber liegen, wo sie waren.

Mrs. Murphy, Pewter und Tucker liefen Harry voraus in das geräumige, helle Arbeitszimmer des Pastors.

»*Holen wir uns ein paar Abendmahlswaffeln*«, ermunterte Pewter die lutherischen Katzen.

»*Abgeschlossen*«, teilte Eloquenz ihnen betrübt mit. »*Der Schrank mit allen Abendmahlsachen außer den Gewändern ist abgeschlossen.*«

»*Weiß ich, aber wir haben ihn schon mal aufgekriegt. Los, kommt. Die Menschen sitzen bloß hier rum und quasseln*«, spornte Pewter sie an.

»*Das kann man wohl sagen.*« Cazenovia sprang vom Schreibtisch, Papiere flogen umher.

Harry hob sie auf und gab sie dem Reverend.

Mrs. Murphy folgte den Katzen aus dem Zimmer und meinte: »*Abendmahlswaffeln sind nicht knusprig. Lasst uns lieber gucken, ob wir eine Schranktür in der Küche aufkriegen.*«

»*Nein.*« Pewter schlitterte munter den Flur entlang. »*Abendmahlswaffeln. Dann drehen die Menschen durch.*«

Tucker blieb bei Harry.

»Ich weiß nicht, was sie auf einmal haben«, sagte der Reverend. »Erst liegen sie im Tiefschlaf, und im nächsten Moment sausen sie ab.« Er schob die Lesebrille wieder auf den Nasenrücken. »Was gibt's? Doch nicht etwa einen Aufstand im Pfarrbeirat?«

Harry lachte. »Nein. Wir kommen gut miteinander klar.« Sie sah aus dem Fenster, blinzelte. »Wie schön, dieser Blick über den ersten Hof, dann zu dem großen und auf den Friedhof dahinter. Den werden Sie bestimmt nie leid.«

»Ganz recht. Wenn ich bei einer Predigt nicht weiterkomme, gehe ich draußen spazieren oder schau mir die Aussicht an. Dabei kriege ich das Problem immer gelöst. Aber was kann ich für Sie tun?« Er stand auf und führte sie in die gemütliche Sitzecke. »Möchten Sie etwas trinken?«

»Oh nein, danke.« Sie nahm auf dem Clubsessel Platz, dessen Leder an den Kanten abgewetzt war. »Reverend, erinnern Sie sich an den letzten Abend mit Ginger, Trudy und den anderen, die großartigen Tischgespräche?«

Er verschränkte die Hände und seufzte. »Oh ja. Wie schnell sich das Leben ändert.«

»Ganz sicher. Ich denke jeden Tag an Ginger und Trudy, und ich weiß, Sie tun es auch.«

»Harry, als Pastor kann ich Trost spenden, wie ihn die Bibel bietet. Als Freund kann ich meine Zeit und Liebe spenden, aber es gibt keine Abkürzung für die, die um Ginger trauern. Das braucht Zeit.«

»Ich habe in Gingers letztem Forschungsprojekt gestöbert. Er hatte mit uns darüber gesprochen, das Kriegsgefangenenlager, die Wirren nach Kriegsende. Ich habe über alles nachgedacht, und Cooper, die Gute, lässt mich ausreden. Nichts in Gingers Vergangenheit lässt darauf schließen, dass seine Ermordung ein Racheakt war. Nicht mal Frank Cresey war in seinem Wutanfall so weit gegangen, und Frank hat sein Studium auch irgendwie fortgesetzt.« Jetzt berichtete Harry dem Pastor alles, was sie in der Bibliothek und von Snoop über Frank erfahren hatte.

»Wir müssen unbedingt was für die Obdachlosen tun«, sagte Reverend Jones. »Wir Pastoren, Priester und Rabbis müssen die Köpfe zusammenstecken. Die Stadt tut, was sie kann, die Heilsarmee auch.«

Sie berichtete ihm, was Snoop erlebt hatte, wie er den Brieföffner gefunden hatte, mit dem Frank ermordet worden war, und dass er sich, in Ermangelung eines besseren Wortes, in Schutzhaft befand. »Ich kann ihn gut leiden«, sagte sie.

Der Reverend lächelte. »Das ist ein Anfang. Nur weil einer sich dem Alkohol oder anderen Substanzen ergeben hat, bedeutet das nicht, dass er nicht zu retten ist. Christus verheißt uns allen Erlösung.« Er überlegte kurz, fügte dann an: »In ihrem Zustand brauchen sie mehr als Gebete. Medizinische Versorgung. Nun, ich schweife ab. Ich kann Ihr Interesse für Ginger verstehen, an der Aufklärung des schrecklichen Mordes, aber Harry, Sie stolpern da in was rein.«

»*Du hast keine Ahnung*«, unterstützte Tucker den Gedanken.

»Platz, Herzchen.« Harry lächelte den Hund an. Tucker legte sich hin, obwohl sie am Ende des Flurs eine – für die Menschen unhörbare – ungebührliche Geschäftigkeit vernahm.

»Wurde bei dem Abendessen etwas geäußert, das Sie hierhergeführt hat? Nicht dass ich Ihre Anwesenheit nicht genieße. Immerhin habe ich Sie schon betreut, als Sie noch bunte Pflaster auf dem Knie hatten.«

Sie lief rot an. »Ginger sagte, er hat Friedhöfe bei alten Kirchen besucht, er hat Geburtenregister durchgesehen, weil die Kirchen oft brauchbarere Unterlagen hatten als die Amtsgerichte.«

Der Reverend löste die Finger voneinander und erwiderte: »Richtig. Im siebzehnten und weit bis ins achtzehnte Jahrhundert haben allein Kirchen Aufzeichnungen gemacht.«

»Haben Sie Aufzeichnungen von St. Lukas?«

»Ja. Manche sind sogar auf Pergament. Andere auf dickem Papier, aber nicht so haltbar wie Pergament. Die werden alle unten in dem großen Tresor aufbewahrt.«

»Ich möchte sie mir gerne ansehen.« Und sie fügte umgehend hinzu: »Nicht jetzt gleich. Aber irgendwann.«

Er sah aus dem Fenster. »Ich sag Ihnen was. Ich habe den ganzen Morgen hier im Arbeitszimmer festgesessen. Ich muss mir die Beine vertreten. Gehen wir doch zum Friedhof. Vielleicht hilft Ihnen das bei Ihrer Suche.«

»Im Ernst?«

Er stemmte sich hoch, beide Hände auf den Armlehnen. »Sie werden sehen.«

Sie gingen den Flur entlang. Tucker wusste, die Katzen hielten sich einen Stock höher auf dem Treppenabsatz versteckt.

Reverend Jones öffnete den Schrank, entnahm eine leichte Jacke, machte die Tür aber nicht fest zu. Er verwahrte Pullover und Jacken überall im Bürotrakt der Kirche, im vorderen Kirchenvestibül, in Schränken im Obergeschoss. Ihn fröstelte oft. Er schlief auch mit zwei Decken und einem Daunenbett. Er hasste Kälte.

Sie gingen nach draußen in den Innenhof.

»Brauchen Sie keine Jacke? Es ist etwas frisch.«

»Nein danke«, sagte Harry. »Ich fühl mich bestens.«

Die Temperatur schwankte bei siebzehn Grad, und Harry hatte ein Thermounterhemd, einen Pullover, Jeans, Kniestrümpfe und Cowboystiefel an.

Das junge Gras war angenehm weich unter den Füßen, als sie den großen Außenhof durchquerten. Sie gelangten zu dem von schönen Steinmauern eingefassten Friedhof mit einem schmiedeeisernen Tor an jedem Ende. Der Reverend beugte sich hinunter und klappte den Riegel hoch. Sie traten ein.

Obelisken, große viereckige Grabmäler und Grabsteine in Normalformat empfingen sie. Wohlhabende Menschen zahlten für schimmernde weiße Marmorstatuen zu ihren Häuptern. Engel, Lämmer, Kreuze, das verschlungene Alpha und Omega forderten dazu auf, Betrachtungen über die eigene Seelenreise anzustellen. Viele Statuen waren hervorragend gearbeitet.

»Lassen Sie uns die ersten Reihen entlanggehen.« Er blieb stehen und las Namen vor. »Jacob Jost, 1721 bis 1778; Macabee Reed, 1759 bis 1822; Lavina Reed, 1765 bis 1840; Karl Ix, 1761 bis 1850. Nun, das war ein langes Leben, und schauen Sie hier, zwei Ehefrauen. Die erste ist vor ihm gestorben, und die zweite hat ihn um fast dreißig Jahre überlebt. Und hier sind zwei kleine Gedenksteine für zwei von ihren Kindern.« Er schwenkte den Arm, als sie in die zweite Reihe traten. »Sie sehen, diese frühen Namen sind überwiegend deutsche oder englische. Ginger, der einige Namen von Gefangenen aus The

Barracks kannte, hat sie mit diesen Namen verknüpft. Einige von diesen ruhenden Seelen waren entweder geflohene Kriegsgefangene oder Männer, die sich entschieden hatten, nicht heimzukehren. Hier drüben sind ein paar italienische Namen. Man würde meinen, sie lägen auf einem katholischen Friedhof, doch katholische Kirchen waren damals rar. Irgendwie sind sie hierhergeraten. Ginger sagte, Italiener haben für König George gekämpft, daher waren diejenigen, die hier ruhen, sozusagen auch begeisterte Anhänger.«

»Wenn sie geflohen waren, warum wurden sie nicht zurückgeholt?« Sie hielt inne. »Als Ginger mit uns die Highschool-Tour gemacht hat, sagte er, The Barracks war überfüllt.«

»Hier sind irische Namen, auch weitere englische. Ja, The Barracks war gerammelt voll, auch noch, nachdem man tausend Mann nach York, Pennsylvania, geschickt hatte, um der Enge Herr zu werden. Ginger hat sich selbst eine Weile dort oben aufgehalten. Als Cornwallis in Yorktown kapitulierte, wurden noch mehr Gefangene hierhergeschickt.«

»Es muss entsetzlich gewesen sein.«

»Allemal besser als einen Arm oder ein Bein zu verlieren. Manchmal habe ich mit Ginger zusammen eine alte Kirche besucht. Ich konnte mir mit dem Priester oder Pastor die Zeit vertreiben, während er Aufzeichnungen sichtete. Ich habe sehr viel über die Anfangszeit unseres Landes gelernt.«

Sie lächelte. »Ich beneide Sie um diese Reisen. Ginger hat bestimmt ununterbrochen geredet.«

Der Reverend lächelte auch. »Ich konnte selbst auch ganz schön erzählen.« Er bückte sich kurz, um Tucker an den Ohren zu kraulen. »Tucker, wir verstehen am besten nicht, was du sagst.«

»*Sehr richtig.*«

Der Reverend und Harry lachten über Tuckers helles Gebell.

»Haben Sie etwas Besonderes behalten, ich meine, von dem, was Sie erfahren haben?«, fragte Harry.

Sie gingen weiter über den beschaulichen Friedhof. Die Statuen glänzten im Frühlingslicht.

»Die Menschen brauchen Gott, genau wie sie ihn damals gebraucht haben. Besonders damals! Bei den Entfernungen zwischen den Leuten, den Beschwerlichkeiten des Reisens, war die Kirche ein beliebter Ort, um zusammenzukommen, zu beten, zu singen, Freud und Leid miteinander zu teilen. So viele verrichteten ihre Andacht in einer Kirche, die in ihrer Nähe war, wo sich Freunde versammelten. Andere gründeten, von geistigen Betrachtungen angespornt, mit vielleicht drei Familien eine kleine Kirche. Die Menschen, die hier liegen, mögen das Leben als Katholiken oder Anglikaner begonnen haben, aber viele waren echte Lutheraner. Fast alle Deutschen waren Lutheraner, mit Ausnahme der wenigen aus Bayern. Bayern sind gewöhnlich katholisch.«

»Haben welche von den frühen Gemeindemitgliedern sich dazu bekannt, dass sie Kriegsgefangene waren?«

»Ja. Mit dem Wachsen und Gedeihen der Generationen war das Anfang des neunzehnten Jahrhunderts und bis in die Jahrhundertmitte etwas, auf das man stolz sein konnte. Laut Ginger, der, ich schwöre es, mehr Tagebücher gelesen hat als sonst jemand, galt es als Beweis, dass ihre Vorfahren aus dem alten Land, wie es genannt wurde und noch wird, eine Neue Welt erlebten und sie der alten vorzogen. Bedenkt man, dass fast niemand, der hier begraben ist, von Almosen gelebt hat, darf man sie als erfolgreich bezeichnen.«

Harry blieb stehen, sie las einen Namen nach dem anderen. »Macht einen stolz, nicht wahr? So tapfere Seelen.«

»Ja. Sie haben so viel erduldet. Sie hatten so viel Hoffnung und Unternehmungsgeist. Hier ruhen sie nun um die zweihundert Jahre später, und wir gedenken ihrer. Die Familiennamen auf diesen Grabsteinen gehören bis heute zu Mittelvirginia.«

Sie verließen den Friedhof und gingen über die Rasenflächen zurück.

»Tja, wir stehen alle auf jemandes Schultern.« Harry rückte näher an den verehrten Pastor heran. Die bloße Anwesenheit dieses Menschen war beruhigend und tröstlich.

»Sie meinen, dies hängt irgendwie mit Gingers Ermordung zusammen?«, fragte er.

»Ja. Ich habe alles bedacht, Rache unter Wissenschaftlern, aber er war überall beliebt und hat in seinen Abhandlungen nie die Arbeit von jemand anderem herabgesetzt. Auch der Aufruhr wegen Sally Hemings wurde beigelegt, und bei alledem ist Ginger gelassen geblieben.«

»Das ist wahr. Aber Sie denken, seine Ermordung hing mit diesen Kriegsgefangenen zusammen?«

»Ja, davon gehe ich aus. Der Weg führt mich immer wieder nach The Barracks, zu den Ländereien von Oberst Harvey, Ewing Garth und dem Loyalisten Peter Ashcombe. Und dann, *Simsalabim*, Sackgasse.«

»Sie wissen, St. Lukas wurde von einem Kriegsgefangenen entworfen, nach Kriegsende, tatsächlich 1781. Der Vertrag kam, glaube ich, 1783.«

»Das habe ich in etwa gewusst, aber ich hab in der Schule nicht richtig aufgepasst.«

»Warten Sie, ich zeig's Ihnen.« Sie gingen in das hohe Vestibül der Kirche, mit einem Fußboden aus schwarzen und weißen Marmorquadern und wunderschönen Holzarbeiten, wo Decke und Mauern aufeinandertrafen, und mit einer tiefen Nische, in der eine Statue von Christus als Erlöser stand. Ihre Schritte hallten leise auf dem Marmor. »Wie oft sind Sie hier vorbeigegangen?« Der Reverend zeigte auf ein in die Mauer eingelassenes hochglänzendes schwarzes Marmorrechteck. »Charles West, Architekt und Wohltäter. Wurde hier aufgestellt, als die Kirche fertig war.«

»Ich habe den Namen gelesen, wusste aber nicht, dass er ein Kriegsgefangener war.«

»Ginger hat oft von Schicksal gesprochen. Jedenfalls war

West jung, neunzehn, glaube ich, geriet in Saratoga in Gefangenschaft und ist mit Scharen von anderen den ganzen Weg von Boston hierhermarschiert. Hier hat er seine Begabung für Architektur entdeckt und nach Kriegsende den Beruf erlernt. Er hat wunderbare Arbeit geleistet.«

»Allerdings.«

»Er hat die jüngere Tochter von Ewing Garth geheiratet, was für ihn ein Aufstieg war. Ewing hat ihn mit jedermann bekanntgemacht. Aufträge sind hereingetröpfelt und dann regelrecht geströmt.«

»Garth. Ja, seine Ländereien stießen hinten an das Lager.«

»Rachel und ihre ältere Schwester waren große Schönheiten, daher wird der junge Mann wohl irgendwann sein Herz an sie verloren haben. Ja, ich habe immer eine Schwäche für eine Liebesgeschichte, aber sie sind draußen auf dem Friedhof begraben. Das große Mausoleum mit dem geflügelten Engel, die Hände zum Himmel erhoben. Sie hatten acht Kinder. Acht, und fünf haben bis ins hohe Alter gelebt. Wir stehen alle auf jemandes Schultern, wie Sie sagten.«

Als sie die Kirche verließen und durch den Bogengang zurück zum Bürotrakt gingen, zauste ein sanfter Wind Tuckers Fell.

»Wenn Sie mal Zeit haben, Ginger hat vielleicht Unterlagen über West«, sagte Reverend Jones. »Ich weiß, er hat über jeden recherchiert, der mit dem Lager zu tun hatte, und es ist eine gute Geschichte. Ich bezweifle, dass sie sich in irgendeiner Form auf sein Ableben auswirkt, dennoch ist es eine gute Geschichte. Und West war so künstlerisch, viele Federzeichnungen von ihm sind überall im Bezirk verstreut. Er hat für etwas Geld Zeichnungen von Gutshöfen gemacht.«

»Ich habe sie bestimmt gesehen, nur nichts davon gewusst.«

Drinnen angekommen, gingen sie durch den Flur zu seinem Schrank, und der Reverend stellte fest: »Ich habe die Tür nicht aufgelassen.«

Tucker bemerkte lauter leichte Pfotenabdrücke, aber es war keine Katze in Sicht.

»Diese Teufel!« Er ging in die Knie und hob eine Schachtel mit geweihten Waffeln auf.

Harry, jetzt auf allen vieren, reichte ihm Schachtel auf Schachtel hinauf. »Manche sind aufgerissen. Andere haben nur Zahnabdrücke.«

»Ich verprügele sie. Ich erschlage sie. Verdammte Mistkatzen!«, fluchte er, dann fasste er sich. »Verzeihung.«

Sie lachte. »Ich hab schon Schlimmeres gesagt.«

»Elo, Cazzie, Lucy, wo seid ihr?«, rief er.

»Mrs. Murphy, Pewter«, rief Harry.

»*So blöd sind die nicht*«, meinte Tucker.

»Kätzchen, Kätzchen, Kätzchen«, versuchte Reverend Jones sie mit seiner tiefen Stimme zu locken.

Vollkommene Stille.

Harry, die inzwischen aufgestanden war, sah den Reverend an. »Die hatten ihr erstes Abendmahl.«

»Wird ihnen nichts nützen. Sie sind nicht konfirmiert, also kommen sie in die Hölle«, blaffte er zurück, woraufhin beide lachten, bis es weh tat.

»Dann wollen wir hoffen, dass sie wirklich neun Leben haben«, setzte Harry hinzu.

40

21. Dezember 1781

Cornwallis kapitulierte am 19. Oktober 1781 in Yorktown. Der Sieg brachte viele Entscheidungen mit sich, darunter die, wie mit der großen Anzahl von Kriegsgefangenen zu verfahren sei.

Die Kunde von Washingtons Sieg erreichte The Barracks drei

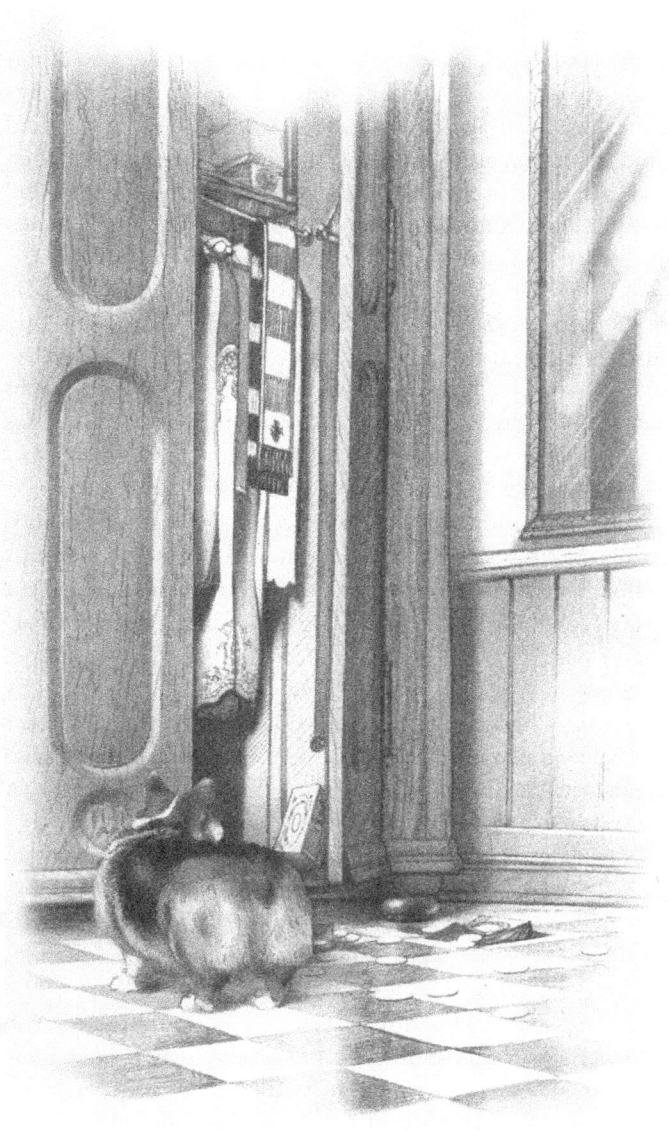

Tage nachdem die Briten die Waffen gestreckt hatten. Einige Infanteristen waren so erzürnt, dass sie ihre Musketen zerbrachen und auf einen Haufen warfen. Die Kontinentalstreitkräfte ließen es geschehen, als sie aufgereiht dastanden und ihren unterlegenen Feind betrachteten, ein vorzügliches Heer, besiegt von Menschen, die man Barbaren, Lumpenpack und Verräter und schlimmer noch Hasenfüße nannte. Die Soldaten und Matrosen der Neuen Welt hatten ihren Wert bewiesen.

Die Amerikaner in The Barracks brachen in Jubel aus. Die Engländer, die Hessen, die Italiener, alle, die für den König gekämpft hatten, verhielten sich still. Viele waren fassungslos. Andere, etwa Hauptmann Graves, warteten auf etwas, vielleicht nicht die Kapitulation eines ganzen Heeres, sondern etwas, das diesem Kampf zu guter Letzt ein Ende bereitete.

Am Abend der Bekanntgabe machte Graves sich davon.

Den Sommer über blieben viele Gefangene auf den Gutshöfen, an die sie ausgeliehen worden waren. Andere gingen fort und bedienten sich der Papiere, die Charles für sie gefälscht hatte. Keiner, der sie bewachte, regte sich darüber auf. Es wurden ein paar Steckbriefe mit der Beschreibung der Flüchtigen gedruckt, mehr wurde bei der Suche nicht unternommen. Es gab weniger Münder zu stopfen, zudem hatten viele Wächter ihre Gefangenen ins Herz geschlossen. Sie wollten nicht Jagd auf sie machen. Letzten Endes waren die Iren immer für einen übermütigen Scherz gut.

Als bekannt wurde, dass ein Teil von Burgoynes Truppen in ein neues Lager in York, Pennsylvania, verlegt werden sollte, war wiederum kaum jemand überrascht. The Barracks war überfüllt, und es blieb fast keine Wahl, als eine Anzahl Soldaten fortzuschicken.

Der Marsch im Spätherbst durch die schöne Landschaft war zu beschwerlich für die schon durch die Gefangenschaft und Unterernährung Geschwächten. Die fortwährenden Fieberkrankheiten, die oft im Lager wüteten, forderten ebenfalls Opfer.

Auf dem Marsch machten sich weitere Gefangene heimlich davon. Ihr erster Gedanke war, sich ordentliche Kleidung zu verschaffen und sich der Reste ihrer Uniformen zu entledigen.

Leutnant West, jung und kräftig, blieb in Bewegung. Er behielt Korporal Ix und Samuel MacLeish bei sich sowie die Reste von Hauptmann Graves' Königlich Irischer Artillerie, aber viele von diesen Männern machten sich davon, kurz nachdem der Hauptmann aus dem Lager geflohen war. Wenn ihr Hauptmann fortging, stand es ihnen auch zu. Je mehr falsche Entlassungspapiere Charles verfertigte, desto besser wurde er darin. Er konnte jetzt jede Unterschrift nachmachen.

Männer am Wegesrand buchstäblich fallen zu sehen berührte ihn tief. Er wurde angewiesen weiterzugehen, Fuhrwerke würden kommen, um die Schwachen und Kranken abzuholen. Piglet marschierte mit, er ähnelte nicht mehr einem Ferkel, war aber immer noch gesund und offen für alles, was das Leben ihm bescherte.

Als Charles nach Springettsbury Township westlich von York ins Camp Security kam, hatten Frost und Kälte ihre Opfer gefordert. Die kahlen Bäume ließen den Zug noch armseliger aussehen.

Camp Security war anders als The Barracks. Ein Lattenzaun aus Kastanienholz schützte die Begrenzungsmauer, und das Lager selbst war in verschiedene Bereiche unterteilt. Die internierten Offiziere waren überall in Virginia, Maryland und Pennsylvania einquartiert gewesen. Charles und einige andere verzichteten auf die Privilegien des Offiziersrangs und marschierten mit den Männern.

Camp Security, ein riesengroßes Rechteck, machte einen unheilverkündenden Eindruck. Die gut gebauten Hütten taugten zur Unterbringung der Männer, doch Charles und die anderen wussten, das Leben würde anders sein als in Charlottesville. Angesichts der Überfüllung erwarteten sie, dass einige von ihnen auf Gutshöfe geschickt würden.

Zum ersten Mal seit seiner Gefangennahme war Charles bedrückt. Achthundert Gefangene aus Cowpens, South Carolina, waren kurz vor den Gefangenen von The Barracks eingetroffen.

»Es wird bald dunkel«, stellte Korporal Ix fest. »Nur noch so wenig Licht.«

Sie gingen die symmetrischen Wege entlang, und Charles bestätigte: »Die Wintersonnenwende. Als Kind habe ich mich darauf gefreut. Weihnachten, verstehen Sie, und ich musste nicht in die Schule.«

»Heute Abend breche ich auf, Herr Hauptmann.« Korporal Ix wies mit dem Kopf auf die Wächter. »Die liegen dann alle im Schlummer.«

Obschon Joseph Reed, der Präsident von Pennsylvania, beim Kontinentalkongress Beschwerde gegen die vielen in seiner Kolonie internierten Gefangenen eingelegt hatte, weigerte der Kongress sich beharrlich, andere Standorte zu benennen.

Die Aufgabe, ein neues großes Lager zu bauen, fiel Leutnant William Scott von der Yorker Bezirksmiliz zu. Oberst Wood, dem das Lager unterstellt war, tat, was er konnte, um für Weiterbau, anständige Verpflegung mit Nahrung und Wasser zu sorgen. Momentan gab es zu wenige Wächter, obwohl die Bezahlung mit dreieinhalb Schilling pro Tag anständig war. Doch der Krieg dezimierte die Männer. Die Verbliebenen kränkelten oft, waren ehemals verwundet oder schon alt. Zudem musste der überlastete Oberst sich damit abfinden, dass das Kontinentalgeld wertlos war. Der Kongress setzte sich unbekümmert über diese unerfreuliche Gegebenheit hinweg und bürdete die finanzielle Last den Menschen von Pennsylvania auf, die oft in York County geboren waren.

Charles, der findig war im Sammeln von Nachrichten, hatte dies schon vermutet. Er hatte auch gehört, dass Cornwallis auf seinem Feldzug die Tabakspeicher in Petersburg allesamt niedergebrannt hatte. Charles fragte sich, ob auch Ewing Garth' Tabak in diesen riesengroßen Speichern gelagert gewesen war.

»Korporal, ich sehe nicht, wie der Krieg weitergehen kann, und Sie?«

»Nein«, sagte Ix. »Die Krone muss eine Übereinkunft treffen, und ich befürchte, das wird so lange währen wie der Krieg.«

Charles lächelte wehmütig und nickte. »Sie und ich sind die Einzigen, die von den Scharfschützen übrig geblieben sind.«

»Vielleicht hätten wir fliehen sollen, als Samuel und Thomas sich abgesetzt haben oder Hauptmann Graves.« Ix rieb sich die in Lumpen gewickelten Hände. »Heute Nacht ist es günstig. Ich habe meine Papiere. Bessere als die echten, Herr Hauptmann. Ihre Schrift ist besser.« Er lächelte.

»Schon recht.«

Um Mitternacht war es unter null. Der Wächter am vorderen Tor schlummerte in seinem Häuschen. Es war ruhig im Lager, Rauchschwaden kringelten aus den Schornsteinen.

Charles und Korporal Ix verließen ihre Hütte. Sie waren nicht übermäßig besorgt, dass sie andere Gefangene aufwecken könnten, bewegten sich dennoch vorsichtig, aus Furcht vor einem umherstreifenden Wächter. Piglet blieb besonders wachsam.

Sie gingen in den hinteren Bereich des Lagers, und Charles sagte: »Hinauf und hinüber, Korporal.«

»Und Sie, Herr Hauptmann? Wie können Sie die Mauer überwinden? Sie ist zu hoch, um hinaufzuspringen und die Krone zu greifen.«

»Ich kann Piglet nicht zurücklassen, Korporal. Er ist mir treu zur Seite, seit ich in dieses Land kam. Ich lasse mich auf alle viere nieder. Sie steigen auf meinen Rücken und klettern hinüber.«

Der Korporal sah Charles eindringlich an. »Es tut mir aufrichtig leid, Sie zu verlassen, Herr Leutnant.«

»Machen Sie sich auf den Weg. Ich werde mich beizeiten mit Piglet fortbegeben, und wir werden uns wiedersehen.« Er streckte seine Hand aus, die Korporal Ix in seine beiden Hände nahm.

»Gott segne Sie, Herr Hauptmann. Wir werden uns in Virginia begegnen.«

»So sei es.« Charles ließ sich fallen, und der Hesse, abgemagert, wie sie jetzt alle waren, sprang behände von des Leutnants Rücken, fasste das obere Ende der Umfriedung und hievte sich hinüber. Charles hörte ihn auf die andere Seite plumpsen, dann kehrte er um und strebte der Hütte zu.

Die kalte Luft füllte seine Lunge, ihm war, als würde sie sich mit der Kälte ausdehnen. Piglets Atem kam in kleinen Stößen.

»Wir sind zusammen, Piglet. Auf immer, du weißt schon.«

Der robuste Kerl sah hoch. *»Auf immer.«*

Zweiter Sohn eines Barons zu sein, das hieß etwas in England, ob arm oder nicht. Charles dachte über sein Leben nach, wozu ihm als Gefangenem viel Zeit blieb. Würde es ein Leben im Dienste des Militärs sein, mit schmerzhaft errungenen Beförderungen, falls überhaupt? Jeder mit mehr Geld konnte ihn überflügeln, trotz mangelnder Ausbildung oder obwohl er sich nie im Kampf bewährt hatte. Wenn Charles Glück hatte, könnte er am Ende einer langen Laufbahn zum Major befördert werden. Seine einzige Hoffnung auf einen finanziellen Erfolg lag in der Kriegsbeute. Nichts davon war hier zu erwarten. Oder er konnte auf eine Versetzung hoffen, wo eine Auseinandersetzung zu Waren verhalf, die sich zu Geld machen ließen. Das hieß, sofern er dieses Abenteuer überlebte.

Er malte sich aus, erfolgreich zu sein. Wen könnte er ehelichen? Die Großerbinnen wurden an die ersten Söhne von adligen Herren vergeben. Zuweilen verlieh eine Liebesverbindung dem Heiratsmarkt ein wenig Würze, aber auf diesem Gebiet konnte er sich kaum etwas erhoffen. Vielleicht hätte eine geeignete Frau, ihrerseits von guter Herkunft, eine kleine Mitgift, aber seine Aussichten waren getrübt. Könnte er jemals zu den förmlichen und erdrückenden gesellschaftlichen Gepflogenheiten zurückkehren? Für ihn auf jeden Fall erdrückend.

Nach dem ersten Jahr seiner Gefangennahme lagen die Ideen zu seiner Zukunft miteinander im Widerstreit. Auf dem achthundert Meilen langen Marsch von Boston war er auf die Vielfalt dieses urtümlichen Landes aufmerksam geworden. In The Barracks hatte er erfahren, dass ein jeder mit einem Gewerbe und ein wenig Wagemut es zu etwas bringen konnte. Jemand mit sanften Umgangsformen, einer guten Erziehung und Ausbildung war im Vorteil. Charles hatte sich nie als gutaussehend empfunden, doch er war es, und auch das war von Vorteil.

Er hatte sich entschlossen zu bleiben, Zeichenkunst und Architektur zu studieren. Ein derartiger Gedanke würde seinen Vater entsetzen, aber Charles bot er etwas Aufregendes, eine Form von Erfüllung, wie er sie beim Militär nicht finden konnte, obwohl er gern beim Militär war. Alles war besser als Untätigkeit.

Er wollte fortgehen, bevor die Fieberkrankheiten wieder ausbrachen.

An Weihnachten ruhten Wächter und Internierte in Camp Security aus, so gut sie es vermochten. Charles und Piglet zeigten sich am Wachhäuschen. »Wohin gedenken Sie zu gehen?«, fragte der Wächter, der die Vokale stark dehnte.

»Ein Geschenk bei Familie Wolf abgeben, Herr. Hier.« Er griff in seinen abgeschabten, zerfetzten Rock, zog einen gefälschten, von Oberst Wood unterzeichneten – die Unterschrift war leserlicher als Woods eigene – Passierschein hervor, der Charles die Freiheit gewährte, den Wolfs ein Geschenk vom Oberst zu überbringen.

Charles wusste, die Wolfs waren eine geachtete Yorker Familie. Er wusste auch, dass dies dem Wächter, jedem Wächter hier, bekannt war. Und kein Wächter würde sich dem Wunsch des Kommandanten, den wohlhabenden Wolfs eine Weihnachtsfreude zu bereiten, widersetzen wollen.

Der Wächter las den Schein und reichte ihn zurück. »Sie können passieren.«

»Frohe Weihnachten, Gefreiter.«

Der Gefreite tippte mit dem Zeigefinger an seine Mütze.

Und Charles West, einstiger Angehöriger von Hauptmann Alexander Frasers Kompanie britischer Scharfschützen, trat den langen Fußmarsch nach Virginia an, etliche gefälschte Papiere in der Tasche, seinen treuen Hund an der Seite. Er besaß keinen Penny mehr, alles, was er hatte, war Jugend, Kraft, Klugheit, Hoffnung und natürlich Piglet.

41

14. Mai 2015

Harry stand wieder einmal beim Meilenstein am östlichen Ende von Continental Estates und breitete Kopien von zwei alten Landkarten auf dem Heck ihres F-150 aus. Sie hatte die Karten aus Gingers Graphikschrank kopiert, ebenso die alten Fahrstraßenkarten, wie die von der Valley Road. Trudy hatte es ihr freundlicherweise erlaubt.

Harry hatte die Kopien auf ihrem Küchentisch betrachtet und tat es nun auf dem Gelände der alten Besitztümer. Die erste handgezeichnete Karte zeigte die Harvey-, die Garth- und die Ashcombe-Ländereien. Eine Ost-West-Straße, die heutige Garth Road, war grob hingekritzelt. Diese Karte datierte von 1774. Die zweite Karte von 1794 zeigte eine verbreiterte Straße. Die schwarze Linie war dicker und hatte mehr Abzweigungen: Eine war die Straße, die jetzt dieser Meilenstein markierte; sie führte über mit GARTH bezeichnete Gebiete in den hinteren Bereich von The Barracks. Garth hatte die Ashcombe-Ländereien übernommen. Der hintere Bereich von Continental Estates lag auf dem alten Ashcombe/Garth-Gelände.

Sie entdeckte auch zwei kleinere Besitztümer auf der anderen Seite der Garth Road. 1774 noch Garth gehörend, besaß jetzt Schuyler das eine und West das andere. Das musste der Charles West sein, der St. Lukas entworfen und gebaut hatte.

Die Karte von 1794 zeigte mehr Besitzungen als die von 1774, doch Garth blieb der größte Grundbesitzer.

Im Hintergrund waren Hämmern und Sägen zu hören. Auf der Fahrt durch Continental Estates sah Harry, wie flink die Männer arbeiteten. Natürlich wächst ein Rohbau schnell, doch der Innenausbau braucht ewig. Dennoch waren drei neue Häuser im Entstehen. Sie stellte auch fest, dass den Gemeinschaftsplatz jetzt ein Kreuz aus Bäumen querte mit einem kleineren freien Platz in der Mitte, ohne Sträucher oder dergleichen. Sehr schön würde es hier eines Tages sein.

Sie gingen zu der seichten Schlucht, und Tucker rutschte hinunter. Mrs. Murphy und Pewter folgten ihr. Hier gab es Gebüsch und Jungholz genug, das sie zum Jagen animieren würde.

Harry mutmaßte, dass die Schlucht zuletzt vor etwa zehn Jahren gerodet worden war. Die weniger bewachsenen Senken waren vorher von schnell strömenden, über alles hinwegbrausenden Wassern geräumt worden. Sie waren der Beweis für den Begriff *Stromschnelle*.

Ihr Handy klingelte.

»Harry, Snoop hier.«

»Wie geht's Ihnen?«

»Geht so, aber ich brauch 'ne Pause. Können Sie mich vielleicht für 'ne kleine Fahrt abholen, bloß damit ich mal hier rauskann?« Er hielt inne. »Zu viel Güte.«

»Klar. Ich bin gleich da, und Sie können mir helfen.«

»Gut.«

Dann rief Harry Cooper an. »Hey, Snoop braucht eine

Pause. Ich hole ihn ab und nehme ihn mit auf eine Fahrt und zu einem späten Mittagessen. Klärst du das mit Herbergsmutter oder Herbergsvater ab?«

»Sicher.«

Das Haus, das Harry bei sich Snoops Gehege nannte, war nicht weit entfernt. Fünfzehn Minuten später saß Snoop geschrubbt in einem neuen T-Shirt und neuen Jeans im Transporter. Pewter saß auf seinem Schoß, Mrs. Murphy und Tucker waren zwischen ihm und Harry.

»Schön, dass Sie so gut aussehen«, sagte Harry.

»Schön, Sie zu sehen. Verstehen Sie mich nicht falsch. Ich werde gut behandelt, aber.« Seine Stimme verklang.

»Es wird nicht lange dauern. Aber ich kann Ihre Augen gebrauchen.«

»Na klar.«

Sie fuhren durch das offene riesige schmiedeeiserne Tor den Hauptweg von Continental Estates entlang, wobei Snoop die Geschäftigkeit auf dem Gelände eindringlich beobachtete. »Mann, die haben aber eine Menge Arbeit geschafft.«

»Warten Sie, bis Sie den Platz sehen.«

Just als sie zum Platz fuhr, kam Marshall vorbeigefahren und winkte. Paul und sechs andere Männer arbeiteten auf dem Platz. Harry winkte auch ihm zu. Lächelnd grüßte er zurück.

Noch einmal fünf Minuten, und sie war wieder beim Meilenstein. Sie sprang aus dem Wagen, entfaltete die zwei Karten, und die Tiere flitzten wieder in die Schlucht.

Als sie ein Auto nahen hörten, wandten sie die Köpfe. Marshall hielt in einem seiner continentalblau gehaltenen Firmenwagen. Er stieg auf ein glänzendes Chromtrittbrett, dann auf den Boden.

»Was machst du denn hier draußen, Snoop? Wenn du Arbeit willst, ich habe was für dich. Und Harry, dich kann ich auch einstellen.« Er grinste.

Sie breitete die zwei Karten aus. »Guck dir das an. Hast du womöglich schon bei deiner Recherche gesehen.«

»Sicher. Das alte Garth-Land. Gigantisch.« Mit seiner verbundenen Hand zeigte Marshall auf die zweite Karte.

»Wenn du die hier mit der ersten von 1774 vergleichst, kannst du sehen, wie Garth seinen Besitz erweitert hat. Continental Estates liegt auf einem großen Teil von Garth' Land.« Sie schwenkte ihren Arm.

»Ein sehr guter Geschäftsmann, dieser Ewing Garth. Ginger und ich haben viel von ihm gesprochen. Er war so durchtrieben. Er hat Besitz von Loyalisten erworben, als sich das Blatt im Krieg wendete. Sie waren froh über das Geld.«

»Und wenn sie nicht verkauft hätten?«, fragte Harry.

»Die Kolonie, der zukünftige Staat, hätte sie enteignet. Garth ist ihm zuvorgekommen, andere Männer auch, die ein Risiko eingehen konnten. Nach Yorktown war es offenbar kein großes Risiko, trotzdem haben sich die Ablösungsbedingungen, wenn man so will, über zwei Jahre hingezogen.«

Snoop, der wenig von Geschichte verstand, sagte nichts, schaute aber genau hin. Karten konnte er ganz gut lesen.

»Ginger ist das alles bestimmt begeistert durchgegangen.« Harry lächelte. »Neues erforschen.«

»Er hat gestrahlt wie ein Weihnachtsbaum. Auch ich habe Freude daran, aber ich habe auch Freude an den Steuervergünstigungen für historische Sanierung und Erhaltung, deshalb muss meine Recherche, die oft seine von mir übernommene Recherche war, einwandfrei sein.«

Harry legte einen Finger auf den Namen WEST, schob ihn dann auf SCHUYLER. »Ein West war der Architekt von St. Lukas. Herb sagt, er hat eine Garth-Tochter geheiratet.«

»Ginger kannte die Geschichte. Charles West ist aus dem Gefangenenlager in York, Pennsylvania, geflohen. Er war zuerst in The Barracks interniert gewesen. Jedenfalls ist er wieder hierhergekommen, hat Garth seine Dienste angeboten, der so oder so in der Lage war zu verhindern, dass er wieder nach The Barracks geschickt wurde.«

»War der Krieg denn nicht vorbei? Tatsächlich?«

»Das hing damit zusammen. Dachte Ginger jedenfalls. Sie hatten genug Münder zu stopfen, und Garth, ein hochangesehener Mann, hat sich für West verbürgt. West entwarf für ihn neue Stallungen, Nebengebäude, einen Anbau an sein Haus, und er verliebte sich auch in Garth' jüngere Tochter. Seltsamerweise war der Hauptmann, der ihn gefangengenommen hatte, in die ältere Tochter verliebt. Er hat bei Yorktown so tapfer gekämpft, dass er zum Major ernannt wurde, Major ehrenhalber. Er und West haben sich blendend verstanden. Eine Kuriosität der Geschichte.«

»Ich hoffe, du bringst irgendwo in Continental Estates eine entsprechende Gedenktafel an.«

»Das habe ich Ginger versprochen. Es ist so eine gute Geschichte. Catherine, die ältere Garth-Tochter, hat sämtliche Geschäfte ihres Vaters übernommen, als er starb. Sie und Major Schuyler haben sie gemeinsam betrieben, aber sie war der Kopf dahinter.«

»Liebe ist immer eine gute Geschichte.«

»Sie hat auch gute Pferde gezüchtet. Jeddie Rice, ihr Lieblingssklave, hat dabei mit ihr zusammengearbeitet. Auch er hatte offenbar echtes Talent. So, genug gequasselt, aber du kannst sehen, Continental Estates hat eine vielfältige Geschichte und hoffentlich eine glänzende Zukunft. Ich werde die Stallungen und die Reitwege nachbauen. Ich will versuchen, die Gebäude nachzubilden, von denen ich Zeichnungen oder Fotografien habe, weil viele noch standen, als die Fotografie erfunden wurde.«

»Das wird fabelhaft.« Für Harry klang es nach einer passenden Huldigung an die einstigen Besitzer.

»Wird es, aber durch historische Treue unterscheiden meine Bauprojekte sich von allen anderen. Versteh mich nicht falsch, es gibt sehr gute Bauunternehmer, aber sie haben keine tiefergehende Motivation.«

»Ich nehme an, man könnte sagen, du verdankst Ginger deinen Aufstieg«, erwiderte Harry.

»Allerdings. Andernfalls wäre ich nach dem College nur ein weiterer sehr guter Bauunternehmer geworden.« Er sah Snoop an. »Willst du bestimmt keinen Job?«

»Im Moment nicht.« Snoop lächelte verkniffen. »Wenn ich frei bin, vielleicht, ich hab ja gern hier draußen gearbeitet.« Snoop sagte nicht, dass etwas hier draußen womöglich Frank Cresey getötet hatte.

Harry faltete die Karten zusammen. »Ich bin gerne hier und schau mir den Meilenstein an.«

»Komm her, wann immer du willst. Ich würde dir gern ein Haus verkaufen, aber ich weiß, du wirst die Farm nie verlasssen. Weißt du was, wenn ich diese Farm geerbt hätte, würde ich sie auch nicht verlassen.«

Marshall verabschiedete sich, und Harry, Snoop, die zwei Katzen und der Hund zwängten sich wieder in den Transporter. Sie fuhr zur Blue-Mountain-Brauerei an der Route 151, um mit Snoop mittagessen zu gehen. Vorher setzte sie noch Mrs. Murphy, Pewter und Tucker ab, denen es gar nicht passte, dass sie kein Mittagessen bekamen.

»*Nach allem, was wir für sie tun*«, maulte Pewter.

Wenn man draußen saß, bildeten die Blue Ridge Mountains hinter einem Gewächshaus namens AM Fog eine atemberaubende Kulisse. Die sanften Hänge grünten bis hinauf zu den Bergen.

Harry verzehrte einen Hamburger, Snoop auch einen, und obwohl dies eine Brauerei war, schien Bier ihn nicht zu verlocken. Er trank Eistee, so wie Harry. Sie stellte fest, dass sie Snoops Gesellschaft sehr genoss.

»Als Tischler müssen Sie doch ein Gefühl für die Eigenschaften aller verschiedenen Holzarten haben.«

Er nickte und schluckte. »Und für die Schönheit. Manches Holz singt in den Händen.«

»Eine wunderbare Vorstellung. Okay, Ahorn.«

»Hart, haltbar.«

»Kiefernkern.«

»Nicht fehlerhaft wie manches Holz. Es schimmert. Weich, aber die Leute lieben es seit Urzeiten. Ich liebe es auch.«

Harry war wie immer auf alles neugierig. »Wie sieht es mit importierten Hölzern aus wie Mahagoni, Zebraholz, solches Zeug?«

Snoop zuckte die Achseln. »Ich arbeite mit allem, aber wir haben hier so viel gutes Holz, warum das Geld für so ein Zeug verschwenden?«

»Da ist was dran.« Sie wischte ihre Finger an der Serviette ab. »Mein Farmhaus und der Stall, die Nebengebäude, alles ist mit Bäumen und Steinen dieses Landes gebaut. Ich denke, als das Haus entstand, haben sie sich für den Kauf von Glas abgerackert, aber sie waren genügsam und sichtlich gute Baumeister. Das Haus steht noch, es wurde 1834 gebaut.

»Die wussten, was sie taten, die Leute früher.«

»Wie finden Sie die Häuser in Continental Estates?«

Er überlegte. »Groß. Er knausert nirgends. Ich glaube, der Landschaftsgärtner auch nicht, aber davon versteh ich nicht so viel, obwohl ich getan hab, was sie verlangten, wenn ich da draußen Tagesjobs gekriegt hab.«

»Marshall bat Sie wiederzukommen.«

Er verschränkte die Arme. »Harry, ich geh da nicht wieder hin, bis Franks Mörder gefunden ist.«

»Das kann ich verstehen. Es hat anscheinend mit diesem Bauprojekt zu tun. Deputy Cooper, meine Freundin Susan Tucker und ich waren im Bezirksamt und haben Besitzketten aufgespürt.«

»Das hat Frank mit *Ketten* gemeint!«

»Das denken wir, aber wir können nichts finden.«

»Ma'am, ich vertrau auf Frank. Ich versteh so gut wie nichts von solchen Sachen, aber das weiß ich: Wenn ein Haufen Geld im Spiel ist, dann ist das Leben billig.«

»Sie meinen die Steuervergünstigungen, die Steuervergünstigungen für historische Sanierung und Erhaltung.«

»Davon versteh ich auch nichts. Hör ich heute zum ersten Mal. Klingt nach 'ner guten Idee, und Frank hat bestimmt was davon gewusst. Was bedeuten diese Vergünstigungen?«

»Also, in North Carolina zum Beispiel gab es eine Bestimmung, vielleicht gibt es sie noch, wenn man ein baufälliges historisches Haus kaufte und es nach historischen Vorlagen restaurierte, bekam man Steuervergünstigungen, so dass man letztendlich eine Stange Geld gespart hat. In vielen Staaten gibt es ähnliche Bestimmungen, auch in Virginia. Aber wenn man die Vorgeschichte einer Örtlichkeit beweisen kann und vieles davon unberührt lässt oder einiges davon wiederherstellt, geben einem die Bundes- und die Staatsregierung Kredit und auch Geld, richtiges Geld. Marshall bekommt Millionen an Steuervergünstigungen.«

Er stieß einen Pfiff aus. »Millionen. Dann könnten die ermordeten Männer, der Geschichtsprofessor und Frank, was gewusst haben, das ihm das verhagelt hätte?«

»Wir haben alles geprüft, und alles ist ehrlich und rechtmäßig, die Grundbesitzübertragungen, alle über Continental Estates unternommenen historischen Recherchen, alles ordnungsgemäß. Und dann kommt noch dazu, dass Marshall und Paul bei Ginger studiert und ihn geschätzt haben. Es scheint mir ausgeschlossen, dass der eine oder andere, und ich vermute, der Straßenbaubetrieb hat genauso profitiert wie Paul, Ginger ermordet hat.«

»Millionen Dollar, das scheint mir ein starkes Motiv zu sein.«

Als Harry Snoop abgesetzt hatte und nach Hause fuhr, meldete sie sich bei ihrem Mann. Fair genoss die Tagung, war froh, Kollegen zu treffen und sogar einige Leute, die mit ihm in Auburn waren. Er redete drauflos, wie weit die Hightech-Tiermedizin schon sei und dass er sich beeilen müsse, um mitzuhalten. Sie sagte ihm, so empfänden alle. Er erzählte auch, dass Denver so großartig sei wie in seiner Erinnerung und er sogar etwas Zeit für einen Rundgang im Parlamentsgebäude gefunden habe.

Nach dem Telefonat dachte sie bei sich, wie gut es doch war, mit einem Mann verheiratet zu sein, der sich gerne fortbildete und seine Tätigkeit liebte. In dieser Hinsicht hatten sie beide es gut getroffen.

Um drei Uhr bog sie in die zweispurige Schnellstraße zur Farm ein, doch plötzlich wendete sie abrupt und kündigte sich telefonisch bei Trudy an. Dann sah sie sich um, ob Polizei in der Nähe war, da sie viel zu schnell fuhr.

Sie parkte in der Zufahrt und spurtete zur Tür.

Als Trudy aufmachte, konnte sie Harrys gerötetes Gesicht nicht übersehen. »Alles in Ordnung?«

»Entschuldige, Trudy. Weißt du noch, unser Abendessen bei Reverend Jones?«

»Ja, natürlich.«

»Erinnerst du dich, dass Ginger von einer Person in Cambridge sprach, einer wahren Recherche-Koryphäe, die ihn am nächsten Tag vor seiner Golfpartie anrufen sollte?«

»Ja.«

»Hat diese Person angerufen?«

»Oh ja. Ginger hat in seinem Büro telefoniert, und als er rauskam, hat er gelächelt wie die Grinsekatze.«

»Hat er dir erzählt, worum es ging?«

»Nein. Er war so lange am Telefon, dass er fürchtete, zu spät zu seiner Golfpartie zu kommen. Er ist in großer Eile verschwunden.«

»Entschuldige noch mal, Trudy, hast du die Nummer von der Person?«

»Sehen wir nach. Ich weiß, wo ich suchen muss.« Sie eilten

in das vom Spätnachmittagslicht durchflutete Büro. Trudy zog eine alte Rollkartei aus der unteren Schublade.

»Die war ihm am liebsten. Er hat nie Nummern im Computer oder Telefon gespeichert. Ginger sagte immer: ›Was macht man, wenn der Strom ausfällt oder der Akku leer ist?‹« Sie lächelte.

»Weißt du den Namen der Person?«

»Nein. Aber wir können ihn rausfinden. Ich weiß, wie Gingers Verstand funktioniert hat. Er hätte es unter drei Rubriken notiert: den Namen der Person, Cambridge und die Recherche selbst, die ich entweder unter The Barracks oder etwas in der Nähe vermuten würde.« Sie blätterte zuerst CAMBRIDGE auf, wo säuberlich geschriebene Namen in alphabetischer Reihenfolge aufgelistet waren, glücklicherweise gefolgt von dem Projekt.

»Das muss sie sein.«

»Eine Frau?«, rief Harry, in deren Vorstellung von Cambridge mürrische Dozenten in wehenden Talaren geschniegelte Dandys unterrichteten.

»Harry, Ginger würde dich wissen lassen wollen, dass einige der besten wissenschaftlichen Werke Englands von Frauen stammen, viele von ihnen jung. Die Welt hat sich verändert, nun ja, Nordamerika und Europa. Über den Rest weiß ich nichts.«

»Brasilien und Argentinien, für den Anfang. Präsidentinnen.«

Trudy lächelte. »Früher oder später ziehen wir gleich. Ah, hier ist sie, Sarah Lincoln.«

Harry schrieb die Nummer auf. »Ich fahr schnell nach Hause und ruf sie an. Ich kann's gerade noch schaffen, dort ist es halb zehn. Die zweite Nummer ist hoffentlich ihr Privatanschluss.«

»Warte nicht bis morgen.« Trudy erfasste die Bedeutung dieser Sache ebenso wie die Gefahr, die Harry offensichtlich ignorierte. »Ruf sie von hier aus an.«

Harry wählte 011, dann die Nummer. Wartete. Zu ihrer Freude meldete sich nach kurzer Zeit eine angenehme Stimme. »Hallo, Sarah hier.«

»Miss Lincoln, entschuldigen Sie, dass ich Sie am Abend anrufe. Ich bin Harry Haristeen, eine Freundin des verstorbenen Professors Greg McConnell.«

Ein scharfes Atemholen teilte Harry mit, dass Sarah nichts von Gingers Tod wusste. »Oh, nein. Oh, es ist so schrecklich traurig. Er war so hilfsbereit bei meiner Arbeit über Lord Cornwallis, und ich hatte das Glück, ihn kennenzulernen, als er Cambridge besuchte. Ich bin sehr traurig.«

»Das sind wir alle, Miss Lincoln. Es war ein schwerer Schock. Und es ist erst kürzlich passiert, sein Nachruf wird höchstwahrscheinlich nächsten Monat in den diversen akademischen Zeitschriften erscheinen. Ist vermutlich auch im Internet, aber lassen Sie mich erklären, warum ich anrufe. Das wird Sie noch mehr bestürzen. Er wurde ermordet.«

»Was! Das kann ich nicht glauben.«

»Uns geht es genauso, aber ich frage mich, ob Sie mir helfen können. Ich sehe gerade einige Recherchen des Professors durch, an denen er saß, als er starb.«

»Natürlich, allemal.« Die junge Frau war schrecklich aufgewühlt.

»Sie haben ihn Samstagmorgen angerufen, am elften April. Erinnern Sie sich an das Gespräch?«

»Lebhaft. Bei meiner Arbeit in den letzten Jahren bin ich auf viele Loyalisten gestoßen, die nach England zurückgekehrt sind, einige waren erfolgreich, einige nicht.«

»Waren Familien aus Albemarle County dabei?«

»Ja, ein paar fürchteten gesteigerte Feindseligkeit und sogar Gewalt, weil Albemarle als Brutstätte des Aufruhrs galt. Einer von diesen Männern hatte Verbindungen zu Lord Cornwallis durch dessen Frau. Sie ist Anfang 1779 gestorben. Cornwallis war hastig nach England zurückgekehrt, um bei ihr zu sein. Es war eine echte Liebesehe. Der Loyalist Peter Ashcombe, der mit Lady Cornwallis verwandt war, schenkte dem General ein paar Kinkerlitzchen aus der Kindheit seiner Frau. Ashcombe scheint ein anständiger Mensch gewesen zu sein, und er hat Tausende Morgen Land unter Aufsicht eines Gutsverwalters hinterlassen.«

»Und dafür hat sich Professor McConnell interessiert?«

»Ja, und es ist ein großes Kuriosum. Man sieht die Kaufurkunde, ich nehme an, so nennt man das dort, doch der Erwerb der Tausende Morgen wurde Professor McConnell zufolge am ersten Februar 1782 getätigt. Ein Mr. Garth hat Peter Ashcombes Land für zwanzigtausend Pfund gekauft.«

»Ja. Ich habe die Verkaufsunterlagen und die nachfolgende urkundliche Übertragung im Archiv des hiesigen Bezirksamts gesehen.«

»Aber Peter Ashcombe war am zweiundzwanzigsten Januar 1782 gestorben«, sagte Sarah. »Die Schifffahrt über den Nordatlantik dauert im Winter länger als im Sommer, und selbst dann muss man mit zwei, drei Wochen rechnen.«

Diesmal war es an Harry, tief einzuatmen. »Miss Lincoln, das ist beinahe so ein Schock wie Professor McConnells Tod.«

»Aus dem Grab heraus kann zweifellos niemand Eigentum verkaufen, und Ashcombe hatte keine Erben.«

»Danke. Vielen, vielen Dank. Wenn wir der Sache auf den Grund gekommen sind, werde ich oder wird Mrs. McConnell Sie anrufen.«

»Es freut mich, Ihnen behilflich sein zu können. Er war einer der nettesten Männer, denen ich je begegnet bin.« Mit einem kleinen Lachen fügte sie hinzu: »Es war kaum zu glauben, dass er ein Professor war.«

Als sie sich verabschiedet hatte, wandte Harry sich an Trudy. Sie hatte das meiste mitgehört, aber Harry wiederholte zur Sicherheit die Daten.

Trudy wurde einen Moment rot im Gesicht. »Mein Gott, aber warum Ginger töten?«

»Falls Ginger es Marshall, Paul oder Rudy gesagt hat, würde ich es auf diese drei beschränken. Eine Menge Geld könnte verlorengehen, und weil Continental Estates Marshalls Firma gehört, tja.«

Trudy widersprach ungläubig: »Aber das war vor Jahrhunderten.«

»Richtig, nur, denk doch mal, Trudy, wem gehört das Ashcombe-Land eigentlich? Vermutlich dem Staat Virginia, sobald das alles rauskommt.«

* * *

Harry sprang in den Wagen, fuhr zur Farm und rief unterwegs Cooper an. Sie telefonierte ungern beim Fahren, meinte aber, sie hätte Trudys Gastfreundschaft genug ausgenutzt. Lieber rief sie Cooper vom Handy an.

Nachdem sie ihr alles berichtet hatte, fügte Harry hinzu: »Dein Dienst ist bald vorbei. Dann komm doch einfach rüber. Vielleicht können wir der Sache zusammen auf den Grund gehen.«

»Bin gleich da.«

Als Harry vor dem Stall anhielt, kam Tucker herausgelaufen. »*Da ist ein Eindringling auf dem Heuboden!*«

Harry beugte sich vor und lächelte. »Bist du aber aufgeregt.«

Die arme Tucker tat, was sie konnte. Sie lief ein paar Schritte vor, blieb stehen, kehrte um, bellte, doch ihre Warnungen nützten nichts.

Als Harry in den Stall kam, beugten sich die Katzen auf dem Heuboden herunter. »*Lauf weg!*«

»Na, ihr zwei Maulhelden?«

»*Sie ist abgrundtief dämlich*«, jammerte Pewter.

Harry ging zu einem Trensenhaken an der Sattelkammerecke und schlang sich Halfter über die Schulter, als sie ein Knarren hörte. Ein Blick nach oben, und sie sah den Lauf einer Pistole auf sich gerichtet.

»Harry, ich bedaure, dies zu tun«, entschuldigte sich Marshall Reese. »Ich mag dich. Ich hab dich immer gemocht.«

Harry blieb ruhig und hängte die Halfter zurück, mit denen sie die Pferde hatte hereinführen wollen. Sie war froh, dass sie draußen auf den Koppeln waren, für den Fall, dass er wild um sich ballerte. Sie legte die Hände an die Leiter und fing an hochzuklettern. Harry war ungemein mutig. Aber sie setzte auch darauf, dass Marshall herausfinden wollte, was sie wusste. Wichtiger noch, wem sie davon erzählt hatte?

»Lass uns darüber reden«, sagte Harry. »Du weißt nicht, was ich weiß.«

Indem er die Pistole auf sie gerichtet hielt und seine Neugierde sich regte, warnte Marshall: »Du weißt genug.«

»Ich weiß, du hast Ginger und Frank ermordet. Ist das die Pistole, mit der Ginger getötet wurde? Ist drei die magische Zahl?«

Irgendwie bewunderte Marshall Harry. »Du bist vorwitzig, weißt du das? Wozu über die Pistole sprechen? Sie ist nicht registriert, so viel kann ich dir sagen.«

Mrs. Murphy rückte näher an sein linkes Bein. »*Pewter, nimm das rechte. Noch nichts machen.*«

Während die arme Tucker in der Stallgasse jaulte, tat Pewter widerspruchslos wie geheißen.

Harry machte einen kleinen Schritt auf Marshall zu. Er trat zurück. »Ginger hat dir von seinem Telefongespräch mit Sarah Lincoln aus Cambridge erzählt, oder?«, fragte sie.

»Ja. Ich musste schnell handeln, bevor er seine Forschungsarbeit veröffentlichte. Ich sagte ihm, das kostet mich unzählige Millionen. Ich würde das Bauprojekt abbrechen müssen, Jahre vor Gericht mit dem Staat ringen, und die Häuser würden in der Zwischenzeit verfallen. Millionen. Und die Steuervergüns-

tigungen für historische Sanierung und Erhaltung nicht mitge-
rechnet.«

»Hast du das Ginger gesagt?«

»Ja.« Da Harry wieder auf ihn zugetreten war, wich er zurück. »Nicht drängen, Harry. Ich schieße.«

»Das ist mir klar, aber du willst wissen, was ich weiß, nicht?
Oder wem ich es erzählt habe? Ich meine, wie viele Menschen
kannst du umbringen?«

»So viele ich umbringen muss. Aber ich habe es Ginger gesagt, und er meinte, alles würde gut. Der Staat würde es auf sich
beruhen lassen. Möglicherweise, wenn ich Millionen rüber-
schöbe, um nicht vor Gericht geschleift zu werden. Bin schließlich kein Verbrecher. Ich wusste von nichts. Niemand wusste
was, aber als Ginger dahinterkam, wann Peter Ashcombe gestorben war, hätte er darüber schreiben müssen. Er war Historiker. Die damalige Zeit ergibt eine tolle Story, aber der Mann
hatte überhaupt keinen Geschäftssinn. Nicht den geringsten.
Er hätte mich ruiniert.«

»Wissen Paul und Rudy Bescheid?«

»Nichts. Je weniger Leute was wissen, desto besser.«

»Das heißt, du musst wissen, mit wem ich gesprochen habe,
denn von denen wird jemand reden.«

Indem sie wieder einen Schritt nach vorn machte, lotste sie
ihn ganz langsam nach hinten zu Matilda, die das ganze Drama
mit großem Interesse verfolgte.

Matilda duldete das Opossum, sah über die Katzen hinweg
und ertrug Harry, weil sie ihr im Vorfrühling mit Nahrung
aushalf. Aber *ein* Mensch war das Äußerste. Matilda ringelte
sich zusammen, bereit zuzuschlagen.

»Und, wem hast du's erzählt?«, fragte Marshall.

»Nimm die Pistole runter, dann können wir drüber reden.«

»Harry, ich bin nicht blöd, ich nehm die Pistole nicht runter.«

Sie hob die Schultern, als sei das nicht von Belang. »Also gut.

Du hast Ginger getötet. Du hast Frank getötet. Ginger umzubringen war einfach, dank dem Wald im Country Club und weil an dem Tag alle Leute beim Golfen waren und du einfach die Ruhe weghast.«

»Danke sehr.« Er ließ die Pistole auf sie gerichtet.

»Und ich nehme an, du hast Frank mit irgendeinem Versprechen gelockt.«

»Jim Beam.« Er feixte, als er die Bourbon-Marke nannte. »Wirklich zu einfach.«

»Aber wie hast du ihn genau unter dem Baum verscharrt?«

»Frank zu töten war noch das Leichteste. Ihn zu vergraben war mühsam. Weißt du noch, die Pflaster und der Mullverband an meiner Hand? Das stammte vom Vergraben. Zuerst musste ich den Baum ausgraben, was große Mühe machte, obwohl er frisch gepflanzt war. Dann musste ich Frank aufrichten und zusammenschnüren. Ein Rechteck wäre auffällig gewesen. Also hab ich den Baum rausgezogen, so tief gegraben, wie es ging, damit ich den Baum wieder einsetzen konnte. Zum Glück war der Mann biegsam. Keine Totenstarre. Hab ihn verschnürt, runterfallen lassen, den Baum eingesetzt, alles zugescharrt. Obwohl ich Handschuhe anhatte«, er seufzte, »hat es mir die Hände wüst aufgerissen. Und weißt du, das wäre der gesündeste Baum in der Reihe geworden. Geht doch nichts über guten Kompost.« Er lachte. »Deine verflixten Tiere, der Hund und die Katzen, haben das gewittert. Man soll die olfaktorischen Qualitäten von Hunden oder auch Katzen nicht unterschätzen. Du siehst also, du warst mir so oder so ein Dorn im Auge.«

»Bin ich noch. Und du musst nun wissen, ob ich es Coop oder meinem Mann oder sonst wem erzählt habe. Wenn du die Pistole runternimmst, können wir darüber reden.«

»Harry«, wiederholte er etwas ungläubig, »ich kann ein Loch durch dich schießen. Du tust, was ich sage.«

»Es ist so was wie Angriff gegen Abwehr, nicht wahr?«

»Was?«

»Nelson Yarbrough sagt, Abwehrspieler sind Spielverderber. Sie müssen angestachelt werden, vor allem im Umkleideraum. Der Angriff kann ruhig und gefasst bleiben.«

»Was hat das hiermit zu tun?«

Sie machte noch einen Schritt vor. Er wich zurück bis in Matildas Reichweite. Matilda beobachtete die zwei Katzen und konzentrierte sich dann wieder auf das näher rückende Bein des Mannes.

»Aber ich bin Angriff«, sagte Harry. »Ich habe sozusagen den Ball. Ich habe Kenntnis. Du willst sie. Angriff gegen Abwehr.« Harry sprach, als plauderten sie in ihrer Küche, überall, nur nicht hier mit einer auf sie gerichteten Pistole. Sie dachte sich, wenn sie schon sterben sollte, dann nicht wie ein Trottel. Sie machte wieder einen Schritt zu ihm hin.

»Bleib da stehen.« Er war mit dem linken Fuß direkt vor Matildas Heuballen.

»Los!«, befahl Mrs. Murphy.

Jede Katze krallte sich ein Bein, was Marshall wieder zurückweichen ließ. Und Matilda schnellte vor, schlug die langen gebogenen Reißzähne in seine rechte Wade.

Schreiend taumelte Marshall nach vorn, ein Pistolenschuss ging in die Luft. Matilda war noch nicht fertig. Sie biss zu, so tief sie konnte, während die Katzen seine Hose und seine Beine zerfetzten.

Endlich von Matilda losgelassen, stolperte Marshall vorwärts. Die Schlange glitt in ihre Behausung zurück.

Von Marshalls Schreien angestachelt, schlugen Mrs. Murphy und Pewter ihre Reißzähne noch tiefer in seine Beine. Er lief ein paar Schritte, schleifte die Katzen mit, dann wankte er und stürzte über die Kante des Heubodens nach unten in die Stallgasse. Dort schlitterte seine Pistole über die Betonfläche.

Harry schaute hinab, dann rutschte sie die Leiter hinunter, Hände und Füße außen an den Holmen. Sie verschwendete

keine Zeit für die Sprossen. Die Katzen kletterten auf den Sprossen hinunter. Tucker knurrte in Marshalls Gesicht, bereit, ihn zu zerreißen.

Als Erstes hob Harry die Pistole auf, dann wandte sie sich Marshall zu. An seinem Kopfwinkel erkannte sie, dass er tot war. Er hatte sich das Genick gebrochen.

Cooper hielt in der Zufahrt. Harry lief hinaus, mit der Pistole in der Hand. Cooper sprang aus dem Auto, nahm die Waffe wahr, sah zu Harry und spurtete in den Stall.

Sie kniete sich vor Marshall hin und fühlte seinen Puls. »Tot.«

»Gut«, meinte Harry lapidar.

»*Hab ich gemacht.*« Pewter plusterte sich auf.

»*Haben wir beide gemacht*«, verbesserte Mrs. Murphy sie.

»*Hatte der ein Glück, dass ich nicht zu ihm raufkonnte.*« Tucker bedauerte, nicht imstande gewesen zu sein, ihm zu schaden.

Harry spürte plötzlich die Pistole in ihrer Hand; sie hatte nicht darauf geachtet. Sie drehte sie um und reichte Cooper das Kolbenende.

»Du hättest getötet werden können.« Cooper war selbst ein bisschen zittrig.

»Bin ich aber nicht. Das habe ich zwei Katzen und einer Schlange zu verdanken. Coop, wenn du das Revier angerufen hast, lass mich dir erzählen, was passiert ist. Bis die Beamten hier sind, hast du die ganze Geschichte.«

»Zuerst einmal: Hat er allein gehandelt?«

»Ja, und es ging nur um Habgier.«

»Eine von den guten alten sieben Todsünden.« Cooper betrachtete die auf dem Boden liegende Gestalt, die alles gehabt zu haben schien außer Moral.

»In seinem Fall sehr tödlich«, stimmte Harry zu.

42

Charles ging voraus, stapfte durch Wagenfurchen und anderthalb Fuß Schnee. Piglet zog hinterdrein. Endlich war Charles dort angekommen, wo er hoffte, Zuflucht zu finden.

Er schob sich durch den Schnee und gelangte auf den freigeschaufelten gewundenen Pfad zu Ewing Garth' prachtvollem Haus. Im blassen Morgenlicht zitternd, stieg er die Eingangsstufen hinauf, hob den glänzenden Messing-Ananas-Klopfer an und klopfte dreimal laut.

Roger, der Diener, öffnete. Er sah Charles an, und sein Mund klappte auf.

»Entschuldigen Sie mein Aussehen. Ist Herr Garth zu sprechen?«

»Ich ... ich, treten Sie ein, mein Herr. Sie erfrieren ja da draußen.« Der elegante ältere Mann erblickte Piglet. »Der Hund auch.«

Charles stand in der Halle, die Wärme war wie ein Geschenk des Himmels. Roger starrte auf Charles' umhüllte Stiefel, das Papier und die Lappen waren ebenfalls zerrissen, und auf die Lumpen, die um seine Hände gewickelt waren.

Schritte polterten die Treppe herunter.

John Schuyler eilte zu dem immer noch zitternden Mann. »Leutnant!«

»Herr Hauptmann. Pardon, Herr Major. Ich habe von Ihren Heldentaten gehört.«

»Setzen Sie sich, Mann, um Gottes willen.« John wandte sich an Roger. »Es sind gewiss noch Kekse da. Irgendetwas. Der Mann ist ausgehungert. Heißen Tee.«

»Wir sehen uns wieder. Gelobt sei Gott«, sagte Charles mit

Tränen in den Augen zu John. »Bitte schicken Sie mich nicht mehr nach The Barracks.« Angstvoll griff er in seinen Rock und reichte John gefälschte Entlassungspapiere.

John faltete sie auseinander. »Ja, gut. Leutnant, der Krieg ist vorüber, und das Lager kann keinen Mann mehr aufnehmen. Zudem haben Sie Ihre Papiere. Kommen Sie, ich helfe Ihnen in die Küche. Wir gehen am besten da hinein.«

Mit der Hand unter dem Arm von Charles, der sich nicht dagegen verwahrte, führte John ihn in die Küche. Die Köchin Bettina, eine Sklavin mit einem reizenden Gesicht, schrie bei seinem Anblick auf.

»Oh, Herr, lassen Sie mich Ihnen helfen.« Die Frau mittleren Alters raffte flugs Kekse und kalten Speck zusammen, setzte Wasser auf und suchte weiter nach Essbarem, um diesen Mann, der in jämmerlicher Verfassung war, zu verköstigen.

Bettina war eine jener Frauen, die sich allein darauf verstanden, für Menschen zu sorgen. Glücklicherweise bringt jedes Jahrhundert solche guten Seelen hervor, ungeachtet Stand oder Geschlecht.

Weil sie den Tumult hörte, kam Catherine die Dienstbotentreppe herunter, Rachel hinterher. Auch sie starrten Charles West erschüttert an.

Rachel trat zu Bettina. »Noch ein Kessel Wasser für später, wenn er fertig ist.«

Bettina nickte. »Ja, gnädiges Fräulein.«

Catherine musterte ihn kurz, lief wieder nach oben und kam mit einem Hemd, Leibwäsche und einem Beinkleid, das passen könnte, zurück. »Das wird Ihnen nach einer Mahlzeit und einem Bad nützen. Wo sind Sie gewesen?«

»Camp Security«, sagte Charles, dessen Lebensgeister langsam wieder erwachten, dank des heißen Tees und der Speisen, die ihm vorgesetzt wurden.

Bettina zwinkerte ihm zu und stellte Futter für Piglet hin. Der kleine Kerl machte seinem Namen alle Ehre.

Charles spürte allmählich die Wärme in den Knochen. Das Zittern verging, das Eis in seinem Bart schmolz; er hatte sich seit Wochen nicht rasieren können. Bettina reichte ihm unentwegt Handtücher, um das Wasser abzuwischen.

John setzte sich ihm gegenüber und lächelte breit. Er sah Catherine an, die sein Lächeln erwiderte. »Ich habe hier haltgemacht, ehe ich meine Eltern aufsuchen gehe«, erklärte er. »Ich habe um Fräulein Garth' Hand angehalten, und sie ist einverstanden.«

»Meinen Glückwunsch.« Charles lächelte beide an. »Schicksal. Das Schicksal hat Sie füreinander bestimmt.«

»Wenn Sie aufgetaut, gebadet und rasiert sind, berichte ich Ihnen von dem Feldzug hier und in Yorktown. Es sei denn, Sie möchten lieber nichts davon hören.« John beugte sich vor und ließ sich eine Tasse Tee geben, da Bettina Charles eine weitere einschenkte. »Und Ihre Pistole hat mir wahrlich das Leben gerettet.«

»Wo ist Herr Garth?« Obwohl auf seine Pistole erpicht, war Charles bemüht, sich nicht aufgeregt anzuhören, wusste er doch, dass seine Zukunft von Ewing Garth abhing.

»Im Gewächshaus. Seine neue Liebhaberei. Es ist klein, gestattet ihm aber, seinem Forschungsdrang freien Lauf zu lassen.« Catherine lächelte.

Weymouth, ein schmächtiger Bursche, erschien. »Roger sagt, ich soll den Herrn Leutnant baden und rasieren.«

Charles lachte. »Ich denke, Piglet muss mit mir in den Badezuber.«

* * *

Eineinhalb Stunden später erschien Charles leicht hinkend unten in der Bibliothek. Das Beinkleid schlotterte ein wenig, doch Socken und Hemd passten einigermaßen. Erstaunlicherweise passten ihm Erwing Garth' Schuhe vorzüglich.

Ewing erwartete ihn in der Bibliothek, empfing ihn mit offenen Armen. »Herr Leutnant, ich möchte hoffen, Sie haben beschlossen, Virginier zu werden.«

»So ist es, mein Herr.«

»Gut, gut. Wir brauchen fähige junge Männer.« Er lächelte. »Der Herr Major hat mir Ihre Lage geschildert. Er sagt, Sie haben einwandfreie Papiere. Nicht nötig, Ihre Rückkehr an The Barracks zu melden. Alles ist gut.«

»Soviel ich weiß, ist das Lager noch voll belegt.«

»In der Tat. Bis zu einem einvernehmlichen Vertragsschluss bleiben die Männer hier. Wie ich allerdings höre, verweilen viele auf den Gutshöfen, wo sie arbeiten.«

»Darf ich fragen, mein Herr, ob jemand Korporal Ix gesehen hat? Ich weiß, dass er versuchen wollte, sich zu Ihnen durchzuschlagen.«

»Oh ja. Gleich Ihnen, durchgefroren und ausgehungert. Aber er ist heil angekommen und hatte auch seine Entlassungspapiere. Er wird morgen zurück sein. Ich habe ihn nach Scottsville gesandt, um Werkzeug zu erstehen. Er wohnt in einer unserer Niederlassungen. Seine Unterkunft und die meiner anderen Bediensteten hat er bereits vervollkommnet, insbesondere die Abzüge in den Feuerstellen.« Als Virginier mochte er den Begriff *Sklavenunterkunft* nicht verwenden.

»Ich hoffe, ich werde ihn sehen können. Ich bin gekommen, Sie um Beschäftigung zu ersuchen, mein Herr.«

Ewing lächelte unwillkürlich, sah Weymouth an und dann auf Piglet hinunter. »Könnte ich Weymouth schicken, Ihre Papiere zu holen?«

»Ja. Was von meiner kümmerlichen Habe übrig ist, liegt neben dem Badezuber.«

»Wie ich sehe, ward Ihr Hund rechtschaffen verschönert.« Ewing gluckste.

»Piglet legt Wert darauf, hübsch auszusehen. Ich habe mich selbst kaum wiedererkannt, als ich in den Spiegel sah. Haben Sie verbindlichen Dank dafür, dass Sie Weymouth angewiesen haben, mich zu rasieren. Er ist ein vorzüglicher Bartscherer.«

Ewing neigte den Kopf. »Es wird ihn freuen, das zu hören.« Daraufhin nahm er die Papiere entgegen, die Weymouth, der soeben in die Bibliothek trat, ihm aushändigte.

Ewing faltete sie auseinander – die Knicke hatten Risse – und las aufmerksam. »Ich sehe, Sie beide, Sie und Korporal Ix, wurden von Hauptmann Alexander Fraser, Ihrem Oberbefehlshaber in Saratoga, entlassen.«

Charles schluckte und sah John an, der sich keine Regung anmerken ließ. »Ja.«

Ewing und John wussten genau, dass Hauptmann Fraser nirgends nahe Camp Security war. Die Papiere aber wirkten überzeugend. Sogar das Stempelsiegel sah echt aus.

»Herr Major, würden Sie uns einen Augenblick entschuldigen?«, fragte Ewing den Verlobten seiner Tochter.

»Selbstverständlich, Herr Garth.« John nickte kurz und zog sich zurück.

Charles fiel auf, dass der große Major sich vieles von seiner Gentleman-Schulung eingeprägt hatte.

Ewing gab Charles zu verstehen, er möge sich näher zu ihm in einen der großen Fauteuils setzen, und verschränkte die Hände auf dem Bauch. »Sie haben viel durchgestanden.«

»Ich habe viel gelernt. Ich sehe deutlich, weshalb Sie und andere gewillt waren, alles zu wagen, um mit der Krone zu brechen.«

Das freute Ewing ungemein. »Was begehren Sie nun von mir?«

»Die Möglichkeit, Ihr Baumeister zu werden. Mit Korporal Ix zu arbeiten und mit Ihren Leuten hier. Ich glaube, wir können alles bauen, überall.«

»Ja, ja, ganz recht. Und was für eine Vergütung würden Sie verlangen?«

»Ich —«, stammelte Charles, fast überwältigt von seiner Begeisterung. »Mein Herr, ich bin so dankbar, hier zu sein, als neuer Bürger eines neuen Landes. An eine Vergütung habe ich nicht gedacht. Von Ihnen zu lernen, einem so erfolgreichen Mann, wird Vergütung genug sein.«

»Ach, kommen Sie«, entgegnete Ewing nachsichtig. »Ich bin durchaus zu mehr imstande, aber Sie und ich müssen handelseinig werden.«

»Ja.«

»Ihre Handschrift ist bemerkenswert. Sie können alles gestalten.« Er neigte den Kopf. »Sie haben wahrlich eine bessere Handschrift als die Schreiberlinge, die all diese Papiere, Schriftstücke und so weiter kritzeln.« Er machte eine Handbewegung, als würde er Scharen von Schreibern entlassen. »Wenn Sie für mich solche Papiere erstellen können, nehme ich Sie mit Freuden in meine Dienste.«

Charles musste unwillkürlich lächeln. »Ich vertraue darauf, mein Herr, dass Sie keine Entlassungspapiere benötigen.«

Hierauf lachte Ewing schallend. »Meiner Treu, nein, doch ich benötige eine Kaufurkunde. Peter Ashcombe, ein Loyalist, besitzt zweitausend Morgen Land. Er wird niemals wiederkehren, um das Gebiet einzufordern, und er hat keine Erben. Er ist in Eile und im Zorn fortgegangen, und missliche Gefühle dauern an. Er wäre in der Tat ein Narr, käme er zurück. Ich habe vorsichtshalber seinen Verwalter für ein höheres Salär beibehalten als das, dessen er sich zuvor erfreute. Ich habe ihm gesagt, ich stehe mit Ashcombe in Verbindung, um diesen Verkauf zu bewerkstelligen, aber das ist leider nicht wahr. Ich habe Ashcombe nicht erreichen können. Ich möchte diese Flächen kaufen, und mit Ihrer Hilfe werde ich es tun.«

»Haben Sie ein Muster?«

»Ja. Ich ließ Abschriften von jedem Grunderwerb fertigen, den ich zu meiner Zufriedenheit getätigt habe.« Ewing betonte das Wort *Zufriedenheit*.

»Haben Sie Pergament oder Velinpapier?«

»Ja, und gute Tinte, scharfe Federkiele und Wachs habe ich auch.«

»Bänder, mein Herr. Wir benötigen Bänder.«

»Ah.« Ewing sprang auf und öffnete die Tür.

»Roger.«

Der Diener erschien sogleich.

»Suche eine meiner Töchter auf und bitte sie um feines Band.« Er sah Charles an.

»Seide«, ergänzte Charles. »Oder Satin, aber gute Bänder. In Rot.«

Roger verneigte sich und ging.

Ewing nahm wieder auf seinem Fauteuil Platz. »Ich sehe, Sie sind ein Handelsmann.«

»Ich habe nicht Ihre Befähigung, hoffe aber, dass etwas davon mit der Zeit abfärbt.« Charles lächelte, Piglet zu seinen Füßen desgleichen.

Sobald Roger mit dem Band hereinkam, begann Charles an dem großen schönen Schreibpult mit der Arbeit auf einem Blatt Velinpapier. Ewings jüngster Landerwerb diente ihm als Muster. Er fügte eigene Schnörkel hinzu, hocherfreut, dass seine Hände, wiewohl etwas rissig, nicht durch die Kälte ruiniert worden waren. Er schnitt zwei Bänder schräg zu, nahm eine Kerze und tropfte rotes Wachs auf die Stelle, wo sie zusammengefügt waren, verschmierte es ein wenig, weil sie kein gutes Siegel mit den korrekten Zeichen zur Verfügung hatten. Er streute etwas Sand auf die Urkunde, hielt das Papier dann vorsichtig schräg und ließ den überschüssigen Sand in den Papierkorb rieseln.

»Herr Garth, gemäß Ihren Anweisungen.«

»Ja, ja. So, und was steht da?«

Charles las vor: »»Im Jahre des Herrn eintausendsiebenhundertzweiundachtzig, am ersten Februar, im zweiundzwanzigsten Jahre der Herrschaft Seiner Majestät George des Dritten.«« Charles blickte hoch. »Ashcombe ist Loyalist – dies ist seine

Lesart aus England. Nun muss ich eine anfertigen, die den Vorgang für dieses Land verzeichnet. Wissen Sie, der Archivar wird über die Nennung von George des Dritten Herrschaft entweder erheitert oder erzürnt sein. Er wird sich diese Urkunden vermutlich nicht sehr genau ansehen.«

»Ah, Herr Leutnant, Sie sind außerordentlich gescheit.«

Binnen kurzem vollendete Charles die Abschrift für den Bezirksarchivar. Beide Schriftstücke sollten ihm tags darauf in seine Amtsstube gebracht werden.

Ewing war kaum imstande, seine Aufregung zu zügeln, so sehr ergötzte er sich an Charles' guter Arbeit. »Zuerst die Zeit, da ich dachte, ich würde gehängt. Und nun dieses.« Er sah Charles an. »Wollen wir mit zehn Pfund monatlich beginnen, zuzüglich Obdach und Beköstigung, versteht sich?«

»Zehn Pfund.« Charles konnte es kaum glauben, denn es war ein überaus großzügiger Betrag, den er mit Zeichnungen von den Häusern, Kutschen und Anpflanzungen der Leute würde aufstocken können.

»Für Ihr erstes Jahr. Ich glaube, mit der Zeit werden Sie eine dankbare Steigerung feststellen können.«

»Mein Herr, ich danke Ihnen.«

»Und ich danke Ihnen. Die Urkunden sind beachtlich.« Ewing holte tief Atem, dann lachte er vor Freude. »Niemand wird es jemals merken.«

Liebe Leserinnen und Leser,

der National Trust for Historic Preservation, die Gesellschaft zum Schutz des historischen Erbes, setzte im Jahr 2005 Camp Security auf eine Liste der elf meistgefährdeten historischen Stätten Amerikas. Zweihundertfünfundzwanzig Jahre war dem Kriegsgefangenenlager keine weitere Beeinträchtigung widerfahren als gewöhnliche Feldarbeit. Ein einheimischer Bauunternehmer wollte auf diesem Gelände eine Trabantenstadt mit 105 Häusern errichten und es somit für die archäologische Forschung untauglich machen.

1979 untersuchte eine Gruppe Archäologen gerade mal zwei Morgen Fläche des Lagers und förderte fünfzehntausend Gegenstände zutage. Bei der strengen zeitlichen Begrenzung, unter der sie arbeiteten, war es unmöglich herauszufinden, was unter den übrigen dreißig Morgen verborgen blieb.

Carol Tanzola, eine gute Seele mit einer Vorliebe für Geschichte, für das Ergründen, wer wir waren und wer wir sind, konnte das nicht hinnehmen. Wie so viele Menschen, die sich Gedanken machen über Zivilisation, die Vergangenheit, Kriege und so weiter, wusste Carol, dass man eine Zeit, ein Volk danach beurteilen kann, wie Militärhäftlinge behandelt werden, ganz zu schweigen davon, wie Frauen, Tiere oder solche Menschen behandelt werden, die aufgrund körperlicher oder geistiger Beeinträchtigungen außerstande sind mitzuhalten. Als Frau mit einem ausgeprägten Gerechtigkeitssinn und großer Neugierde gründete sie Friends of Camp Security, Freunde von Camp Security.

Wie alle solchen gemeinnützigen Einrichtungen entdeckten sie, dass Spendensammeln das zweitälteste Gewerbe ist.

Unerschrocken machten sie weiter, worüber der Bauunternehmer nicht entzückt war. Doch die Freunde gaben nicht auf, und alsbald verfolgte die Lokalzeitung die Vorgänge. Die historische Gesellschaft York wurde ebenfalls aufmerksam. (Diese Einrichtung ist in einem wunderbaren Haus abseits des York Square untergebracht.)

Gut zwölf Jahre später haben Carol und die Freunde Camp Security endlich für alle Amerikaner gerettet. Mit den Jahren wird viel darüber ans Tageslicht kommen, wie die Menschen gelebt haben, über ihren Zeitvertreib, ihre alten Rohrleitungen und so weiter. Es besteht Hoffnung, dass die Grabstätten derer, die während der leidigen Fieberausbrüche starben, gefunden werden. Vielleicht stoßen die Archäologen auch auf Aufschlüsse über Medizinisches. Es ist sehr aufregend.

Persönlich verbindet mich mit Carol, dass sie auch Fuchsjägerin ist. Wir haben uns durch diese stürmische Liebe bei dem Pennsylvania-Reitturnier kennengelernt, das Ende Oktober stattfindet. Es ist das letzte der großen Hallenturniere. Madison Square Garden ist vorbei. Washington hält sich, wechselt aber den Veranstaltungsort. Penn National bleibt jedoch, was es immer war: harter Wettbewerb, Eleganz und fantastische Pferde.

Im Lauf der Jahre haben wir Verbindung gehalten. Ich sollte hier hinzufügen, dass Carol, Jim und die zwei Töchter sehr lustig sind, so freue ich mich auf jedes Treffen und allemal auf das große Turnier.

Ich konnte nie hohe Schecks ausstellen. Ich lebe mit dem typischen Autorenfluch: wie gewonnen, so zerronnen. Aber ich habe Carol versprochen, einen Weg zu finden, um Camp Security in einem Krimi unterzubringen. Und ich habe es getan. Ich werde das Lager und York in Zukunft wieder besuchen. Tatsächlich wundert es mich, dass York County im Besonderen und Südost-Pennsylvania im Allgemeinen nicht den Hintergrund für mehr Romane bilden. Abgesehen von der Schönheit und der Geschichte der Gegend legen die Bewohner ein ganzes Spektrum an köstlichen Widersprüchen an den Tag. Welcher Schriftsteller könnte sich mehr wünschen?

Nun bin ich ins Plaudern gekommen, aber der lange Kampf um die Erhaltung von Camp Security hat mein Vertrauen in die Amerikaner bestätigt. Ein einziger Mensch kann viel bewirken. In diesem Fall war es Carol Tanzola.

Gut gemacht, Madam.

Immer und ewig,

Danksagung

Nelson Yarbrough, Zahnarzt, und seine Frau Sandra, Zahnärztin, haben mich nun bald vier Jahrzehnte ertragen. Letztes Jahr habe ich Nelson, Quarterback in der 1959er Footballmannschaft der Universität von Virginia, um einen Überblick über die UVA sowie über den College-Football in jener Zeit gebeten.

Er hat mich nicht nur aufgeklärt, mich erfreut und dazu angeregt, über Themen zu reflektieren, die ich nicht durchleuchtet hatte, sondern hat mich, weil ich so lange geblieben bin, auch noch verköstigt. Wegen seiner Kenntnisse und seiner sanften Art, sich verständlich zu machen, werde ich noch einmal auf diese Generation zurückkommen. Mir scheint, zwischen Nelsons College-Zeit und heute hat es bei Umgangsformen einen erheblichen Bruch gegeben. Ich hätte ewig dort sitzen und zuhören können, und als ich aufbrach, war mir einiges klargeworden.

Wie stets danke ich ihm für seine Zeit und Geduld. So viele von uns in Mittelvirginia danken den beiden Dres. Yarbrough für ihre fortwährende unaufdringliche Herzlichkeit.

Die Mrs.-Murphy-Erfolgsserie von Rita Mae Brown & Sneaky Pie Brown

ullstein

www.ullstein-buchverlage.de

ullstein

www.ullstein-buchverlage.de